慢讀・浮生六記

浮生若夢，只因一生情痴，遭此顛沛

（清）沈復　著／夢窗　譯注

❖ 前言 ❖

先秦以諸子百家聞名於世，秦漢以文賦激蕩時代，唐宋以詩詞垂範於後，元以戲曲深入民間生活，明清以來，小說及散文小品則流行開來。從中華歷代主流文學演變可看出，近世關於個人日常生活情趣的作品日漸為人青睞。《浮生六記》著於清嘉慶十三年（一八〇八）前後，是一介無名文人的自傳體筆記式散文，其詞卓有文采，深得生活之「真」和「趣」，訴盡人生歡笑和淚水，感染人心，遂成經典，流傳至今。

❖ 一

《浮生六記》以一人的親身經歷，見證了古代最後一個盛世「乾隆盛世」，從清乾隆二十八年（一七六三）沈復出生於蘇州，到嘉慶十三年（一八〇八）他隨清朝冊封使出使琉球，其間乾隆盛世臻至頂峰。乾隆皇帝巡遊江南，屢次到達蘇州，當時蘇州是江南的最繁華地，自古以來文化昌盛，山水優美，園林眾多，宋朝就有「天上天堂，地下蘇杭」之譽，《紅樓夢》裡稱讚姑蘇閶門「最是紅塵中一二等富貴風流之地」，言不為過。沈復又身屬文明禮教的「衣冠之家」，使得這部忠實於他的生活的《浮生六記》，不僅記錄個人的哀樂，也是一個歷史時代的情感悲歌。

在傳統文化長廊中，書寫男女之愛的文學不乏名篇佳作，然詩詞限於篇幅，梁山伯和祝英臺的愛情只是民間傳說，《西廂記》、《牡丹亭》這些以愛情為主題的戲曲文學均是虛構，《紅樓夢》也擬託「假語村言」、「木石姻緣」；像《浮生六記》以現實中的愛情和婚姻生活為主線，頗顯可貴。沈復和其妻芸娘是表姐弟關係，兩小無猜，自少年起就戀戀不捨，遂得以訂婚。正是這種一往情深，是他婚姻的開始，也是他人生悲喜的主因。觀其人生，遍嘗冷暖，早期依附於富裕殷實的家庭，衣食無憂，攜愛妻芸娘賞玩於山水花樹、晨光月影之間，追求閒適、自由的生活情趣；而後他的婚姻漸漸不容於家庭倫理，生活上越來越窘迫，乃至被逐出家門，顛沛流離，和心愛之人生離死別，落到無家可歸的地步，種種悲欣交集，集於一書。

沈復所著此書，非才子佳人小說，而是重現普通人的現實生活，觸及人生在世的命運和困境，讀來讓人歡笑，讓人痛哭，細節動人，文字入心。可惜在他生前未曾正式刊行，因此知者甚少，差點就遺忘於人間。書之命運，亦如人之命運，沉浮莫測。

❖ 二

《浮生六記》最早刊印於清光緒三年（一八七七）。一個叫楊引傳的人在蘇州坊間偶然發現《浮生六記》手稿，喜愛之至，將其交給上海《申報》館，以活字版刊行於世，並為之作序：

《浮生六記》一書，余於郡城冷攤得之，六記已缺其二，猶作者手稿也。就其所記推之，知為沈姓號三白，而名則已逸，遍訪城中無知者。其書則武林葉桐君刺史、潘麐生茂才、顧雲樵山人、陶芑孫明經諸人，皆閱而心醉焉。弢園王君寄示陽湖管氏所題《浮生六記》六絕句，始知所亡〈中山記歷〉蓋曾到琉球也。書之佳處已詳於麐生所題。近僧即麐生自號，並以「浮生若夢為歡幾何」之小印，鈐於簡端。光緒三年七月七日，獨悟庵居士楊引傳識。

楊引傳（號甦補）的妹夫王韜是近代最早的辦報人和政論家之一，曾主持上海《申報》，自稱早年就閱讀過《浮生六記》的手稿，為之寫跋，光緒三年《浮生六記》正式出版時特寄此跋付印：

予婦兄楊甦補明經曾於冷攤上購得《浮生六記》殘本，筆墨間纏綿哀感，一往情深，於伉儷尤敦篤。卜宅滄浪亭畔，頗擅水石林樹之勝，每當茶熟香溫，花開月上，夫婦開尊對飲，覓句聯吟，其樂神仙中人不啻也。曾幾何時，一切皆幻。此記之所由作也。予少時嘗跋其後云：「從來理有不能知，事有不必然，情有不容已。夫婦準以一生，而或至或不至者，何哉？蓋得美婦非數生修不能，而婦之有才有色者，輒為造物所忌，非寡即夭。然才人與才婦曠古不一合；苟合矣，即寡夭焉何憾！正惟其寡夭焉而情益深；不然，即百年相守，亦奚裨乎？嗚呼！人生有不遇之感，蘭杜有零落之悲。歷來才色之婦，湮沒終身，抑鬱無聊，甚且失足墮行者不少矣，而得如所遇以夭者，抑亦難之。乃後之人憑弔，或嗟其命之不辰，或悼其壽之弗永，是不知造物者所以善全之意也。美婦得才人，雖死賢於不死。彼庸庸者即使百年相守，而不必百年已泯然盡矣。造物所以忌之，正造物所以成之哉？」顧跋後未越一載，遽賦悼亡，若此語為之識也。是書余惜未抄副本，旅粵以來時憶及之。今聞甦補已出付尊聞閣主人以活字版排印，特郵寄此跋，附於卷末，志所始也。

王韜點評此書「筆墨間纏綿哀感，一往情深」，誠非過譽，而是共識，說出了後世人喜愛此書的主要原因。然而直到民國時期，知名學者俞平伯和林語堂才真正將《浮生六記》帶入大眾視野，使之成為文學經典。

值五四運動後，個性覺醒之風驟然吹醒國民大眾，呼喚愛情和婚姻解放的自由心聲，也成為一時潮流。再版《浮生六記》，恰應此風。自小喜歡《浮生六記》的俞平伯為其加上新式標點，於一九二四年由北京霜楓社重印出版，亦為之作序。其序選錄如下：

書共六篇，故名「六記」，今只存〈閨房記樂〉以下四篇，其五、六兩篇已佚。此書雖不全，而今所存者似即其精英。〈中山記歷〉當是記漫遊琉球之事，或係日記體。〈養生記道〉，恐亦多道家修持妄說。就其存者言之，固不失為簡潔生動的自傳文字。

作者沈復，字三白，蘇州人，生於清乾隆二十八年，卒年無考，當在嘉慶十二年以後。可注意的，他是個習幕經商的人，不是什麼斯文舉子。偶然寫幾句詩文，也無所存心，上不為名山之業，下不為富貴的敲門磚，意興所到，便濡毫伸紙，不必妝點，不知避忌。統觀全書，無酸語、贅語、道學語，殆以此乎？

此記所錄所載，妙肖不足奇，奇在全不著力而得妙肖；韶秀不足異，異在韶秀以外竟似無物。儼如一塊純美的水晶，只見明瑩，不見襯露明瑩的顏色；只見精微，不見製作精微的痕跡。這所以不和尋常的日記相同，而有重行付印，令其傳播得更久更遠的價值。

上世紀三十年代，林語堂將《浮生六記》前四卷翻譯成英文，刊登在英文《天下月刊》及《西風月刊》上，使其聞名海內外。其漢英對照本自序對全本甚是期待，選錄如下：

芸，我想，是中國文學上一個最可愛的女人。她的一生，正可引用蘇東坡的詩句，說它是「事如春夢了無痕」。要不是這書得偶然保存，我們今日還不知有這樣一個女人生在世上，飽嘗過閨房之樂與坎坷之愁。

我們看見這書的作者自身也表示那種愛美愛真的精神和那中國文化最特色的知足常樂、恬淡自適的天性。我不免暗想，這位平常的寒士是怎樣一個人，能引起他太太這樣純潔的愛，而且能不負此愛，把它寫成古今中外文學中最溫柔細膩閨房之樂的記載。

我相信淳樸恬退自甘的生活（如芸所說「布衣菜飯，可樂終身」的生活），是宇宙最美麗的東西。讀了沈復的書，每使我感到這安樂的奧妙，遠超乎塵俗之壓迫與人身之痛苦。

我在猜想，在蘇州家藏或舊書鋪一定還有一個全本，倘然有這福分，或可給我們發現。

一九三五年，上海世界書局「美化文學名著叢刊」的全本《浮生六記》，號稱讓「足本」重現於世間。該版本雖六卷俱全，但長期以來，被懷疑後兩卷是偽作，為人代筆，顯而易見是篡改他人的書籍拼湊而成，其證據是有不少文字完全來源於前人書籍，例如，卷五〈中山記歷〉多處文字照抄清朝出使琉球的副使李鼎元的《使琉球記》，卷六〈養生記道〉（一說是〈養生記道〉之誤）有許多段落摘自清張英的《聰訓齋語》、曾國藩日記等，文風也迥異於前四卷。林語堂就認為世界書局所謂的「全本」作假：

頃閱世界書局新刊行《美化文學名著叢刊》內王均卿所「發現」《浮生六記》「全本」，文筆既然不同，議論全是抄書，作假功夫幼稚，決非沈復所作，閒當為文辨之。

❖ 三

本版《浮生六記》以清光緒三年四卷本為底本，參校一九二四年俞平伯點校本、一九三五年《美化文學名著叢刊》本、一九三九年林語堂漢英對照本等重要版本，發現諸本的異文則予以訂正，凡有爭議處則在注釋中略加點明，方便讀者辨識查究。為滿足讀者求完本之心願，仍收錄後兩卷「偽作」，但只注釋不翻譯。

由於《浮生六記》自刊行以來版本眾多，本版自醞釀出版之時，就希望開闢蹊徑，以「國學普及本」呈現，旨在將《浮生六記》作為「代表中國生活藝術及文化精神的專著」（林語堂語）的面貌多層次、體系化呈現出來，使讀者「人人能讀懂」本書的文化精髓，因此，本次出版做了以下工作：

（一）體例

本版《浮生六記》為古籍譯注整理本，延續慣例有原文、注釋和譯文三部分：以原文為中心，為方便文白對照閱讀，特將譯文置於原文之前，注釋附於原文後面。原文除了「六記」的篇章名，並無分節標題，此級標題為譯注者所增，與原文無涉，目的是使全文的層次畢現，完整反映人物的經歷脈絡，構成一部「生活的藝術」。

（二）注釋

注解為詳注，其特點有：一是力求詳盡、準確，凡音義、語法、修辭、典故、名物、地理、官職等均有解說和闡明；二是提供佐證，往往引證古今典籍，列舉參考書籍，採納資料盡可能注明出處，對某些疑問或有爭議的問題加以考辯；三是拓展延伸，增加文化常識、史事考證、風俗習慣、禮儀制度等，幫助讀者真正無障礙地讀懂這部經典作品。

（三）譯文

譯文嚴格遵循原文的語言特色，以直譯為主，簡潔典雅，原汁原味，是深合原文意境的現代白話文，以通語言古今之變。

受限於出版時間和譯注者才識眼界，本書難免會有謬誤，敬請方家和讀者指正，再版時將及時更正。

目錄

《卷一》❖閨房記樂❖

❖ 引子 ❖

我生於乾隆二十八年冬天的十一月二十二日，正當太平盛世之時，而且在士大夫之家，家住蘇州滄浪亭旁，上天對我真是厚待至極。蘇東坡有詩說：「事如春夢了無痕。」倘若不用筆墨記下過往之事，未免辜負蒼天的厚愛。因想到〈關雎〉位列《詩經》三百篇之首，所以我也把夫婦男女之間的情事列於首卷，其餘依次敘及。慚愧的是我年少學業未成，稍微識字，只不過記下那些親歷的實情實事而已。若非要考訂文法，便如向蒙塵垢的鏡子求光明。

原文

余生乾隆癸未冬十一月二十有二日1，正值太平盛世2，且在衣冠之家3，居蘇州滄浪亭畔4，天之厚我可謂至矣。東坡云：「事如春夢了無痕。」5苟不記之筆墨，未免有辜彼蒼之厚6。因思〈關雎〉冠三百篇之首7，故列夫婦於首卷，余以次遞及焉。所愧少年失學，稍識之無8，不過記其實情實事而已。若必考訂其文法，是責明於垢鑑矣9。

注釋

1 乾隆癸未：清乾隆二十八年（一七六三）。乾隆，年號。癸未，農曆紀年方式，十天干和十二地支依次相配組合，用以紀年、紀月、紀日、紀時。

2 太平盛世：國家繁榮安定的時代。時為康乾盛世，起於康熙二十年（一六八一）平三藩之亂，止於嘉慶元年（一七九六）川陝楚白蓮教起義爆發，持續約百年餘，國運至乾隆時為鼎盛。

3 衣冠之家：指士大夫之家，讀書做官的富貴人家或官紳世家。漢劉熙《釋名．釋首飾》：「二十成人，士冠，庶人巾。」古代士以上戴冠，平民戴頭巾。唐代用衣冠稱文武百官。後世衣冠成為士大夫、官紳的通稱。

4 滄浪亭：蘇州現存最古老園林，在今江蘇蘇州城南三元坊附近。五代時為吳越廣陵王的花園，北宋詩人蘇舜欽以四萬錢購得，始建滄浪亭，並留下名篇〈滄浪亭記〉，此園因亭而得名。清代重建後成為供官吏宴飲、文人雅聚的休閒園林。亭名源自先秦《楚辭．漁父》：「滄浪之水清兮，可以濯吾纓；滄浪之水濁兮，可以濯吾足。」滄浪，水之青蒼色。

5 語出北宋蘇軾〈正月二十日與潘郭二生出郊尋春，忽記去年是日同至女王城作詩，乃和前韻〉詩：「東風未肯入東門，走馬還尋去歲村。人似秋鴻來有信，事如春夢了無痕。江城白酒三杯釅，野老蒼顏一笑溫。已約年年為此會，故人不用賦招魂。」這首詩是蘇東坡在烏臺詩案後被貶逐到黃州，春遊時有感於世事蒼茫所作。

6 彼蒼：天的代稱。語出《詩經．秦風．黃鳥》：「彼蒼者天。」蒼，天色，深藍色。

7 關雎（音同居）：《詩經》開篇詩，傾訴男女從愛慕到成婚的思念之情。《詩經》因收錄詩歌共三〇五篇，簡稱三百篇，據說為孔子編刪，〈關雎〉位列首篇，參照儒家經典《禮記》闡釋：「昏（婚）禮者，禮之本也。（〈昏義〉）」「故聖人作則，必以天地為本，以陰陽為端……以陰陽為端，故情可睹也。（〈禮運〉）」

8 稍識之無：謙辭，稍微認得「之」和「無」，形容識字不多。典出唐白居易〈與元九書〉：「僕（我）始生六、七月時，乳母抱弄於書屏下。有指『無』字、『之』字示僕者，僕雖口未能言，心已默識。」

9 責明於垢鑑：猶言求全責備。《說文解字》：「責，求也。」鑑，鏡子。《莊子．德充符》：「鑑明則塵垢不止，止則不明也。」

❖ 定親 ❖

我幼年時，和金沙的于氏定了親，然而她八歲離世，後來娶了陳氏。陳氏名芸，字淑珍，是我舅舅心餘先生的女兒。她天生聰明靈秀，學說話時，教她念〈琵琶行〉，她就能記誦。她四歲時父親去世了，家裡人只有母親金氏和弟弟克昌，落得家徒四壁。芸長大後，針線織繡嫻熟，一家三口全靠她的手藝供養，弟弟克昌入學，學費也從不短缺。

一天，芸從書箱中找到〈琵琶行〉，逐字辨認，從此學會識字。刺繡閒暇時，她漸漸懂得吟詩，筆下有「秋侵人影瘦，霜染菊花肥」這樣的詩句。

我十三歲時，跟隨母親回娘家，和她兩小無猜，才得見她的詩作。我雖感歎她才思出眾，私下裡卻怕她福澤不深，然而傾心於她，不能忘懷，就央告母親：「如為我娶妻，非淑姐不娶。」我母親也喜愛她性情柔和，當即取下金戒指為我訂婚。那一天正是乾隆四十年七月十六日。

原文

余幼聘金沙于氏[1]，八齡而夭，娶陳氏。陳名芸，字淑珍，舅氏心餘先生女也。生而穎慧，學語時，口授〈琵琶行〉[2]，即能成誦。四齡失怙[3]，母金氏，弟克昌，家徒壁立。芸既長，嫻女紅[4]，三口仰其十指供給，克昌從師，脩脯無缺[5]。

一日，於書簏中得〈琵琶行〉[6]，挨字而認，始識字。刺繡之暇，漸通吟詠，有「秋侵人影瘦，霜染菊花肥」之句。

余年十三，隨母歸寧[7]，兩小無嫌，得見所作，雖歎其才思雋秀，竊恐其福澤不深，然心注不能釋[8]，告母曰：「若為兒擇婦，非淑姊不娶。」母亦愛其柔和，即脫金約指締姻焉[9]。此乾隆乙未七月十六日也[10]。

注釋

1 聘：聘禮，此處作動詞，以禮物訂婚，即定親，是古代訂婚儀式，男家送禮物到女家，俗稱下聘禮。金沙：地名，今江蘇通州金沙鎮，號稱江蘇江北第一鎮。

2 〈琵琶行〉：唐代詩人白居易為彈琵琶的歌女所作的長篇樂府詩，語言較淺近易懂。行，指歌行，古詩的一種體裁，格律自由。

3 失怙（音同戶）：失去父親。怙，依靠、倚仗，代指父親。語出《詩經．小雅．小旻之什．蓼莪》：「無父何怙，無母何恃？」

4 女紅（音同工）：指婦女所做的紡織、刺繡、縫紉等針線活。紅，通「工」。婦女靠手工製作的傳統技藝，統稱女紅。

5 脩（音同休）脯：指給老師的學費。脩，通「修」，乾肉，古人用來送禮；脯，肉乾。語出《論語．述而》：「自行束脩以上，吾未嘗無誨焉。」束脩，原為孔子的學生送給他的見面禮，後代指學生送給教師的禮物或酬金。

6 書簏（音同鹿）：用竹子編的書箱。簏，用竹子編製來盛放物品的器物。

7 歸寧：出嫁的婦女回娘家。語出《詩經．周南．葛覃》：「歸寧父母。」寧，問安。

8 心注：傾情。注，傾注。語出唐蘇頲（音同挺）〈夜發三泉即事〉詩：「憧憧往復還，心注思逾切。」釋：釋懷，放下。

9 金約指：金戒指。《說文解字》：「約，纏束也。」約指，即纏束在手指上的指環，明清以後也稱為戒指，常用作贈送給婦女的聘禮。

10 乾隆乙未：清乾隆四十年（一七七五）。時沈復虛歲十三歲，按周歲為十二歲。

❖ 吃粥 ❖

這年冬天，恰逢芸的堂姐出嫁，我又隨母親同往。芸和我同歲，只是比我年長十個月，彼此自幼以姐弟相稱，因而我仍稱她為淑姐。

當時我見滿屋裡的人都衣著光鮮，唯獨芸一身素淡，僅有鞋子是新的。看那鞋子繡製精巧，我詢問過後得知是她自己所做的，才知她心思靈巧，不只是在筆墨上。芸的身材窄肩長頸，瘦不露骨，眉彎目秀，眼中顧盼神飛，唯有兩齒微露，看上去並非佳相，卻自有一種纏綿情態，令人為之銷魂。

我索要她的詩稿來看，有的詩僅一聯，有的僅三、四句，多是不成篇的。問她緣故，她笑著說：「這些沒有老師指點所作，但願能遇到知己，可以做我的老師，幫我推敲成篇。」我就在那些詩稿上戲筆題簽「錦囊佳句」，殊不知她壽命不長的先兆，已隱藏在此中。

那晚，我送親戚到城外，回來時夜已三更，腹中饑餓，尋找吃的，女僕送來蜜棗，可我嫌它甜。芸悄悄拉我的衣袖，我跟著去她的房裡，看見她藏有熱粥和小菜。我欣然拿起筷子，忽然聽見芸的堂兄玉衡喊道：「淑妹快來！」芸急忙關門說：「我已經累了，馬上就睡下。」玉衡將身子擠入房內，瞅見我正要吃粥，就對芸斜視而笑說：「剛才我要吃粥，妳說吃完了，原來藏在這裡，專門招待妳的夫君呢？」芸窘迫至極，躲避開去，全家上下哄堂大笑。我也賭氣，帶著老僕人先回家了。

自從吃粥被嘲笑以後，我再去她家裡，芸就避而不見，我心知她怕被人笑話。

原文

是年冬，值其堂姊出閣，余又隨母往。芸與余同齒而長余十月1，自幼姊弟相呼，故仍呼之曰淑姊。時但見滿室鮮衣，芸獨通體素淡，僅新其鞋而已。見其繡製精巧，詢為己作，始知其慧心不僅在筆墨也。其形削肩長項，瘦不露骨，眉彎目秀，顧盼神飛，唯兩齒微露，似非佳相2。一種纏綿之態，令人之意也消。

索觀詩稿，有僅一聯，或三、四句，多未成篇者。詢其故，笑曰：「無師之作，願得知己堪師者敲成之耳。」余戲題其簽曰「錦囊佳句」[3]，不知夭壽之機[4]，此已伏矣。

是夜送親城外，返已漏三下[5]，腹饑索餌[6]，婢嫗以棗脯進[7]，余嫌其甜。芸暗牽余袖，隨至其室，見藏有暖粥并小菜焉。余欣然舉箸，忽聞芸堂兄玉衡呼曰：「淑妹速來！」芸急閉門曰：「已疲乏，將臥矣。」玉衡擠身而入，見余將吃粥，乃笑睨芸曰：「頃我索粥[8]，汝曰『盡矣』，乃藏此專待汝婿耶？」芸大窘，避去，上下嘩笑之。余亦負氣，挈老僕先歸[9]。

自吃粥被嘲，再往，芸即避匿，余知其恐貽人笑也。

注釋

1 同齒：同歲。齒，指歲數，年齡。古時人長出牙齒才登載戶籍。

2 佳相：指貴相、吉相。古代相面術語。北宋相士麻衣道人著《麻衣神相．論齒》：「構百骨之精華，作一口之鋒刃，運化萬物，以頤六府者，齒也。故欲得大而密、長而直、多而白者，佳也。堅牢密固者，長壽。繚繞疊生者，狡橫。露出者，暴亡。疏漏者，貧薄。短缺者，下愚。焦枯者，橫夭。言不見齒者，富貴。壯而落齒者，壽促。」露齒者暴亡，故非佳相。

3 錦囊佳句：喻指文辭優美。典出李商隱〈李賀小傳〉：「恆從小奚奴，騎距驢，背一古破錦囊，遇有所得，即書投囊中。」中唐詩人李賀，人稱「詩鬼」，二十餘歲病逝。所題簽文令人聯想典故中的詩人短壽，故為不祥之兆。

4 夭壽之機：短壽的徵兆。機，通「幾」，事情的苗頭或預兆。

5 漏三下：三更時分，指午夜。漏，古代計時器，全稱「漏壺」，銅製有孔，可以滴水或漏沙，有刻度標誌以計時間，也叫漏刻。

6 餌：糕餅，代指吃的東西。《道德經》：「樂與餌，過客止。」樂，音樂。餌，泛指食物。

7 婢嫗：年老的女僕。嫗，多指年老的女人，也是婦女的通稱。

8 頃：近來，剛才，不久前，指時間很短。

9 挈：攜帶，率領。

❖ 新婚 ❖

到乾隆四十五年正月二十二日，洞房花燭之夜，我看見芸的身材瘦削怯弱，依然有如往昔。掀了蓋頭，兩人相視而笑。

喝過交杯酒，我們並肩對坐，共進晚餐。我悄悄在桌下握住她的手腕，只覺得她手指尖細，溫暖滑膩，胸中不禁怦怦直跳。我讓她多吃點兒，偏逢她齋戒的日子，原來她吃素已有多年了。我暗自計算她一開始吃齋的日子，恰好是我出水痘之時，就笑著對她說：「如今我肌膚光鮮，安然無恙，姊姊可以從此開戒嗎？」芸眼裡含笑，點了點頭。

二十四日我姊姊出嫁，只因二十三日是國忌日，不可行樂，所以在二十二日夜晚，就為我姊姊設宴送行。芸在廳堂宴席上作陪，我在洞房裡與伴娘對飲，划拳我總是輸，結果喝得大醉，臥床酣睡。待醒來之時，芸已早起，正在梳妝打扮。

當日親朋好友絡繹不絕，上燈以後才開始辦喜事。二十四日半夜，我身為新娘的小舅子送姊姊出嫁，到了淩晨三點回來，這時已燈火漸熄，夜深人靜。我悄然進房，只見陪嫁伴娘在床下打盹，芸卸了妝，尚未就寢，紅燭高照，她低垂著粉頸，不知看什麼書如此出神。於是我撫摩著她的肩說：「姊姊連日辛苦，怎麼還孜孜不倦呢？」芸連忙回頭起身說：「剛才正要去睡，開書櫥見到此書，看著不知不覺就忘了疲倦。《西廂記》我聞名已久，今日卻才得見，真不愧才子的名聲，只是字裡行間的描寫未免有些尖刻輕薄。」我笑道：「正因為是才子，下筆才能尖刻輕薄。」

陪嫁伴娘在一旁催促我們早睡，我吩咐她關了門先離去，然後和芸並肩調笑，恍如好友重逢。我戲將手探入她懷中，她的心也怦怦直跳，於是我俯身在她耳邊問：「姊姊的心跳怎麼是這樣子？」芸回眸微笑，只覺一縷情絲動人魂魄。我將她擁入紅帳，渾然不知天已亮。

原文

至乾隆庚子正月二十二日花燭之夕1，見瘦怯身材依然如昔，頭巾既揭，相視嫣然。合巹後2，並肩夜膳，余暗於案下握其腕，暖尖滑膩，胸中不覺怦怦作跳。讓之食，適逢齋期3，已數年矣。暗計吃齋之初，正余出痘之期4，因笑謂曰：「今我光鮮無恙，姊可從此開戒否？」芸笑之以目，點之以首。

廿四日為余姊于歸[5]，廿三國忌不能作樂[6]，故廿二之夜即為余姊款嫁[7]。芸出堂陪宴，余在洞房與伴娘對酌，拇戰輒北[8]，大醉而臥，醒則芸正曉妝未竟也[9]。

是日親朋絡繹，上燈後始作樂[10]。廿四子正[11]，余作新舅送嫁，丑末歸來[12]，業已燈殘人靜。悄然入室，伴嫗盹於床下[13]，芸卸妝尚未臥，高燒銀燭[14]，低垂粉頸，不知觀何書而出神若此。因撫其肩曰：「姊連日辛苦，何猶孜孜不倦耶？」芸忙回首起立曰：「頃正欲臥，開櫥得此書，不覺閱之忘倦。《西廂》之名[15]，聞之熟矣，今始得見，真不愧才子之名，但未免形容尖薄耳[16]。」余笑曰：「唯其才子，筆墨方能尖薄。」

伴嫗在旁促臥，令其閉門先去。遂與比肩調笑，恍同密友重逢。戲探其懷，亦怦怦作跳，因俯其耳曰：「姊何心春乃爾耶[17]？」芸回眸微笑，便覺一縷情絲搖人魂魄。擁之入帳，不知東方之既白。

注釋

1 乾隆庚子：清乾隆四十五年（一七八〇），時沈復虛歲十八歲。花燭之夕：即洞房花燭之夜。古代男女新婚日拜堂成親，婚房內點有龍鳳雕飾的花燭。

2 合巹（音同錦）：古代結婚儀式，新婚夫婦喝交杯酒。巹，古時結婚用作酒器的瓢，把葫蘆分成兩個瓢，新郎新娘各拿一瓢飲酒。

3 齋期：固定吃素的日期。吃素齋源於佛教，以祈願吉祥。齋，修行佛道之人吃的素食。

4 出痘：也叫出水痘或天花，一種幼兒易患的急性傳染病。

5 于歸：女子出嫁。語出《詩經．周南．桃夭》：「之子于歸，宜其室家。」參照《幼學瓊林．卷二．婚姻》：「女嫁曰于歸，男婚曰完娶。」

6 國忌：古代帝王、后妃（包括母后）逝世的忌日，禁止飲酒奏樂。時年（一七八〇）正月二十三日，是乾隆生母崇慶皇太后鈕祜祿氏（卒於乾隆四十二年正月二十三）逝去三周年的祭日。

7 款嫁：為出嫁款待賓客。款，款待、招待。古代婚禮習俗，女子出嫁、男子迎娶新娘都是在黃昏以後。《說文解字．女部》：「禮，娶婦以昏時。婦人陰也，故曰婚。」

8 拇戰：指划拳、猜拳，是古代一種飲酒助興的酒令遊戲，以所伸手指數多少決勝負，簡單易行，多在平民閭閻中流行。按照酒令，輸了要罰酒。北：輸。本是古代的背字，因戰場背著敵人逃跑，故引申為失敗，稱敗北，簡稱北。

9 竟：完畢，終了。

10 上燈：指點燈，多指入夜，掌燈時分。這和夜晚迎娶送嫁成婚的習俗有關。

11 子正：指半夜十二點，零點。古代把一天分為十二時辰，用十二地支命名。子時指夜半十一點到凌晨一點。每個時辰又分為「初」、「正」。子正即子時中間，相當於午夜。

12 丑末：即丑時之末，凌晨三點。丑時指凌晨一點至三點。

13 伴嫗：古代的陪嫁伴娘。舊時女子出嫁，由熟悉婚嫁禮儀的成年婦女陪送、照料，稱為伴娘，負責替新娘卸妝等。

14 銀燭：即蠟燭，也指紅燭。古代的燭臺有精美的銀飾，故稱銀燭。一說是指銀白色的蠟燭。這裡是新婚第三日，應為紅燭。

15 《西廂》：指元代戲曲家王實甫所作的雜劇《西廂記》，曾被清初金聖歎讚譽為「六才子書」（六才子書是《莊子》、《離騷》、《史記》、《杜甫律詩》、《水滸傳》、《西廂記》）。故事源出唐代元稹的傳奇小說《鶯鶯傳》，原為始亂終棄的悲劇，但經王實甫改寫成書生張生與相國之女崔鶯鶯的堅貞愛情，唱頌「永老無別離，萬古常完聚，願普天下有情的都成了眷屬」，語言綺豔大膽通俗，在古代被視為「淫詞豔曲」的禁書之列。

16 尖薄：尖刻輕薄或尖巧刻薄。《西廂記》中有調情之語，有尖酸之語，有諷刺之語，有個性之語，語言上有很高成就。尖，形容文字尖巧，尖新，尖刻。薄，輕薄，刻薄。

17 心舂（音同衝）：心跳興奮的樣子。舂，即搗米，引申為撞擊，形容心跳劇烈。

❖ 離別 ❖

芸剛做新娘子，開始時閉口不言，整日面無怒色，與她說話，她只是微笑。她對長輩恭敬，待下人溫和，凡事井井有條，不曾稍有過失。

每當晨光照在窗戶上，她就連忙披衣起床，彷彿有人催促一樣。我笑著說：「如今並非吃粥的時候可比，怎麼還怕人嘲笑？」芸說：「以前我藏粥招待你，傳為笑柄，如今不是怕被嘲笑，而是擔心父母大人說新娘太懶惰罷了。」我雖然貪戀她在枕邊，但感念她德行端正，於是也隨之早起。從此，兩人耳鬢廝磨，如影隨形，愛戀之情，難以用言語形容。

然而歡娛光陰易過，轉眼之間已滿一個月。這時，我父親稼夫公在會稽縣衙門做幕僚，專門派人接我到杭州趙省齋先生門下求學。趙先生循循善誘，我今日還能動筆，都是拜恩師所賜。當初我回家完婚時，原定隨後返回他身邊就學，可是等我聽到催促的消息，心裡悵然若失，生怕芸會當眾落淚。然而芸反倒強顏歡笑勸勉我，幫我收拾行李，那晚只覺得她神色稍異而已。臨行之際，她對我小聲叮囑說：「在外無人照料，自己要當心！」等我登船解纜離去，正是桃李爭豔的時節，而我卻恍然如同林中之鳥離群失散，頓時覺得天地變色。

送我到了學堂後，父親就渡江往東而去。我在學堂待了三個月，卻彷彿度過了十年。芸雖然時常寄來書信，但總是相互問候且答覆一下，多半為勉勵之詞，其餘不過都是客套話，我心裡一直怏怏不樂。每當風吹庭院竹林，月照窗外芭蕉，就會觸景生情，心中眷戀，神思恍惚。老師得知其中情由，隨即寫信給我父親，出了十道題，便讓我暫時回家。我喜出望外，如同駐守邊關的將士蒙赦還鄉，登船之後，反而覺得每一刻都很漫長。

等我到家，去母親處問過安，進房後，芸起身迎接，和我執手相握，卻一言不發，然而兩人的魂魄恍惚間化成煙霧，只覺耳中豁然一聲響，彷彿不知此身還在。

原文

芸作新婦，初甚緘默，終日無怒容，與之言，微笑而已。事上以敬，處下以和，井井然未嘗稍失。每見朝暾上窗1，即披衣急起，如有人呼促者然。余笑曰：「今非吃粥比矣，何尚畏人嘲耶？」芸曰：「曩之藏粥待君2，傳為話柄，今非畏嘲，恐堂上道新娘懶惰耳3。」余雖戀其臥而德其正，因亦隨之早起。自此耳鬢相磨，親同形影，愛戀之情，有不可以言語形容者。

而歡娛易過，轉睫彌月4。時吾父稼夫公在會稽幕府5，專役相迓6，受業於武林趙省齋先生門下[7]。先生循循善誘，余今日之尚能握管[8]，先生力也。歸來完姻時，原訂隨侍到館[9]。聞信之餘，心甚悵然，恐芸之對人墮淚。而芸反強顏勸勉，代整行裝，是晚但覺神色稍異而已。

臨行，向余小語曰：「無人調護，自去經心！」及登舟解纜，正當桃李爭妍之候，而余則恍同林鳥失群，天地異色。

到館後，吾父即渡江東去。居三月，如十年之隔。芸雖時有書來，必兩問一答，半多勉勵詞，余皆浮套語，心殊怏怏。每當風生竹院，月上蕉窗[10]，對景懷人，夢魂顛倒。先生知其情，即致書吾父，出十題而遣余暫歸，喜同戍人得赦[11]。登舟後，反覺一刻如年[12]。

及抵家，吾母處問安畢，入房，芸起相迎，握手未通片語，而兩人魂魄恍恍然化煙成霧，覺耳中惺然一響[13]，不知更有此身矣。

注釋

1 朝暾（音同吞）：即朝陽，早晨的陽光。暾，初升的太陽。《楚辭．九歌．東君》：「暾將出兮東方。」

2 曩：以往，從前，過去。

3 堂上：父母居住的正房，代指父母。男方父母即媳婦的公婆。

4 轉睫：眨眼，轉眼，比喻時間短促。彌月：滿了一個月。

5 會稽：浙江紹興的別稱。這裡是縣名，明清時會稽縣屬紹興府。幕府：指官吏的府署，即官員辦公的地方。幕，本指將領在外的營帳，後引申為幕僚，明清稱為「師爺」，在官署中輔佐官吏辦理文書等事務。

6 專役相迓（音同訝）：專門派人來接。役，役使、使喚。迓，迎接。迓和迎是同源字。

7 武林：舊時對浙江杭州的別稱，因武林山得名。

8 握管：握筆寫字。管，本為量詞，用於筆等管狀器物，代指毛筆。

9 館：指教學的地方，舊時稱教館。韓愈〈進學解〉：「國子先生晨入太學，招諸生立館下。」也指受雇於人，充當私塾先生或師爺。

10 蕉窗：窗外種植芭蕉樹，故稱蕉窗。芭蕉在古詩文中常用來表現離情別緒，憂愁孤獨。李清照〈添字醜奴兒〉詞：「窗前誰種芭蕉樹，陰滿中庭。陰滿中庭。葉葉心心、舒卷有餘情。傷心枕上三更雨，點滴霖霪。點滴霖霪。愁損北人、不慣起來聽。」

11 戍人：古代駐守邊疆的將士，也指因獲罪而被流放的人。戍，防守邊疆。

12 一刻：刻是古代的時間單位，源於漏壺計時，早期一晝夜為一百刻，至清初定為九十六刻。一天十二個時辰，一個時辰八刻，一刻相當於十五分鐘。

13 惺（音同星）：清醒，醒悟。禪宗史書《五燈會元》：「一聲寒雁叫，喚起未惺人。」禪宗有「棒喝」促醒未開悟者的法門。喝就是大聲喊叫，使初學者從迷糊中一下子警醒頓悟。這裡指從忘我的狀態清醒過來。

❖ 陪讀 ❖

當時正值六月，室內暑氣薰蒸，幸而我們住在滄浪亭愛蓮居西面的隔壁。板橋內有座小軒臨近水邊，名為「我取軒」，得名於「清斯濯纓，濁斯濯足」之意。檐前有一株老樹，濃蔭遮住窗子，把人臉都映綠了。對岸的遊人往來不絕。這裡是我父親稼夫公開居宴客的地方。我稟告母親之後，就帶著芸來此避暑。因天氣炎熱，她就不再刺繡，整日陪我讀書，談論古今，品評花月而已。芸不善飲酒，勉強才能喝三杯，我就教她以射覆為酒令助興。自以為人世間的歡樂，莫過於此了！

一天，芸問我說：「各種古文，效法哪家才好？」我答道：「《戰國策》、《南華經》，取法其靈巧機智；匡衡、劉向，取法其典雅剛健；司馬遷、班固，取法其博大；韓愈，取法其渾厚；柳宗元，取法其峭拔；歐陽脩，取法其飄逸；三蘇，取法其宏辯。其他如賈誼、董仲舒的策論，庾信、徐陵的駢文，陸贄的奏議，可取之處不能一概列舉，盡在於各人的慧心領會。」

芸說：「古文之妙，全在見識高明，氣勢雄渾。女子學它，就怕難以入門。只有作詩一事，我稍有領悟。」我說：「唐代以作詩選取士子，而詩之宗師，必推李白、杜甫。妳喜歡誰呢？」芸發議論道：「杜甫的詩錘煉精純，李白的詩瀟灑豪放，與其學杜甫的森嚴，不如學李白的活潑。」我說：「杜工部是詩家集大成者，學詩的人多效法他，妳怎麼獨愛李白呢？」芸說：「格律嚴謹，詞旨老道，確實是杜甫所獨擅長的；但李白的詩宛如姑射仙子，有一種落花流水的天然趣味，令人喜歡。並非杜甫不如李白，只不過在我心裡，學杜甫的心思淺，愛李白的心思深。」我笑道：「想不到原來陳淑珍竟是李青蓮的知己。」

芸笑道：「我還有個啟蒙老師白樂天先生，時常心中感念，未曾稍稍忘懷。」我問：「為什麼這麼說？」芸說：「他不是寫〈琵琶行〉的嗎？」我笑道：「怪哉！李太白是妳的知己，白樂天是妳的啟蒙老師，我恰好字『三白』，是妳的夫君，妳與『白』字怎麼這樣有緣？」芸笑道：「與『白』字有緣，將來恐怕白字連篇（吳音稱別字為白字）。」兩人相視大笑。

我說：「妳既然懂詩，也應當知道賦的高下取捨。」芸說：「《楚辭》是賦的始祖，我學識淺，很是費解。就漢晉人中格調高妙且詞語精煉的，似乎覺得以司馬相如為最。」我戲言道：「當初卓文君跟隨司馬相如私奔，莫非不是相中他彈琴，而是看上他的文章吧？」彼此又相視而笑才罷。

原文

時當六月，內室炎蒸，幸居滄浪亭愛蓮居西間壁[1]，板橋內一軒臨流[2]，名曰「我取」，取「清斯濯纓，濁斯濯足」意也[3]；檐前老樹一株，濃陰覆窗，人面俱綠，隔岸遊人往來不絕。此吾父稼夫公垂簾宴客處也[4]。稟命吾母，攜芸消夏於此。因暑罷繡，終日伴余課書論古、品月評花而已[5]。芸不善飲，強之可三杯，教以射覆為令[6]。自以為人間之樂，無過於此矣。

一日，芸問曰：「各種古文，宗何為是[7]？」余曰：「《國策》、《南華》[8]，取其靈快；匡衡、劉向[9]，取其雅健；史遷、班固[10]，取其博大；昌黎取其渾[11]，柳州取其峭[12]，廬陵取其宕[13]，三蘇取其辯[14]。他若賈、董策對[15]，庾、徐駢體[16]，陸贄奏議[17]，取資者不能盡舉，在人之慧心領會耳。」

芸曰：「古文全在識高氣雄，女子學之恐難入彀[18]，唯詩之一道，妾稍有領悟耳。」余曰：「唐以詩取士，而詩之宗匠必推李、杜[19]。卿愛宗何人？」芸發議曰：「杜詩錘煉精純，李詩瀟灑落拓[20]，與其學杜之森嚴，不如學李之活潑。」余曰：「工部為詩家之大成，學者多宗之，卿獨取李，何也？」芸曰：「格律謹嚴，詞旨老當，誠杜所獨擅；但李詩宛如姑射仙子[21]，有一種落花流水之趣，令人可愛。非杜亞於李，不過妾之私心宗杜心淺，愛李心深。」余笑曰：「初不料陳淑珍乃李青蓮知己。」

芸笑曰：「妾尚有啟蒙師白樂天先生22，時感於懷，未嘗稍釋。」余曰：「何謂也？」芸曰：「彼非作〈琵琶行〉者耶？」余笑曰：「異哉！李太白是知己，白樂天是啟蒙師，余適字三白，為卿婿23，卿與『白』字何其有緣耶？」芸笑曰：「白字有緣，將來恐白字連篇耳（吳音呼別字為白字）。」相與大笑。

余曰：「卿既知詩，亦當知賦之棄取24。」芸曰：「《楚辭》為賦之祖25，妾學淺費解。就漢晉人中調高語煉，似覺相如為最26。」余戲曰：「當日文君之從長卿27，或不在琴而在此乎？」復相與大笑而罷。

注釋

1 間壁：隔壁。

2 軒：古代一種有窗的長廊或小屋，通常比較小。古人給自己的書齋或屋子起的雅名，多帶軒字。

3 「清斯濯（音同卓）纓」二句：濯，洗。纓，指繫帽的帶子，在頷下打結。語出《孟子．離婁上》：「孔子曰：『小子聽之！清斯濯纓，濁斯濯足矣。自取之也。』夫人必自侮，然後人侮之；家必自毀，而後人毀之；國必自伐，而後人伐之。《太甲》曰：『天作孽，猶可違；自作孽，不可活。』此之謂也。」大意是：孔子說，水清可以洗帽帶，水濁可以洗腳，全憑我自己決定。人的一切禍福自取。

4 垂簾：放下簾子，引申指閒居無事。

5 課書：讀書。課，攻讀學習。

6 射覆：酒令名，古代的一種喝酒助興的猜謎遊戲。行酒令時，在盆下覆蓋物件令人猜，射是猜測，覆是覆蓋，後世常指用詩文字句典故等隱喻某一事物，讓人猜謎底。行令飲酒是古代飲酒時的風尚。

7 宗：尊崇，效法，學習。

8 《國策》：即《戰國策》，記載戰國時期縱橫遊説之士的言行的史書。《南華》：即《南華經》，《莊子》一書在道教中的別稱。這二書善於運用寓言、譬喻，文采生動，説理明快。

9 匡衡：字稚圭，西漢經學家，以「鑿壁偷光」的事蹟聞名於世，官至丞相，善於按照經典對答，文辭典雅。劉向：字子政，西漢經學家，曾編訂《戰國策》、《楚辭》、《山海經》等，文辭簡約，理論暢達。

10 史遷：即西漢史學家司馬遷，著有《史記》，也稱《太史公書》，被後世稱「範圍千古、牢籠百家」。班固：字孟堅，東漢史學家，著有《漢書》，卷帙繁重，史料豐富。

11 昌黎：即唐代文學家韓愈，字退之，自稱郡望昌黎，世稱韓昌黎，文章氣勢雄渾，説理透澈，是復興秦漢古文運動的領袖。渾：雄渾，渾厚，形容詩文書畫的筆力、風格質樸厚重。《新唐書．李翱傳》：「翱始從昌黎韓愈為文章，辭致渾厚，見推當時。」可見時人對韓愈文風的評價。

12 柳州：即唐代文學家柳宗元，字子厚，山西河東人，世稱柳河東，因被貶柳州，人稱柳柳州。所作山水遊記，峭拔峻秀，別出心裁。峭：形容詩文立意或遣詞造句奇險，如山勢一樣峻峭。

13 廬陵：即北宋文學家歐陽脩，字永叔，號醉翁、六一居士，江西吉水人，吉水古屬廬陵，故稱。謚號「文忠」，世稱歐陽文忠公。宕（音同蕩）：本指拖延、延宕，引申為放蕩，不受拘束，形容文風飄逸、灑脱。

14 三蘇：即北宋文學家蘇洵與二子蘇軾、蘇轍，長於分析、展開辯論的散文，和前文韓、柳、歐同列「唐宋八大家」。辯：辯論，宏辯。

15 賈、董：即西漢政論家賈誼和經學家董仲舒。賈誼，世稱賈生，長於政論文，作〈過秦論〉、〈鵩鳥賦〉等。董仲舒提出「罷黜百家，獨尊儒術」，推崇儒學，著有《春秋繁露》等。策對：針對時政發表對策。

16 庾、徐：即南北朝時，北周文學家庾信和南陳文學家徐陵，均善於駢文。庾信，曾與徐陵一起任梁武帝之子蕭綱的東宮學士，創作浮豔柔靡的宮體詩，故世人並稱「徐庾」。徐陵，於西元六世紀編撰《玉臺新詠》，收入自漢迄梁的詩歌名篇。駢體：又稱駢體文，古代以字句兩兩相對而成篇章的文體，常用四字、六字句，也稱「四六文」。

17 陸贄（音同志）：字敬輿，浙江嘉興人，又稱「陸九」，官至宰相，唐代政論家，所作奏議多用對偶，言辭懇切，條理清晰，如北宋司馬光的《資治通鑑》採納陸贄的奏文多達三十九篇。奏議：臣子向皇帝上呈的奏章公文，陳述事情，議論是非得失。唐宋上奏文書統稱奏議，到了清代，因用折本繕寫，也稱奏摺或摺子。

18 入彀（音同構）：進入弓箭能射中的範圍，比喻合乎標準。彀，張開弓弩，引申為弓箭的射程範圍。

19 李、杜：即唐代詩人李白和杜甫。李白，字太白，號青蓮居士、謫仙人，世稱「詩仙」，詩風飄逸如仙，筆法隨性而至，情感奔放，語言自然。杜甫，字子美，自稱少陵野老，曾任工部員外郎，世稱杜工部，又稱「詩聖」，詩風沉鬱頓挫，對句工整嚴謹。從唐代以來，李杜就常常被並提，如韓愈〈調張籍〉：「李杜文章在，光焰萬丈長。不知群兒愚，那用故謗傷。蚍蜉撼大樹，可笑不自量。伊我生其後，舉頸遙相望。」

20 落拓（音同唾）：豪放，放蕩不羈，不受拘束。

21 姑射（音同業）仙子：古代傳說中的神仙。典出《莊子．內篇．逍遙遊》：「藐姑射之山，有神人居焉。肌膚若冰雪，綽約若處子；不食五穀，吸風飲露；乘雲氣，御飛龍，而遊乎四海之外；其神凝，使物不疵癘而年穀熟。」

22 白樂天：即白居易，字樂天，號香山居士，世稱「白香山」，詩淺白而不淺顯，多寄託諷喻之意。

23 卿：古代夫妻、朋友之間的愛稱。婿：丈夫。

24 賦：古代介於散文和詩歌之間的一種文體，形似散文卻有詩歌的韻律，不能歌唱，只能朗誦。

25《楚辭》：發軔於楚國民歌的辭賦總集，故稱。以屈原的〈離騷〉為代表作，又稱騷體詩。賦由楚辭衍化而成。

26 相如：即司馬相如，字長卿，四川成都人。西漢辭賦家，有〈子虛賦〉、〈上林賦〉等，文章辭藻富麗，結構宏大，被稱為「辭宗」、「賦聖」。

27 文君之從長卿：記載於《史記．司馬相如列傳》，文君即卓文君，西漢富商卓王孫之女，精通音樂，曾在宴席間，從門後窺見司馬相如彈琴，一見鍾情，後與他私奔到成都。《西廂記》中，張生曾隔牆彈唱〈鳳求凰〉並向崔鶯鶯表明心跡：「昔日司馬相如得此曲成事，我雖不及相如，願小姐有文君之意。」

❖ 家居 ❖

我生性直爽，放浪不羈，芸倒像迂腐書生，拘泥多禮。我偶爾為她披衣或整理衣袖，她必連聲說「得罪」；有時遞給她手帕、扇子，她也必定起身來接。

我最初有些厭煩，說：「妳想要用虛文浮禮束縛我嗎？俗語說：『禮多必詐！』」芸滿臉通紅說：「做人恭敬有禮，怎麼反倒說是虛偽呢？」我說：「恭敬在心裡，不在於那些套話俗禮。」芸說：「至親的人莫過於父母，難道可以對他們內心恭敬，但是外在狂妄放肆嗎？」

我說：「剛才我所說的，只是戲言罷了。」芸說：「世間反目之事，多由戲言而起，以後不要冤枉我，這樣會令人鬱鬱而終呢！」我於是把她攬入懷中，加以撫慰，她才露出笑顏。從此以後，「豈敢」、「得罪」竟成了她的口頭禪。

我們相敬如賓共有二十三年，在一起時日越久，感情越發親密。彼此在家庭裡，或在昏暗室內相遇，或在狹路小道上邂逅，必定會握手問對方：「去哪裡？」私下心裡忐忑不安，彷彿唯恐旁人撞見。其實我們兩人同行並坐，起初還避開別人，久而久之，就不以為意。芸有時與他人閒坐談話，看見我過來，就會起身，往旁邊挪動身子，我挨著她並肩坐下。彼此都無意間這樣做，開始還覺得不安，後來想不到就自然而然了。

很奇怪有些老年夫婦相見如冤家，不知是什麼緣故。有人說：「不像這樣，怎麼能白頭偕老？」這話果真是如此嗎？

原文

余性爽直，落拓不羈。芸若腐儒，迂拘多禮。偶為披衣整袖，必連聲道「得罪」；或遞巾授扇，必起身來接。余始厭之，曰：「卿欲以禮縛我耶？語曰：『禮多必詐。』[1]」芸兩頰發赤，曰：「恭而有禮[2]，何反言詐？」余曰：「恭敬在心，不在虛文。」芸曰：「至親莫如父母，可內敬在心而外肆狂放耶？」

余曰：「前言戲之耳。」芸曰：「世間反目多由戲起，後勿冤妾，令人鬱死！」余乃挽之入懷，撫慰之，始解顏為笑。自此，「豈敢」、「得罪」竟成語助詞矣。

鴻案相莊廿有三年[3]，年愈久而情愈密。家庭之內，或暗室相逢，窄途邂逅，必握手問曰：「何處去？」私心忒忒[4]，如恐旁人見之者。實則同行並坐，初猶避人，久則不以為意。芸或與人坐談，見余至，必起立，偏挪其身，余就而並焉[5]。彼此皆不覺其所以然者，始以為慚，繼成不期然而然。

獨怪老年夫婦相視如仇者，不知何意？或曰：「非如是，焉得白頭偕老哉？」斯言誠然歟[6]？

注釋

1 語：指俗語，古語，諺語。詐：虛偽，不誠實。「禮多必詐」相當於俗諺「無事獻殷勤，非奸即盜」。

2 恭而有禮：指恭敬而彬彬有禮，語出《論語．顏淵》：「君子敬而無失，與人恭而有禮。」

3 鴻案相莊：形容像梁鴻和孟光那樣夫妻恩愛，舉案齊眉，相敬如賓。典出《後漢書．逸民傳．梁鴻》：「鴻家貧而有節操。妻孟光，有賢德。每食，光必對鴻舉案齊眉，以示敬重。」案，放飯菜的托盤。莊，恭敬。

4 私心忒（音同特）忒：內心忐忑。忒忒，象聲詞，心跳的聲音。

5 就：接近，靠近。

6 歟（音同魚）：語氣詞，表示疑問或反問語氣，跟「嗎」或「呢」相同。

❖七夕❖

這一年七夕，芸擺上香燭瓜果供奉，和我一起在「我取軒」中拜織女星。我篆刻了「願生生世世為夫婦」的兩枚印章，我拿紅字的陽文印章，芸拿白字的陰文印章，作為書信往來之用。

當夜，月色極佳，俯視河中，波光宛如白練，芸搖著輕盈小巧的團扇，與我並坐於臨水窗前，仰望飛雲過天，形態變化萬千。芸說：「宇宙如此之大，天下共用一輪明月，不知道今日人世間，是否也有像我們兩人這般情趣興致的人？」

我說：「納涼賞月的人，到處都有。若說品論雲霞，或許在深閨繡閣中尋找，慧心穎悟的人固然也不少。但如果是夫妻一同望月，所談論的，恐怕就不只是雲霞。」

不久，燭火燃盡，明月西沉，我們撤下瓜果，回去歇息。

原文

是年七夕[1]，芸設香燭瓜果，同拜天孫於我取軒中[2]。余鐫「願生生世世為夫婦」圖章二方，余執朱文，芸執白文[3]，以為往來書信之用。

是夜，月色頗佳，俯視河中，波光如練，輕羅小扇[4]，並坐水窗，仰見飛雲過天，變態萬狀。芸曰：「宇宙之大，同此一月，不知今日世間，亦有如我兩人之情興否？」

余曰：「納涼玩月，到處有之。若品論雲霞，或求之幽閨繡闥[5]，慧心默證者固亦不少[6]。若夫婦同觀，所品論者，恐不在此雲霞耳。」

未幾7，燭燼月沉，撤果歸臥。

注釋

1 七夕：農曆七月七日，又稱「七巧節」或「乞巧節」，民間傳說牛郎織女七夕相會，這一天，原是祭祀牽牛星、織女星的節日，寄託已婚夫婦不離不棄、白頭偕老的情感，後來成為婦女的節日，年輕女性擺上瓜果，拜織女星，乞求巧藝，故又稱「女兒節」。清初劇作家洪昇的傳奇《長生殿》中，唐玄宗和楊貴妃就是在七夕盟誓：「情重恩深，願世世生生，共為夫婦，永不相離。」

2 天孫：織女星。《漢書．天文志》：「織女，天帝孫也。」意為織女是天帝之女。孫，泛指後代子孫。

3 朱文：印章為白底紅字，印刻的字凸起，也稱陽文或陽刻。白文：印章為紅底白字，印刻的字凹陷，也稱陰文或陰刻。明清時流行鴛鴦印，多為夫妻合用的印章，源自古代以印為信，表示心心相印，通常印章底面刻男女各自名字，男的一方為陽刻，女的一方為陰刻，陰陽相合，以證百年好合、白頭偕老之情，為書香門第夫妻的雅好。

4 輕羅小扇：輕巧的絲質團扇。語出唐杜牧〈秋夕〉詩：「銀燭秋光冷畫屏，輕羅小扇撲流螢。」輕羅，一種質地較薄、柔軟輕盈的絲織品。

5 幽閨繡闥（音同踏）：形容裝飾華麗的內室。閨闥，指家門、家庭。

6 慧心：佛教語，指能領悟佛理智慧的心，泛指聰慧之心。默證：默默參悟。證，佛教語，參悟。

7 未幾：不多時，沒過多久。

❖ 鬼節 ❖

七月十五日，俗稱為「鬼節」，芸準備好小酒，正要和我對月暢飲。入夜，忽然烏雲密佈，天昏地暗，芸面露愁容說：「如果我能與夫君白頭偕老，請天上的明月出來作證。」我也興致索然。只見對岸的螢光忽明忽滅，如繁星萬點，交織於植有柳樹的堤岸和長滿水草的沙洲之間。

我與芸聯句賦詩，以便消遣心中煩悶，然而聯了兩韻之後，越聯越沒有章法，想入非非，隨口亂說。芸已笑出眼淚，唾沫橫飛，倒在我懷裡，說不出話來。我聞到她鬢邊茉莉濃香撲鼻，就拍著她的背，換其他話題說：「想必古人因為茉莉的形色宛如珍珠，所以將它插在鬢邊用來妝飾，殊不知這花一旦沾染上脂粉香油的氣息，香氣愈發撩人。連做供品的佛手，也都要退避三舍呢。」

芸才止住笑，說：「佛手是香中君子，香氣只在若有若無之間；茉莉是香中小人，故而必須借人的勢頭，香氣也像聳著肩諂媚地笑。」我說：「那妳為什麼要遠君子，而親近小人？」芸說：「我笑你這君子偏愛小人呢！」

正說話間，夜已三更。風漸漸吹散陰雲，一輪明月湧現出來，令我們大喜。兩人倚在窗邊對飲，酒未滿三杯，忽聽見橋下哄然一聲響，好像有人落水。我們靠近窗前細看，水中波光明亮如鏡，什麼也看不見，只聽到河灘上有隻鴨子急奔的聲響。我聽說滄浪亭旁常有溺水鬼，擔心芸害怕，沒敢當即說出口。芸說：「噫！這聲音，從哪裡來的？」不禁全身發抖。

我們連忙關上窗，攜帶酒回到房裡，一縷燈光如豆，帷帳低垂，彷彿杯弓蛇影一般，令人驚魂不定。

挑亮燈燭，進入床帳後，芸已渾身寒熱發作。我也隨之病倒，昏昏沉沉地度過二十天。真可謂樂極生悲，這也是我們不能白頭偕老的兆頭。

原文

七月望[1]，俗謂之鬼節[2]，芸備小酌，擬邀月暢飲。夜忽陰雲如晦，芸愀然曰[3]：「妾能與君白頭偕老，月輪當出。」余亦索然。但見隔岸螢光，明滅萬點，梳織於柳堤蓼渚間[4]。

余與芸聯句[5]，以遣悶懷，而兩韻之後，逾聯逾縱，想入非夷[6]，隨口亂道。芸已漱涎涕淚，笑倒余懷，不能成聲矣。覺其鬢邊茉莉濃香撲鼻，因拍其背，以他詞解之曰：「想古人以茉莉形色如珠，故供助妝壓鬢，不知此花必沾油頭粉面之氣[7]，其香更可愛，所供佛手當退三舍矣[8]。」

芸乃止笑曰：「佛手乃香中君子，只在有意無意間；茉莉是香中小人，故須借人之勢，其香也如脅肩諂笑[9]。」余曰：「卿何遠君子而近小人？」芸曰：「我笑君子愛小人耳。」

正話間，漏已三滴，漸見風掃雲開，一輪湧出，乃大喜。倚窗對酌，酒未三杯，忽聞橋下哄然一聲，如有人墮。就窗細矚，波明如鏡，不見一物，惟聞河灘有隻鴨急奔聲。余知滄浪亭畔素有溺鬼，恐芸膽怯，未敢即言。芸曰：「噫！此聲也，胡為乎來哉？」不禁毛骨皆栗。

急閉窗，攜酒歸房，一燈如豆，羅帳低垂，弓影杯蛇，驚神未定。剔燈入帳[10]，芸已寒熱大作[11]。余亦繼之，困頓兩旬。真所謂樂極災生，亦是白頭不終之兆。

注釋

1 望：月滿之相，後借指農曆每月十五日，稱為望日。

2 鬼節：又稱「中元節」，在農曆七月十五日，民間有供奉酒食祭祀亡故親人的習俗，相傳當天地獄裡的鬼會放出來。

3 愀（音同巧）然：憂愁、不愉快的樣子。

4 蓼渚（音同聊主）：長滿蓼草的水中小洲。蓼，一種長著白色或淺紅色小花的水草，也稱「水蓼」。渚，小洲，指水邊或水中的小塊陸地。

5 聯句：古人作詩的一種方式，每人或多人各做一句或數句，相聯成篇。通常限韻命題，即興聯句，多用於宴席及朋友間應酬。

6 非夷：匪夷所思，不合常規的法度。夷，平常，通常。

7 油頭粉面：形容人施脂著粉的妝容，頭髮上擦頭油，臉上搽粉。古代女性在頭髮上用「頭油」來固定髮絲，使頭髮生光。頭油中混合了一些香料，如玫瑰花、桂花等，常用來浸油澤髮。

8 佛手：即佛手柑，果實狀如手指，淡黃色，張開彎曲細長像佛手，故而得名。因香氣濃郁，可觀賞，常被用作案上供品。三舍（音同社）：泛指距離遠。古代行軍以三十里為一舍。

9 脅肩諂笑：聳起肩頭，笑臉獻媚。脅肩，故作竦敬之狀；諂笑，強為媚悅之態。語出《孟子．滕文公下》：「脅肩諂笑，病於夏畦。」意思是說聳肩諂笑去逢迎別人，如夏日田間勞作令人感到難受。

10 剔燈：古代燈燭燃燒時，燈芯會變短，燈光也隨之變暗，用剔燈竹籤將燈芯向外撥動一點兒，燈光才會亮起來。燈芯通常是一根燈芯草或棉紗繩，燃燒一會兒出現未燃盡的黑色餘灰，也就是燈花，或自然掉落，或用竹籤撥掉，或用剪刀修剪，挑起燈芯，剔除餘燼，讓燈燭更亮，故有剔燈、挑燈、剪燈的說法。

11 寒熱：指中醫學中怕冷發熱的症狀，今泛稱發燒。

❖中秋❖

到了中秋佳節，我的病才痊癒。只因芸新婚半年，不曾到過隔壁的滄浪亭，我預先吩咐老僕和守亭人約好，不要放閒人進去，到傍晚時，就帶著芸和我的小妹，由一個婆子、一個婢女扶著，讓老僕在前面帶路，經過石橋，進門後向東轉，沿著曲徑前行。

園內堆石成山，草木蔥蘢，樹林青翠。滄浪亭在土山的山頂，我們循著臺階來到亭中心，向周圍遠眺可望見數里。附近炊煙四起，晚霞燦爛。對岸名叫「近山林」，是達官顯宦宴客集會的地方，此時正誼書院尚未動工。我們將帶來的毯子鋪在亭子中，席地圍坐，守亭人烹煮茶之後送進來。

不一會兒，一輪明月升上了樹梢，漸漸覺得衣袖生風，月照波心，塵世的俗念煩擾，頓時煙消雲散。芸說：「今日的遊玩真是盡興！如果能划一隻小船，往來於滄浪亭下，豈不是更快活！」

這時，已是掌燈時分，回想起七月十五日那夜的驚嚇，我們就相互攙扶著下了亭子，回家去了。吳地的習俗，當天晚上，不管大家小戶的婦女都要出門，結隊遊玩，稱為「走月亮」。滄浪亭幽深雅致，清淨空曠，反倒沒人來這裡。

原文

中秋日，余病初愈。以芸半年新婦，未嘗一至間壁之滄浪亭，先令老僕約守者，勿放閒人。於將晚時，偕芸及余幼妹，一嫗一婢扶焉，老僕前導，過石橋，進門折東，曲徑而入。疊石成山，林木蔥翠。亭在土山之巔，循級至亭心，周遭極目可數里。炊煙四起，晚霞燦然。隔岸名「近山林」1，為大憲行臺宴集之地2，時正誼書院猶未啟也3。攜一毯設亭中，席地環坐，守者烹茶以進。

少焉，一輪明月已上林梢，漸覺風生袖底，月到波心，俗慮塵懷，爽然頓釋4。芸曰：「今日之遊樂矣！若駕一葉扁舟，往來亭下，不更快哉。」

時已上燈，憶及七月十五夜之驚，相扶下亭而歸。吳俗，婦女是晚不拘大家小戶皆出，結隊而遊，名曰「走月亮」5。滄浪亭幽雅清曠，反無一人至者。

注釋

1 近山林：始建於五代十國，清乾隆三十二年（一七六七），由巡撫沈德潛重建，名為「近山林」，取「仁者樂山，智者樂水」之意，又名可園、樂園，位於蘇州城南三元坊，與滄浪亭隔水相望，是蘇州現存唯一的書院園林。

2 大憲行臺：地方官名。大憲，清代對巡撫或總督之稱謂。《歷代職官考》：「行臺，專制一方，實為今制府之職。」

3 正誼書院：在滄浪亭北，位於蘇州可園內，清嘉慶十年（一八〇五），由江蘇巡撫汪志伊所建，取名「正誼」，意在「培養士氣，端正人心」，後由馮桂芬主持，以林則徐為師，宣導「中體西學」，培養了眾多學者人才。

4 爽然：消失的樣子。

5 走月亮：吳地民俗，中秋之夜，婦女盛裝出遊，結伴在月下遊玩，互相走訪，或進庵拜佛，徹夜踏月。

❖看戲❖

我父親稼夫公喜歡認義子，所以我的異姓兄弟有二十六人之多。我母親也有九個義女，那九人中，王二姑、俞六姑與芸最為相好。王二姑性情痴憨，善於飲酒；俞六姑性情豪爽，能說會道。她們每回相聚，總是把我趕出去，到外間居住，以便由得三個女人同榻而眠，這都是俞六姑一人的主意。我笑對她說：「等妹妹嫁人以後，我肯定會邀請妹夫過來，一住就是十天。」俞六姑說：「到時候我也來這裡，與嫂嫂同床睡，豈不是更好嗎？」芸與王二姑在旁只是微笑。

當時，為了給我弟弟啟堂娶媳婦，我們遷居到了飲馬橋的倉米巷，屋子雖寬敞，卻不再有滄浪亭的幽靜雅致。

我母親生日那天，演戲祝壽，芸起初覺得難得一見。我父親向來也沒有忌諱，點演了《慘別》等劇碼，老戲子刻畫入木三分，看戲的人無不動情。我透過簾子窺見芸忽然起身離去，過了許久仍不出來，就進入房內探望。俞六姑和王二姑也隨後而來。只見芸一個人以手托腮，獨自坐在鏡臺旁，我問：「怎麼這樣悶悶不樂？」芸說：「看戲原本是為了陶情遣興，但今日的戲徒然令人傷心罷了。」俞六姑和王二姑都笑起來。我說：「這可真是深情的人！」俞六姑說：「嫂嫂難道要整天獨自坐在這裡？」芸說：「等到有可看的戲再去看吧。」

王二姑聽說後就先出去，請我母親點了《刺梁》、《後索》等幾齣戲，又去勸芸出來看戲，她這才稱心快意。

原文

吾父稼夫公喜認義子，以故余異姓弟兄有二十六人。吾母亦有義女九人，九人中王二姑、俞六姑與芸最和好。王痴憨善飲，俞豪爽善談。每集，必逐余居外，而得三女同榻，此俞六姑一人計也。余笑曰：「俟妹于歸後1，我當邀妹丈來，一住必十日。」俞曰：「我亦來此，與嫂同榻，不大妙耶？」芸與王微笑而已。

時為吾弟啟堂娶婦，遷居飲馬橋之倉米巷2，屋雖宏暢，非復滄浪亭之幽雅矣。

吾母誕辰演劇，芸初以為奇觀。吾父素無忌諱，點演《慘別》等劇3，老伶刻畫，見者情動。余窺簾，見芸忽起去，良久不出，入內探之。俞與王亦繼至。見芸一人支頤獨坐鏡奩之側4，余曰：「何不快乃爾？」芸曰：「觀劇原以陶情，今日之戲徒令人腸斷耳。」俞與王皆笑之。余曰：「此深於情者也。」俞曰：「嫂將竟日獨坐於此耶？」芸曰：「俟有可觀者再往耳。」

王聞言先出，請吾母點《刺梁》、《後索》等劇5，勸芸出觀，始稱快。

注釋

1 俟（音同四）：等，等待。

2 飲馬橋：位於蘇州城第三橫河上的一座拱橋，南北向，地處蘇州市中心。相傳東晉高僧支遁曾在橋下飲馬，馬尿流入河中，河中長出蓮花。倉米巷：位於飲馬橋北，因宋代平江府糧倉在此而得名。

3 《慘別》：今已無考，一說是江蘇昆曲《白蛇傳》中的一折，寫白素貞和許仙生離死別的愛情故事；一說是《慘睹》，是清代昆曲《千忠戮》中最出名的一折，寫明代建文帝被趕下皇位，削髮為僧，逃出在外，親睹受牽連的臣子婦女種種慘狀的故事。

4 支頤：手托著腮。頤，腮或下巴。鏡奩（音同連）：俗稱梳妝箱，古代盛放梳妝用具的匣子，又稱鏡匣、妝奩。

5 《刺梁》：清初戲曲家朱佐朝的傳奇《漁家樂》中的一齣，寫東漢末年漁家女鄔飛霞偶救清河王劉蒜，為報父仇，假扮歌女，刺殺奸臣梁驥，後劉蒜登極，封鄔飛霞為皇后的故事，結局為喜劇。《後索》：清姚子懿的傳奇《後尋親記》中的一齣。全劇為《尋親記》的續作，意在宣揚孝道。

❖ 出遊 ❖

我的堂伯父素存公去世得早，沒有後人，父親就把我過繼給他。他的墓地在西跨塘福壽山祖墳旁，每年春天，我就會帶著芸去掃墓。王二姑聽說那裡有個風景勝地叫戈園，請求和我們同去。

芸瞧見地下的小亂石有天然苔紋，紋理斑駁，適合觀賞，就指給我看，說：「用這種石頭堆疊而成的假山盆景，比宣州白石更為古雅別致。」我說：「像這樣的石頭，恐怕難以多得。」王二姑說：「嫂嫂果真喜歡的話，我為妳去拾些來。」於是向守墓人借了一個麻袋，就如仙鶴邁步一樣彎腰屈膝，邊走邊看地撿起來。每撿一塊，我說「好」，她就收起來；我說「不好」，她就扔了。

不多時，王二姑粉汗盈盈，拽著麻袋回來說：「再撿下去，就沒力氣了。」芸一面揀選，一面對她說：「我聽說山中果子收穫時，要借用猴子的力氣，果然如此！」王二姑氣憤得撮起十指，作勢要呵癢，我側身攔阻她，責怪芸說：「人家為妳出力，妳倒是安逸，還說這種話，難怪妹妹氣惱呢。」

回去途中，我們到戈園遊玩，滿園嫩綠嬌紅，百花爭妍鬥豔。王二姑向來痴憨，見花便折，芸叱責說：「既沒有花瓶來養，又不插在頭上，折那麼多花做什麼！」王二姑說：「花不知痛癢，折了有什麼害處？」我說笑道：「將來罰妹妹嫁給滿臉麻子的大鬍子男人，為花洩憤。」王二姑瞪眼怒視我，把花扔在地上，伸小腳撥入池中，說道：「這麼欺負我太過分了！」芸笑著勸解，她才甘休。

原文

余堂伯父素存公早亡無後，吾父以余嗣焉[1]。墓在西跨塘福壽山祖塋之側[2]，每年春日，必挈芸拜掃。王二姑聞其地有戈園之勝[3]，請同往。

芸見地下小亂石有苔紋，斑駁可觀，指示余曰：「以此疊盆山，較宣州白石為古致[4]。」余曰：「若此者恐難多得。」王曰：「嫂果愛此，我為拾之。」即向守墳者借麻袋一，鶴步而拾之。每得一塊，余曰「善」，即收之；余曰「否」，即去之。

未幾，粉汗盈盈，拽袋返曰：「再拾則力不勝矣。」芸且揀且言曰：「我聞山果收穫，必藉猴力，果然！」王憤撮十指作哈癢狀，余橫阻之，責芸曰：「人勞汝逸，猶作此語，無怪妹之動憤也。」

歸途遊戈園，稚綠嬌紅，爭妍競媚。王素憨，逢花必折。芸叱曰：「既無瓶養，又不簪戴，多折何為！」王曰：「不知痛癢者，何害？」余笑曰：「將來罰嫁麻面多鬚郎，為花洩忿。」王怒余以目，擲花於地，以蓮鉤撥入池中5，曰：「何欺侮我之甚也！」芸笑解之而罷。

注釋

1 嗣（音同四）：繼承，子孫後代，這裡指過繼。

2 西跨塘福壽山：在今蘇州吳中區木瀆鎮附近，沈復祖墳所在地。祖塋（音同營）：祖墳。

3 戈園：通常認為指揚州个園，為諧音之誤，位於揚州鹽阜路。清嘉慶年間，由富商黃應泰擴建明代壽芝園而成，在園中修竹萬竿，取意於蘇東坡的詩〈於潛僧綠筠軒〉：「可使食無肉，不可居無竹。無肉令人瘦，無竹令人俗。人瘦尚可肥，士俗不可醫。旁人笑此言，似高還似痴。若對此君仍大嚼，世間那有揚州鶴。」个（通「箇」），竹一枝。《史記．貨殖列傳》：「竹竿萬个。」勝：優美的山水或古跡。

4 宣州白石：也稱宣石，一種著名的觀賞石，主要產於安徽宣城、寧國一帶，以色白如玉為主，雜以灰褐色、鏽黃色等，常用來點綴園林或盆景。宣州，今安徽宣城市，地處江南，與江蘇接壤。宣州白石的顏色與雪花相近，故又稱宣州雪石。

5 蓮鉤：小腳的美稱，又叫「蓮足」。形容舊時女人所纏的小腳，似蓮如鉤。

❖吃飯❖

芸剛嫁過來時不開口說話，喜歡聽我高談闊論。我撩撥她說話，就像用細草逗蟋蟀一樣，她漸漸也能大發議論。

她每日吃飯，必用茶水泡，愛吃芥鹵乳腐，吳地俗稱為「臭乳腐」，又愛吃蝦鹵瓜。這兩樣東西是我生平最討厭的，就戲言說：「狗沒有胃，卻愛吃糞，只因牠不辨髒臭；蜣螂滾糞團為食，卻化為蟬，只因牠想往高處飛。妳是狗，還是蟬呢？」芸說：「乳腐是看它便宜，可伴粥吃，也可下飯，我小時候吃慣了。如今嫁到你家，已像蜣螂化為蟬，仍喜歡吃，這是不忘本嘛。至於鹵瓜的滋味，卻是到這裡以後才開始嘗的。」

我說：「這麼說，我家是狗洞呢？」

芸發窘地強辯說：「糞是家家都有，只是分別在於吃與不吃。既然你愛吃蒜，我也勉強吃些。雖不敢勉強你吃乳腐，但這鹵瓜，你倒可捏著鼻子略嘗點兒，入口便知它味美，就好比鍾無鹽，相貌雖醜，可是德行美。」

我笑問：「妳騙我做狗嗎？」

芸說：「我做狗很久了，委屈你試著嘗嘗。」說著用筷子強塞到我嘴裡。我掩著鼻子咀嚼，似乎覺得爽脆鮮美，就鬆開了鼻子再去吃，竟發覺它異常美味，從此以後也喜愛吃。

芸用麻油加上少許白糖，拌乳腐，味道也很鮮美；把鹵瓜搗爛後拌乳腐，稱之為「雙鮮醬」，有別樣的風味。我說：「我一開始厭惡，後來卻喜愛吃，真是不可理解！」芸說：「這好比情之所鍾，就算貌醜也不嫌棄。」

原文

芸初緘默，喜聽余議論。余調其言，如蟋蟀之用纖草1，漸能發議。其每日飯必用茶泡，喜食芥鹵乳腐2，吳俗呼為臭乳腐，又喜食蝦鹵瓜3。此二物余生平所最惡者，因戲之曰：「狗無胃而食糞，以其不知臭穢；蜣螂團糞而化蟬4，以其欲修高舉也5。卿其狗耶？蟬耶？」芸曰：「腐取其價廉而可粥可飯，幼時食慣。今至君家，已如蜣螂化蟬，猶喜食之者，不忘本也。至鹵瓜之味，到此初嘗耳。」

余曰：「然則我家係狗竇耶6？」

芸窘而強解曰：「夫糞，人家皆有之，要在食與不食之別耳。然君喜食蒜，妾亦強啖之7。腐不敢強，瓜可扼鼻略嘗，入咽當知其美，此猶無鹽貌醜而德美也8。」

余笑曰：「卿陷我作狗耶？」

芸曰：「妾作狗久矣，屈君試嘗之。」以箸強塞余口。余掩鼻咀嚼之，似覺脆美，開鼻再嚼，竟成異味，從此亦喜食。

芸以麻油加白糖少許拌鹵腐，亦鮮美；以鹵瓜搗爛拌鹵腐，名之曰「雙鮮醬」，有異味。余曰：「始惡而終好之，理之不可解也。」芸曰：「情之所鍾，雖醜不嫌。」

注釋

1 蟋蟀之用纖草：鬥蟋蟀開始時，往往用細草撩撥蟋蟀的好鬥性，一般用蟋蟀草，也稱牛筋草。

2 芥鹵乳腐：一種蘇州風味小吃，以豆腐為原料，用陳年的芥菜鹵汁醃製而成，故有臭味。

3 蝦鹵瓜：一種江南特色小吃，以冬瓜、黃瓜為原料，多用鹹魚的鹵汁醃製而成，味道鮮美。

4 蜣螂團糞而化蟬：蜣螂俗稱屎殼郎，以動物的糞便為食，喜歡把糞便滾成球。古人誤認為蜣螂是蟬的幼蟲，如明洪應明《菜根譚》：「糞蟲至穢，變為蟬而飲露於秋風；腐草無光，化為螢而耀采於夏月。故知潔常自汙出，明每從晦生也。」

5 高舉：高飛。《楚辭．九辯》：「鳳愈飄翔而高舉。」

6 竇：孔穴，孔洞。漢樂府民歌〈十五從軍征〉：「兔從狗竇入，雉從梁上飛。」

7 啖（音同旦）：吃。《廣雅》：「啖，食也。」

8 無鹽：原名為鍾離春，也稱鍾無鹽、鍾無豔，相傳為齊國無鹽人，貌醜無比，據傳四十多歲未嫁，因當面勸諫齊宣王，被立為皇后，後代指貌醜德美的女子。其事蹟記載於西漢劉向《列女傳．辯通．齊鍾離春》：「鍾離春者，齊無鹽邑之女，宣王之正后也。其為人極醜無雙，臼頭，深目，長壯，大節，卬鼻，結喉，肥項，少髮，折腰，出胸，皮膚若漆。行年四十，無所容入，衒嫁不讎，流棄莫執。」

❖月老❖

我弟弟啟堂的媳婦，是王虛舟先生的孫女，下催妝禮臨時缺珠花，芸就將她出嫁時所得聘禮中的珠花，拿出來給我母親。女僕在一旁替她惋惜。芸說：「凡是女人，已屬純陰之體，珍珠是純陰之物，用來作首飾，把陽氣全克盡了，有什麼珍貴呢？」

然而，她對於破書殘畫，卻極為珍惜。對於殘缺不全的書，必然會蒐集分類，匯訂成冊，統稱之為「斷簡殘編」。對於破損的字畫，必然會尋找舊紙，將它粘補成一幅完整的畫卷，如有殘破缺損之處，請我補全畫好之後再捲起來，稱為「棄餘集賞」。她在做針線活、操持飲食的空閒之餘，整日做這些瑣碎的事情，也不厭其煩。芸在破箱子爛卷堆中，偶爾找到片紙尚可賞玩的，如獲至寶。我家舊鄰居馮老太婆，總是收集殘書亂卷賣給她。

芸的癖好與我相同，而且能察言觀色，懂得眉目之語，我一舉一動，遞個眼色，她無不心領神會，說得頭頭是道，與我不謀而合。我曾說：「可惜妳是女子，性子又安分，如果能變女成男，和我一起尋訪名山，遍尋名勝古蹟，遨遊於天地之間，豈不是快意呢！」芸說：「這有何難，等我兩鬢斑白之後，縱然不能遠遊五嶽，但是近處的虎丘、靈巖山，南到西湖，北到平山，都可以與你結伴遊玩。」我說：「恐怕妳兩鬢斑白之時，已經步履艱難。」芸說：「今世若不能如願，就期許來世。」我說：「來世妳可做男子，我做女子相隨。」芸說：「一定要不忘今生，方才覺得有情趣。」我笑道：「兒時的一碗粥，尚且說個不休，如果來世不忘今生，成婚之夜，細談隔世的事情，說起來更沒有合眼的時候。」芸說：「世間相傳月下老人專管人間婚姻之事，我們今生成為夫婦，已承蒙他牽紅線撮合，來世的姻緣也要仰仗他的神力，何不畫一幅月老像來祭拜他呢？」

當時苕溪有位戚柳堤先生，名遵，善繪人物畫。我們就請他畫了一幅月老像，月老一手挽紅繩，一手持仙杖，神杖上懸掛著姻緣簿，童顏鶴髮，奔行在非煙非霧的仙境中。這是戚先生的得意之作。我的好友石琢堂給這幅畫像題寫贊語，然後我們就將它懸掛在室內。每逢初一、十五，我們夫婦必定會對著畫像焚香祭拜，向月老禱告。後來由於家庭諸多變故，這幅畫竟然失蹤了，也不知道遺落在誰家。有詩說「他生未卜此生休」，我們兩人的痴情，果真能請天上的神仙明察嗎？

原文

余啟堂弟婦，王虛舟先生孫女也[1]，催妝時偶缺珠花[2]，芸出其納采所受者呈吾母[3]，婢嫗旁惜之。芸曰：「凡為婦人，已屬純陰，珠乃純陰之精，用為首飾，陽氣全剋矣，何貴焉？」

而於破書殘畫，反極珍惜。書之殘缺不全者，必搜集分門，匯訂成帙[4]，統名之曰「斷簡殘編」[5]；字畫之破損者，必覓故紙，粘補成幅，有破缺處，倩余全好而卷之[6]，名曰「棄餘集賞」。於女紅、中饋之暇[7]，終日瑣瑣，不憚煩倦。芸於破笥爛卷中[8]，偶獲片紙可觀者，如得異寶。舊鄰馮嫗每收亂卷賣之。

其癖好與余同，且能察眼意，懂眉語，一舉一動，示之以色，無不頭頭是道。余嘗曰：「惜卿雌而伏，苟能化女為男，相與訪名山，搜勝跡，遨遊天下，不亦快哉！」芸曰：「此何難，俟妾鬢斑之後，雖不能遠遊五嶽，而近地之虎阜、靈巖[9]，南至西湖，北至平山[10]，盡可偕遊。」余曰：「恐卿鬢斑之日，步履已艱。」芸曰：「今世不能，期以來世。」余曰：「來世卿當作男，我為女子相從。」芸曰：「必得不昧今生[11]，方覺有情趣。」余笑曰：「幼時一粥，猶談不了，若來世不昧今生，合巹之夕，細談隔世，更無合眼時矣。」芸曰：「世傳月下老人專司人間婚姻事[12]，今生夫婦已承牽合，來世姻緣亦須仰藉神力，盍繪一像祀之[13]？」

時有苕溪戚柳堤[14]，名遵，善寫人物。倩繪一像，一手挽紅絲，一手攜杖懸姻緣簿，童顏鶴髮，奔馳於非煙非霧中。此戚君得意筆也。友人石琢堂為題贊語於首[15]，懸之內室。每逢朔望[16]，余夫婦必焚香拜禱。後因家庭多故，此畫竟失所在，不知落在誰家矣。「他生未卜此生休」[17]，兩人痴情，果邀神鑑耶？

注釋

1 王虛舟：原名王澍（一六六八～一七四三），字若霖，號虛舟，江蘇金壇（今常州市金壇區）人，康熙時以善書充任五經纂文館總裁官。清代書法家，聞名海內，著有〈虛舟題跋〉、《古今法帖考》等，傳世作品較多。

2 催妝：又稱下催妝禮，古代婚禮習俗，女方出嫁須男方多次催促，才梳妝起行，表示不捨娘家。催妝禮包括鳳冠霞帔或婦女妝扮之類的東西。宋孟元老《東京夢華錄．娶婦》：「凡娶媳婦……先一日，或是日早，下催妝冠帔花粉，女家回公裳花襆頭之類。」珠花：古代女子頭髮或服飾上用珠子串製的花飾。

3 納采：俗稱下聘禮，古代婚禮六禮（即納采、問名、納吉、納征、請期和親迎）之一，指男方請媒人去女方家提親，女方家答應後，男方向女方家送禮物求婚。

4 帙（音同志）：包書的布套，後將書一套叫作一帙。

5 斷簡殘編：殘缺不全的書籍。簡，古代用來寫字的竹片。編，穿簡片的細長皮條。

6 倩（音同歉）：央求，請或託人做某事。

7 中饋：指婦女在家操持飲食等事務，也泛指酒食。

8 笥（音同四）：盛放食物或衣物等東西的方形竹器。

9 虎阜：即虎丘山，在今蘇州西北，被譽為吳中第一名勝。相傳吳王闔閭死後，被其子夫差葬於此地，三天後有白虎出現在山上，故得名。靈巖：即靈巖山，在今蘇州西南的木瀆鎮，因山上有一塊「靈芝石」而得名，越國獻西施給吳王夫差於此，南朝時建有靈巖禪寺。

10 平山：在今江蘇揚州北，有歐陽脩所建的平山堂。

11 不昧：不忘，不湮滅。昧，糊塗，不明白。

12 月下老人：典出唐李復言的傳奇小說《續玄怪錄．訂婚店》：韋固夜居宋城（今河南商丘）旅店，月下遇一老人倚布囊，坐於階上，向月檢書。問之，老人說書為「幽冥之書」，自己司掌「天下之婚牘」，囊中有赤繩子即「紅絲」以繫夫妻之足，命中這對男女就會結為夫婦。後世即以月下老人為主管男女婚姻之神。

13 盍（音同何）：疑問代詞，意為何不、什麼。

14 苕溪：今浙江湖州市吳興區苕溪，因境內有苕溪而得名，舊為浙江吳興縣（今湖州市）的別稱。苕溪為太湖的源流之一。

15 石琢堂：即石韞（音同韻）玉（一七五六～一八三七），字執如，號琢堂、花韻庵主人、獨學老人，江蘇吳縣（今蘇州）人，據傳為北宋歐陽脩的文士好友石曼卿的後人，祖輩在明末戰亂後遷至蘇州。清乾隆五十五年（一七九〇）以一甲一名成進士，得中狀元，授翰林院編修。身歷乾隆、嘉慶、道光三朝，曾任福建、湖南學政，四川、重慶知府，官至山東按察使，清代詩人、藏書家，晚年主持江南諸學院。題贊語：題寫贊語。贊，文體的一種，以頌揚為主，多為韻文。石琢堂的〈月下老人贊〉記載於《獨學廬全集》：「氤氳使者，般若摩訶。雲遊碧落，霧隱丹阿。藍橋有徑，銀漢無波。邀靈月姊，願結星娥，向璧一升，赤繩千里。軼事可徵，良緣非詭。素月如珠，圓靈若水。迴雪輕飛，行雲細起，靈杖九節，仙衣六銖。高姿玉朗，瘦骨松臒。鴛文合牒，鳳諾分符。其情靄靄，其色愉愉。歲在元辰，月維初吉。遴墨龍賓，徵綃鮫室。真香降靈，明水浣筆。神光合離，生於兜率。」

16 朔：農曆每月初一，稱為朔日。《釋名》：「朔，月初之名也。」

17 「他生」句：出自唐李商隱詩〈馬嵬〉其二：「海外徒聞更九州，他生未卜此生休。空聞虎旅傳宵柝，無復雞人報曉籌。此日六軍同駐馬，當時七夕笑牽牛。如何四紀為天子，不及盧家有莫愁。」未卜，不知、難料。「他生未卜此生休」，照應七夕唐明皇和楊玉環「願生生世世為夫婦」的誓言。

❖ 避暑 ❖

遷居倉米巷後，我在住宿樓的匾額上題名「賓香閣」，取自芸的名字，且有相敬如賓之意。宅子院窄牆高，實在沒有可取之處。後面有座廂樓，通往藏書處所，開窗正對著陸氏廢園，只有一片荒涼的景象。滄浪亭的風景，時常讓芸念念不忘。

有個老婆婆住在金母橋東，埂巷之北。屋子周圍都是菜園，編織籬笆牆為門，門外有個池塘，約一畝見方，花光樹影交錯叢生於籬笆牆旁邊。那地方即是元末張士誠王府的遺址。屋子西邊不遠處，破碎的磚瓦堆積成土山，登上山頂可眺望四周，附近地廣人稀，頗有山野之趣。

老婆婆偶然談及那裡，芸神往不已，就對我說：「自從離開滄浪亭，常常魂牽夢繞，如今不得已而求其次，要不去老婆婆的住處？」我說：「連日入秋以來，暑氣逼人，我正想找個清涼的地方來消磨長日。妳既然願意去，我先去她家看看，可居住的話，就攜帶行李前往，住上一個月，怎麼樣？」芸說：「只怕母親大人不許。」我說：「我親自去請求。」

第二天，我到了那個地方，見屋子僅有二間，前後隔成四小間，紙窗竹榻，頗為幽靜雅致。老婆婆得知我的來意，欣然讓出臥室租給我，四壁糊上白紙，頓覺煥然一新。於是我稟告母親後，帶著芸居住在此。鄰居只有一對老夫婦，以種菜為生，聽說我們夫婦來這裡避暑，先殷勤拜訪，並且釣了池中魚、摘了園裡菜送過來。我們付錢，那對老夫婦也不要，芸做了鞋子回報，他們才道謝收下。

時值七月，綠樹成蔭，水面涼風襲來，蟬鳴不絕於耳。鄰居老人又給我們製作了釣魚竿，我和芸就在柳蔭深處垂釣。太陽落山時，我們兩人登上土山，觀看晚霞夕照，隨意吟詩聯句，有一聯是「獸雲吞落日，弓月彈流星」。過了一會兒，明月映照在池水中，四周蟲鳴之聲響起，我們將竹榻放在籬笆牆下，只聽見老婆婆傳話說酒熱飯熟了！於是我們就在月光下對飲，微醺欲醉時才吃飯。沐浴後，腳穿涼鞋，手搖芭蕉扇，時而坐著，時而躺著，聽鄰居老人講那些因果報應的故事。直到半夜三更，我們才回房去睡，這時只覺得渾身清涼，幾乎忘了自己身處城市。

我們懇請鄰居老人買來菊花，遍植在籬笆周圍。九月菊花開的時節，我又和芸來住了十天。我母親也欣然前來觀花，吃著螃蟹賞菊，賞玩了一整天。芸滿心歡喜說：「來日我可與你在這裡定居，買下繞屋的十畝菜園，差使僕人婢女種瓜果蔬菜，供平日花銷。你繪畫，我織繡，以滿足吟詩飲酒所需。雖然只是布衣粗食，但能終身歡樂，你也不必出外謀生了。」我深以為然。如今縱有這種境地，然而知己已經不在人世，豈不令人長歎！

原文

遷倉米巷，余顏其臥樓曰「賓香閣」1，蓋以芸名而取如賓意也2。院窄牆高，一無可取。後有廂樓3，通藏書處，開窗對陸氏廢園，但有荒涼之象。滄浪風景，時切芸懷4。

有老嫗居金母橋之東5，埂巷之北。繞屋皆菜圃，編籬為門，門外有池約畝許，花光樹影，錯雜籬邊。其地即元末張士誠王府廢基也6。屋西數武7，瓦礫堆成土山，登其巔可遠眺，地曠人稀，頗饒野趣。嫗偶言及，芸神往不置8，謂余曰：「自別滄浪，夢魂常繞，今不得已而思其次，其老嫗之居乎？」余曰：「連朝秋暑灼人，正思得一清涼地以消長晝。卿若願往，我先觀其家可居，即襆被而往9，作一月盤桓何如？」芸曰：「恐堂上不許。」余曰：「我自請之。」

越日，至其地，屋僅二間，前後隔而為四，紙窗竹榻，頗有幽趣。老嫗知余意，欣然出其臥室為賃，四壁糊以白紙，頓覺改觀。於是稟知吾母，挈芸居焉。鄰僅老夫婦二人，灌園為業10，知余夫婦避暑於此，先來通殷勤，並釣池魚、摘園蔬為饋11。償其價，不受，芸作鞋報之，始謝而受。

時方七月，綠樹陰濃，水面風來，蟬鳴聒耳12。鄰老又為製魚竿，與芸垂釣於柳陰深處。日落時，登土山，觀晚霞夕照，隨意聯吟，有「獸雲吞落日，弓月彈流星」之句。少焉，月印池中，蟲聲四起，設竹榻於籬下，老嫗報酒溫飯熟，遂就月光對酌，微醺而飯。浴罷，則涼鞋蕉扇，或坐或臥，聽鄰老談因果報應事。三鼓歸臥13，周體清涼，幾不知身居城市矣。

籬邊倩鄰老購菊，遍植之。九月花開，又與芸居十日。吾母亦欣然來觀，持螯對菊14，賞玩竟日。芸喜曰：「他年當與君卜築於此15，買繞屋菜園十畝，課僕嫗植瓜蔬16，以供薪水。君畫我繡，以為詩酒之需。布衣菜飯，可樂終身，不必作遠遊計也。」余深然之。今即得有境地，而知己淪亡，可勝浩歎！

注釋

1 顏：眉目之間，借指堂上或門框上的橫匾。這裡作動詞，指在匾額上題字。

2 以芸名而取如賓意：以芸的名字命名，取相敬如賓的意思。芸，香草名，又稱芸香，開黃色花，香氣濃郁。沈括《夢溪筆談》：「芸，香草也，今人謂之七里香者是也。」

3 廂樓：正樓兩側的房屋，與正樓毗鄰，常有檐廊相通。古代正房多為坐北朝南的房子，陽光充足，廂房為正房前面或東西兩側的房屋。

4 切：貼近，契合。清劉開《問說》：「切於身心。」

5 金母橋：又名「雞鳴橋」，位於倉米巷東，橫跨錦帆河，後因填河成路，此橋被廢。金母，即西王母，在道教中地位很高，相傳與信仰道術的吳王齊玄曾在此橋處相會。

6 張士誠：元末江浙一帶的義軍領袖，泰州白駒場（今江蘇大豐白駒鎮）人，自稱誠王，國號周，攻下蘇州（當時稱平江）後，定都於此，自立為「吳王」，就地開墾，後敗於朱元璋的明軍，自縊而死。

7 數武：不遠處。武，指半步。古代以六尺為步，半步為武。

8 神往不置：一心嚮往，惦念不捨。置，放棄，捨棄。

9 襆（音同伏）被：用包袱裹束衣被，這裡指收拾行李。襆，同「袱」。

10 灌園：澆灌園圃，退隱從事田園勞動，代指種菜。

11 饋：進獻，這裡指贈送他人食物。泛指贈送。

12 聒（音同瓜）耳：聲音刺耳。出自《韓非子．顯學》：「千秋萬歲之聲聒耳，而一日之壽無徵於人。」

13 三鼓：即三更。鼓，更鼓。古代把夜晚分成五個時段，用鼓打更報時，叫作五更、五鼓。

14 持螯（音同熬）：拿著螃蟹。古代賞菊日，有一邊喝酒一邊吃螃蟹的習俗，稱持螯把酒之樂。螯，螃蟹的第一對腳，代指螃蟹，也泛指下酒菜。

15 卜築：擇地建築住宅，代指定居。

16 課：督促，教導，借指差派、勞役。

❖ 廟會 ❖

離我家約有半里路的醋庫巷，有個洞庭君祠，俗稱水仙廟。廟中迴廊曲折，稍有幾處園亭。每逢洞庭神的誕辰，人們各按姓氏認定一個地方，密集懸掛著樣式一致的玻璃燈，中間安設寶座，旁邊擺放花瓶几案，上面佈置插花，相互比較勝負。白天只是演戲，夜間則瓶花高低參差，把蠟燭插在瓶花之間，美其名曰「花照」。到處花光燈影，寶鼎暗香浮動，彷彿龍宮裡的夜宴。管事人或奏樂歌唱，或煮茶閒談，看熱鬧的人有如螞蟻聚集一般，屋檐下都設圍欄為界。我被眾好友邀請去插花佈置，因而得以親臨盛況。

我回家對芸盛讚了一番。芸說：「可惜我不是男子，不能去看看。」我說：「妳戴著我的帽子，穿著我的衣裳，這也是變女成男的法子。」於是她把髮髻改為辮子，描畫濃眉，戴上我的帽子，微露兩邊鬢角，還能掩飾過去，可是穿著我的衣裳，卻長了一寸半，就在腰間折疊縫緊，外面套上馬褂。芸問：「腳下該怎麼辦？」我說：「街市上有那種蝴蝶履，大小可調，買也很容易，早晚還能當拖鞋用，豈不是正好嘛？」芸這才欣然同意。

待晚飯後，芸已經裝扮妥當，學男子拱手闊步了許久，忽然變卦說：「我還是不去了，被人認出來已不便，母親大人聽說也不可行。」我慫恿她說：「廟裡管事的人，誰不認識我，就算認出來，也不過付之一笑罷了。我母親現今在九妹夫家，我們悄悄去，悄悄回來，她哪能知道。」芸對鏡自照，狂笑不止。

我強挽著她，悄悄過去，在廟裡遊遍，也無人認出她是女子。有人問起她是誰，我回覆說是我的表弟，芸則拱手答禮而已。最後到了一處，有少婦、丫頭坐在安設的寶座後面，那是姓楊的管事人的家屬。芸忽然去那邊打招呼，身子一側，不由自主按了一下少婦的肩，旁邊有女僕怒而起身呵斥說：「哪個狂徒，這麼沒規矩！」我正想為她措辭掩飾，芸見勢不妙，就脫下帽子，翹起小腳示人說：「我也是女子。」眾人面面相覷，轉怒為喜，於是挽留我們吃了茶點，又召來轎子送我們回家。

原文

離余家半里許，醋庫巷有洞庭君祠1，俗呼水仙廟，迴廊曲折，小有園亭。每逢神誕，眾姓各認一落2，密懸一式之玻璃燈，中設寶座，旁列瓶几，插花陳設，以較勝負。日惟演戲，夜則參差高下，插燭於瓶花間，名曰「花照」。花光燈影，寶鼎香浮，若龍宮夜宴。司事者或笙簫歌唱，或煮茗清談，觀者如蟻集，檐下皆設欄為限。余為眾友邀去，插花佈置，因得躬逢其盛。

歸家向芸豔稱之。芸曰：「惜妾非男子，不能往。」余曰：「冠我冠，衣我衣，亦化女為男之法也。」於是易髻為辮，添掃蛾眉，加余冠，微露兩鬢，尚可掩飾，服余衣，長一寸又半，於腰間折而縫之，外加馬褂。芸曰：「腳下將奈何？」余曰：「坊間有蝴蝶履3，大小由之，購亦極易，且早晚可代撒鞋之用4，不亦善乎？」芸欣然。

及晚餐後，裝束既畢，效男子拱手闊步者良久5，忽變卦曰：「妾不去矣，為人識出既不便，堂上聞之又不可。」余慫恿曰：「廟中司事者誰不知我，即識出，亦不過付之一笑耳。吾母現在九妹丈家，密去密來，焉得知之。」芸攬鏡自照，狂笑不已。

余強挽之，悄然徑去。遍遊廟中，無識出為女子者。或問何人，以表弟對，拱手而已。最後至一處，有少婦、幼女坐於所設寶座後，乃楊姓司事者之眷屬也。芸忽趨彼通款曲6，身一側，而不覺一按少婦之肩，旁有婢媼怒而起曰7：「何物狂生，不法乃爾！」余欲為措詞掩飾，芸見勢惡，即脫帽翹足示之曰：「我亦女子耳。」相與愕然，轉怒為歡，留茶點，喚肩輿送歸8。

注釋

1 醋庫巷：在今蘇州鳳凰街，以北宋時在巷內建醋庫而得名。洞庭君祠：在醋庫巷南面的水仙巷內，現已不存，當時廟內供有柳毅神君塑像。洞庭是太湖別稱，君即柳毅神君，相傳其神誕日為十月初六。民間傳說柳毅娶了龍王之女，曾向龍王借雨水，救了蘇州萬民，因而蘇州的百姓建廟祭祀他，奉他為鎮守太湖洞庭的水仙。其人事蹟也記載於唐李朝威的傳奇《柳毅傳》。

2 落：院落，部落，村落，指人聚集之處。

3 蝴蝶履：清代藝妓所穿的蝴蝶式鞋子，可調大小，是一種鞋面中間有接縫的便鞋，與拖鞋相似。

4 撒鞋：拖鞋。又作灑鞋，一種包皮邊的布鞋，輕便易於出行。

5 拱手：一種古代禮儀，通常是用左手握住右手，兩手在胸前相合，以表示恭敬，古代一般用於男性。

6 通款曲：打招呼，殷勤問候。款曲，殷勤應酬。

7 婢媼（音同襖）：供役使的女僕。媼，老年婦女，也為婦女的通稱。

8 肩輿：古代交通工具，即轎子。有時也指乘坐轎子。輿，指車。

❖ 遊船 ❖

吳江的錢師竹先生病故，我父親來信，派我前去弔唁。芸私下對我說：「去吳江必然經過太湖，我想隨你同去，開闊一下眼界。」我說：「我正愁獨自上路，孤單一人，能帶妳同行當然很好，只是苦無藉口。」芸說：「不妨假託回娘家。你先上船，我隨後就來。」我說：「如果是這樣，回來途中就把船停泊在萬年橋下，我和妳乘涼賞月，也可再續滄浪亭的美事。」

那天是六月十八日，早晨天氣涼爽，我帶著一個僕人先到胥江渡口，登上船等候她，芸果然坐轎子來了。解纜開船後，出了虎嘯橋，漸漸望見風中片片船帆，沙灘水鳥翔集，水天相接共一色。芸說：「這就是傳說中的太湖嗎？今日得見天地如此寬廣，真是不虛此生！想想那些閨中女子，有多少人終身不能見到這樣的風景。」閒談不多時，只見風拂過岸邊柳樹，船已到了吳江城。

我上岸祭奠完畢後，回來見船中空無一人，急忙詢問船夫。船夫指給我看說：「你沒看見那長橋邊、柳蔭下，觀看魚鷹捕魚的人嗎？」原來芸已經與船家女上岸了。我到了她們身後，芸粉汗盈盈，正倚著船家女出神。我拍她的肩說：「衣衫都汗透了！」芸回頭說：「我怕錢家有人來到船上，所以暫時躲避一下。你怎麼回來得這麼快？」我開玩笑說：「想要追捕逃犯啊！」

於是我們互相挽著登船，返程至萬年橋下，太陽尚未落山。船上的窗子盡開，水面清風徐來，手搖團扇，輕衫拂動。我們就在船中切瓜解暑。過了一會兒，只見晚霞映紅石橋，薄暮輕煙籠罩著岸上柳樹，四周更顯幽暗，明月將升起，滿江盡是漁船燈火。

我吩咐僕人去船尾，與船夫一起飲酒。船家的女兒名叫素雲，曾與我喝過酒，為人頗不俗，就招呼她與芸同坐。船頭不點燈火，我們在月下暢飲，以射覆為酒令。素雲眨著雙眼，聽了許久，說：「酒令我很熟悉，卻從未聽說有這種酒令，倒想請教。」芸就打比方開導她，可是她始終茫然不解。我笑道：「女先生暫且別費口舌，我用一言半語打個比方，馬上就能說明白。」芸說：「你打什麼比方？」我說：「鶴善於舞蹈，卻不能耕地；牛善於耕地，卻不能舞蹈。萬物各自天性使然。先生想要違反天性去教，豈不是白費功夫嗎？」

素雲笑著捶我的肩說：「你這是在罵我呢！」芸出酒令說：「只許動口，不許動手。違令者罰一大杯酒。」素雲酒量大，滿滿斟了一杯，一飲而盡。我說：「動手只准撫摩，不准捶人。」芸笑著挽住素雲，將她推入我懷裡，說：「請夫君盡情撫摩。」我笑道：「妳這並非善解人意，撫摩要在有意無意之間。擁入懷中肆意撫摩，這是鄉野村夫的所作所為。」

當下她們的雙鬢兩額所插的茉莉，為酒氣薰蒸，夾雜些粉汗油香，只覺得芳香撲鼻。我戲言說：「小人的臭味充滿船頭，令人作嘔。」素雲不禁握拳連連捶我，說：「誰叫你狂嗅呢？」芸喊道：「又違令了，該罰兩大杯酒！」素雲說：「他又罵我是小人，難道不該捶他嗎？」芸說：「他說的『小人』，是有典故的。請乾了這酒，就說給妳聽。」素雲於是一連飲盡兩杯酒，芸才將滄浪亭舊居乘涼的事告訴她。素雲說：「原來是這樣，真是錯怪他了，該再罰酒。」便又乾了一杯酒。

芸說：「久聞素娘會唱曲兒，可否一聽妳的美妙聲音呢？」素雲隨即用象牙筷子敲打小碟，和著拍子自打自唱。芸聽著歌聲欣然暢飲，不知不覺大醉，就坐轎子先回去。我又與素雲喝茶閒話片刻，才踏月而歸。

那時我寄居在好友魯半舫家的蕭爽樓中。過了幾天，魯夫人誤聽傳聞，私下裡告訴芸說：「前日聽說妳的夫君挾帶兩個歌妓，在萬年橋下的遊船中飲酒作樂，妳知不知道？」芸說：「的確有此事，其中一個就是我。」於是將我們夫婦結伴同遊的始末詳盡告知。魯夫人聽了大笑，才釋然而去。

原文

吳江錢師竹病故[1]，吾父信歸，命余往弔[2]。芸私謂余曰：「吳江必經太湖，妾欲偕往，一寬眼界。」余曰：「正慮獨行踽踽[3]，得卿同行固妙，但無可託詞耳。」芸曰：「託言歸寧。君先登舟，妾當繼至。」余曰：「若然，歸途當泊舟萬年橋下[4]，與卿待月乘涼，以續滄浪韻事。」

時六月十八日也。是日早涼，攜一僕先至胥江渡口[5]，登舟而待，芸果肩輿至。解維出虎嘯橋[6]，漸見風帆沙鳥，水天一色。芸曰：「此即所謂太湖耶？今得見天地之寬，不虛此生矣。想閨中人有終身不能見此者。」閒話未幾，風搖岸柳，已抵江城。

余登岸拜奠畢，歸視舟中洞然[7]，急詢舟子。舟子指曰：「不見長橋柳陰下，觀魚鷹捕魚者乎？」蓋芸已與船家女登岸矣。余至其後，芸猶粉汗盈盈，倚女而出神焉。余拍其肩曰：「羅衫汗透矣！」芸回首曰：「恐錢家有人到舟，故暫避之。君何回來之速也？」余笑曰：「欲捕逃耳。」

於是相挽登舟，返棹至萬年橋下[8]，陽烏猶未落也[9]。舟窗盡落，清風徐來，紈扇羅衫[10]，剖瓜解暑。少焉，霞映橋紅，煙籠柳暗，銀蟾欲上，漁火滿江矣。

命僕至船梢與舟子同飲。船家女名素雲，與余有杯酒交，人頗不俗，招之與芸同坐。船頭不張燈火，待月快酌，射覆為令。素雲雙目閃閃，聽良久，曰：「觴政儂頗嫻習[11]，從未聞有斯令，願受教。」芸即譬其言而開導之，終茫然。余笑曰：「女先生且罷論，我有一言作譬，即了然矣。」芸曰：「君若何譬之？」余曰：「鶴善舞而不能耕，牛善耕而不能舞，物性然也。先生欲反而教之，無乃勞乎[12]？」

素雲笑捶余肩曰：「汝罵我耶！」芸出令曰：「只許動口，不許動手。違者罰大觥[13]。」素雲量豪，滿斟一觥，一吸而盡。余曰：「動手但准摸索，不准捶人。」芸笑挽素雲置余懷，曰：「請君摸索暢懷。」余笑曰：「卿非解人，摸索在有意無意間耳。擁而狂探，田舍郎之所為也14。」

時四鬟所簪茉莉15，為酒氣所蒸，雜以粉汗油香，芳馨透鼻。余戲曰：「小人臭味充滿船頭，令人作惡。」素雲不禁握拳連捶曰：「誰教汝狂嗅耶？」芸呼曰：「違令，罰兩大觥！」素雲曰：「彼又以小人罵我，不應捶耶？」芸曰：「彼之所謂小人，蓋有故也。請乾此，當告汝。」素雲乃連盡兩觥，芸乃告以滄浪舊居乘涼事。素雲曰：「若然，真錯怪矣。當再罰。」又乾一觥。

芸曰：「久聞素娘善歌，可一聆妙音否？」素即以象箸擊小碟而歌16。芸欣然暢飲，不覺酩酊，乃乘輿先歸。余又與素雲茶話片刻，步月而回。

時余寄居友人魯半舫家蕭爽樓中17。越數日，魯夫人誤有所聞，私告芸曰：「前日聞若婿挾兩妓飲於萬年橋舟中18，子知之否？」芸曰：「有之，其一即我也。」因以偕遊始末詳告之。魯大笑，釋然而去。

注釋

1 吳江：縣名，清屬蘇州府，今江蘇蘇州市吳江區。縣東門外有吳江，在長橋下分太湖之流，由西向東流入上海，古名笠澤江、松江，今稱吳淞江，又稱蘇州河。

2 弔：憑弔，祭奠。

3 獨行踽（音同舉）踽：獨自走路孤零零的。踽踽，形容單身獨行、孤獨無依的樣子。語出《詩經．唐風．杕杜》：「獨行踽踽，豈無他人，不如我同父。」

4 萬年橋：位於蘇州城西的胥門外，橫跨城外護城河，現為三孔石拱橋，清代橋兩頭各有石牌坊一座，正面書「萬年橋」，背面書「三吳第一橋」。清代胥門外為蘇州水運總匯，兩岸碼頭林立，瀕臨胥江，百貨聚集，人煙稠密，為繁華之地。

5 胥江：在今蘇州西南，東西橫穿蘇州，東接護城河，西接京杭大運河，是西元前五〇六年，伍子胥主持開挖的人工運河，因而稱胥江。太湖水經胥江進入蘇州城。

6 解維：開船。維，繫船的纜索。虎嘯橋：在蘇州市區西部三香路，是一條跨虎嘯塘的東西向的橋，虎嘯塘南通胥江。

7 洞然：空洞無物的樣子。這裡指空無一人。

8 返棹（音同照）：掉轉船頭。棹，船槳。

9 陽烏：太陽。漢王充《論衡．說日》：「日中有三足烏，月中有兔、蟾蜍。」後世用陽烏代指太陽，蟾蜍代指月亮。

10 紈（音同丸）扇：扇面多用絹製，形似圓月，也有多邊形，扇柄不長，多為女性隨身佩戴，又稱團扇、羅扇或宮扇。紈，細絹。

11 觴（音同商）政：飲酒禮儀、規範。這裡是指古代飲酒時用來助酒興的遊戲，泛指酒令。觴，盛酒器。

12 無乃勞乎：難道不是費力嗎？無乃，難道不是。勞，費力或吃力。

13 觥（音同宮）：古代盛酒或飲酒的器具。早期為獸形，後泛指酒器。

14 田舍郎：指農家子，鄉野之人。元高明的戲曲《琵琶記》：「朝為田舍郎，暮登天子堂。」

15 四鬢：指兩鬢與兩個額角，明代時合稱四鬢，鬢釵一對通常分別倒插在兩個額角。

16 象箸（音同助）：象牙製作的筷子。箸，筷子。

17 魯半舫（音同訪）：名璋，字近人，號半舫，江蘇吳縣（今江蘇蘇州）人，擅長書法，寫意花卉，疏老有致。清震鈞所輯的《國朝書人輯略》中記載他「書學鄭谷口，間參板橋法」。鄭谷口，清初江蘇上元人，學漢碑，專精隸書。板橋，即鄭板橋，清代畫家，「揚州八怪」之一。

18 若婿：你的丈夫。若，你、汝。《小爾雅．廣詁》：「若，汝也。」

❖ 娶妾 ❖

乾隆五十九年七月，我從廣東回來。有個同伴帶回小妾，名叫徐秀峰，是我的表妹夫。他誇耀新人貌美，還邀請芸去看。過了幾日，芸對秀峰說：「美倒是美，只是韻味不足。」秀峰問：「這麼說，妳的夫君如果納妾，肯定是個貌美而有韻味的佳人呢？」芸說：「那是當然。」自此後，她痴心為我物色佳人，只不過欠缺些聘禮錢。

當時有個浙江妓女溫冷香，寓居在吳地，作了四首〈詠柳絮〉的律詩，在吳地傳得沸沸揚揚，許多附庸風雅的人都作詩唱和。我的朋友吳江人張閒憨向來傾慕冷香，就帶著柳絮詩請我寫和詩。芸看輕冷香這個人，對她的詩也置之不理，我一時技癢，依韻和詩，其中有「觸我春愁偏婉轉，撩他離緒更纏綿」的佳句，芸滿口稱讚。

第二年，乾隆六十年秋天的八月初五，我母親正要帶芸去遊虎丘。張閒憨忽然來訪說：「我也要去遊虎丘，今日特意邀請你做個探花使者。」於是我請母親先行，約在虎丘半塘相見。張閒憨拉著我來到冷香的寓所，只見冷香已是半老徐娘，有個女兒名叫憨園，年方十六，尚未成婚，長得亭亭玉立，真是「一泓秋水照人寒」的佳人。款待之時，得知她善於舞文弄墨。她還有個妹妹文園，年紀尚小。

我起初時並無痴心妄想，況且覺得宴席間的飲酒敘談，不是貧寒之士所能酬謝的，但既然置身其中，就算心裡忐忑，也只能勉強應酬，便私下對張閒憨說：「我是個窮書生，你用佳人尤物戲弄我嗎？」張閒憨笑道：「不是的，今日有個朋友邀請憨園答謝我，誰知酒席的主人被貴客拉走了，我就代某人轉邀別的客人，無須多慮。」我才放下心來。

到了半塘，兩船相遇，我讓憨園過去那艘船上，拜見我母親。芸和憨園相見，如同故友重逢般歡喜，兩人攜手登山，遍覽名勝。芸最愛千頃雲的高闊，坐下來觀賞很久。返回野芳濱之後，大家開懷暢飲，兩艘船並靠停泊在一起。待開船時，芸對我說：「你陪張先生，讓憨園留下來陪我，可以嗎？」我答應了。返程至都亭橋，我們才回各自船上，分別而去。

回到家中，已是深夜三更時分。芸說：「今日終於見到美貌而又有才情韻致的女子。剛才我已約憨園明日來拜訪我，將為你做媒。」我吃驚道：「這樣的佳人，若非金屋不能供養，窮書生豈敢有此等妄想？況且你我夫婦正是伉儷情深，何必求之於外？」芸笑道：「我自己喜歡她，你暫且等著！」

原文

乾隆甲寅七月[1]，余自粵東歸[2]。有同伴攜妾回者，曰徐秀峰，余之表妹婿也。豔稱新人之美，邀芸往觀。芸他日謂秀峰曰：「美則美矣，韻猶未也。」秀峰曰：「然則若郎納妾，必美而韻者乎？」芸曰：

「然。」從此痴心物色，而短於資。

時有浙妓溫冷香者，寓於吳，有〈詠柳絮〉四律[3]，沸傳吳下，好事者多和之[4]。余友吳江張閒憨素賞冷香，攜柳絮詩索和。芸微其人而置之[5]，余技癢而和其韻，中有「觸我春愁偏婉轉，撩他離緒更纏綿」之句，芸甚擊節[6]。

明年乙卯秋八月五日[7]，吾母將挈芸遊虎丘。閒憨忽至曰：「余亦有虎丘之遊，今日特邀君作探花使者。」因請吾母先行，期於虎丘半塘相晤[8]。拉余至冷香寓，見冷香已半老，有女名憨園，瓜期未破[9]，亭亭玉立，真「一泓秋水照人寒」者也[10]。款接間，頗知文墨。有妹文園，尚雛。

余此時初無痴想，且念一杯之敘，非寒士所能酬，而既入個中，私心忐忑，強為酬答。因私謂閒憨曰：「余貧士也，子以尤物玩我乎？」閒憨笑曰：「非也，今日有友人邀憨園答我，席主為尊客拉去，我代客轉邀客，毋煩他慮也。」余始釋然。

至半塘，兩舟相遇，令憨園過舟，叩見吾母。芸、憨相見，歡同舊識，攜手登山，備覽名勝。芸獨愛千頃雲高曠[11]，坐賞良久。返至野芳濱[12]，暢飲甚歡，並舟而泊。及解維，芸謂余曰：「子陪張君，留憨陪妾可乎？」余諾之。返棹至都亭橋[13]，始過船分袂[14]。

歸家已三鼓。芸曰：「今日得見美而韻者矣。頃已約憨園明日過我，當為子圖之。」余駭曰：「此非金屋不能貯[15]，窮措大豈敢生此妄想哉[16]！況我兩人伉儷正篤[17]，何必外求？」芸笑曰：「我自愛之，子姑待之。」

注釋

1 乾隆甲寅：清乾隆五十九年（一七九四），時沈復虛歲三十二歲。

2 粵東：舊時廣東省的別稱。

3 四律：即四首律詩。律，指舊詩的一種體裁，律詩。

4 和（音同賀）：以詩歌酬答，依照別人詩詞的韻律或題材作詩。多是和韻詩，即依照原詩所押的韻作詩，也有少數和意不和韻的詩，與原詩的意思相應和。清代散文家梅曾亮〈自序〉：「和韻之風，流於元白。」即和韻的風氣從唐朝詩人元稹和白居易開始。

5 微：看輕，輕視，瞧不起。

6 擊節：打拍子，後引申為對別人的詩文或藝術等的讚賞。

7 乙卯：清乾隆六十年（一七九五），時沈復虛歲三十三歲。

8 半塘：在七里山塘街的中段，商業繁華區段。位於虎丘西側，時有「杭州有西湖，蘇州有山塘」的說法。相晤（音同物）：會見。晤，遇，見面。

9 瓜期未破：指古代女子到了出嫁之期，卻尚未成婚。清袁枚《隨園詩話》：「《古樂府》：『碧玉破瓜時。』或解以為月事初來，如破瓜則見紅潮者，非也。蓋將瓜縱橫破之，成二『八』字，作十六歲解也。」瓜期即指女子到了十六歲，這大約是古代婦女出嫁的年齡，後比喻出嫁之期。

10 「一泓秋水」句：化用唐崔珏（音同絕）〈有贈〉的詩句「兩臉夭桃從鏡發，一眸春水照人寒」，形容女人容貌美麗，豔若桃花，眸如春水。秋水，多用來比喻女人的眼睛清澈明亮。

11 千頃雲：虎丘上的一塊高地，因雲山峰巒之秀美而為虎丘著名景觀。取名自蘇東坡〈虎丘寺〉詩中的「東軒有佳致，雲水麗千頃」，百畝為一頃，千頃形容廣闊之極。

12 野芳濱：即冶坊濱，在今蘇州虎丘，春秋時期吳國冶煉鑄劍的地方。此名是作者戲改，見卷四：「其冶坊濱，余戲改為『野芳濱』。」

13 都亭橋：蘇州城西北部的一座古橋，跨第一橫河，吳王曾在此設都亭，以招攬賢士。今已不存。

14 分袂（音同魅）：分手，離別。袂，袖子。

15 金屋：供美人居住的華屋。典出《漢武故事》：「若得阿嬌作婦，當作金屋貯之也。」意即讓所愛的妻妾居住華麗的房屋，泛指娶妾、納妾。

16 窮措大：喻指貧窮讀書人。措，通「醋」，諷刺讀書人很酸。措大，亦作醋大，俗語，是對貧寒讀書人的貶稱。參照清嘉慶年間《談徵．言部．醋大》：「世稱士流為醋大，言其峭酸冠士民之首也。」

17 伉儷（音同抗麗）正篤：夫妻感情正好。伉儷，指夫妻、夫婦。伉，對等，相稱；儷，配偶，伴侶。篤，深厚。

❖ 結拜 ❖

第二天中午，憨園果然來了。芸殷勤款待她，席上以猜拳為酒令，贏則吟詩，輸則喝酒，直至宴席終了，卻並沒有一句聘娶的話。等憨園回去，芸對我說：「剛才我又與她私下密約，十八日她再來訪，和我結拜為姐妹，你可以準備祭拜的供品相候。」她又笑指手臂上的翡翠釧說：「如果見這玉釧兒屬於憨園，事情就成了。剛才我已向她吐露心意，只是尚未深知她的心思。」我姑且任由她。

十八日那天大雨，憨園竟冒雨前來。她進房許久，才和芸挽著手出來，看見我時面帶羞色，原來翡翠釧已經戴在憨園的手臂上。兩人燒香結拜之後，本打算繼續暢飲，恰逢憨園還要遊石湖，就辭別而去。芸欣然對我說：「佳人已得，你怎麼答謝我這個媒人呢？」

我探詢其中詳情。芸說：「先前我不明說，是怕憨園心有所屬，剛才試探後，得知她心中並無別人，就對她說：『妹妹可知道我今日的心意？』憨圓說：『承蒙夫人抬舉，真好比『蓬蒿倚玉樹』，可是家母對我期望甚高，婚事恐怕難以自作主張，但願彼此慢慢再作打算。』我脫下翡翠釧，戴上她的手臂時，又對她說：『玉取其堅固，而且有團圓不斷的意思，妹妹試戴著，先當作好兆頭。』憨園說：『相聚結合之事，全憑夫人做主。』就此來看，憨園的心已得了，難以確定的是溫冷香，可再從長計議。」我笑道：「妳這是想要效仿李漁的《憐香伴》嗎？」芸說：「正是。」從此以後，無一日不談論憨園。

後來，憨園被有權有勢的人奪去，此事無果而終。芸竟然為此而死。

原文

明午，憨果至。芸殷勤款接，筵中以猜枚（贏吟輸飲）為令[1]，終席無一羅致語[2]。及憨園歸，芸曰：「頃又與密約，十八日來此，結為姊妹，子宜備牲牢以待。」笑指臂上翡翠釧曰：「若見此釧屬於憨，事必諧矣。頃已吐意，未深結其心也。」余姑聽之。

十八日大雨，憨竟冒雨至。入室良久，始挽手出，見余有羞色，蓋翡翠釧已在憨臂矣。焚香結盟後，擬再續前飲，適憨有石湖之遊[3]，即別去。芸欣然告余曰：「麗人已得，君何以謝媒耶？」

余詢其詳，芸曰：「向之秘言，恐憨意另有所屬也，頃探之無他，語之曰：『妹知今日之意否？』憨曰：『蒙夫人抬舉，真蓬蒿倚玉樹也[4]，但吾母望我奢，恐難自主耳，願彼此緩圖之。』脫釧上臂時，又語之曰：『玉取其堅，且有團欒不斷之意[5]，妹試籠之，以為先兆。』憨曰：『聚合之權，總在夫人也。』即此觀之，憨心已得，所難必者冷香耳，當再圖之。」余笑曰：「卿將效笠翁之《憐香伴》耶[6]？」芸曰：「然。」自此無日不談憨園矣。

後憨為有力者奪去，不果。芸竟以之死。

注釋

1 猜枚：古代飲酒時助興的一種猜謎酒令遊戲，也稱猜拳，把小物件如錢幣、瓜子、蓮子或黑白棋子等握於掌中，讓別人猜有無、單雙、數目或顏色，猜中者勝，不中則罰飲酒。

2 羅致：延聘，搜羅，這裡指聘娶。

3 石湖：在蘇州城西南，是太湖支流。農曆八月十八日遊石湖賞月是蘇州民俗。石湖串月是蘇州著名的賞月勝地，古代與平湖秋月、盧溝曉月、三潭印月並為四大賞月賞地。

4 蓬蒿倚玉樹：猶言高攀。化用自南朝宋劉義慶《世說新語．容止》：「魏明帝使后（皇后）弟毛曾與夏侯玄並坐，時人謂蒹葭倚玉樹。」蓬蒿，指蓬草和蒿草，形容卑賤。

5 團欒（音同鑾）：團圓。欒，本指月圓，寓有團聚、團圓之意。

6 笠翁：即明末清初文學家、戲劇家李漁（一六一一～一六八〇），字笠鴻、謫凡，號笠翁，浙江蘭溪人，有「中國戲劇理論始祖」之稱。《憐香伴》：又名《美人香》，寫崔箋雲偶遇曹語花，因體香一見如故，以詩文定情，惺惺相惜，為了「宵同夢，曉同妝，鏡裡花容並蒂芳，深閨步步相隨唱」，崔箋雲讓曹語花嫁給丈夫做妾，兩女同嫁一夫的故事。

《卷二》 閒情記趣

❖童趣❖

我記得童年時，會睜大眼睛看太陽，能看清極其細微的東西。遇見微小之物，就會仔細觀察它的紋理，故不時有得到事物之外的樂趣。

夏天蚊聲如雷，我暗自把牠們想像為成群的仙鶴滿天飛舞，心裡這麼想，那成百上千的蚊子果然像是仙鶴。我抬頭觀看牠們，脖子都為此僵硬了。我又把蚊子留在白紗帳裡，用煙慢慢噴牠們，讓蚊子衝過煙霧邊飛邊鳴，當成青雲中白鶴翱翔的景觀，牠們果然就猶如鶴鳴於雲端，令我拍手稱快。

在土牆的凹凸不平處、花臺雜草叢生處，我常常蹲下身子，與花臺一樣高，凝神仔細觀看，把草叢當成樹林，把蟲蟻當成野獸，把土石中凸起的地方當作山丘，凹陷的地方當作山溝，想像暢遊其中，怡然自樂。

一天，只見兩隻蟲子在草叢間打鬥，我觀看的興致正濃，忽然有個龐然大物，像拔山倒樹一樣撲過來，原來是一隻癩蛤蟆，舌頭一吐，兩隻蟲子都被牠吞下去了。我當時年紀小，正看得出神，不由嚇得張口驚叫起來。等我定下神來，捉住那只蛤蟆，鞭打了數十下，把牠趕去別的院子。長大後回想，那兩隻蟲子相鬥，大概是一方圖姦，一方並不依從。古語說「姦近殺」，蟲子也是這樣嗎？

我貪戀兒時樂趣，以致卵蛋被蚯蚓所吸（吳地俗稱陽物為卵），腫得不能小便。於是僕人捉來一隻鴨子，讓牠張嘴呵氣，女僕偶然鬆手，鴨子就晃動著脖子做出吞咽狀。我受到驚嚇，大哭起來，此事被傳為笑柄。這些都是我兒時的閒情逸事。

原文

余憶童稚時，能張目對日，明察秋毫，見藐小微物，必細察其紋理，故時有物外之趣[1]。

夏蚊成雷，私擬作群鶴舞空[2]，心之所向，則或千或百，果然鶴也。昂首觀之，項為之強[3]。又留蚊於素帳中，徐噴以煙，使其衝煙飛鳴，作青雲白鶴觀，果如鶴唳雲端，怡然稱快。

於土牆凹凸處、花臺小草叢雜處，常蹲其身，使與臺齊，定神細視，以叢草為林，以蟲蟻為獸，以土礫凸者為丘，凹者為壑，神遊其中，怡然自得。

一日，見二蟲鬥草間，觀之正濃，忽有龐然大物拔山倒樹而來，蓋一癩蝦蟆也[4]，舌一吐而二蟲盡為所吞。余年幼，方出神，不覺訝然驚恐[5]。神定，捉蝦蟆，鞭數十，驅之別院。年長思之，二蟲之鬥，蓋圖姦不從也[6]。古語云，「姦近殺」[7]，蟲亦然耶？

貪此生涯，卵為蚯蚓所哈（吳俗呼陽曰卵）[8]，腫不能便[9]。捉鴨開口哈之，婢嫗偶釋手，鴨顛其頸作吞噬狀，驚而大哭，傳為話柄。此皆幼時閒情也。

注釋

1 物外之趣：超脫於事物表象之外的樂趣，指精神層面的神遊。

2 擬：比作，比擬。這裡指想像。

3 項：脖子。強：通「僵」，指僵硬。

4 癩蝦（音同蛤）蟆：即癩蛤蟆。蟾蜍的通稱。蝦蟆，同「蛤蟆」。

5 訝然：張口驚訝的樣子。

6 圖姦不從：這裡為省語，指一方圖姦，一方不從。圖姦，指蟲子想要交配。

7 姦近殺：原話為「賭近盜，姦近殺」，語出明代小說集《三言二拍》，源自俗諺「姦出人命，賭出賊」，意即賭博容易誘發盜竊，姦淫容易導致命案。

8 哈：呵，吸，張口呼氣。中醫把小兒生殖器腫大稱為「蚯蚓呵腎」或「地吹風」，概因小孩席地玩耍所致。民間有秘方：「挾鴨以啜啄之，效捷，患兒無所苦。」常用鴨子口吐的唾液消腫。

9 便：大小便。這裡指小便。

❖ 種花 ❖

等我長大以後，愛花逐漸成了癖好，喜歡修剪盆景。直到認識張蘭坡，我才算精通於剪枝養節之法，繼而又悟得了接花疊石之法。

花以蘭花為最，只是就它的幽香韻致而言，但蘭花的花瓣和品相，稍能選入花譜的，不可多得。張蘭坡臨終時，送給我一盆荷瓣素心春蘭，均肩平心闊，莖細瓣淨，可以選入花譜，我愛如珍寶。當我離家在外做幕僚，芸就親自灌溉，蘭花的花葉十分繁茂。沒過兩年，某一天它忽然枯萎死了。我拔出根來看，根倒都是白皙如玉，而且蘭花的芽也頗有生氣。起初我百思不得其解，自以為無福消受，只得長歎罷了。事後才知道，原來是有人想要和我分植那盆蘭花，見我不允，就故意用滾熱的水澆灌，把它燙死了。從此我發誓再也不種蘭花。

其次則是杜鵑，它雖無香氣，花色卻可久觀，而且容易修剪。由於芸憐惜枝葉，不忍心讓我盡情修剪，所以難以剪成盆樹。其他盆景，也都是如此。

原文

及長，愛花成癖，喜剪盆樹。識張蘭坡[1]，始精剪枝養節之法，繼悟接花疊石之法。花以蘭為最，取其幽香韻致也，而瓣品之稍堪入譜者不可多得。蘭坡臨終時，贈余荷瓣素心春蘭一盆[2]，皆肩平心闊，莖細瓣淨，可以入譜者。余珍如拱璧[3]。值余幕遊於外，芸能親為灌溉，花葉頗茂。不二年，一旦忽萎死。起根視之，皆白如玉，且蘭芽勃然。初不可解，以為無福消受，浩歎而已。事後始悉有人欲分不允，故用滾湯灌殺也[4]。從此誓不植蘭。

次取杜鵑，雖無香而色可久玩，且易剪裁。以芸惜枝憐葉，不忍暢剪，故難成樹。其他盆玩皆然[5]。

注釋

1 張蘭坡：江蘇揚州人，原名張用星，字聯齋，一字蘭坡，清乾隆年間一代文宗、三朝閣老阮元（一七六四～一八四九）的幕僚和姻侄，博古通今，名噪一時，因仕途受阻，絕意進取，以著述自娛，隱居自樂，精於花藝、石藝、雕刻等。

2 荷瓣素心春蘭：一種稀罕、名貴的蘭花，蘭花的萼片類似荷花的花瓣，唇瓣全白，無雜點、雜斑，以此得名。

3 珍如拱璧：當成寶貝一樣珍愛。拱璧，古代天子用於祭祀上天的大型玉璧，圓形，須雙手合抱，比喻極其珍貴之物。清初蒲松齡《聊齋志異·珠兒》：「生一子，視如拱璧。」

4 滾湯：指滾燙的水。滾，水煮開、沸騰。湯，熱水。

5 盆玩：即盆景在古代的稱呼。玩，可供觀賞的東西。盆景分為樹樁盆景和山水盆景，通常是在盆中以山石、植物為材料，以水土栽培，剪裁造型，以方寸之地再現自然山水景觀，適合放置於室內觀賞，是雅人名士的情趣。

❖ 插花 ❖

每年菊花盛開時，我就秋興大發。我喜歡將摘來的菊花插在瓶中，而不愛養在盆裡。這倒不是盆菊不值得一看，只因我家沒有園子，自己不能種植，集市上賣的盆菊都很雜亂，毫無風致，故不如不要。

插瓶的花朵，宜為單數，不宜為雙數。每瓶只選取一種花，不選兩種顏色。瓶的開口選用闊大的，不選窄小的，瓶口闊大才能舒展開來。不論五枝、七枝花，甚至三、四十枝花，都要在瓶口中紮成一簇，朝四周怒放，以不散漫、不擁擠、不靠瓶口為妙，這就是所謂的「起把宜緊」。至於插瓶的花枝，或亭亭玉立，或飛舞橫斜。花朵要參差不齊，使花蕊間隔開來，以免有飛鈸耍盤一樣的弊病。葉子不能散亂，梗不能太僵直，用來固定的針應當隱藏起來，針太長的話，寧可折斷些，也不要讓針露出花梗，這就是所謂的「瓶口宜清」。

視桌子大小，一桌擺上三瓶到七瓶即可，多了就會眉眼不分，便形同市井中的菊屏。桌案的高低，從三、四寸到二尺五、六寸為止，擺放花瓶必須參差不齊，高下錯落，互相照應，以氣勢連貫為妙。如中間高兩邊低，或後面高前面低，成排成列，就又犯了俗稱「錦灰堆」刻意佈置的毛病。或密或疏，或進或出，全在於用心領會畫的意境才可。

若用盆、碗、盤、洗等器具插花，可以將漂青、松香、榆皮、麵粉和油混合，先加入稻灰熬製成膠。把銅片穿上釘子後按住，使釘尖朝上，再將膠膏用火融化，然後把銅片粘在盤、碗、盆、洗中。待冷卻後，將花用鐵絲紮成一把，插在釘子上，略呈偏斜之勢，不可居中直立，尤其要枝疏葉清，不能顯得擁擠。然後添加水，用碗盛放少許細沙遮住銅片，使觀賞的人誤以為花叢是從碗底生長出來的才妙。

如果將木本花果插在瓶中，剪裁之法（不能每種花枝都親自尋覓，請人攀折所得又常常不合意），必須先把花枝拿在手中，或橫或斜以觀察它的生長之勢，從反面和側面判斷它的形態。選定之後，剪去雜蕪的枝蔓，以清疏、瘦勁、古雅、奇特為佳。再斟酌它的梗如何插入瓶中，或折斷，或彎曲，然後插入瓶口，才能避免背葉側花的弊病。要是一枝在手，先只管選定直梗的花枝插入瓶中，勢必花枝雜亂，花梗僵硬，露出來的花是側面，葉是背面，形態既不好看，更缺少韻致。把花梗折斷、打曲之法是，先鋸斷一半的梗，再嵌入磚石，這樣直梗就變彎曲。如擔心花梗倒下，可以敲入一、二枚釘子固定起來。
即使楓葉竹枝、亂草荊棘之類，也均可以插入花瓶。或用一根綠竹，配上數粒枸杞；或用幾根細草，伴有兩枝荊棘。假如佈局得當，別有一番超然世外之趣。若是新栽的花木，不妨呈歪斜之勢，聽任葉子傾斜，一年後枝葉自會向上生長。如每枝樹木都直立栽種，就難以姿態萬千。

原文

惟每年籬東菊綻[1]，秋興成癖。喜摘插瓶，不愛盆玩。非盆玩不足觀，以家無園圃，不能自植，貨於市者[2]，俱叢雜無致，故不取耳。

其插花朵，數宜單，不宜雙。每瓶取一種，不取二色。瓶口取闊大，不取窄小，闊大者舒展不拘。自五、七花至三、四十花，必於瓶口中一叢怒起[3]，以不散漫、不擠軋、不靠瓶口為妙[4]，所謂「起把宜緊」也。或亭亭玉立，或飛舞橫斜。花取參差，間以花蕊，以免飛鈸耍盤之病[5]。葉取不亂，梗取不強。用針宜藏，針長寧斷之，毋令針針露梗，所謂「瓶口宜清」也。

視桌之大小，一桌三瓶至七瓶而止，多則眉目不分，即同市井之菊屏矣。几之高低，自三、四寸至二尺五、六寸而止，必須參差高下，互相照應，以氣勢聯絡為上。若中高兩低，後高前低，成排對列，又犯俗所謂「錦灰堆」矣[6]。或密或疏，或進或出，全在會心者得畫意乃可。

若盆碗盤洗[7]，用漂青、松香、榆皮、麵和油[8]，先熬以稻灰，收成膠。以銅片按釘向上，將膏火化，粘銅片於盤碗盆洗中。俟冷，將花用鐵絲紮把，插於釘上，宜斜偏取勢，不可居中，更宜枝疏葉清，不可擁擠。然後加水，用碗沙少許掩銅片，使觀者疑叢花生於碗底方妙。

若以木本花果插瓶[9]，剪裁之法（不能色色自覓[10]，倩人攀折者，每不合意），必先執在手中，橫斜以觀其勢，反側以取其態。相定之後，剪去雜枝，以疏瘦古怪為佳。再思其梗如何入瓶，或折或曲，插入瓶口，方免背葉側花之患[11]。若一枝到手，先拘定其梗之直者插瓶中，勢必枝亂梗強，花側葉背，既難取態，更無韻致矣。折梗打曲之法，鋸其梗之半而嵌以磚石，則直者曲矣。如患梗倒，敲一、二釘以筦之[12]。

即楓葉竹枝，亂草荊棘，均堪入選。或綠竹一竿，配以枸杞數粒；幾莖細草，伴以荊棘兩枝。苟位置得宜[13]，另有世外之趣。若新栽花木，不妨歪斜取勢，聽其葉側，一年後枝葉自能向上。如樹樹直栽，即難取勢矣。

注釋

1 籬東：也稱東籬，泛指種菊花的園地。典出陶淵明詩〈飲酒〉其五：「採菊東籬下，悠然見南山。」陶淵明罷官歸來，一邊隱居賦詩，一邊親自務農，其自由閒適的生活令後世追慕，他採菊的東籬之地也成為這種情懷的寄託，用來代指文人的小院。陸游將其園圃自命為「東籬」。李清照〈醉花陰〉詞：「東籬把酒黃昏後，有暗香盈袖。」

2 貨於市者：在市場上賣的菊花。貨，賣。

3 怒：氣勢強盛，旺盛。《莊子．雜篇．外物》：「春雨日時，草木怒生。」

4 擠軋（音同訝）：互相排擠傾軋。

5 飛鈸（音同柏）耍盤：民間雜耍表演。飛鈸被稱為擲鐃鈸，通常是把鈸擲向半空，用木棒頂住，使鈸不斷旋轉。耍盤即轉碟、耍花盤的雜技。

6 錦灰堆：原指畫家的一種隨意勾勒的筆墨遊戲，佈局看似雜亂無章，實則刻意安排，造型活像灰堆裡拾出來的，始於元，盛於清末，漸成絕響。這裡借指佈局的刻意之舉。

7 洗：古代一種盛水洗筆的器具，稱作「筆洗」，材質和樣式多種多樣，以瓷筆洗最多，通常用來清洗毛筆，與紙墨筆硯均為文房用具。

8 漂（音同瞟）青：經過研漂的青色顏料，一種傳統國畫顏料。松香：松樹的樹脂。榆皮：榆樹皮。

9 木本：植物根據莖的特點，可分為草本植物、木本植物、藤本植物。木本又分灌木與喬木。

10 色色：各種，各色。色，品類、種類。

11 患：缺點，毛病。

12 筦（音同管）：通「管」，管束，束縛，這裡指用釘子固定。

13 位置：佈置，安排。中國畫術語，經營位置指繪畫構圖佈局中要配置適宜，匠心獨運。清王昱〈東莊論畫〉：「作畫先定位置。何謂位置？陰陽、向背、縱橫、起伏、開合、鎖結、回抱、勾托、過接、映帶，須跌宕欹側，舒卷自如。」

❖ 盆樹 ❖

至於剪裁盆樹，先選取根部露出來形似雞爪的，從左到右剪成三節，然後修剪長出的枝，一枝一節，剪裁成七枝到頂，或九枝到頂。枝切忌修剪成對稱的節，就像左右肩臂一樣；節切忌臃腫，就像仙鶴的膝蓋那樣突出。樹枝必須向四面八方盤旋而出，不能光留左右兩側的，以避免袒胸露背的弊病，也不能從前後筆直伸出。有名為「雙起」、「三起」的，就是一個樹根長出兩、三根樹枝。如果根部不是雞爪形，便成了直插樹木，故不可取。

然而剪裁成這樣一株盆樹，至少需要三、四十年。我平生只見過同鄉萬彩章老先生一輩子修剪成寥寥數株。我又曾在揚州富商家裡，看見有位虞山遊客攜帶著黃楊、翠柏各一盆送來，可惜明珠暗投。其餘未見值得觀賞的。倘若剪裁後所留的枝節盤曲，形如寶塔，紮成的枝條彎曲纏繞像蚯蚓，便顯得匠氣了。

盆中點綴花石，小景可以進入畫境，大景可以神遊其中。有一甌清茶，就能神遊其中的盆景，方可供幽齋玩賞。我種水仙時，缺少靈璧石，曾用神似這種石韻的木炭代替。黃芽菜的菜心，顏色白如玉，選取大小不一的五到七枝，用沙土種在長方形盆裡，以炭代替石，看上去黑白分明，很有意思。類似這樣點綴花石，意趣無窮，難以一一列舉。

譬如，將石菖蒲結的籽，與冷米湯一起嚼碎，噴在木炭上，放在陰濕的地方，就能長出細小的菖蒲，然後隨意移養在盆或碗中，綠茸茸的，煞是可愛。把老蓮子的兩頭磨薄，放入蛋殼，讓母雞孵，待幼芽長成就取出來，再用陳年的燕巢泥，加上它的分量的十分之二的天門冬，搗爛拌勻後，種在小器具中，用河水澆灌，放在朝陽下曬，花開時大如酒杯，蓮葉縮小如碗口般，亭亭玉立，可愛之極。

原文

至剪裁盆樹，先取根露雞爪者1，左右剪成三節，然後起枝。一枝一節，七枝到頂，或九枝到頂。枝忌對節如肩臂，節忌臃腫如鶴膝。須盤旋出枝，不可光留左右，以避赤胸露背之病，又不可前後直出。有名「雙起」、「三起」者，一根而起兩、三樹也。如根無爪形，便成插樹，故不取。

然一樹剪成，至少得三、四十年。余生平僅見吾鄉萬翁名彩章者，一生剪成數樹。又在揚州商家見有虞山遊客攜送黃楊、翠柏各一盆2，惜乎明珠暗投。余未見其可也。若留枝盤如寶塔，紮枝曲如蚯蚓者，便成匠氣矣3。

點綴盆中花石，小景可以入畫，大景可以入神。一甌清茗4，神能趨入其中，方可供幽齋之玩。種水仙無靈璧石5，余嘗以炭之有石意者代之。黃芽菜心6，其白如玉，取大小五、七枝，用沙土植長方盆內，以炭代石，黑白分明，頗有意思。以此類推，幽趣無窮，難以枚舉。

如石菖蒲結子7，用冷米湯同嚼噴炭上，置陰濕地，能長細菖蒲，隨意移養盆碗中，茸茸可愛。以老蓮子磨薄兩頭，入蛋殼，使雞翼之8，俟雛成取出。用久年燕巢泥加天門冬十分之二9，搗爛拌勻，植於小器中，灌以河水，曬以朝陽，花發大如酒杯，葉縮如碗口，亭亭可愛。

注釋

1 根露雞爪者：形似雞爪的根，俗稱雞爪根，分生側根較多，粗細長短不一，多數入土較淺，呈現斜坡。用這種樹根能增加盆景美觀的效果。

2 虞山：今江蘇常熟西北，因商周時期吳地文化始祖虞仲葬於此而得名，北瀕長江，南臨尚湖，山清水秀，歷為江南旅遊勝地。

3 匠氣：指工匠過分雕鑿、堆砌顯示出的觀感。清王夫之《薑齋詩話》卷下：「徵故實，寫色澤，廣比譬，雖極鏤繪之工，皆匠氣也。」

4 甌（音同歐）：一種古代酒器，可用作杯子，也指碗或小盆。用於飲茶或飲酒，狀如敞口小碗。

5 靈璧石：因產於安徽靈璧縣而得名的一種觀賞石，又稱「磬石」，扣之鏘然有聲，多為黑色，色澤美觀，紋理豐富，姿態萬千，氣韻蒼古，被乾隆譽為「天下第一石」，居中國古代四大名石（靈璧石、太湖石、英石、崑石）之首，歷來為供石的首選。明文震亨《長物志．水石》：「石以靈璧為上，購之頗艱，大者尤不易得，高逾數盡者更屬奇品。小者置几案間，色如漆、聲如玉者最佳。」

6 黃芽菜：大白菜的別種，葉子抱合，菜心淺黃，猶如嫩芽。

7 石菖蒲：草本植物，生長在山澗水石間，四季常綠，清香沁人，葉細長狀似禾草，其子穗狀，根莖可入藥，常用來製作盆景，被譽為「天下第一雅草」，與蘭花、水仙、菊花並稱為「花草四雅」。民間江南有七俗：「彈古琴，品普洱，著唐裝，聽崑曲，燃沉香，習密宗，植菖蒲，正所謂七俗。」

8 翼：作動詞，覆蓋，遮蔽，遮護。

9 天門冬：也稱「天冬草」，常綠植物，生長茂密，果熟為鮮紅色，塊根可入藥，能治陰虛發熱、咳嗽吐血等病症。可用於盆景種植，是廣為栽培的室內觀賞植物，也是插瓶的常用配襯材料。

❖ 造園 ❖

諸如園亭樓閣，套室迴廊，疊石成山，栽花取勢，其妙處又在於大中見小，小中見大，虛中有實，實中有虛，或藏或露，或淺或深。不僅在於「周迴曲折」這四字，也不在於地廣石多，這些徒費工夫和錢財。或如掘地堆土成山，用石塊點綴其間，間雜種一些花草，用梅樹編成籬笆，以藤蘿纏繞牆壁，就算沒有山，也能造出假山。

所謂大中見小，譬如在空曠鬆散之處，種植容易生長的竹子，用易於繁茂的梅樹作屏障。

所謂小中見大，譬如狹窄小院的圍牆，應當凹凸有致，牆壁用綠色裝飾，引藤蔓攀緣，嵌入大石，在石上刻字，形如碑銘，令人推開窗就如同面對石壁，便覺得險峻陡峭無比。

所謂虛中有實，譬如在山窮水盡之處，一轉彎就豁然開朗；或在軒閣設宴之處，一開門便可通往別院。

所謂實中有虛，譬如在不通的院牆上開設門洞，用竹石掩映，看似有門，實則沒有門；在牆頭設置低矮的圍欄，彷彿上面有月臺，其實是虛設的。

貧寒之士屋少人多，可仿效我家鄉太平船後梢的佈置，再加以轉變。將中間的臺階當成床，前後借湊起來，能作三張床，再以木板間隔，用紙裱糊，這樣前後上下都隔斷，譬如像走長路，便不覺得路窄。我們夫婦僑居在揚州時，曾仿效此法，屋子只有兩間，上下臥室、廚房、客廳都隔開來，仍綽綽有餘。芸曾笑道：「這樣佈置雖然精巧，終究不是富貴人家的氣象。」確實如此吧！

原文

若夫園亭樓閣[1]，套室迴廊，疊石成山，栽花取勢，又在大中見小，小中見大，虛中有實，實中有虛，或藏或露，或淺或深。不僅在「周迴曲折」四字，又不在地廣石多，徒煩工費。或掘地堆土成山，間以塊石，雜以花草，籬用梅編，牆以藤引，則無山而成山矣。

大中見小者，散漫處植易長之竹，編易茂之梅以屏之。

小中見大者，窄院之牆，宜凹凸其形，飾以綠色，引以藤蔓，嵌大石，鑿字作碑記形[2]，推窗如臨石壁，便覺峻峭無窮。

虛中有實者，或山窮水盡處，一折而豁然開朗；或軒閣設廚處[3]，一開而可通別院。實中有虛者，開門於不通之院，映以竹石，如有實無也；設矮欄於牆頭，如上有月臺[4]，而實虛也。

貧士屋少人多，當仿吾鄉太平船後梢之位置[5]，再加轉移。其間臺級為床，前後借湊，可作三榻，間以板而裱以紙，則前後上下皆越絕[6]，譬之如行長路，即不覺其窄矣。余夫婦僑寓揚州時，曾仿此法，屋僅兩椽[7]，上下臥室、廚灶、客座皆越絕，而綽然有餘[8]。芸曾笑曰：「位置雖精，終非富貴家氣象也。」是誠然歟！

注釋

1 若夫：句首語氣詞，略同「至於」。

2 碑記：又稱「碑誌」，刻在碑上記錄人物生平事蹟的碑文。

3 設廚：原是古代官府、寺廟的廳堂，因常作為設宴的場所，後來將官家的廚房就稱設廚。五代孟昶《韻會》卷二七：「唐制諸郡燕犒將吏謂之旬設，今廳事謂設廳，公廚曰設廚。」

4 月臺：賞月的露天平臺，又稱平臺、露臺。

5 太平船：江南一種有艙可居住的遊船，較為寬敞，多為普通市民所乘坐，可行遠端。達官貴人則乘坐更為精美的官船。據清李斗《揚州畫舫錄》卷十八載：「沙飛重檐飛艫，有小卷棚者謂之太平船。」後梢：船尾。梢，尾部或末端。

6 越絕：隔絕，隔斷。

7 椽（音同船）：古代放在梁上架著屋頂的木條，代指房屋間數。

8 綽然有餘：形容寬裕、富餘。綽，寬。語出《詩經・衛風・淇奧》：「寬兮綽兮，猗重較（音同崇決）兮。」

❖ 盆景 ❖

我在山中掃墓時，揀選了有山巒紋的可供玩賞的石頭，回去與芸商量說：「用油灰粘宣州石，堆疊在白石盆中，顏色均勻。本地山裡的黃石雖然古樸，倘若也用油灰粘著，就會黃白相間，雕鑿的痕跡顯露無遺，該怎麼辦呢？」芸說：「可以從中選一些粗劣的石頭，搗成粉末，在有油灰痕跡之處，趁著濕的時候塗上去，風乾之後，或許顏色就相同。」

於是我依她所言，用宜興窯長方盆堆疊起一座山峰，向左傾斜，右側凸起，背面造出橫方紋，有如倪雲林畫石之法，山巖高聳，凹凸不平，狀如江邊的石磯。空出一角，用河中泥種植千瓣白蘋。石上種著蔦蘿，也就是俗稱的雲松。花費數日，才大功告成。

到深秋時節，蔦蘿蔓延滿山，猶如藤蘿懸掛在石壁上，花開絳紅色，白蘋花也浸透在水裡盛放，紅白相間。令人神遊其中，恍如登上蓬萊仙島。我把盆景放在屋檐下，與芸品評：此處適合建水中樓閣，此處適合建涼亭，此處可鑿刻六個字，上寫「落花流水之間」，這裡可以居住，這裡可以垂釣，這裡可以遠眺。胸中如此臆想山水，彷彿我們將要移居那裡。

有一天夜晚，貓兒們爭食，從屋檐上墜落下來，把它連盆帶架，頃刻之間打碎了。我歎息說：「就連這點小玩意兒，尚且冒犯上天的忌諱！」我們夫婦兩人不禁落淚。

原文

余掃墓山中，檢有巒紋可觀之石[1]，歸與芸商曰：「用油灰疊宣州石於白石盆[2]，取色勻也。本山黃石雖古樸，亦用油灰，則黃白相間，鑿痕畢露[3]，將奈何？」芸曰：「擇石之頑劣者，搗末於灰痕處，乘濕糝之[4]，乾或色同也。」

乃如其言，用宜興窯長方盆疊起一峰[5]，偏於左而凸於右，背作橫方紋，如雲林石法[6]，巉巖凹凸[7]，若臨江石磯狀[8]。虛一角，用河泥種千瓣白蘋[9]。石上植蔦蘿[10]，俗呼雲松。經營數日乃成。

至深秋，蔦蘿蔓延滿山，如藤蘿之懸石壁，花開正紅色，白蘋亦透水大放，紅白相間。神遊其中，如登蓬島[11]。置之檐下，與芸品題：此處宜設水閣，此處宜立茅亭[12]，此處宜鑿六字，曰「落花流水之間」，此可以居，此可以釣，此可以眺。胸中丘壑，若將移居者然。

一夕，貓奴爭食，自檐而墮，連盆與架，頃刻碎之。余歎曰：「即此小經營13，尚干造物忌耶14！」兩人不禁淚落。

注釋

1 檢：仔細地查看，揀選。巒紋：山形的紋理。巒，指小而尖的山或山脊。

2 油灰：一種用熟油和石膏粉等調和出來的膏狀材料，呈灰白色或黃色，容易乾。有粘結劑的作用，常用於填嵌縫隙或固定門窗等建築物。

3 鑿痕：斧鑿痕跡，喻指刻意造作的痕跡，不是渾然天成。

4 糝（音同傘）：塗抹，粘，混合。

5 宜興窯：今屬江蘇宜興，燒瓷製陶歷史悠久，明清時為全國燒陶中心，所產紫砂盆常作盆玩之用，其中珍品還被選入皇宮或銷往國外，被視為名器。

6 雲林石法：倪雲林畫山石的風格。雲林即元代明初畫家倪瓚（音同贊），號雲林子，江蘇無錫人，「元四家」（倪雲林、黃公望、王蒙、吳鎮）之一，擅長畫山水、竹石、枯木等，且多畫太湖一帶山水，疏林坡岸，構圖平遠，喜用折帶皴（音同村），即如腰帶折轉，筆簡意遠，若淡若疏，畫風虛靈秀峭，頗合士大夫之雅趣。

7 巉（音同纏）巖：險峻的山巖。巉，險峻，險峻的高山。

8 石磯（音同積）：水邊凸出的巨大岩石。磯，水邊凸出的岩石或石灘。

9 白蘋：也稱白萍，水中浮草，初生可食，全草入藥，葉表綠色，夏秋開小白花。

10 蔦（音同鳥）蘿：蔓草，又名寄生，莖細長，藤蔓狀，七月到十月開花，花開鮮紅色，花形似五角星。

11 蓬島：傳說中居住仙人的蓬萊山，簡稱蓬萊，又稱蓬萊仙島，位於渤海中的三座神山之一，代指世外仙境。清唐孫華〈同年沉昭嗣明府談杭州西溪之勝〉詩：「桃源與蓬島，仙界疑未遙。」

12 茅亭：用茅草搭建的涼亭，可供喝茶或歇息。

13 經營：本指籌畫營造，規劃營製，此處為名詞。

14 干：沖犯，冒犯。造物：古時以為萬物是天造的，故稱天為造物。亦稱造物者。蘇軾〈答程天侔書〉之一：「尚有此身付與造物者，聽其運轉，流行坎止，無不可者。」

❖ 閒居 ❖

靜室焚香，是閒暇中的雅趣。芸曾把沉香、速香等香，放在飯鍋裡蒸透，在爐子上放一個銅絲架，離火約有半寸遠，慢慢烘烤，香氣幽韻，還沒有煙。

佛手忌諱醉酒的人用鼻去嗅，一嗅就容易爛。木瓜忌諱出汗，一旦出汗易爛，須用水洗。只有香櫞沒什麼忌諱。佛手、木瓜也有供養之法，不能盡訴諸筆端。每逢有人將擺放好的供品，隨手拿去嗅，又隨手放在一旁，就是不懂得供養之法。

我閒居在家時，案頭總是擺放瓶花。芸說：「你的插花，能囊括風晴雨露種種時節，可說是極為精妙，出神入化。只是畫中有繪草蟲之法，何不仿效一下。」我說：「蟲子爬來爬去，不受約束，怎能仿效？」芸說：「我倒有個法子，不過怕成為始作俑者，深感罪過。」我說：「且說說看。」芸說：「蟲子死後樣貌不變，可以尋找螳螂、蟬、蝴蝶之類，用針刺死，然後用細絲捆住蟲子的脖頸，繫在花草之間，調整它們的腿腳，或抱著枝梗，或踏著花葉，栩栩如生，不是也很好麼？」我聞言欣喜，照她的法子去做，觀者無不稱絕。如今求之於閨中，恐怕未必有這樣慧心巧思的人。

我和芸曾寄居在錫山華家，當時華夫人讓兩個女兒跟著芸識字。在鄉間居住，庭院空曠，夏日暑氣逼人。芸教華家人做活花屏的方法，十分巧妙。每個花屏只有一扇，用長約四、五寸的木梢兩枝，做成矮板凳的樣式，中間是空的，橫置四根木檔，寬一尺左右，四角鑿出圓眼，插進竹編的方眼。屏高約六、七尺，用砂盆種植扁豆，放入花屏中，讓它的枝蔓攀附在屏風上，兩人就可以移動。多編幾扇花屏，隨意遮攔，恍如綠蔭鋪滿窗子，透風遮陽，迂迴曲折，隨時可更換，所以叫作活花屏。有這個法子，一切藤本香草就隨處可用。這真是鄉間居住的好辦法。

原文

靜室焚香，閒中雅趣。芸嘗以沉速等香1，於飯鑊蒸透2，在爐上設一銅絲架，離火半寸許，徐徐烘之，其香幽韻而無煙。

佛手忌醉鼻嗅，嗅則易爛。木瓜忌出汗，汗出，用水洗之。惟香圓無忌3。佛手、木瓜亦有供法，不能筆宣。每有人將供妥者隨手取嗅，隨手置之，即不知供法者也。

余閒居，案頭瓶花不絕。芸曰：「子之插花，能備風晴雨露，可謂精妙入神。而畫中有草蟲一法[4]，盍仿而效之？」余曰：「蟲躑躅不受制[5]，焉能仿效？」芸曰：「有一法，恐作俑罪過耳[6]。」余曰：「試言之。」曰：「蟲死色不變，覓螳螂、蟬、蝶之屬[7]，以針刺死，用細絲扣蟲項繫花草間，整其足，或抱梗，或踏葉，宛然如生，不亦善乎？」余喜，如其法行之，見者無不稱絕。求之閨中，今恐未必有此會心者矣。

余與芸寄居錫山華氏[8]，時華夫人以兩女從芸識字。鄉居院曠，夏日逼人。芸教其家作活花屏法，甚妙。每屏一扇，用木梢二枝，約長四五寸，作矮條凳式[9]，虛其中，橫四檔[10]，寬一尺許，四角鑿圓眼，插竹編方眼。屏約高六七尺，用砂盆種扁豆置屏中，盤延屏上，兩人可移動。多編數屏，隨意遮攔，恍如綠陰滿窗，透風蔽日，紆回曲折，隨時可更，故曰活花屏。有此一法，即一切藤本香草隨地可用。此真鄉居之良法也。

注釋

1 沉速：即沉香和速香。沉香，用沉香木製作的香料，置水則沉，故又稱沉水香，燃燒時散發強烈香氣，因而常被用作焚香熏香。速香，一種香木，也叫黃熟香或浮水香，香氣清虛靜穆，可用於焚香或雕刻。

2 飯鑊（音同穫）：飯鍋。鑊，無足的鍋，形如大盆。

3 香圓：即香櫞（音同圓），又名枸櫞，狀如小瓜，皮若柳丁，有香氛。佛手是香櫞的一個變種。佛手、木瓜、香櫞因散發清香，與瓶花等，皆是古代雅士、貴族、宮廷擺在案頭作為清供自賞的常見之物。

4 草蟲：泛指草木間的昆蟲。草蟲畫是中國傳統花鳥畫的重要分支，畫中草蟲跳躍在花間草叢中，配以花卉或瓜果等，頗有活潑生趣。

5 躑躅（音同直竹）：形容用腳踏地，徘徊緩行。這裡指爬動。

6 作俑：古代製作的用於陪葬的木偶或俑人，比喻首開惡例。

7 屬：類別。生物學中同一種生物按相似特徵分為群，每一群叫一屬。

8 錫山：今屬江蘇無錫的小山。相傳周秦時此山盛產錫礦，因此得名，到了漢初錫竭，故稱無錫。為無錫名山，也用來代指無錫。

9 矮條凳：矮板凳，矮長條凳。條凳，板凳的一種，狹長形凳子。

10 擋：又作「檔」，指器物上起支撐固定作用的橫木條。

❖ 聚會 ❖

朋友魯半舫名璋，字春山，善畫松柏梅菊，工於隸書，也精通篆刻。我寄住在他家的蕭爽樓，曾有一年半之久。蕭爽樓共有五間房，面朝東，我們居住其中三間，無論早晚陰晴，還是颳風下雨，都可以眺望遠處。庭院中有一株桂花樹，花開時清香撩人。蕭爽樓有走廊，有廂房，地方極為幽靜。我們移居至此時，帶著一個僕人、一個女僕，還帶來他們的小女兒。僕人能做衣服，女僕能紡織，於是芸刺繡，女僕織布，僕人則做成衣服，以供平日開銷。

我向來好客，飲酒時必行酒令。芸會做不花錢的烹飪，但凡瓜蔬魚蝦，一經芸的手，便別有風味。眾好友知道我家貧寒，每次聚會都出買酒錢，然後暢談終日。我又愛整潔，地上一塵不染，而且毫無拘束，唯恐不夠放縱。

當時有楊補凡，名昌緒，善畫人物寫真；袁少迂，名沛，善畫山水；王星瀾，名巖，善畫花卉鳥獸，喜愛蕭爽樓的幽靜清雅，都攜帶畫具過來，我就跟著他們學畫，寫草篆，刻印章，所得潤筆費，交給芸備辦茶酒招待客人，整天品詩論畫而已。還有夏淡安、夏揖山兩兄弟，和繆山音、繆知白兩兄弟，以及蔣韻香、陸橘香、周嘯霞、郭小愚、華杏帆、張閒酣等諸位君子，他們猶如梁上燕子，自去自來。芸縱然拔釵換錢買酒，也不動聲色，面對良辰美景，從不輕易放過。而今大家卻天各一方，好似風流雲散，兼且芸已去世，往事真是不堪回首！

蕭爽樓有四樣忌諱：忌談官員升遷，公務時事，八股時文，打牌擲色。凡有違犯，就罰酒五斤。而有四樣可取：慷慨豪爽，風流蘊藉，放蕩不羈，澄靜緘默。炎夏閒暇無事，聚會時就考試做對子，每次集會共八人，每人各帶二百文錢。先抓鬮，得第一的人為主考，坐在一旁監督他人；第二名為謄錄，也可以就座；其餘的人都是舉子，每人到謄錄處取紙一條，蓋上各自印章。主考出五言、七言對聯各一句，燃香計時為限，舉子構思或踱步或站立，不准私自交談。對句寫成，投入匣子中，才允許就座。

各人交卷之後，謄錄的人打開匣子，將對句抄錄成一冊，轉呈給主考過目，以杜絕徇私舞弊。從呈交的「十六個」對句中，選取七言句三聯，五言句三聯。這六聯中得第一名的人，就是下一任主考，第二名是下一場的謄錄。凡是有兩聯落選的人，罰錢二十文；選取一聯的，少罰十文錢；超過時限，則加倍罰錢。一場下來，主考能湊集一百文錢。一日可考試十場，能積攢一千文錢，於是酒錢充足。唯獨芸被商議為官卷，准許坐下來構思。

楊補凡為我們夫婦畫了一幅栽種花的小像，傳神逼真。當夜月色極好，蘭花的影子映在粉白的牆上，別有一番幽情雅趣。王星瀾喝醉後，興致勃發，說：「楊補凡能為你畫肖像，我能為花畫影子。」我笑道：「為花寫生能和畫人像一樣嗎？」王星瀾取來白紙，鋪在牆上，立刻湊近對著蘭花的影子，用墨或濃或淡畫起來。到了白天取出來看，雖不構成一幅畫卷，然而花葉清疏，自有月下的意趣。芸視如珍寶，大家也各自在畫上題詩詠贊。

原文

友人魯半舫名璋，字春山，善寫松柏或梅菊，工隸書[1]，兼工鐵筆[2]。余寄居其家之蕭爽樓，一年有半。樓共五椽，東向，余居其三。晦明風雨，可以遠眺。庭中木犀一株[3]，清香撩人。有廊有廂，地極幽靜。移居時，有一僕一嫗，并挈其小女來。僕能成衣，嫗能紡績[4]，於是芸繡，嫗績，僕則成衣，以供薪水[5]。

余素愛客，小酌必行令。芸善不費之烹庖，瓜蔬魚蝦，一經芸手，便有意外味。同人知余貧，每出杖頭錢[6]，作竟日敘[7]。余又好潔，地無纖塵，且無拘束，不嫌放縱。

時有楊補凡[8]，名昌緒，善人物寫真[9]；袁少迂[10]，名沛，工山水；王星瀾[11]，名巖，工花卉翎毛[12]，愛蕭爽樓幽雅，皆攜畫具來。余則從之學畫，寫草篆[13]，鐫圖章，加以潤筆，交芸備茶酒供客，終日品詩論畫而已。更有夏淡安、揖山兩昆季[14]，并繆山音、知白兩昆季，及蔣韻香、陸橘香、周嘯霞、郭小愚、華杏帆、張閒酣諸君子，如梁上之燕，自去自來。芸則拔釵沽酒[15]，不動聲色，良辰美景，不放輕過。今則天各一方，風流雲散，兼之玉碎香埋，不堪回首矣！

蕭爽樓有四忌：談官宦升遷，公廨時事[16]，八股時文，看牌擲色[17]。有犯必罰酒五斤。有四取：慷慨豪爽，風流蘊藉[18]，落拓不羈，澄靜緘默。長夏無事，考對為會[19]。每會八人，每人各攜青蚨二百[20]。先拈鬮[21]，得第一者為主者，關防別座[22]；第二者為謄錄[23]，亦就座；餘作舉子，各於謄錄處取紙一條，蓋用印章。主考出五、七言各一句，刻香為限[24]，行立構思，不准交頭私語。對就後，投入一匣，方許就座。

各人交卷畢，謄錄啟匣，并錄一冊，轉呈主考，以杜徇私。十六對中取七言三聯[25]，五言三聯。六聯中取第一者，即為後任主考，第二者為謄錄。每人有兩聯不取者罰錢二十文，取一聯者免罰十文，過限者倍罰。一場，主考得香錢百文[26]。一日可十場，積錢千文，酒資大暢矣。惟芸議為官卷[27]，准坐而構思。

楊補凡為余夫婦寫載花小影[28]，神情確肖[29]。是夜月色頗佳，蘭影上粉牆[30]，別有幽致。星瀾醉後興發曰：「補凡能為君寫真，我能為花圖影。」余笑曰：「花影能如人影否？」星瀾取素紙鋪於牆，即就蘭影，用墨濃淡圖之。日間取視，雖不成畫，而花葉蕭疏，自有月下之趣。芸甚寶之，各有題詠。

注釋

1 工：擅長，善於。《論衡．書解》：「人有所工，固有所拙。」

2 鐵筆：刻印刀的別稱，用來鐫刻印章，以刀代筆，故稱鐵筆，常借指刻印或雕刻藝術。

3 木犀：也叫木樨，通稱桂花，常綠灌木，花為白色或暗黃色，中秋時節開放，清香四溢。

4 紡績：把絲麻等製成紗或線。紡，紡絲。績，把麻搓撚成線或繩。紡紗、織布、績麻都是古代婦女手工活，即「女紅」。

5 薪水：原指打柴汲水，借指日常生活開支費用，或生活必需品。

6 杖頭錢：代指買酒錢。典出《世說新語．任誕》：「阮宣子常步行，以百錢掛杖頭，至酒店，便獨酣暢。」

7 竟日：終日，從早到晚。竟，整，從頭到尾。

8 楊補凡：楊昌緒，字補凡或補帆，號鳳凰山人，江蘇長洲（今江蘇蘇州）人。清乾隆至嘉慶年間蘇州畫家，曾入蜀為福郡王的幕僚，飽覽山川名勝，又為三朝元老阮元的幕僚，喜歡與名士交遊，善畫山水、花卉、仕女，山水渾厚中寓秀逸。晚年寓居揚州小秦淮，來往於蘇州之間。可知沈復的朋友到了晚年已不聚在一起。

9 寫真：指畫人物的肖像，是中國肖像畫的傳統名稱，強調描繪人物要十分逼真。

10 袁少迂：袁沛，字少迂或小遷，元和（今江蘇蘇州）人。清乾隆至道光年間蘇州畫家，年少時即以畫聞名，秀骨妍姿，亦擅長書法。曾在清代宰相、著名書法家兼畫家董誥府中做幕僚。性情恬淡，曾居京城三十餘年，晚年回鄉賣畫自給。

11 王星瀾：王巖，字星瀾，吳（今江蘇蘇州）人。清嘉慶至咸豐年間蘇州畫家，善畫花鳥樹石，筆意蒼老，師從名噪一時的蘇州畫家繆椿。晚年為吳中老畫師。

12 翎毛：原指鳥類翅膀尖上的毛，代指以鳥獸為題材的中國畫，也指畫中的鳥獸。

13 草篆：漢字的一種書法字體，是篆書的草體寫法，筆勢飛舉，剛勁有力。

14 昆季：兄弟。古人以長為昆，以幼為季。

15 拔釵沽酒：拔下髮釵換錢買酒。語出唐元稹悼念亡妻的詩〈遣悲懷〉之一：「顧我無衣搜藎篋，泥他（她）沽酒拔金釵。」形容貧賤夫妻之間恩愛體恤的深情。泥（音同逆），軟纏，央求。沽，買，多指買酒。

16 公廨（音同謝）：即官署或衙門。

17 擲色：指擲骰子，古代主要用於賭博。色，即色子，一種用來投擲的賭具，刻有點數決定勝負。

18 風流蘊藉：文采風流，富有涵養。蘊藉，形容人或文章含而不露的氣質。

19 對：對子，對句，對聯。指對偶的詞句，講究字數相同，文意相對，對仗工整，受到唐朝律詩及駢文的影響，作詩吟對的形式主要是五言或七言。

20 青蚨（音同伏）：指銅錢。青蚨是一種昆蟲，「青蚨還錢」的傳說記載於《搜神記》：「南方有蟲名蠍蝸，形大如蟬，辛美可食。子著草葉上如蠶種。取其子，則母飛來，雖潛取之，亦知其處。殺其母塗錢，以子塗貫，用錢去則自還。」即將青蚨母子的血各塗在銅錢上，先用母錢或子錢，錢用出後，由於母子尋找彼此，錢又會回來，故後來稱錢為青蚨。

21 拈鬮（音同糾）：又稱抓鬮。常用於抽籤，從預先做好記號的紙團中，每人抽取一個，以決定誰該做什麼。

22 關防別座：臨時主考官坐在一旁。關防，官印的一種，清代正規官員用正方形官印稱為印，臨時派遣的官員用長方形的官印稱為關防，這裡代指臨時主考官。

23 謄（音同藤）錄：指謄寫，抄錄。這裡指專門負責抄錄的人。

24 刻香為限：古代燃香計時，能精確到刻。可以用來計時的香包括線香、篆香（又名盤香、百刻香）、香燭、更香等，在香上標上刻度為限，點燃香後即可用於計時。

25 十六對：指「舉子」呈交的對句。這裡的數字疑有誤，存在爭議，八人聚會，一人為主考，一人為謄錄，均不參加考試，餘六人為「舉子」，五言、七言各一對句，應為十二個對句。即便加上芸一人特例，共七人交卷，也為十四個對句。聯，對偶的語句。

26 香錢：本指廟裡進香盒以祝聖壽所湊聚的錢，這裡借指大家湊在一塊兒的錢。

27 官卷：清代科舉考試的一項制度，高官子弟參加鄉試時，其試卷被編為「官」字號，另入號房考試，故稱官卷，以便不占取寒門子弟的名額。

28 載花：這裡指栽種花。明袁宏道《瓶史》：「余遂欲欹笠高岩，濯纓流水，又為卑官所絆，僅有載花蒔竹一事，可以自樂。而邸居湫隘，遷徙無常，不得已乃以膽瓶貯花，隨時插換。」載花蒔竹，指栽花種竹。此為古代文人的生活美學。小影：小像。影，指圖繪的肖像，畫像。

29 確：實在，確實，真實。肖：相似，相像。

30 粉牆：塗刷成白色的牆。

❖ 賞花 ❖

蘇州城有南園、北園兩處風景勝地，時逢菜花盛開，去那裡賞花苦無酒家可供飲酒。倘若攜帶食盒酒具前去，對著花田喝冷酒，實在是了無趣味。有人提議就在附近尋覓喝酒的地方，也有人提議賞花歸來後喝酒，但終究都不如對著花田喝熱酒暢快。眾人商議未定。芸笑道：「明日大家只管各出酒錢，我自會挑了爐火來。」眾人笑著答應道：「好。」

眾人回去後，我問芸：「妳果真自己挑著爐子去？」芸說：「不是。我看見集市中有賣餛飩的，他挑擔的鍋和爐灶無不俱全，何不就雇了他去？我先預備酒菜，到那裡再一下鍋，茶酒便都有了。」我說：「酒菜固然方便了，還缺少燒茶的器具。」芸說：「可以帶一個砂罐去，用鐵叉串住罐柄，把爐灶上的鍋取下來，再將砂罐掛在爐灶中，添加柴火燒茶，不也很方便嗎？」我拍手稱妙。街頭有個姓鮑的人，以賣餛飩為生，我花了一百文錢雇他挑擔子，與他相約在明日午後。姓鮑的欣然應允。

第二天，看花的人來了，我告訴他們其中緣故，眾人都歎服。飯後，大家一齊前去賞花，並攜帶席子、墊子，到了南園，找一處柳樹蔭下團團圍坐。先煎煮茶，大家喝過茶，然後暖酒熱菜。這時，風和日麗，滿地金黃色，穿著青衫紅袖的男男女女，往來在田間小路上，惹得蜂蝶亂飛，令人不飲自醉。隨後酒熱菜熟，眾人坐在地上大吃起來。那姓鮑的挑擔人頗為不俗，我們就拉他過來一起飲酒。遊人見了，莫不欣羡我們的奇思妙想。等到杯盤狼藉的時候，眾人都已喝醉，陶然自樂，有的坐下，有的躺下，時而高歌，時而長嘯。

紅日西沉，我想要吃粥，挑擔人就為我們買米煮粥，酒足飯飽後才回去。芸問道：「今日的遊玩，大家還高興嗎？」眾人回答：「若非夫人之力，就不及這樣盡興。」說罷，大笑而散。

原文

蘇城有南園、北園二處1，菜花黃時2，苦無酒家小飲。攜盒而往3，對花冷飲4，殊無意味。或議就近覓飲者，或議看花歸飲者，終不如對花熱飲為快。眾議未定。芸笑曰：「明日但各出杖頭錢，我自擔爐火來。」眾笑曰：「諾。」

眾去，余問曰：「卿果自往乎？」芸曰：「非也。妾見市中賣餛飩者，其擔鍋灶無不備，盍雇之而往？妾先烹調端整，到彼處再一下鍋，茶酒兩便。」余曰：「酒菜固便矣，茶乏烹具。」芸曰：「攜一砂罐去，以鐵叉串罐柄，去其鍋，懸於行灶中[5]，加柴火煎茶，不亦便乎？」余鼓掌稱善。街頭有鮑姓者，賣餛飩為業，以百錢雇其擔[6]，約以明日午後。鮑欣然允議。

明日看花者至，余告以故，眾咸歎服。飯後同往，并帶席墊，至南園，擇柳陰下團坐。先烹茗，飲畢，然後暖酒烹肴。是時風和日麗，遍地黃金[7]，青衫紅袖[8]，越阡度陌[9]，蝶蜂亂飛，令人不飲自醉。既而酒肴俱熟，坐地大嚼，擔者頗不俗，拉與同飲。遊人見之，莫不羨為奇想。杯盤狼籍，各已陶然[10]，或坐或臥，或歌或嘯[11]。

紅日將頹[12]，余思粥，擔者即為買米煮之，果腹而歸[13]。芸問曰：「今日之遊樂乎？」眾曰：「非夫人之力不及此。」大笑而散。

注釋

1 南園：蘇州古城南部的一大片菜地，為元末張士誠命令軍民開墾，明清時期，南園菜花曾是蘇州一景。北園：因位於蘇州古城東北部，與南園遙遙相對而命名。今均已不存。

2 菜花黃時：通常是三、四月的春季，油菜花開，金燦燦一片，這時候是觀賞菜花的好時節。菜花，即油菜花。喝酒醉賞菜花也是文人雅士的情趣，如明謝榛〈愚公園春酌〉詩：「絳桃一簇映斜暉，白首尋芳幾醉歸。更有多情雙蛱蝶，春來還傍菜花飛。」

3 盒：古代裝盛食物的器物，形狀是可擔可提的大盒子，用於外出或送禮時。

4 冷飲：指喝冷酒，古代人喝酒常將酒熱了再飲，認為飲生酒、冷酒不利於健康。元賈銘〈飲食須知〉：「凡飲酒宜溫。」

5 行灶：可移動的爐灶，這裡指餛飩擔上的灶火。

6 百錢：一百文錢，或一百枚銅錢。古代一百枚錢穿一串，稱為一吊，一千枚錢穿一串，稱為一貫，單獨一枚錢稱為文。一貫，相當於一兩銀子。

7 遍地黃金：遍地是金黃色。菜花的顏色是黃色，成片的菜花田地經陽光照耀下，彷彿大地都成了金黃色。

8 青衫紅袖：代指男男女女。青衫，古代學子或官職卑微者穿的衣服，這裡代指男子。紅袖，指古代女子襦裙長袖，後成女子的代名詞。

9 越阡度陌：東西向的路為阡，南北向的路為陌。阡陌泛指田間小路。越、度，指走過。

10 陶然：閒適歡樂的樣子。

11 嘯：古代一種歌吟方式，指打口哨，撮口作聲，發出悠長清越的聲音，古人用來抒懷述志，表示行為曠達，不受拘束。《說文解字》：「嘯，吹聲也。」

12 頹：落下。

13 果腹：填飽肚子。果，充實，飽。語出《莊子．逍遙遊》：「三餐而反，腹猶果然。」

❖省儉❖

貧寒之士的起居衣食，以及器皿、房屋，都應當省儉，而且雅致整潔，省儉之法是「就事論事」。

我愛喝點小酒，不喜歡多吃菜。芸就為我設置了一個梅花盒：用六隻二寸大小的白瓷深碟，中間擺放一隻，外邊擺放五隻，用灰漆固定，形似梅花，盒底與盒蓋均有凹楞，蓋子上的手柄有如花蒂。把它放到案頭，宛如一朵墨梅覆蓋在桌上。打開蓋子看，菜肴彷彿裝在花瓣中，一盒之內能裝六種菜，二、三個知己可以隨意用餐，吃完再添。芸另外做了一隻矮邊圓盤，用來盛放杯子、筷子和酒壺之類，隨處可以擺放，移動端取都很方便。這是食物省儉的一種方法。

我的小帽、領子、襪子等都是由芸親自做。衣服破了，挪東補西，也一定是齊整而潔淨的，衣服顏色偏暗淡些，以免有汙痕，這樣既可出去陪客，又能在家常穿。這又是服飾省儉的一種方法。

剛來蕭爽樓中，我嫌屋裡昏暗，就用白紙糊在牆壁上，房內才明亮。到了炎夏，樓下撤去窗子，又沒有欄杆，便覺得空洞，毫無遮攔。芸說：「既然有舊竹簾在，為什麼不用簾子代替欄杆？」我說：「怎麼做呢？」芸說：「用幾根黝黑色的竹子，一豎一橫，留出走路的地方，截取一半的簾子搭在橫竹上，垂到地面，和桌子一樣高。中間豎起四根短竹，用麻線紮緊。然後在橫竹搭簾子的地方，找一些舊的黑布條，連橫竹裹起來縫上。這樣既可遮攔，也能裝飾，又不花錢。」這是「就事論事」的方法之一。由此類推，古人所說的竹頭木屑都有用，確實如此。

夏天，荷花初開時，夜晚合攏，天明開放，芸用小紗囊包住少許茶葉，放在花心，次日清早取出來，煮雨水泡茶，茶的香韻尤其絕妙。

原文

貧士起居服食，以及器皿房舍，宜省儉而雅潔，省儉之法曰「就事論事」。

余愛小飲，不喜多菜。芸為置一梅花盒：用二寸白磁深碟六隻，中置一隻，外置五隻，用灰漆就[1]，其形如梅花。底蓋均起凹楞，蓋之上有柄如花蒂。置之案頭，如一朵墨梅覆桌。啟蓋視之，如菜裝於瓣中，一盒六色，二三知己可以隨意取食，食完再添。另做矮邊圓盤一隻，以便放杯箸酒壺之類，隨處可擺，移掇亦便[2]。即食物省儉之一端也[3]。

余之小帽領襪，皆芸自做。衣之破者，移東補西，必整必潔，色取暗淡，以免垢跡，既可出客，又可家常。此又服飾省儉之一端也。

初至蕭爽樓中，嫌其暗，以白紙糊壁，遂亮。夏月[4]，樓下去窗，無欄杆，覺空洞無遮攔。芸曰：「有舊竹簾在，何不以簾代欄？」余曰：「如何？」芸曰：「用竹數根，黝黑色，一豎一橫，留出走路。截半簾搭在橫竹上，垂至地，高與桌齊。中豎短竹四根，用麻線紮定，然後於橫竹搭簾處，尋舊黑布條，連橫竹裹縫之。既可遮攔飾觀，又不費錢。」此「就事論事」之一法也。以此推之，古人所謂竹頭木屑皆有用[5]，良有以也。

夏月荷花初開時，晚含而曉放，芸用小紗囊撮茶葉少許，置花心，明早取出，烹天泉水泡之[6]，香韻尤絕。

注釋

1 灰漆：一種漆料，將磚、瓷器物碾成粉末，加生漆和成糊，敷抹到器物上去。

2 掇（音同奪）：挪，拾取，用雙手拿或端。

3 端：方面，種類。

4 夏月：夏天。

5 竹頭木屑：比喻可利用的廢物。語出《幼學瓊林．卷三．人事》：「竹頭木屑，皆為有用之物；牛溲馬渤，可備藥石之資。」上句典故源自晉代政治家陶侃，《資治通鑑．卷九十三．晉紀十五》記載他：「嘗造船，其木屑竹頭，侃皆令籍而掌之，人咸不解所以。後正會，積雪始晴，廳事前餘雪猶濕，乃以木屑布地。及桓溫伐蜀，又以侃所貯竹頭作丁（釘）裝船。」

6 天泉水：包括雨水、雪水和露水。與之相對的是地泉水，依次為山水、江水和井水。除了泉水，古代也常用雨水和雪水泡茶，尤其是雪水。乾隆曾妙評泡茶的飲用水：「吃茶露水為上，雪水次之，雨水又次之，水要輕、清、甘、活，越鮮越妙。」

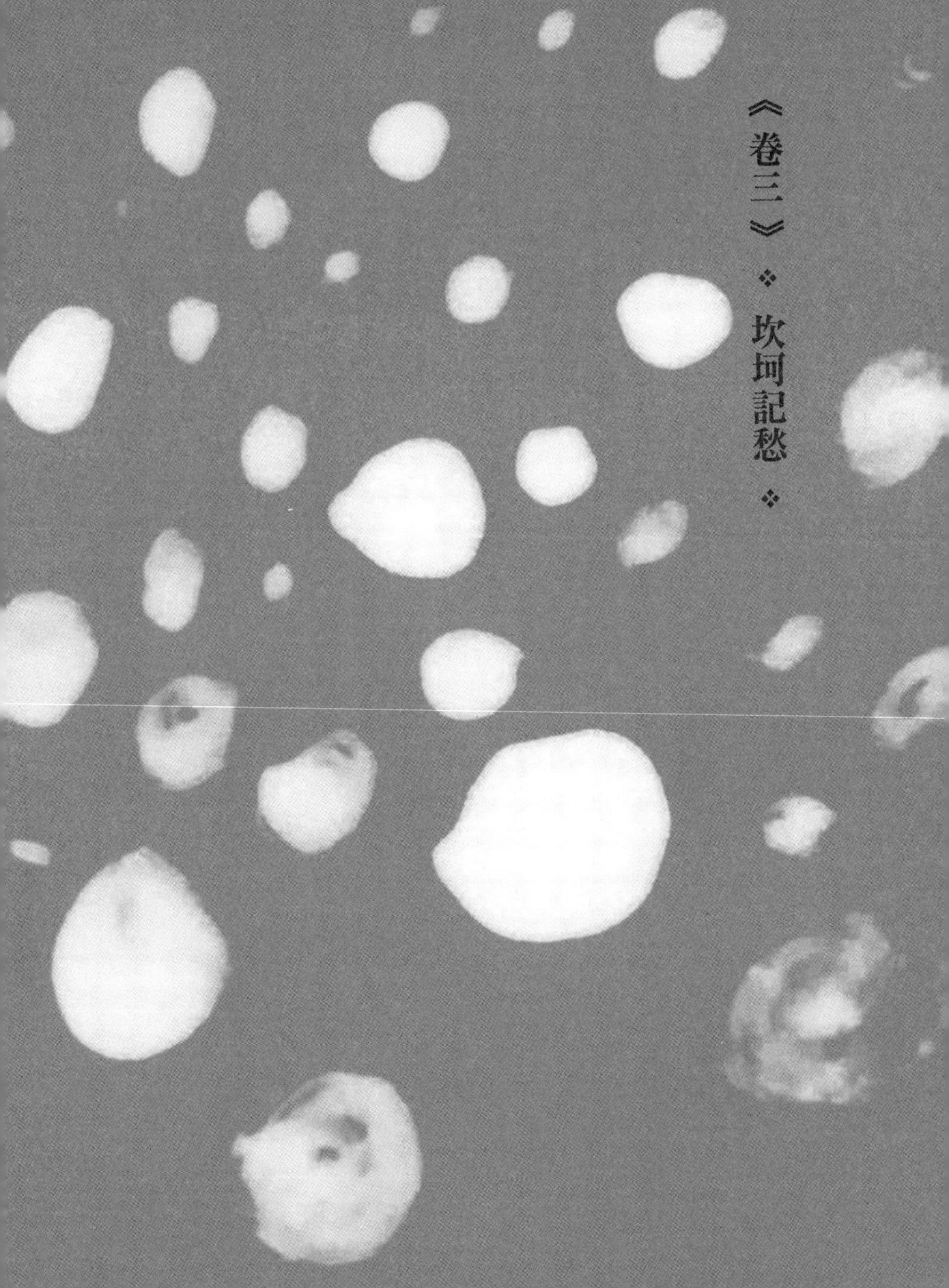

《卷三》❖ 坎坷記愁 ❖

❖ 坎坷 ❖

人生的坎坷從何而來？往往都是自己招來的罪孽。但是我並非如此！我生性多情，信守諾言，爽直不拘，反而因此受連累。況且我父親稼夫公為人慷慨，有豪俠氣，急人所難，成人之美，幫人家嫁女兒，撫養兒子之類種種事，數不勝數，花費無度，多為他人出力。我們夫婦住在家裡，偶爾需用錢財，不免典當家用，起初移東補西，然後就左支右絀。俗諺說：「處家人情，非錢不行。」於是先惹來小人的議論，漸漸又招來了自家人的譏笑。「女子無才便是德」，真是千古至理名言！

我雖是家中長子，但在族中排行第三，故而家裡人都稱呼芸為「三娘」，後來忽然稱呼她為「三太太」。開始只是戲稱，繼而成為習慣，甚至不論尊卑長幼，都以「三太太」稱呼她，這難道是家庭變故的前兆嗎？

原文

人生坎坷何為乎來哉[1]？往往皆自作孽耳[2]。余則非也！多情重諾，爽直不羈，轉因之為累。況吾父稼夫公慷慨豪俠，急人之難[3]，成人之事，嫁人之女，撫人之兒，指不勝屈[4]，揮金如土，多為他人。余夫婦居家，偶有需用，不免典質[5]，始則移東補西，繼則左支右絀[6]。諺云：「處家人情，非錢不行。」

先起小人之議，漸招同室之譏7。「女子無才便是德」8，真千古至言也！

余雖居長而行三9，故上下呼芸為「三娘」；後忽呼為「三太太」10。始而戲呼，成習慣，甚至尊卑長幼皆以「三太太」呼之。此家庭之變機歟？

注釋

1 何為：為什麼，何故。

2 自作孽：自己招來的罪孽或災禍。語出《尚書．太甲》：「天作孽，猶可違；自作孽，不可逭。」

3 急人之難：熱心幫人解決困難。語出《詩經．小雅．鹿鳴之什．常棣》：「脊令在原，兄弟急難。」

4 指不勝屈：扳著指頭數也數不過來。形容很多。

5 典質：用物品作抵押借錢。典，活買活賣，到期可以贖，如過期不贖，所抵實物則被沒收。質，作抵押或保證的人或物，也指用物品換錢。

6 左支右絀（音同觸）：原是彎弓射箭的姿勢，左手支持，右手屈曲。藉以形容財力或能力不足，窮於應付。絀，屈曲，引申為短缺，不足。

7 同室：同居一室，引申為家人。

8 女子無才便是德：典出石成金《家訓鈔》引《靳河臺庭訓》：「女子通文識字而能明大義者，固為賢德，然不可多得；其他便喜看曲本小說，挑動邪心，甚至舞文弄法，做出無恥醜事，反不如不識字，守拙安分之為愈也。陳眉公（即陳繼儒）云：『女子無才便是德』，可謂至言。」

9 行：輩分或兄弟姐妹長幼排列次序，包括直系親屬和旁系親屬。

10「娘」在古代一般是對年輕女子的稱呼，多指少女。「太太」是對長輩婦女的尊稱。明代中丞以上官吏之妻稱太太，一般上層社會的官員的妻子或富貴人家的女主人，才稱太太。家道中落之後仍稱太太，有譏諷之意。

❖ 公婆 ❖

乾隆五十年，我隨身侍奉父親在海寧衙門。芸在家書中附寄了給我的小信函。父親說：「兒媳既然略通文字，你母親的家信，可交由她代寫。」之後家裡偶爾有閒言碎語，我母親懷疑她敘述家事不當，於是不讓她代筆。父親見來信並非芸的筆跡，就問我：「你媳婦病了嗎？」我隨即寫信去問，她也不回覆。久而久之，父親怒道：「想必是你媳婦不屑代筆吧！」

等我回到家，探知原委，本想為她婉言剖白，芸急忙攔住我說：「我寧可受公公的責怪，也不願讓婆婆不高興。」她始終也不為自己辯白。

乾隆五十五年春天，我又隨身侍奉父親在邗江府中。有個同僚俞孚亭帶著家眷住在這裡。父親對俞孚亭說：「我這一生辛苦奔波，常年客居他鄉，想找一個服侍我起居的人，卻難以如願。我兒果真能體察為父的心意，可從家鄉尋覓一個人來，但願和我口音相似。」

俞孚亭將這番話轉告給我，我就給芸寄去密函，讓她請媒人物色，相中了一個姓姚的女子。芸只因不知道這件事是否可成，所以沒有立即告知母親。那姓姚的女子來了，芸假稱她是鄰居家來遊玩的姑娘。

等父親讓我把她接去府中，芸又聽信旁人的意見，假託她本是我父親中意的人。母親見到那女子，說：「這個鄰家女子是來遊玩的，為什麼娶她呢？」就這樣，芸又失去了婆婆的歡心。

原文

乾隆乙巳[1]，隨侍吾父於海寧官舍[2]。芸於吾家書中附寄小函。吾父曰：「媳婦既能筆墨，汝母家信付彼司之[3]。」後家庭偶有閒言，吾母疑其述事不當，仍不令代筆。吾父見信非芸手筆，詢余曰：「汝婦病耶？」余即作札問之[4]，亦不答。久之，吾父怒曰：「想汝婦不屑代筆耳！」迨余歸[5]，探知委曲[6]，欲為婉剖，芸急止之曰：「寧受責於翁，勿失歡於姑也[7]。」竟不自白。

庚戌之春[8]，予又隨侍吾父於邗江幕中[9]。有同事俞孚亭者，挈眷居焉。吾父謂孚亭曰：「一生辛苦，常在客中，欲覓一起居服役之人而不可得。兒輩果能仰體親意[10]，當於家鄉覓一人來，庶語音相合[11]。」孚亭轉述於余，密札致芸，倩媒物色，得姚氏女。芸以成否未定，未即稟知吾母。其來也，託言鄰女之嬉遊者[12]。及吾父命余接取至署，芸又聽旁人意見，託言吾父素所合意者。吾母見之曰：「此鄰女之嬉遊者也，何娶之乎？」芸遂并失愛於姑矣。

注釋

1 乾隆乙巳：清乾隆五十年（一七八五）。時沈復虛歲二十三歲。

2 官舍：官署，衙門。

3司：負責，承擔。
4札：古代用來寫字的小木片，引申為信件，書信。
5迨（音同帶）：等到。
6委曲：指事情的經過、底細和原委。
7「翁」指公公。「姑」指婆婆。丈夫的父母，合稱翁姑，也即公婆。
8庚戌：清乾隆五十五年（一七九〇）。時沈復虛歲二十八歲。
9邗（音同韓）江：今江蘇揚州市東北邗江區，以連通長江和淮河的古運河邗溝得名。也代指揚州。
10體：設身處地地為人著想。
11庶：但願，希望。語音：說話的口音。
12嬉遊：遊樂，遊玩，往來交遊。

❖逐妻❖

乾隆五十七年春天，我在真州任職。父親在邗江染病，我前去探望，結果也生病。我弟弟啟堂這時也隨身侍奉父親。芸來信說：「啟堂弟曾向鄰居婦人借錢，請芸做保人，現在人家著急追債。」我問啟堂，啟堂反倒認為嫂子多管閒事。我於是在給芸的回信中附言：「我們父子都病了，沒錢償還，等啟堂弟回家，由他自作打算。」

不久，父親和我都痊癒，我仍回到真州。芸的回信到了邗江，父親拆開信函來看，信中述說啟堂弟向鄰居家借錢的事，又說：「令堂認為老人的病，都是由姓姚的妾室引起的。公公的病稍微痊癒之後，你可暗中囑咐姚氏藉口想家，妾身就讓她家父母到揚州接她回去。這實在是彼此卸責的權宜之計。」

我父親看信後勃然大怒，詢問啟堂向鄰居家借錢的事，啟堂推說不知。於是父親來信訓斥我說：「你媳婦不僅背著丈夫借錢，還進讒言誹謗小叔，而且稱婆婆為令堂，公公是老人，簡直荒謬之極！我已經專門差人帶信回蘇州，把她逐出家門，你如果稍有人心，也應當知道自己的過錯！」

我接到此信，有如聽到晴天霹靂，立即恭恭敬敬地寫信向父親認錯，然後尋找坐騎，快馬加鞭回家，生怕芸自尋短見。到家之後，我述說那些事的來龍去脈，然而家人卻持著父親的一紙逐人的書信到了，歷數芸的諸多過錯，言辭頗為決絕。芸哭訴說：「妾身固然不該胡言亂語，可是請公公寬恕婦女無知啊。」

過了幾天，父親又有親筆信到家，信中說：「我不想做得太過分，你帶著媳婦到別處去住，不要讓我看見，免得我生氣就足夠了。」本想讓芸寄居在娘家，然而芸由於母親過世，弟弟在外，不願去依附族人。幸而我朋友魯半舫聽說後，心生憐惜，邀請我們夫婦去住在他家的蕭爽樓。

原文

壬子春1，余館真州2。吾父病於邗江，余往省3，亦病焉。余弟啟堂時亦隨侍。芸來書曰：「啟堂弟曾向鄰婦借貸，倩芸作保4，現追索甚急。」余詢啟堂，啟堂轉以嫂氏為多事。余遂批紙尾曰5：「父子皆病，無錢可償，俟啟弟歸時，自行打算可也。」

未幾，病皆愈，余仍往真州。芸覆書來，吾父拆視之，中述啟弟鄰項事6，且云：「令堂以老人之病7，皆由姚姬而起。翁病稍痊，宜密囑姚託言思家，妾當令其家父母到揚接取。實彼此卸責之計也。」

吾父見書怒甚，詢啟堂以鄰項事，答言不知，遂札飭余曰8：「汝婦背夫借債，讒謗小叔，且稱姑曰令堂，翁曰老人，悖謬之甚！我已專人持札回蘇斥逐9，汝若稍有人心，亦當知過！」

余接此札，如聞晴天霹靂，即肅書認罪10，覓騎遄歸11，恐芸之短見也。到家述其本末，而家人乃持逐書至，厲斥多過，言甚決絕。芸泣曰：「妾固不合妄言12，但阿翁當恕婦女無知耳。」

越數日，吾父又有手諭至13，曰：「我不為已甚14，汝攜婦別居，勿使我見，免我生氣足矣。」乃寄芸於外家15，而芸以母亡弟出，不願往依族中。幸友人魯半舫聞而憐之，招余夫婦往居其家蕭爽樓。

注釋

1 壬子：清乾隆五十七年（一七九二）。時沈復虛歲三〇歲。

2 真州：今江蘇儀征，隸屬江蘇揚州市，宋代為淮南東路的經濟中心，古時是江南的富庶之地。

3 省（音同醒）：探望，問候。

4 作保：做擔保，充當保證人。明清時期成立契約需要負連帶責任的第三人附署，即所謂中間人、擔保人，稱為中保。保人，也就是借貸、租佃契約的附署人。

5 批紙尾：署名於紙尾。紙尾，書面文字的結尾處。原指職卑無權，只能陪在別人後面署名。這裡暗指無權過問弟弟的事。

6 項：經費，款項。

7 令堂：對別人母親的尊稱。這裡用來稱自己的婆婆，稱呼不當。

8 飭（音同赤）：告誡，命令。

9 斥逐：驅逐，遣散。

10 肅書：恭敬地寫信。肅，恭敬，認真。

11 騎：這裡作名詞，指供人騎的馬或其他坐騎。遄（音同船）歸：急速回家。遄，指高低不平的山路，引申為快速。

12 妾：舊時婦女自稱。不合：不應當，不該。

13 手諭（音同玉）：對尊長親筆信的敬稱。

14 不為已甚：指不做得太過分。表示對人的責備或處罰適可而止。已甚，過分。

15 外家：古代女子出嫁後對娘家的稱呼。

❖ 血疾 ❖

過了兩年，我父親才漸漸瞭解事情的始末。恰好我從嶺南回來，父親就親自去蕭爽樓，對芸說：「從前的事，我已經都知曉，你們何不回家去住呢？」我們夫婦深感欣慰，仍遷回舊居，一家人總算骨肉團圓。誰知道又碰上憨園這孽障的事！

芸向來患有血疾，只因弟弟克昌出走在外不歸，母親金氏又由於念子心切而病故，她悲傷過度所致。自從認識憨園，她有一年多未曾發病，我正慶幸她得了良藥。可是憨園被有權有勢的人奪走，不只以千金為聘禮，還許諾奉養她的母親，佳人已屬沙叱利一樣的豪強。我早知此事，卻不敢明說。

等芸前去探望她，才知實情，回來後痛哭，對我說：「我原先想不到，憨園竟是這樣的薄情！」我說：「是妳自己痴情罷了。風塵中人哪有什麼情義可言！何況過慣了錦衣玉食的人，未必能安於粗茶淡飯的日子。與其將來後悔，倒不如今日之事不成。」於是再三撫慰她。

然而，芸終究以受人愚弄為恨事，血疾又發作起來，經常臥病在床，求醫吃藥也無用，病情時斷時續，身形越發消瘦。沒幾年，為了給她看病，外債日漸增加，非議也一天天多了起來。父母又因為她和妓女結拜生事，對她的憎惡日甚一日。我則忙於居中調停，真覺得已不像活在人間。

原文

越兩載，吾父漸知始末。適余自嶺南歸[1]，吾父自至蕭爽樓謂芸曰：「前事我已盡知，汝盍歸乎？」余夫婦欣然，仍歸故宅，骨肉重圓。豈料又有憨園之孽障耶！

芸素有血疾[2]，以其弟克昌出亡不返[3]，母金氏復念子病沒[4]，悲傷過甚所致。自識憨園，年餘未發，余方幸其得良藥。而憨為有力者奪去，以千金作聘，且許養其母，佳人已屬沙叱利矣[5]。余知之而未敢言也。

及芸往探始知之，歸而嗚咽，謂余曰：「初不料憨之薄情乃爾也！」余曰：「卿自情痴耳。此中人何情之有哉！況錦衣玉食者，未必能安於荊釵布裙也6，與其後悔，莫若無成。」因撫慰之再三。

而芸終以受愚為恨，血疾大發，床席支離7，刀圭無效8，時發時止，骨瘦形銷。不數年而逋負日增9，物議日起10。老親又以盟妓一端，憎惡日甚。余則調停中立，已非生人之境矣11。

注釋

1 嶺南：舊指五嶺以南地區。五嶺是越城嶺、都龐嶺、萌渚嶺、騎田嶺和大庾嶺，位於湖南、江西南部和廣西、廣東北部交界處。唐代有嶺南道，治廣州，轄五嶺以南地區。今多指廣東、廣西、海南地區。

2 血疾：中醫病名，吐血、咳血、便血等出血疾病的通稱。

3 出亡：出走逃亡在外。亡，逃離，出走。

4 沒（音同莫）：通「歿」，死，去世。

5 佳人已屬沙叱利：沙叱利是唐代番將，記載於唐許堯佐的傳奇小說《柳氏傳》中，曾劫占唐代詩人、「大曆十才子」之一韓翃的美姬柳氏，後世用來代稱霸占他人妻室或強娶民婦的權貴。叱，也寫作「吒」。此句典出宋許顗《彥周詩話》：「王晉卿得罪外謫，後房善歌者名囀春鶯，乃東坡所見也。亦遂為密縣馬氏所得。後晉卿還朝，尋訪微知之，作詩云：『佳人已屬沙吒利，義士今無古押衙。』」

6 荊釵布裙：用荊樹枝條作釵，粗布為裙，即粗衣布服。語出晉皇甫謐《列女傳》：「梁鴻妻孟光，荊釵布裙。」本是用來形容婦女的裝束樸素，這裡指生活樸素，衣食省儉。

7 床席支離：床上淩亂不堪，指人常臥病不起。支離，即分散，殘缺，淩亂，沒有條理。

8 刀圭（音同歸）：古代量取藥物的用具，代指藥物、醫術。

9　逋負：拖欠的賦稅，這裡指債務。逋，拖欠，積欠。
10　物議：眾人的議論，多指非議。
11　生人：活人，活著的人。《莊子．外篇．至樂》：「視子所言，皆生人之累也，死則無此矣。」

❖繡經❖

芸生的女兒，名叫青君，那年十四歲，頗為知書明理，也很賢慧能幹，家裡典當衣服首飾等事，幸虧靠她操勞。還有個兒子，名叫逢森，當時年僅十二歲，仍在求學讀書。

我連年沒有謀差事，就在家門中開了一間書畫鋪，只可惜三天的進賬，還不夠一天的支出，焦慮勞碌，困苦不堪，時常窘迫潦倒。隆冬時節也沒有皮襖外套，不得不挺著身子挨過去。青君也穿著單薄的衣裳，就算凍得全身發抖，仍強撐說「不冷」。為此，芸發誓不再求醫吃藥。

她偶爾能起床，恰好我有位朋友周春煦從福郡王府中回家，請人繡一部《心經》。芸想到繡佛經可以消災降福，又覺得刺繡的工錢豐厚，竟繡了。然而，周春煦行色匆匆，不能久等，芸花了十日就完工。她本來就身體虛弱，驟然辛勞，以致增添腰酸頭暈的毛病。豈知命薄的人，佛祖也不能大發慈悲啊！

芸繡了佛經之後，病情反而加重，喚水要湯，家裡上上下下都有些厭煩她了。

原文

芸生一女名青君，時年十四，頗知書且極賢能1，質釵典服，幸賴辛勞。子名逢森，時年十二，從師讀書。

余連年無館，設一書畫鋪於家門之內，三日所進，不敷一日所出2，焦勞困苦，竭蹶時形3。隆冬無裘4，挺身而過，青君亦衣單股栗5，猶強曰「不寒」。因是芸誓不醫藥。

偶能起床，適余有友人周春煦自福郡王幕中歸，倩人繡《心經》一部6，芸念繡經可以消災降福，且利其繡價之豐7，竟繡焉。而春煦行色匆匆，不能久待，十日告成。弱者驟勞，致增腰酸頭暈之疾。豈知命薄者，佛亦不能發慈悲也！

繡經之後，芸病轉增，喚水索湯，上下厭之。

注釋

1 知書：有文化，有教養。

2 敷：足夠。

3 竭蹶（音同決）時形：時而落得窮困潦倒。竭蹶，本指走路艱難，比喻資財枯竭、匱乏，即經濟困難，生活艱辛。

4 裘：皮衣，皮襖。用毛皮縫製的衣服。

5 股栗：兩腿發抖。股，大腿。

6 《心經》：佛經，全稱《般若波羅蜜多心經》，是佛教般若學說的核心，故稱《心經》。般若（音同波惹），梵語音譯，即智慧；波羅蜜多，梵語音譯，指到達彼岸（生死是此岸）。般若學說即指度人到達彼岸，擺脫生死輪回苦惱的智慧。民俗認為繡佛經能修功德。

7 利：這裡作動詞，認為有利可圖。

❖失和❖

有個西方人在我的畫鋪旁邊租房，以放高利貸為業，時常請我作畫，因此相識。我的某位朋友向他借了五十兩銀子，請我做保人。我礙於情意難卻，才應允，沒想到某人竟然攜款遠逃。西方人只找保人問責，不時上門來吵鬧討債，起初我用書畫抵償，漸至於沒有東西可用來還債。

到了年底，我父親在家裡住，那人又來催債，在門外咆哮。父親聞訊，就把我叫過去，叱責說：「我們是有聲望的人家，怎麼會欠這種小人的債！」

我正申辯時，恰好芸有個自幼結拜的姐姐嫁到錫山華家，聽說她生病，就派人來問安。父親誤以為是憨園派來的人，於是越發怒斥道：「你媳婦不守婦道，和妓女結拜；你也不思上進，濫與小人為伍。倘若將你置於死地，我又於情不忍，姑且寬限三日，你快想辦法自謀生路，不然過了這個期限，就去官府告你忤逆不孝之罪！」

芸聞言哭訴：「公婆如此盛怒，都是我的罪孽。假如我死了，你出走，你必不忍心；假如我留下，你離去，你也必然不捨。姑且悄悄叫華家的人過來，我勉強起身問一下。」於是讓青君扶她到房外，把華家的人叫過來問：「是你的主母特地派你過來的，還是順道而來呢？」華家的人回答：「我家主母久聞夫人臥病在床，本想親自過來探望，只因從未登門拜訪，不敢冒昧前來。臨行前主母囑咐，倘若夫人不嫌鄉間居住簡陋怠慢，不妨到鄉下來調養，也可踐行兒時燈下的諾言。」原來芸與華夫人昔日未嫁時一起刺繡，曾發誓患病要相互扶助。她於是囑託華家的人說：「煩請你快回去，稟告你的主母，在兩天後悄悄派船過來。」

那人離開之後，芸對我說：「華家的結拜姊姊比親人還親，如果你肯去她家，不妨與我同行，只是帶著兒女一起去，多有不便，也不能留在家裡拖累公婆。務必要在兩日之內，將他們安頓妥當。」

這時，我表兄王藎臣有個兒子名叫韞石，想娶青君為妻。芸說：「聽說王家的兒子懦弱無能，不過是個坐守家業的人，但王家又沒什麼家業可守。幸而王家是書香之家，他又是獨生子，把青君許配給他也可。」我對表兄王藎臣說：「你與家父有甥舅之情，想讓青君做你的兒媳，料無不應允之理。但是等青君年長再嫁過去，只怕形勢不許。我們夫婦去無錫後，你即可稟告我父母，先讓青君過門做童養媳，怎麼樣？」王藎臣欣喜地說：「就照你的意思。」

至於逢森，我也託付朋友夏揖山轉薦他去學經商。

原文

有西人賃屋於余畫鋪之左[1]，放利債為業，時倩余作畫，因識之。友人某向渠借五十金[2]，乞余作保，余以情有難卻，允焉，而某竟挾資遠遁[3]。西人惟保是問，時來饒舌[4]，初以筆墨為抵[5]，漸至無物可償。

歲底，吾父家居，西人索債，咆哮於門。吾父聞之，召余訶責曰[6]：「我輩衣冠之家，何得負此小人之債！」

正剖訴間，適芸有自幼同盟姊適錫山華氏[7]，知其病，遣人問訊。堂上誤以為憨園之使，因愈怒曰：「汝婦不守閨訓，結盟娼妓；汝亦不思習上，濫伍小人[8]。若置汝死地，情有不忍，姑寬三日限，速自為計，遲必首汝逆矣[9]！」

芸聞而泣曰：「親怒如此，皆我罪孽。妾死君行，君必不忍；妾留君去，君必不舍。姑密喚華家人來，我強起問之。」因令青君扶至房外，呼華使問曰：「汝主母特遣來耶？抑便道來耶[10]？」曰：「主母久聞夫人臥病，本欲親來探望，因從未登門，不敢造次。臨行囑咐，倘夫人不嫌鄉居簡褻[11]，不妨到鄉調養，踐幼時燈下之言。」蓋芸與同繡日，曾有疾病相扶之誓也。因囑之曰：「煩汝速歸，稟知主母，於兩日後放舟密來[12]。」

其人既退，謂余曰：「華家盟姊情逾骨肉，君若肯至其家，不妨同行，但兒女攜之同往既不便，留之累親又不可，必於兩日內安頓之。」

時余有表兄王藎臣一子名韞石，願得青君為媳婦。芸曰：「聞王郎懦弱無能，不過守成之子，而王又無成可守。幸詩禮之家[13]，且又獨子，許之可也。」余謂藎臣曰：「吾父與君有渭陽之誼[14]，欲媳青君，諒無不允[15]。但待長而嫁，勢所不能。余夫婦往錫山後，君即稟知堂上，先為童媳[16]，何如？」藎臣喜曰：「謹如命[17]。」

逢森亦託友人夏揖山轉薦學貿易。

注釋

1 西人：舊時指對山西人、陝西人的稱呼。清朝後期多指對西洋人的稱呼。這裡不一定是外國人，存在爭議。左：周圍，旁邊，附近。

2 渠：代詞，第三人稱，指他、她、它。五十金：五十兩白銀。漢代以黃金一斤為一金，後來以銀為貨幣，銀一兩稱一金。

3 遠遁：逃往遠處。遁，逃避、躲閃，也指隱居。

4 鐃舌：嘮叨，多嘴。鐃，多。

5 筆墨：筆跡，書畫墨蹟。代指書畫作品。

6 訶（音同呵）責：厲聲叱責。

7 同盟：共結盟約者，密友。盟，結拜的弟兄姊妹。

8 伍：古代軍隊編制，以五人為一伍。後引申為同類、一夥。這裡作動詞，指與某人為伍。

9 首：出頭揭發，告發。逆：悖逆不孝，不孝之罪。古代有「五逆」之罪，出自《孟子．離婁下》：「世俗所謂不孝者五：惰其四肢，不顧父母之養，一不孝也；博弈好飲酒，不顧父母之養，二不孝也；好貨財，私妻子，不顧父母之養，三不孝也；從耳目之欲，以為父母戮，四不孝也；好勇鬥狠，以危父母，五不孝也。」儒家推崇以孝治國，至明清更極端化。

10 便道：順路。

11 簡褻（音同謝）：怠慢不恭，輕慢無禮。簡，怠慢。

12 放舟：開船，行船。蘇州與無錫都是京杭大運河沿線的港口城市，可經由水路交通來往。

13 詩禮之家：指世代讀書明禮的人家。禮，古代社會的法則、禮儀。

14 渭陽之誼：也說渭陽之情，指甥舅之間的情義。語出《詩經．秦風．渭陽》：「我送舅氏，曰至渭陽。」典為秦國國君秦康公送其舅即後來的晉文公重耳返回晉國，一直送到渭水之北。

15 諒：料想，推想。

16 童媳：童養媳，又稱待年媳、養媳。按古代民俗，童養媳在男方家庭長大成年，再嫁給男方，男家不需要財禮，成婚禮儀簡單，女家也不要陪嫁妝，可不用雙方破費。

17 謹如命：依照對方的囑咐。謹，恭敬、鄭重。如，依照、順從。

❖ 離家 ❖

兒女都已安置妥當，華家的船也正好到了，那天是嘉慶五年臘月二十五日。芸說：「我們孤身離家出走，不但招鄰居笑話，而且欠那個西方人的錢還沒有著落，恐怕他也不會放過，不如就定在明日五更時悄悄離去。」我問：「妳還在病中，大清早能冒風寒嗎？」芸說：「生死有命，無須多慮。」我暗地裡稟告父親，他也認為這樣可行。

當天夜裡，我先將半擔行李挑上船，讓逢森先睡下。青君在母親身邊哭泣，芸囑咐她說：「妳母親命苦，又太痴情，所以才遭受這樣的顛沛流離，幸而妳父親待我很好，此行不必多慮。兩、三年內，必當設法讓一家人團圓。妳到婆家後，須守婦道，別像妳母親。妳的公公婆婆以能娶得妳為榮幸，就會善待妳。箱籠中所留的家當，全給妳出嫁時帶去。妳弟弟年紀還小，所以我們不讓他知道，臨走時假託看病，過些日子才回家，等我們走遠了，妳告訴他其中的緣故，再稟告祖父就可以了。」旁邊有個原先相識的老婆婆，也就是前卷中曾把她家租給我們避暑的，願意送我們去鄉下，故而此時她陪在芸的身邊照料，也不停擦淚。

將近五更時分，熱了粥，我們一起吃。芸強顏歡笑說：「昔日我們是吃一碗粥相聚，今日又是吃一碗粥分開，如果寫成傳奇，可以取名為《吃粥記》。」逢森聽到說話聲也起床了，呻吟著說：「母親去做什麼？」芸說：「我們打算出門看病。」逢森問：「為什麼起這麼早？」芸說：「此行路遠。你與姊姊安心在家，不要惹祖母討嫌。我和你父親一起去，過幾天就回來。」

雞鳴三遍時，芸含淚扶著老婆婆，打開後門正要出去，逢森忽然大哭道：「噫！我母親不回來了！」青君唯恐驚醒旁人，趕緊捂住他的嘴，安慰他。這時候，我們夫婦兩人已肝腸寸斷，再也說不出一句話，只能勸他「不要哭」而已。

青君關門後，芸走出巷子才十來步，就已經累得走不動了。讓老婆婆提燈，我背著芸前行。快要上船時，我們差點被巡邏的人抓住，幸虧老婆婆認芸做她生病的女兒，把我當成女婿，而且船夫都是華家雇用的人，聽見吵鬧聲就過來接應，相互攙扶著上了船。開船之後，芸才放聲痛哭。想不到這次出門，母子已成了永別！

原文

安頓已定，華舟適至，時庚申之臘廿五日也1。芸曰：「孑然出門2，不惟招鄰里笑，且西人之項無著3，恐亦不放，必於明日五鼓悄然而去4。」余曰：「卿病中能冒曉寒耶？」芸曰：「死生有命，無多慮也。」密稟吾父，亦以為然。

是夜，先將半肩行李挑下船，令逢森先臥。青君泣於母側，芸囑曰：「汝母命苦，兼亦情痴，故遭此顛沛，幸汝父待我厚，此去可無他慮。兩、三年內，必當布置重圓。汝至汝家須盡婦道，勿似汝母。汝之翁姑以得汝為幸，必善視汝。所留箱籠什物5，盡付汝帶去。汝弟年幼，故未令知，臨行時託言就醫，數日即歸，俟我去遠，告知其故，稟聞祖父可也。」旁有舊嫗6，即前卷中曾賃其家消暑者，願送至鄉，故是時陪侍在側，拭淚不已。

將交五鼓，暖粥共啜之7。芸強顏笑曰：「昔一粥而聚，今一粥而散，若作傳奇8，可名《吃粥記》矣。」逢森聞聲亦起，呻曰：「母何為？」芸曰：「將出門就醫耳。」逢森曰：「起何早？」曰：「路遠耳。汝與姊相安在家，毋討祖母嫌。我與汝父同往，數日即歸。」

雞聲三唱9，芸含淚扶嫗，啟後門將出，逢森忽大哭曰：「噫，我母不歸矣！」青君恐驚人，急掩其口而慰之。當是時，余兩人寸腸已斷，不能復作一語，但止以「勿哭」而已。

青君閉門後，芸出巷十數步，已疲不能行，使嫗提燈，余背負之而行。將至舟次10，幾為邏者所執11，幸老嫗認芸為病女，余為婿，且得舟子皆華氏工人，聞聲接應，相扶下船。解維後，芸始放聲痛哭。是行也，其母子已成永訣矣！

注釋

1 庚申之臘廿五日：清嘉慶五年（一八〇一）臘月二十五日，剛過農曆「小年」。臘，原為農曆十二月合祭眾神的祭名，始於周代，後代指農曆十二月，稱為臘月，簡稱臘。時已近農曆新年，即俗稱的過年、「大年」，自古是中國人團圓的最重要的節日，卻被迫骨肉分離，更增離別的悲感。

2 孑（音同節）然：孤立、孤單的樣子。

3 無著（音同卓）：沒有落腳、依靠之處。著，貼附、附著。

4 五鼓：特指第五更。此時天將明，約淩晨四、五點。

5 箱籠：竹編的盛衣器具。古代金銀寶貝、衣服首飾、書畫珍品等，都用箱籠來儲藏。什物：指家庭日常所用的衣物及其他零碎用品。

6 舊：有交情的人。

7 啜（音同綽）：嘗，飲，吃。

8 傳奇：最早指唐代的短篇小說，後世將元雜劇稱為「傳奇」，到了明清，傳奇又成為不包括雜劇在內的明清中長篇戲曲劇本的總稱。

9 雞聲三唱：即雞唱三聲，古代指天快亮了的時候，大約五更時分。雞唱，指雞鳴、雞叫。南宋詩人華岳〈田家〉其四：「雞唱三聲天欲明，安排飯碗與茶瓶。」通常雞叫第一遍，是半夜，故俗稱「半夜雞叫」。以後每隔一段時間，雞叫一遍。雞叫第三遍，天就快亮了，故俗稱「雞叫三遍天下白」。

10 舟次：碼頭，即船停泊之處。次，旅行時停留的處所。

11 邏者：即巡邏的人。邏，本指沿路觀察多個捕鳥網的動靜，後引申為巡察，和敲鑼的鑼無關。執：捕捉，逮捕。

❖寄居❖

華先生名叫大成，家住在無錫的東高山，面對大山而居，以務農為生，極為樸實誠懇。他的媳婦夏氏，就是芸的結拜姐姐。當天下午一點左右，我們才到達他家。華夫人已倚門守候，見我們來了，帶著兩個小女兒到船上迎接，彼此相見甚歡，隨後扶著芸上岸，殷勤款待。

四周鄰居的婦人、孩子們紛紛湧入房裡，將芸圍住觀看，有的問安，有的同情，交頭接耳，滿屋子都是喧鬧聲。芸對華夫人說：「今日真像是漁夫來到了桃花源哪！」華夫人說：「妹妹莫笑話，我們鄉下人少見多怪呢。」此後，我們相安無事，就在這裡過新年。

到元宵節時，只不過相隔二十天，芸漸能起身走路，當夜在打麥場中看舞龍燈，神情氣色看上去逐漸康復。我才心安，和她私下商量說：「我住在這裡，不是長久之計，想去別的地方，可是又缺錢，怎麼辦？」芸說：「我也正在想辦法。你姐夫范惠來現今在靖江鹽公堂做會計，十年前，他曾向你借了十兩銀子，當時錢不夠數，我典押髮釵湊足錢。你還記得嗎？」我說：「忘記了。」芸說：「聽說靖江離這裡不遠，你何不去一趟？」我聽從她的意見。

原文

華名大成，居無錫之東高山1，面山而居，躬耕為業2，人極樸誠。其妻夏氏，即芸之盟姊也。是日午未之交3，始抵其家。華夫人已倚門而待，率兩小女至舟，相見甚歡，扶芸登岸，款待殷勤。

四鄰婦人、孺子哄然入室[4]，將芸環視，有相問訊者，有相憐惜者，交頭接耳，滿室啾啾[5]。芸謂華夫人曰：「今日真如漁父入桃源矣[6]。」華曰：「妹莫笑，鄉人少所見多所怪耳。」自此相安度歲[7]。

至元宵，僅隔兩旬，而芸漸能起步。是夜觀龍燈於打麥場中[8]，神情態度漸可復元。余乃心安，與之私議曰：「我居此非計[9]，欲他適而短於資[10]，奈何？」芸曰：「妾亦籌之矣[11]。君姊丈范惠來現於靖江鹽公堂司會計[12]，十年前曾借君十金，適數不敷，妾典釵湊之。君憶之耶？」余曰：「忘之矣。」芸曰：「聞靖江去此不遠，君盍一往？」余如其言。

注釋

1 無錫之東高山：今無錫北面的高山，高山因東漢名士高岱隱居並葬於此而得名，即今無錫惠山區堰橋旁的西膠山。無錫在今江蘇南部，北倚長江，南瀕太湖，東接蘇州，西連常州，清代分為無錫、金匱兩縣，均屬常州府，說吳語。因當時堰橋在無錫縣的東面，故稱「無錫之東高山」。

2 躬耕：務農，從事農業生產。

3 午未之交：午時和未時之交，約下午一點左右。午時為中午十一點到下午一點，未時為下午一點到三點。

4 孺（音同如）子：指幼童、小孩，不分男女性別。《說文解字》：「孺，乳子也。」哄然：紛亂吵嚷，人聲嘈雜。

5 啾啾：原指鳥發出的鳴叫聲，此處指眾人說話的嘈雜聲。

6 漁父：即漁翁，捕魚人。桃源：即桃花源。典出陶淵明〈桃花源記〉，寫捕魚人誤入世外桃源，那裡民風淳樸，和諧寧靜，童子無拘無束，老少生活歡樂，看見陌生人便覺得新鮮好玩。

7 度歲：傳統新年的口頭稱呼，也稱過年。

8 龍燈：即民俗舞龍燈。起源於漢代，後世民間每逢春節、元宵節、燈會、廟會及豐收年，都舉行舞龍燈的活動。用竹、木、紙、布等紮成龍形，每節內燃燒燭，即稱「龍燈」。元宵節也稱燈節。打麥場：舊時農村小麥收割後堆垛、晾曬、揚場的地方，既是曬穀場，也有遊樂場的功能。

9 非計：非良策。

10 適：前去，前往。

11 籌：籌謀，想辦法。

12 靖江：今江蘇泰州下轄靖江市，位於長江北岸，與江陰隔江相望，簡稱靖。鹽公堂：原指官府允許營業的鹽店，這裡指管理鹽務的衙門。公堂，指官府。

❖ 旅途 ❖

這時，天氣異常晴暖，我穿著織絨袍子和嗶嘰短褂，還覺得熱。那天是嘉慶六年正月十六日。當夜我投宿在錫山旅店，租了被子就睡下。早晨起身，我搭乘江陰的航船，一路逆風而行，接著微雨綿綿。夜晚到了江陰江口，此時春寒料峭，凍徹身骨，我去買酒禦寒，結果身無分文。我躊躇了整夜，打算脫下襯衣，典當換錢以後乘船渡江。

十九日，北風越發凜冽，雪下得更大，我不禁慘澹落淚，暗暗計算房費、船費，不敢再飲酒。正當我心寒發抖之際，忽然看見有位老伯，穿草鞋，戴斗笠，背著黃包，進旅店後，朝我打量，彷彿似曾相識。我問：「老伯莫非是泰州姓曹的先生？」他回答：「正是。若不是你，我早就身埋黃土！如今小女安然無恙，時時感念你的大恩大德。不料今日相逢，你怎麼會在這裡逗留？」

原來我在泰州府做幕僚時，有位姓曹的先生，原本家境貧寒，身分低微，他有個女兒頗有姿色，已經許配人家，誰知有勢力的人放高利貸，謀奪他的女兒，以致他惹上官司。我從中調解，讓他的女兒仍歸所許配的人家。曹老伯隨後進入衙門當差役，向我叩頭拜謝，故而相識。我告訴他投親遇雪的緣由。曹老伯說：「明日天放晴了，我會順路護送先生。」於是出錢買酒，款待殷勤備至。

二十日，報曉的晨鐘剛敲響，就聽見江口喚渡江船的聲音。我慌忙起身，喊曹老伯同去乘船。曹老伯說：「別著急，最好吃飽了再上船。」於是代我付了房錢和飯錢，又拉我出去喝酒。我由於連日逗留，急切要趕著乘船，食不下嚥，勉強吃了兩塊麻餅。等上船後，江上寒風如箭，我冷得四肢發抖。曹老伯說：「聽說江陰有個人在靖江上弔自縊而死，他的妻子雇了這隻船過去。想必會等到雇主來了才渡江。」我挨餓受凍，果然等到中午才開船。

到了靖江，已是暮色籠罩時分。曹老伯說：「靖江有兩處公堂，先生所要拜訪的人是在城內？還是在城外呢？」我一路踉蹌，跟隨他身後，邊走邊回答：「我確實不知道他在城內還是城外。」曹老伯說：「既然這樣，我們暫且停下來夜宿一晚，明日再去尋訪吧。」

進入旅店，只見鞋襪已被淤泥濕透，就向店主索要火盆烘烤，草草吃飯後，我疲憊至極，酣然入睡。

早上起來，才發覺襪子被燒了一半，曹老伯又代我付了房錢和飯錢。到城中尋訪時，范惠來還沒有起床，聽說我到訪，忙披衣出來，看見我的模樣，吃驚地問：「小舅子，你怎麼狼狽到這地步？」我說：「暫且別多問，有銀子請借給我二兩，先讓我打發送我過來的人。」范惠來給我番銀兩圓，我當即還贈給曹老伯。曹老伯極力推辭，只拿了一圓離去。

我才將所遭遇的事盡述給惠來聽，並告知來意。范惠來說：「你我是郎舅至親，就算沒有過去的舊債，我也應當竭盡綿薄之力。無奈航海鹽船近來被盜，正在盤點清帳之時，我不能挪動很多錢饋贈，會盡力籌措番銀二十圓，償還舊債，你看怎麼樣？」我原本並無奢望，就答應了。

我留宿了兩日，見天氣已晴暖，便打算回去。二十五日，我仍回到華家。芸問：「你遇到了大雪嗎？」我將一路所受的苦楚都告訴她，她於是神情慘然地說：「下大雪時，我以為你到了靖江，沒想到還逗留在江口。幸虧遇見曹老伯，才得以絕處逢生，也可說是吉人自有天相！」

原文

時天頗暖，織絨袍、嗶嘰短褂猶覺其熱[1]，此辛酉正月十六日也[2]。是夜宿錫山客旅，賃被而臥。晨起，趁江陰航船，一路逆風，繼以微雨。夜至江陰江口，春寒徹骨，沽酒禦寒，囊為之罄[3]。躊躇終夜，擬卸襯衣，質錢而渡。

十九日，北風更烈，雪勢猶濃，不禁慘然淚落，暗計房資渡費，不敢再飲。正心寒股栗間，忽見一老翁，草鞋氈笠[4]，負黃包，入店，以目視余，似相識者。余曰：「翁非泰州曹姓耶[5]？」答曰：「然。

我非公，死填溝壑矣[6]！今小女無恙，時誦公德。不意今日相逢，何逗留於此？」

蓋余幕泰州時，有曹姓，本微賤，一女有姿色，已許婿家，有勢力者放債，謀其女，致涉訟。余從中調護[7]，仍歸所許。曹即投入公門為隸[8]，叩首作謝，故識之。余告以投親遇雪之由。曹曰：「明日天晴，我當順途相送。」出錢沽酒，備極款洽[9]。

二十日，曉鐘初動，即聞江口喚渡聲。余驚起，呼曹同濟。曹曰：「勿急，宜飽食登舟。」乃代償房飯錢，拉余出沽。余以連日逗留，急欲趕渡，食不下嚥，強啖麻餅兩枚[10]。及登舟，江風如箭，四肢發戰。曹曰：「聞江陰有人縊於靖[11]，其妻雇是舟而往。必俟雇者來始渡耳。」枵腹忍寒[12]，午始解纜。

至靖，暮煙四合矣。曹曰：「靖有公堂兩處，所訪者城內耶？城外耶？」余踉蹌隨其後，且行且對曰：「實不知其內外也。」曹曰：「然則且止宿，明日往訪耳。」

進旅店，鞋襪已為泥淤濕透，索火烘之，草草飲食，疲極酣睡。晨起，襪燒其半，曹又代償房飯錢。訪至城中，惠來尚未起，聞余至，披衣出，見余狀，驚曰：「舅何狼狽至此？」余曰：「姑勿問，有銀乞借二金，先遣送我者。」惠來以番餅二圓授余[13]，即以贈曹。曹力卻，受一圓而去。

余乃歷述所遭，并言來意。惠來曰：「郎舅至戚[14]，即無宿逋[15]，亦應竭盡綿力，無如航海鹽船新被盜[16]，正當盤帳之時，不能挪移豐贈，當勉措番銀二十圓，以償舊欠，何如？」余本無奢望，遂諾之。

留住兩日，天已晴暖，即作歸計。廿五日，仍回華宅。芸曰：「君遇雪乎？」余告以所苦。因慘然曰：「雪時，妾以為君抵靖，乃尚逗留江口。幸遇曹老，絕處逢生，亦可謂吉人天相矣。」

注釋

1 嗶（音同必）嘰：一種毛織衣料，呢面光潔平整，紋路清晰，質地較厚而軟，適於做男女套裝，為英文詞beige的音譯（一說是serge），意思是天然羊毛的顏色，清代從西洋傳入，稱為西洋嗶嘰。
2 辛酉：清嘉慶六年（一八〇一）年。時沈復虛歲三十九歲。
3 罄（音同慶）：原指器中空，引申為用盡，消耗殆盡。《爾雅．釋詁》：「罄，盡也。」
4 氈笠：氈製的笠帽，四周有寬簷，能遮陽擋雨。
5 泰州：今江蘇泰州市，地處長江北岸，隔江與蘇州、無錫、鎮江、常州四市相望。明清時，泰州屬揚州府。
6 死填溝壑：死的委婉說法，即死後入土。《史記．汲鄭列傳》：「臣自以為填溝壑，不復見陛下，不意陛下復收用之。」
7 調護：調解回護。
8 公門：官署，衙門。隸：衙役，差役。
9 款洽：親密，親切。洽，諧和、融洽。
10 麻餅：一種江蘇傳統名點。餅形圓整，餅面平整，撒有芝麻。
11 縊（音同益）：吊死。
12 枵（音同蕭）腹：空腹。枵，木大而中空，引申為空虛、空腹、饑餓。
13 番餅：又稱番銀，舊時對流入中國的外國銀圓的俗稱。
14 郎舅：男子和其妻弟兄的合稱。俗話說：「除了栗木無好火，除了郎舅無好親。」意即郎舅關係親密可靠。
15 宿逋：指久欠的稅賦或債務。
16 無如：無奈，無可奈何。

❖ 失業 ❖

過了幾天，我們收到青君的來信，得知逢森已經被夏揖山引薦到店鋪裡學做生意，王藎臣也請示我父親後，擇定正月二十四日將青君接過門去。兒女的事，總算草草了結，但是骨肉分離到這地步，令人終究覺得淒慘傷心。

二月初，風和日麗。我用靖江之行所得銀兩，簡單備辦行李，就去邗江鹽署拜訪故人胡肯堂。貢局的眾位吏員共同邀請我入局，代掌文書之事，我才身心稍稍安定。

到第二年，嘉慶七年八月間，我接到芸的來信，信中說：「我身體痊癒，只是寄住在非親非友的人家，總覺得並非長久之計，我也想來邗江，一覽平山風光。」我就在邗江先春門外，租了靠河的兩間房，親自去華家接芸一起過來。華夫人送給我們一個小奴僕，名叫阿雙，幫我們燒火做飯，並且和芸相約將來比鄰而居。

這時已到了十月，平山淒清寒冷，我們只能期盼春日去遊玩。指望芸來這裡後散心調養身體，然後緩圖一家人重聚。誰知道芸剛來不滿一個月，貢局的吏員忽然被裁了十五人，我是朋友的朋友，於是也遭遣散。芸起初還想盡種種辦法代我謀劃，強顏安慰我，不曾有絲毫的怨怪。

原文

越數日，得青君信，知逢森已為揖山薦引入店，藎臣請命於吾父，擇正月二十四日將伊接去。兒女之事，粗能了了[1]，但分離至此，令人終覺慘傷耳。

二月初，日暖風和，以靖江之項薄備行裝，訪故人胡肯堂於邗江鹽署[2]。有貢局眾司事公延入局[3]，代司筆墨，身心稍定。

至明年壬戌八月[4]，接芸書曰：「病體全瘳[5]，惟寄食於非親非友之家，終覺非久長之策，願亦來邗，一睹平山之勝。」余乃賃屋於邗江先春門外[6]，臨河兩椽，自至華氏接芸同行。華夫人贈一小奚奴[7]，曰阿雙，幫司炊爨[8]，並訂他年結鄰之約。

時已十月，平山淒冷，期以春遊。滿望散心調攝，徐圖骨肉重圓。不滿月，而貢局司事忽裁十有五人，余係友中之友，遂亦散閒。芸始猶百計代余籌畫，強顏慰藉，未嘗稍涉怨尤。

注釋

1 了了：了結。了，完結、結束。

2 鹽署：古代掌管鹽務的衙門。

3 貢局：掌管賦稅的衙門。司事：指官署中低級吏員或公所、會館中管理帳目、雜務的人員。公延：公請，公開聯合邀請。公，共同，集體。延，延請，招攬。

4 壬戌：清嘉慶七年（一八〇二）。時沈復虛歲四〇歲。

5 瘳（音同抽）：病癒。

6 先春門：又稱寧海門，因在舊城東部，又稱大東門。今已不存。

7 奚奴：童僕，奴僕。奚，古代指被役使的人。

8 爨（音同竄）：燒火做飯。

❖借錢❖

到嘉慶八年仲春二月，芸的血疾又復發。我想再去靖江一趟，懇請范惠來幫忙。芸說：「求親戚不如求朋友。」我說：「話雖如此，無奈朋友雖然關係密切，可是現在也都閒居在家，自顧不暇。」芸說：「幸而此時天氣已暖和，前路上可不用擔心大雪阻攔。但願你快去快回，請勿掛念我的病。倘或你也身體不適，我的罪孽就更重了。」

這時薪水已停發，我佯稱雇了騾子上路，以便讓芸安心，實則囊中裝著餅徒步而行，邊走邊吃。我向東南而去，兩次渡過叉河，走了約八、九十里，舉目四望，周圍看不到村落。走到一更天，黃昏時分，只見黃沙廣漠寂靜，明星閃爍，路遇一座土地廟，高約五尺多，周圍矮牆環繞，種著兩棵柏樹。我就向土地神磕頭，禱告說：「蘇州沈某投親，到此迷路，想借神廟住宿一晚，希望神靈憐憫保佑我。」於是我把小石香爐移到旁邊，用身體試探，廟裡僅能容下半個身子，就將風帽反戴遮住臉，半個身子坐進去，膝蓋以下露在外，閉目靜聽，只聽到微風蕭蕭。我腿腳疲勞，神思困倦，昏睡過去。

醒來之時，天已亮，矮牆外忽然傳來走路說話聲，我急忙出去探視，原來是當地人趕集經過這裡。

我詢問去靖江的路途，他們回答：「向南行走十里，就是泰興縣城，穿過縣城向東南，十里一個土墩，過八個土墩就是靖江，一路都是平坦的大道。」我於是轉身返回，把香爐移回原位，向土地神叩頭拜謝後，就上路了。過了泰興縣，便有小車順路捎帶我。

下午三時以後，我抵達靖江，遞名帖求見。等了許久，守門人才回覆說：「范爺因公事到常州去了。」我看他說話的神色，貌似有推託之意，就追問他：「他哪天能回來呢？」他回答：「不知道。」我說：「哪怕是一年，我也要等他回來。」守門人明白我的意思，私下問我：「你和范爺果真是嫡親的郎舅嗎？」我說：「若不是嫡親的，我也就不等他回來了。」守門人說：「你姑且再等等。」過了三天，他就轉告我說，范惠來回靖江了。我前去拜訪，總共挪借了二十五兩銀子。

原文

至癸亥仲春[1]，血疾大發。余欲再至靖江，作將伯之呼[2]。芸曰：「求親不如求友。」余曰：「此言雖是，奈友雖關切，現皆閒處，自顧不遑[3]。」芸曰：「幸天時已暖，前途可無阻雪之慮。願君速去速回，勿以病人為念。君或體有不安，妾罪更重矣。」

時已薪水不繼，余佯為雇騾以安其心，實則囊餅徒步，且食且行。向東南，兩渡叉河，約八、九十里，四望無村落。至更許，但見黃沙漠漠[4]，明星閃閃，得一土地祠，高約五尺許，環以短牆[5]，植以雙柏。因向神叩首，祝曰[6]：「蘇州沈某投親失路至此[7]，欲假神祠一宿，幸神憐佑。」於是移小石香爐於旁，以身探之，僅容半體，以風帽反戴掩面[8]，坐半身於中，出膝於外，閉目靜聽，微風蕭蕭而已。足疲神倦，昏然睡去。

及醒，東方已白，短牆外忽有步語聲，急出探視，蓋土人趕集經此也[9]。問以途，曰：「南行十里即泰興縣城[10]，穿城向東南，十里一土墩[11]，過八墩即靖江，皆康莊也[12]。」余乃反身，移爐於原位，叩首作謝而行。過泰興，即有小車可附。

申刻抵靖[13]，投刺焉[14]。良久，司閽者曰[15]：「范爺因公往常州去矣[16]。」察其辭色，似有推託。余詰之曰[17]：「何日可歸？」曰：「不知也。」余曰：「雖一年亦將待之。」閽者會余意，私問曰：「公與范爺嫡郎舅耶？」余曰：「苟非嫡者，不待其歸矣。」閽者曰：「公姑待之。」越三日，乃以回靖告，共挪二十五金。

注釋

1 癸亥：清嘉慶八年（一八〇三），時沈復虛歲四十一歲。仲春：農曆二月。古代以「孟、仲、季」稱呼每個季度的三個月。

2 將伯：求人幫助。將，請求。伯，長輩，長者。語出《詩經・小雅・祈父之什・正月》：「將伯助予。」

3 自顧不遑（音同黃）：光顧自己還顧不過來。遑，空閒，空暇。

4 漠漠：形容廣闊、寂靜無聲的樣子。

5 短牆：矮牆。五代宋初孫光憲〈望梅花〉詞：「數枝開與短牆平，見雪萼紅跗相映，引起誰人邊塞情？」

6 祝：祝禱，禱告，祈求。

7 失路：迷路。
8 風帽：禦寒擋風的帽子，後面較長，披在背上。
9 土人：本地人，當地人。
10 泰興：縣名，今江蘇泰州下轄泰興市，南接靖江。
11 土墩（音同蹲）：古代墓葬形式之一，流行於江浙一帶，指不挖墓穴，只在平地堆土起墳埋葬。墩，本指土堆，後指厚而粗的石塊、木頭或建築物基礎等。
12 康莊：四通八達的大道。
13 申刻：即申時，指下午三點到五點。
14 投刺：投遞名片。刺，指名片，名帖，東漢以前稱為「謁」，以後稱為「刺」，用便於攜帶的紙張寫上姓名、職銜，作為拜訪通報的帖子，到唐宋稱為「門狀」，到明清叫名帖，清代才正式有名片的稱呼。
15 司閽（音同昏）者：守門人。閽，守門。《禮記．祭統》：「閽者，守門之賤者也。」
16 常州：今江蘇常州市，位於長江南岸，太湖之濱，在古代屬於吳地，有「三吳重鎮」之稱。明清時設常州府，下轄武進縣、無錫縣、江陰縣、宜興縣和靖江縣等地，按清制，中央以下依次是省、府、縣。地貌為高沙平原。
17 詰（音同節）：追問。

❖ 失竊 ❖

我雇了騾子，急行返回到家。芸正臉色慘變，氣咻咻哭泣著，看見我回來，驟然說：「你知道昨天中午阿雙捲走我們的東西逃跑了嗎？我託人到處尋找，到現在還沒有找到他。丟了東西是小事，人是他主母臨行時再三託付給我們的，現在他如果逃回家去，途中有大江阻隔，我已經覺得性命堪憂，倘若他的父母私藏孩子，圖謀欺詐，那該怎麼辦？而且我還有什麼臉面見我的結拜姊姊？」

我說：「請別著急，妳憂慮過深。人家藏著孩子圖謀欺詐，也騙有錢人，我們夫婦不過是兩肩上只擔著一張嘴罷了。何況帶他過來半年，給他衣服飯食，從不稍加責打，鄰里之間都知曉。這確實是小家奴喪盡天良，乘人之危，偷走東西逃跑。華家的結拜姊姊把行為不端的人送給我們，是人家沒臉見妳，怎麼反而說沒臉見人家呢？如今應當呈報縣衙立案，以便杜絕後患。」

芸聽了我的話，心中才稍微釋然。然而從此以後，她夢中囈語，時而呼喊「阿雙逃了」，或是呼喊「憨園為什麼負我」，病情逐日加重。

原文

雇騾急返，芸正形容慘變1，咻咻涕泣2。見余歸，卒然曰3：「君知昨午阿雙捲逃乎？倩人大索，今猶不得。失物小事，人係伊母臨行再三交託，今若逃歸，中有大江之阻4，已覺堪虞5，倘其父母匿子圖詐，將奈之何？且有何顏見我盟姊？」

余曰：「請勿急，卿慮過深矣。匿子圖詐，詐其富有也，我夫婦兩肩擔一口耳6。況擕來半載，授衣分食，從未稍加撲責7，鄰里咸知。此實小奴喪良，乘危竊逃。華家盟姊贈以匪人8，彼無顏見卿，卿何反謂無顏見彼耶？今當一面呈縣立案，以杜後患可也。」

芸聞余言，意似稍釋。然自此夢中囈語，時呼「阿雙逃矣」，或呼「憨何負我」，病勢日以增矣。

注釋

1 形容：此處指表情，神態。

2 咻（音同修）咻：形容喘氣的聲音，也指悲戚的樣子。

3 卒（音同促）然：突然，忽然，令人出其不意。卒，通「猝」。

4 大江：長江。邗江屬揚州府，位於長江北岸，而無錫屬常州府，位於長江南岸，這兩地在清代都屬於江蘇省，中間隔著長江。

5 虞：憂慮。

6 兩肩擔一口：身上只有一張要吃飯的嘴，形容極端貧窮，一無所有。語出元雜劇《劉弘嫁婢》：「兩個肩膀抬著個口，每日則是吃他家的。」

7 撲責：責打。

8 匪人：行為不正的人。唐李朝威《柳毅傳》：「不幸見辱於匪人。」

❖ 去世 ❖

我本想請醫生給她看病，芸攔阻我說：「我這身病，起因是弟弟出走、母親去世，悲痛過度所致，繼而為了情感，後來由於激憤，平日又憂慮過多，滿心期望努力做個好媳婦，然而沒能如願，以至頭眩、心悸等病集於一身。所謂病入膏肓，良醫也束手無策，請別為我白白花費錢了。回想我嫁過來二十三年，蒙你錯愛，百般體恤，不因我性情頑劣就嫌棄。有你這樣的知己，嫁得這樣的夫君，我已此生無憾。至於像從前那樣布衣暖身，菜飯飽腹，一家人和睦，悠遊於泉石之中，就像在滄浪亭、蕭爽樓的處境，真成了食人間煙火的神仙。做神仙要幾輩子才能修成，我們是什麼人，哪敢奢望成為神仙呢？凡人勉強貪求，以致冒犯天意，才有情魔困擾。總之，都是你太多情、我生來薄命罷了！」

於是她又哽咽著哭泣說：「人生百年，終究難免一死。如今中途分離，與你倏忽永別，不能白頭到老，親眼目睹逢森娶親成家，我著實覺得耿耿於懷。」說罷，淚落如豆。

我勉強勸慰她說：「妳病了八年，多次懨懨欲絕，今日怎麼忽然說起訣別的話呢？」

芸說：「我連日來，夢見我的父母派船來接我，閉上眼睛，就覺得上下飄忽，好像行走在雲霧中，莫非魂魄已散，只剩軀體還在吧？」

我說：「妳這是神不守舍，只要服用補藥，靜心調養，自然就能痊癒。」

芸又抽咽地說：「我若是稍有一線生機，絕不敢嚇唬你。如今黃泉路已近了，要是再不交代後事，就怕時日不多。你之所以得不到父母的歡心，顛沛流離，都是由於我的緣故。我死了，雙親的心自然可挽回，也可免得你牽掛。公公婆婆年事已高，我死了，你也該早回家。如若不能帶著我的遺骨回去，不妨暫時停柩在這裡，等你將來再辦理也行。但願你再續娶德貌兼備的女子，可以侍奉雙親，照料我的孩子，我也就瞑目了！」話說到此，只覺腸痛欲裂，不禁淒慘痛哭。我說：「如果妳中途離我而去，我絕無再續娶的心思，何況『曾經滄海難為水，除卻巫山不是雲』！」

芸於是握著我的手，還有話想說，可是只斷斷續續反覆說「來世」兩個字。忽然她喘息起來，口不能言，兩眼一瞪。不管我千呼萬喚，她已說不出話，兩行酸痛的淚流溢不止，不久喘氣漸漸微弱，淚水也漸漸乾了，一縷魂魄縹緲，竟然就這樣長逝。那一天是嘉慶八年三月三十日。

當時，面對孤燈一盞，我舉目無親，兩手空空，心痛欲碎。此恨綿綿，哪有盡頭！承蒙好友胡省堂資助我十兩銀子，我把房中所有剩下的東西變賣一空，親自為她入殮。

嗚呼！芸雖是一個女子，卻具有男子的胸襟才識。嫁過門之後，我整日為生計奔走，家中缺錢，芸也絲毫不介意。等到我在家時，她也只是和我談論文字而已。死時疾病纏身，顛沛流離，含恨而去，是誰連累她呢？我有負自己閨中良友，又有什麼值得稱道！奉勸世間夫婦，固然不可彼此仇視，也不可過於情深。俗話說「恩愛夫妻不到頭」，像我這樣，可為前車之鑑哪！

原文

余欲延醫診治，芸阻曰：「妾病始因弟亡母喪，悲痛過甚，繼為情感，後由忿激，而平素又多過慮，滿望努力做一好媳婦而不能得，以至頭眩、怔忡諸症畢備[1]，所謂病入膏肓，良醫束手，請勿為無益之費。憶妾唱隨二十三年，蒙君錯愛，百凡體恤[2]，不以頑劣見棄。知己如君，得婿如此，妾已此生無憾。若布衣暖[3]，菜飯飽，一室雍雍[4]，優游泉石[5]，如滄浪亭、蕭爽樓之處境，真成煙火神仙矣[6]。神仙幾世才能修到，我輩何人，敢望神仙耶？強而求之，致干造物之忌，即有情魔之擾。總因君太多情，妾生薄命耳！」

因又嗚咽而言曰：「人生百年，終歸一死。今中道相離[7]，忽焉長別[8]，不能終奉箕帚[9]，目睹逢森娶婦，此心實覺耿耿[10]。」言已，淚落如豆。

余勉強慰之曰：「卿病八年，懨懨欲絕者屢矣[11]，今何忽作斷腸語耶[12]？」芸曰：「連日夢我父母放舟來接，閉目即飄然上下，如行雲霧中，殆魂離而軀殼存乎[13]？」余曰：「此神不收舍[14]，服以補劑[15]，靜心調養，自能安痊。」

芸又欷歔曰[16]：「妾若稍有生機一線，斷不敢驚君聽聞。今冥路已近，苟再不言，言無日矣。君之不得親心，流離顛沛，皆由妾故。妾死則親心自可挽回，君亦可免牽掛。堂上春秋高矣[17]，妾死，君宜早歸。如無力攜妾骸骨歸，不妨暫厝於此[18]，待君將來可耳。願君另續德容兼備者，以奉雙親，撫我遺子，妾亦瞑目矣！」言至此，痛腸欲裂，不覺慘然大慟。余曰：「卿果中道相舍，斷無再續之理，況『曾經滄海難為水，除卻巫山不是雲』耳[19]。」

芸乃執余手而更欲有言，僅斷續疊言「來世」二字。忽發喘，口噤[20]，兩目瞪視，千呼萬喚，已不能言。痛淚兩行，涔涔流溢[21]。既而喘漸微，淚漸乾，一靈縹緲，竟爾長逝[22]。時嘉慶癸亥三月三十日也。

當是時，孤燈一盞，舉目無親，兩手空拳，寸心欲碎。綿綿此恨[23]，曷其有極[24]！承吾友胡省堂以十金為助，余盡室中所有，變賣一空，親為成殮[25]。

嗚呼！芸一女流，具男子之襟懷才識[26]。歸吾門後，余日奔走衣食，中饋缺乏，芸能纖悉不介意[27]。及余家居，惟以文字相辯析而已[28]。卒之疾病顛連[29]，齎恨以沒[30]，誰致之耶？余有負閨中良友，又何可勝道哉！奉勸世間夫婦，固不可彼此相仇，亦不可過於情篤。語云「恩愛夫妻不到頭」，如余者，可作前車之鑑也。

注釋

1 頭眩：病名，即眩暈，是頭暈和目眩的總稱，發作時頭旋眼花。怔忡（音同爭衝）：中醫病名，是心悸發作較重時的病症，多由久病體虛、心臟受損所致，發病時心跳劇烈，心慌不安，不能自主。怔，驚懼。忡，憂慮不安的樣子。

2 百凡：無數事情，泛指一切。凡，表示概括，凡是，總共。

3 布衣暖：源出俗語（一說是鄭板橋名言）：「布衣暖，菜根香。」布衣，麻、葛之類衣物，代指普通平民生活。

4 一室雍（音同傭）雍：一家人和和睦睦。雍雍，形容和樂融洽。

5 優游：也作「悠遊」，悠閒自得。語出《詩經．大雅．生民之什．卷阿》：「伴奐爾游矣，優游爾休矣。」優，指安閒，悠閒，安逸。

6 煙火神仙：食人間煙火的神仙。煙火，本指炊煙，後泛指人煙。民間相傳，修道成仙之人辟穀，不食人間煙火。語出明屠隆《娑羅館清言》：「口中不設雌黃，眉端不掛煩惱，可稱煙火神仙；隨宜而栽花竹，適性以養禽魚，此是山林經濟。」

7 中道：半路，中途。《論語．雍也》：「力不足者，中道而廢。」

8 忽焉：形容快速的樣子。忽，迅速、突然。

9 奉箕帚：從事家內灑掃之事，泛指操持家務，是女人自稱作為妻室的謙辭。《幼學瓊林．卷二．婚姻》：「執巾櫛，奉箕帚，皆女家自謙之詞；嫻母訓，習內側，皆男家稱女之說。」

10 耿耿：心事重重，不能忘懷。語出《詩經．邶風．柏舟》：「耿耿不寐，如有隱憂。」

11 懨（音同淹）懨：形容氣息微弱。屢：多次，一次又一次。

12 斷腸語：令人傷心欲絕的話。南宋劉辰翁詞〈齊天樂〉（蔣陵故是簪花路）：「舊日方回，而今能賦斷腸語。」斷腸，形容悲痛，一往情深，為了感情而哀傷。

13 殆（音同帶）：大概，幾乎。

14 神不收舍：神魂離開軀殼，比喻心神不安定。舍，人臨時歇息之所。

15 補劑：滋補身體的藥方。

16 欷歔：抽噎，抽泣，歎息聲。

17 春秋高：對尊長年老的委婉說法。春秋，年齡、年紀。

18 厝（音同錯）：停柩，把棺材停放，以待來日安葬，或暫時淺埋，將來改葬。

19 「曾經」二句：語出唐元稹悼念亡妻的詩〈離思〉其四：「曾經滄海難為水，除卻巫山不是雲。取次花叢懶回顧，半緣修道半緣君。」這兩句意思是曾看過滄海之水、巫山之雲，其他地方的水或雲就不值得一看，比喻失去至愛。

20 口噤（音同進）：口緊閉，不能張開說話。噤，閉口不作聲。

21 涔（音同岑）涔：淚落不止的樣子。《說文解字》：「涔，漬也。」

22 竟爾：竟然。

23 綿綿此恨：語出白居易寫唐玄宗李隆基和楊玉環的愛情的〈長恨歌〉：「天長地久有時盡，此恨綿綿無絕期。」文中多次用到李楊愛情的典故，足見並非偶然，而在側面反覆暗示「願生生世世為夫婦」的誓言實在渺茫。

24 曷（音同何）其有極：什麼時候才是盡頭！曷，同「何」。極，指盡頭。語出《詩經．唐風．鴇羽》：「悠悠蒼天，曷其有極。」

25 成殮（音同練）：即入殮，把死者移入棺木。《禮記．問喪》：「死三日而後殮。」殮，給屍體穿衣裝進棺材。

26 襟懷：胸懷，心胸。比喻胸襟開闊、心地坦白。

27 纖悉：細微而詳盡。後面加否定詞「不」，意思是一點都不。賈誼〈論積貯疏〉：「古之治天下，至纖至悉也。」纖，細緻、微小。悉，詳盡、全都。

28 辯析：辨別賞析。辯通「辨」。

29 卒之：終於。顛連：困苦，困頓不堪。

30 齎（音同機）恨以沒：含恨而終。齎，攜帶、懷著。恨，指遺憾，後悔。

❖ 回魂 ❖

回煞之日，民間相傳這一天亡魂會隨煞神回來，故而房中的鋪設要一如死者生前，還要把死者生前的舊衣服鋪在床上，把舊鞋子放在床下，以等待亡魂回家探望，吳地相傳這叫作「收眼光」。請道士做法事，先將亡魂招到床上，然後送走，叫作「接眚」。按邗江風俗慣例，要在死者生前所住的室內擺設酒菜，一家人都出去，叫作「避眚」。所以常有因避眚遭盜竊的事發生。

到了芸娘的眚期，房東因與我們同住而出去回避。鄰居囑咐我擺放飯菜後，也須遠避。我盼她的魂魄回來得以相見，姑且敷衍答應。同鄉人張禹門勸我說：「人若撞邪，就會中邪。應信其有，切勿嘗試。」我說：「我之所以不避開而等待亡魂，正是寧信其有。」張禹門說：「回煞時衝撞煞神，對活人不利，夫人的亡魂即便回來，已經和你陰陽相隔，恐怕就算你想見到她，也無形體可接觸，本該回避卻反倒觸犯了煞氣。」當時我痴心不改，倔強地回答：「生死有命。你果真關心我，就陪伴我怎麼樣？」張禹門說：「我將在門外守候，你發現異常，喊一聲，我就進來！」

我於是點燈進入室內，見鋪設宛如芸生前，而芸的音容已遠去，不禁傷心淚湧。但又怕淚眼模糊，錯過了想見的，只得強忍淚水，睜開眼睛，坐在床上等待。我撫摩芸留下來的舊衣服，香氣彷彿還在，不由肝腸寸斷，恍惚昏迷過去。轉念一想，我等著她的亡魂回來，怎麼能很快睡著呢？我睜眼朝四周看，只見席上兩支燭火，青焰閃閃，微光縮小如豆，令人毛骨悚然，渾身顫抖。我於是搓著雙手，擦了擦額頭，仔細看，兩支燭火漸漸升騰起來，到了一尺多高，用紙裱糊的頂棚差點兒被燭火燒燃。我正借著光環顧四周，那光倏忽又縮到先前大小。這時，我的心怦怦直跳，雙腿發抖，本想叫守門的張禹門進來看，然而轉念又想，芸的魂魄柔弱，恐怕被盛壯的陽氣嚇走，就悄聲呼喚芸的名字，祈禱和她相見，可是滿室寂靜，什麼也沒見到。不久，燭火復又明亮，只是不再騰起。

我出去後，把剛才所見告訴張禹門。他佩服我膽子大，不知其實是我一時痴情罷了。

原文

回煞之期[1]，俗傳是日魂必隨煞而歸，故房中鋪設一如生前，且須鋪生前舊衣於床上，置舊鞋於床下，以待魂歸瞻顧，吳下相傳謂之「收眼光」。延羽士作法[2]，先召於床而後遣之，謂之「接眚」[3]。邗江俗例，設酒肴於死者之室，一家盡出，謂之「避眚」。以故有因避被竊者。

芸娘眚期，房東因同居而出避，鄰家囑余亦設肴遠避。余冀魂歸一見，姑漫應之[4]。同鄉張禹門諫余曰：「因邪入邪[5]，宜信其有，勿嘗試也。」余曰：「所以不避而待之者，正信其有也。」張曰：「回煞犯煞[6]，不利生人，夫人即或魂歸，業已陰陽有間，竊恐欲見者無形可接，應避者反犯其鋒耳。」時余痴心不昧，強對曰：「死生有命。君果關切，伴我何如？」張曰：「我當於門外守之，君有異見，一呼即入可也。」

余乃張燈入室，見鋪設宛然，而音容已杳，不禁心傷淚湧。又恐淚眼模糊，失所欲見，忍淚睜目，坐床而待。撫其所遺舊服，香澤猶存，不覺柔腸寸斷，冥然昏去[7]。轉念待魂而來，何遽睡耶[8]？開目四視，見席上雙燭，青焰熒熒[9]，縮光如豆，毛骨悚然，通體寒栗。因摩兩手擦額，細矚之，雙焰漸起，高至尺許，紙裱頂格[10]，幾被所焚。余正得藉光四顧間，光忽又縮如前。此時心舂股栗，欲呼守者進觀，而轉念柔魂弱魄，恐為盛陽所逼[11]，悄呼芸名而祝之，滿室寂然，一無所見。既而燭焰復明，不復騰起矣。

出告禹門，服余膽壯，不知余實一時情痴耳。

注釋

1 回煞：古代信仰，指人死後若干天，靈魂由於眷念塵世而回家，一般在人死後七天發生，稱「頭七」。傳説回魂之日，會有凶神出現，故稱回煞。煞，凶神。

2 羽士：也稱羽客、羽人，以鳥羽比喻仙人飛昇，引申為神仙方士，後專指道士。

3 眚（音同省）：眼睛生白翳，引申為疾苦，災害，凶禍，借指凶神或鬼魂。

4 漫：隨便，隨意。

5 因邪入邪：順應邪氣，進入邪道，指遇到邪氣，會走火入魔或被邪魔附體。因，趁著，順著。

6 犯煞：冒犯、衝撞凶神的邪氣或煞氣，招致禍患。

7 冥（音同名）然：恍惚昏迷的樣子。

8 遽（音同巨）：急忙，倉促。

9 青焰：青藍色的火焰。常指燈光、磷火等。青色，介於綠色和藍色之間。熒熒：光閃爍的樣子。民間俗傳，鬼火是閃爍不定的。漢王逸《九思．哀歲》：「神光兮熲熲（音同炯），鬼火兮熒熒。」

10 頂格：即頂棚，天花板。清李漁《閒情偶寄．屋室．置頂格》：「精室不見椽瓦，或以板覆，或以紙糊，以掩屋上之醜態，名為『頂格』，天下皆然。」

11 盛陽：旺盛的陽氣。陽氣指活人的生氣。明代小説集《初刻拍案驚奇》：「小道攝召亡魂渡橋來相會，卻是只好留一個親人守著，人多了陽氣盛，便不得來。」

❖ 祭悼 ❖

芸逝世後，我想起林和靖有「以梅為妻，以鶴為子」之語，就自號梅逸。我暫且將芸安葬在揚州西門外的金桂山，那裡俗稱郝家寶塔。我買了一塊停棺之地，依從她的遺言把遺骨寄放在此。

我帶著她的牌位回到家鄉，我母親也為她去世哀悼。青君、逢森回來，披麻戴孝痛哭。啟堂勸我說：「父親大人怒氣未消，哥哥不如仍去揚州。等父親回鄉，我婉言勸解，再專門致信招你回來。」

於是我拜別母親，和兒女告別，痛哭一場，重回揚州，靠賣畫度日，便得以常常在芸娘的墳墓前哀哭，形單影隻，極其淒涼，偶爾經過故居，就會傷心，慘不忍睹。到了重陽節，鄰近墳墓上的草都已經枯黃，唯獨芸的墳墓上依然是青草。守墓人說：「這是好墳地，所以地氣旺。」我暗自禱告：「秋風起了，我仍衣衫單薄，如果妳在天有靈，保佑我謀個差事，度過殘年，以等候家裡的消息。」

沒過多久，江都縣衙幕僚章馭庵先生要回浙江安葬親人，請我代職三個月，我才得以添置禦寒用具。封印離開官署之後，張禹門邀請我住在他家。他也失業，年關艱難，和我商量，我就把自己僅有的二十兩銀子全借給他，並告訴他：「這些本是留給亡妻扶柩還鄉的費用，等家鄉音信一來，還我便可。」這一年我就住在張禹門家過年。

原文

芸沒後，憶和靖「妻梅子鶴」語1，自號梅逸。權葬芸於揚州西門外之金桂山2，俗呼郝家寶塔。

買一棺之地，從遺言寄於此。

攜木主還鄉[3]，吾母亦為悲悼。青君、逢森歸來，痛哭成服[4]。啟堂進言曰：「嚴君怒猶未息[5]，兄宜仍往揚州。俟嚴君歸里，婉言勸解，再當專札相招。」

余遂拜母，別子女，痛哭一場，復至揚州，賣畫度日。因得常哭於芸娘之墓，影單形隻，備極淒涼，且偶經故居，傷心慘目。重陽日，鄰塚皆黃，芸墓獨青。守墳者曰：「此好穴場[6]，故地氣旺也。」余暗祝曰：「秋風已緊，身尚衣單。卿若有靈，佑我圖得一館，度此殘年，以待家鄉信息。」

未幾，江都幕客章馭庵先生欲回浙江葬親[7]，倩余代庖三月[8]，得備禦寒之具。封篆出署[9]，張禹門招寓其家。張亦失館，度歲艱難，商於余，即以余貲二十金傾囊借之[10]，且告曰：「此本留為亡荊扶柩之費[11]，一俟得有鄉音，償我可也。」是年即寓張度歲。

注釋

1 和靖：即北宋隱士林逋，字君復，宋仁宗賜諡號為「和靖先生」。妻梅子鶴：即梅妻鶴子。相傳林逋隱居杭州西湖的孤山，終生不仕、不娶、無子，而喜植梅養鶴，自稱「以梅為妻，以鶴為子」，後世即以梅妻鶴子比喻清高或隱居。沈復愛畫梅花，好友石琢堂《獨學廬全集》中載有〈疏影．為沈三白題「梅影圖」〉：「最傷心處，是瑤臺圮後，芳華無主，不見嬋娟，繪影生綃，翻出招魂新譜；羅浮夢遠，尋難到，空聽盡，啁啾翠羽，怕深夜紙帳清寒，化作縞雲飛去。從此粉侯憔悴，看亭亭瘦影，相對凝佇，留得春光常在枝頭，人壽那能如許；二分明月紅橋側，有葬玉一抔黃土，想幽香已殉，瓊花不與蘼蕪同語。」二分明月、紅橋（虹橋）代指揚州，芸葬於此，可推測此詞悼念芸之死。沈復畫梅懷念其妻。

2 金桂山：位於揚州西郊，也稱金匱山、金櫃山，山多墳墓，明清時諺云「葬於此者如黃金入櫃」，指這裡風水好。

3 木主：題著死者姓名以供祭祀的木製牌位，也稱神主，俗稱牌位，用來象徵死者。

4 成服：指死者入殮後，親屬按照和死者的親疏關係穿上符合其身份的喪服。《禮記．奔喪》：「唯父母之喪，見星而行，見星而舍。若未得行，則成服而後行。」脫去喪服，則叫除服。

5 嚴君：對父母的稱呼。《易經．家人》：「家人有嚴君焉，父母之謂也。」這裡指父親。

6 好穴場：吉穴，風水寶地。穴場，風水名詞，指穴的週邊部分。民間信仰，已故親人墓地風水好，能給在世的人帶來富貴高壽。

7 江都：即今江蘇揚州市江都區，唐以後為縣名，清屬江蘇揚州府，南瀕長江，西接邗江，東臨泰州。

8 代庖：原指代替廚師辦席，引申為代理他人的職務。庖，廚師。

9 封篆：舊時官署於歲暮年初停止辦公。篆，篆文，篆體字，用以代稱官印，因古代印章多用篆文。

10 貲（音同資）：同「資」。李斯《蒼頡篇》釋義：「貲，財也。」

11 亡荊：自稱去世的妻子。荊，對他人稱呼自己妻子的謙辭。扶柩：護送靈柩。柩，已裝有屍體的棺材。

❖ 父亡 ❖

早晚占卜盼望，可是家中音信全無。到了嘉慶九年三月，我接到青君的來信，得知我父親病重，想要立即回蘇州，又擔心觸動父親舊日的怒氣。正猶豫觀望之時，我又接到青君的來信，這才痛悉父親已經離世，頓時覺得刺骨痛心，呼天搶地也追悔不及。

我無暇顧忌他事，立即連夜趕回家中，跪在父親靈前磕頭，痛哭哀號，乃至流血。嗚呼！我父親一生辛苦，奔波在外，生了我這個不肖之子，既很少在他身前侍奉，又不曾在他病床前端湯送藥，不孝之罪怎可逃脫！母親看見我痛哭，就問道：「你怎麼今日才回來？」我說：「我之所以回家，幸虧收到您的孫女青君的信。」母親看了看我的弟媳，就默不作聲。我在靈堂守靈，直到七七四十九日終了，沒有一個人以家事相告，也不和我商量喪事。我自愧為人之子已不孝，所以也沒臉去詢問。

一天，忽然有人上門向我追債，吵鬧不休，我出去回應說：「欠債不還，當然應該催債，然而我父親屍骨未寒，你們趁著人家辦喪事追討，未免太過分了。」其中有個人私下對我說：「我們都是受人指使而來，你暫且出去躲避，我們也能向請我們的人索要報酬。」我說：「我欠的債，自會償還，請你們趕緊離開。」眾人才答應離去。

我於是把啟堂叫過來，令他知曉：「你哥哥雖然不肖，卻並沒有作惡不端，若說我過繼給別人，我也從未得到過一筆遺產。這次我回來奔喪，原本盡為人之子的孝道，豈是為了爭奪家產的緣故？大丈夫貴在自立，我既然獨自一人回來，仍獨自一人離去。」說完，我轉身回到靈堂，不禁大為悲慟。

原文

晨占夕卜1，鄉音殊杳。至甲子三月2，接青君信，知吾父有病，即欲歸蘇，又恐觸舊忿。正趑趄觀望間[3]，復接青君信，始痛悉吾父業已辭世。刺骨痛心，呼天莫及。

無暇他計，即星夜馳歸。觸首靈前，哀號流血。嗚呼！吾父一生辛苦，奔走於外，生余不肖，既少承歡膝下[4]，又未侍藥床前，不孝之罪，何可逭哉[5]！吾母見余哭，曰：「汝何此日始歸耶？」余曰：「兒之歸，幸得青君孫女信也。」吾母目余弟婦，遂嘿然[6]。余入幕守靈，至七終[7]，無一人以家事告、以喪事商者。余自問人子之道已缺，故亦無顏詢問。

一日，忽有向余索逋者登門饒舌，余出應曰：「欠債不還，固應催索，然吾父骨肉未寒，乘凶追呼[8]，未免太甚。」中有一人私謂余曰：「我等皆有人招之使來，公且避出，當向招我者索償也。」余曰：「我欠我償，公等速退！」皆唯唯而去[9]。

余因呼啟堂諭之曰[10]：「兄雖不肖，並未作惡不端，若言出嗣降服[11]，從未得過纖毫嗣產。此次奔喪歸來，本人子之道，豈為爭產故耶？大丈夫貴乎自立，我既一身歸，仍以一身去耳！」言已，返身入幕，不覺大慟。

注釋

1 晨占夕卜：早晚占卜，希望出現某事發生的徵兆，願得好消息。語出《聊齋志異．蕭七》：「晨占雀喜，夕卜燈花，而竟無消息矣。」舊傳以晨起聞雀鳴聲為喜兆，夜晚看燈花形狀可推測吉凶。這裡泛指從早到晚期盼佳音。

2 甲子：清嘉慶九年（一八〇四）。即芸死後第二年。時沈復虛歲四十二歲。

3 趑趄（音同資居）：本指腳步不穩，行走困難，比喻想前進卻又不敢前進的樣子。形容疑懼不決，猶豫觀望。

4 承歡：侍奉父母。膝下：子女幼時常依於父母膝下，代指父母身邊。
5 逭（音同換）：逃避。
6 嘿（音同默）然：不說話，不出聲。嘿，通「默」。
7 至七終：葬禮儀式滿了七期。舊時從死者去世之日起，以七天為一期，每期舉行一次祭奠活動，設立靈座，早晚供祭，直到第七個七日終。據清乾嘉年間史學家、江蘇常州人趙翼《陔餘叢考》卷三十二考證：「按元魏時，道士寇謙之教盛行，而道家煉丹拜斗，率以七七四十九日為斷，遂推其法於送終，而有此七七之制耳。」
8 凶：不吉祥的，與死人有關，喪葬。這裡指辦喪事。《周禮．春官宗伯．天府》：「凡吉凶之事，祖廟之中，沃盥，執燭。」吉，吉事；凶，喪事。沃盥意為澆水洗手。
9 唯唯：恭敬的答應聲。
10 諭：告知，告訴，使人知道，一般用於上對下。
11 出嗣：過繼為別人的子嗣。降服：喪服的級別降一等，以示親屬關係降級。

❖ 出走 ❖

我向母親磕頭辭行，又去告訴青君，準備離家出走去深山，像赤松子一樣隱居世外。正當青君勸阻我時，朋友夏南薰字淡安、夏逢泰字揖山兩兄弟尋蹤而來，厲聲規勸我：「家庭到這種地步，固然令人動怒，但你父親已死，母親仍健在，妻子去世，可是兒子還未成年，你居然就這樣飄然出世，於心何安？」

我說：「那麼，我該怎麼辦？」

淡安說：「請你暫時屈居寒舍。聽說狀元公石琢堂上呈了告假還鄉的信，你何不等他回來後就去拜訪？想必他一定可以安置你。」

我說：「我父親的喪期還不滿百日，你們也有父母在家，我去恐怕多有不便。」

揖山說：「我們兄弟來邀請你，這也是家父的意思。如果你執意認為不便，我家西邊有個禪寺，方丈長老與我相交極好，你就在寺中住宿，怎麼樣？」我才應允。

青君說：「祖父所遺留下的房產，價值不少於三、四千兩銀子，父親既已分毫不取，怎麼連自己的行李也不要呢？我去取過來，徑直送到父親在禪寺的住處。」於是在行李之外，我還輾轉得到父親所留下的書畫、硯臺、筆筒等數件遺產。

寺廟的僧人將我安置在大悲閣內。大悲閣朝南，向東供奉著佛像，西頭隔出一間房，開設月窗，正對著佛龕，本是做佛事的人吃齋飯的地方，我就在其中住宿。臨門處有座關聖人提刀挺立的神像，威武之極。院中有一株銀杏樹，有三人合抱之粗，濃蔭遮滿院閣，夜深人靜時，風聲如吼。夏揖山常帶著酒水茶果來和我對飲，說：「你一個人獨處，夜深睡不著，有沒有害怕？」我說：「我一生坦誠正直，心無邪念，有什麼可怕的？」

居住不多時，天降傾盆大雨，通宵達旦地下了一連三十多天。當時我擔心銀杏樹的枝丫折斷，壓倒梁柱，房屋傾塌。幸得神明暗中護佑，竟安然無事。然而寺外牆塌屋倒，不計其數，近處田裡的莊稼也都被淹沒。我每日與僧人作畫，對寺外的事不見不聞。

到七月初，天才放晴。夏揖山的父親，號蓴薌，赴崇明島做生意，帶我同去。我代寫契據文書，得到二十兩銀子的酬金。回來時，正值我父親將要安葬，啟堂就派逢森來對我說：「叔叔為祖父操辦喪事缺錢，想要您資助一、二十兩銀子。」我本打算傾囊而出，夏揖山不同意，只讓我幫忙分擔一半。我立刻帶著青君先到墓地，安葬父親之後，仍返回大悲閣。

九月底，夏揖山在東海永泰沙有田地，又帶我去收租。逗留兩月，歸來已是殘冬時節，我就移居到他家的雪鴻草堂過年。真是我的異姓親兄弟！

原文

叩辭吾母，走告青君，行將出走深山，求赤松子於世外矣[1]。青君正勸阻間，友人夏南薰字淡安、夏逢泰字揖山兩昆季尋蹤而至，抗聲諫余曰[2]：「家庭若此，固堪動忿，但足下父死而母尚存，妻喪而子未立，乃竟飄然出世，於心安乎？」

余曰：「然則如之何？」

淡安曰：「奉屈暫居寒舍[3]，聞石琢堂殿撰有告假回籍之信[4]，盍俟其歸而往謁之[5]？其必有以位置君也。」

余曰：「凶喪未滿百日，兄等有老親在堂，恐多未便。」

揖山曰：「愚兄弟之相邀，亦家君意也。足下如執以為不便，西鄰有禪寺，方丈僧與余交最善，足下設榻於寺中，何如？」余諾之。

青君曰：「祖父所遺房產，不下三、四千金，既已分毫不取，豈自己行囊亦舍去耶？我往取之，徑送禪寺父親處可也。」因是於行囊之外，轉得吾父所遺圖書、硯臺、筆筒數件。

寺僧安置予於大悲閣。閣南向，向東設神像，隔西首一間，設月窗，緊對佛龕，本為作佛事者齋食之地，余即設榻其中。臨門有關聖提刀立像[6]，極威武。院中有銀杏一株，大三抱，蔭覆滿閣。夜靜風聲如吼。揖山常攜酒果來對酌，曰：「足下一人獨處，夜深不寐，得無畏怖耶？」余曰：「僕一生坦直，胸無穢念，何怖之有？」

居未幾，大雨傾盆，連宵達旦三十餘天，時慮銀杏折枝，壓梁傾屋。賴神默佑，竟得無恙。而外之牆坍屋倒者，不可勝計，近處田禾俱被漂沒。余則日與僧人作畫，不見不聞。

七月初，天始霽[7]。揖山尊人號蓴薌[8]，有交易赴崇明[9]，偕余往，代筆書券[10]，得二十金。歸，值吾父將安葬，啟堂命逢森向余曰：「叔因葬事乏用[11]，欲助一、二十金。」余擬傾囊與之，揖山不允，分幫其半。余即攜青君先至墓所。葬既畢，仍返大悲閣。

九月杪[12]，揖山有田在東海永泰沙[13]，又偕余往收其息[14]。盤桓兩月，歸已殘冬，移寓其家雪鴻草堂度歲，真異姓骨肉也。

注釋

1 赤松子：神話中的上古仙人，相傳為神農時的雨師，炎帝的女兒曾隨他學道，與他一起隱遁出世。典出《史記．留侯世家》，張良功成後對漢高祖說：「願棄人間事，欲從赤松子遊耳。」意即願放棄一切，隱居避世。

2抗聲：高聲，大聲。抗，通「亢」，高，大。這裡指高亢激烈的聲音。

3奉屈：屈尊，屈駕。奉，敬辭。

4殿撰：明清科舉考試中殿試第一名為狀元，按例授翰林院修撰，因此稱狀元為殿撰。回籍：清朝漢人官員因居喪、終養、告病等原因，辭職或解職回到故鄉居住，稱為回籍或歸籍。

5謁（音同業）：拜見。

6關聖：即關羽，明清時期被皇帝封為關聖帝君、關聖大帝。

7霽（音同寄）：雨雪停止，天氣放晴。《說文解字》：「霽，雨止也。」

8尊人：對他人或自己的父母的敬稱。

9崇明：縣名，即今上海北部崇明區，清屬江蘇太倉，在長江口崇明島上，被譽為「長江門戶」、「東海瀛洲」，是世界上最大的河口沖積島。

10代筆書券：代寫書、券。書，指信，文書。券，指契據，紙質的憑證、票據。

11乏用：資財缺乏。用，指資財、費用。

12杪（音同秒）：樹枝的末梢，引申為年月季節的末尾。

13永泰沙：今江蘇啟東市久隆鎮一帶，瀕臨東海。沙，指沙洲，水邊可以耕種的土地。

14息：利息，利錢。這裡指地主向農民收取的地租。

❖ 喪子 ❖

嘉慶十年七月，石琢堂才從京城回鄉。石琢堂名韞玉，字執如，琢堂是他的號，與我是兒時之交。他是乾隆五十五年狀元，曾出任四川重慶太守，白蓮教作亂時，他三年戎馬征戰，功績卓著。待他回來後，我們相見甚歡。不久，他在重陽節攜帶家眷再赴四川重慶上任，邀我同行。

我於是去九妹夫陸尚吾家裡，拜別母親，原來先父的故居已屬他人。母親囑咐我說：「你弟弟不值得依靠，你此行須努力。重振家門聲望，全指望你了！」逢森送我到半路，忽然淚落不止，於是我叮囑他不要送行了，他才回去。

船出了京口，石琢堂有個故友舉人王惕夫，在淮揚鹽署，就繞道去拜訪他。我陪他同去，又得以探望芸娘的墓地。我們返回船中，由長江逆流而上，一路遊覽風景名勝。到了湖北荊州，石琢堂得知他升任潼關道臺的消息，就留下我和他的兒子敦夫等家屬親眷，暫時寓居荊州。石琢堂輕車簡行，到重慶度過新年，然後從成都過棧道，去潼關赴任。

嘉慶十一年二月，四川的家眷才從水路過去，到樊城上岸。長路漫漫，耗費巨大，車重人多，馬死輪斷，路上備嘗辛苦。抵達潼關才三個月，石琢堂又升任山東按察使，然而他為官兩袖清風，盤纏不足，不能帶家屬親眷同行。我們暫借住在潼川書院。直到十月底，他才領了山東的俸祿，專門差人來接家眷，捎帶來青君的書信，我驚悉逢森已經在四月裡早逝，這才回想起之前他送別我時落淚，原來是父子永別。

嗚呼！芸只有這一個兒子，將來就後繼無人了！石琢堂聽聞消息，也為之長歎，送給我一個妾，讓我重溫春夢。從此世事紛紛擾擾，又不知何時才能夢醒。

原文

乙丑七月[1]，琢堂始自都門回籍[2]。琢堂名韞玉，字執如，琢堂其號也，與余為總角交[3]，乾隆庚戌殿元[4]，出為四川重慶守[5]，白蓮教之亂[6]，三年戎馬，極著勞績[7]。及歸，相見甚歡。旋於重九日[8]，挈眷重赴四川重慶之任，邀余同往。

余即叩別吾母於九妹倩陸尚吾家[9]，蓋先君故居已屬他人矣。吾母囑曰：「汝弟不足恃，汝行須努力。重振家聲，全望汝也。」逢森送余至半途，忽淚落不已，因囑勿送而返。

舟出京口[10]，琢堂有舊交王惕夫孝廉在淮揚鹽署[11]，繞道往晤，余與偕往，又得一顧芸娘之墓。返舟，由長江溯流而上[12]，一路遊覽名勝。至湖北之荊州，得升潼關觀察之信[13]，遂留余與其嗣君敦夫眷屬等，暫寓荊州。琢堂輕騎減從，至重慶度歲，遂由成都歷棧道之任。

丙寅二月[14]，川眷始由水路往，至樊城登陸[15]。途長費巨，車重人多，斃馬折輪，備嘗辛苦。抵潼關甫三月[16]，琢堂又升山左廉訪[17]，清風兩袖，眷屬不能偕行，暫借潼川書院作寓[18]。十月杪，始支山左廉俸[19]，專人接眷，附有青君之書，駭悉逢森於四月間夭亡，始憶前之送余墮淚者，蓋父子永訣也。

嗚呼！芸僅一子，不得延其嗣續耶！琢堂聞之，亦為之浩歎，贈余一妾，重入春夢。從此擾擾攘攘，又不知夢醒何時耳。

注釋

1 乙丑：清嘉慶十年（一八〇五）。時沈復虛歲四十三歲。
2 都門：都城的城門，引申為京都地界、京城。
3 總角交：兒時之交。總角，指古代未成年人把頭髮梳成兩個髮髻，狀如兩角，後用來代指幼年、童年。角，頭頂兩側的髻。
4 殿元：古代科舉考試中的殿試一甲第一名，即狀元的別稱。
5 守：郡守、太守的簡稱。明清專指知府，是掌管州縣的地方長官。
6 白蓮教之亂：清嘉慶年間最大的一次反清起義，一七九六年至一八〇四年爆發於四川、陝西、河南和湖北邊境地區。這一事件成為康乾盛世結束的標誌。白蓮教是信奉阿彌陀佛的民間秘密教團，流行於元明清，反清義軍常借白蓮教名義舉事。
7 勞績：功績，功勞。
8 旋：不久。
9 妹倩（音同慶）：妹夫。舊時稱女婿為倩。
10 京口：江蘇鎮江的古稱，長江和京杭大運河在境內交匯，為江南運河的北口。
11 孝廉：即舉子。西漢武帝時設立的選拔官員的科目，是「孝順親長、廉能正直」的省稱。明清時期，孝廉成為舉人的雅稱。淮揚：泛指淮河與揚子江的下遊地區，清代時轄淮安、揚州兩府。淮，指淮安；揚，指揚州一帶。
12 溯（音同素）流而上：逆水而上。溯，逆水而行。
13 潼關：今陝西潼關縣，在華州華陰縣東北，據稱因關西一里有潼水而得名。關城地勢險峻，自古就是要塞，北瀕黃河，南依秦嶺，西連華山，是陝西、山西、河南三省要道會合之地。觀察：官職名，指省、府之間的地方最高長官。中唐以後，以觀察史為州以上的長官，到了清代，觀察成為對管轄州府的道員或道臺的尊稱，為正四品。

14 丙寅：清嘉慶十一年（一八〇六）。時沈復虛歲四十四歲。

15 樊城：今湖北襄陽市樊城區，是鄂、豫、川、陝的交通樞紐，被譽為「南船北馬，七省通衢」。

16 甫：方才，剛剛。

17 山左：原指山的東側，這裡指山東，因山東在太行山的左側。廉訪：清代對按察使的尊稱，隸屬於總督、巡撫，為正三品，主管一省刑法。元代設有廉訪使，主管監察官吏，明清按察使也沿襲此職權，故用這一官職稱呼。

18 潼川書院：據稱原為清雍正五年（一七二七）潼商道張正瑗所設關西書院，也稱縣學，於清乾隆四十六年（一七八一），遷院址於麒麟山下，改名潼川書院，對此地學風影響頗大，按瀧商道慶祿撰〈巒莊義學碑〉載：「道光六年（一八二六）夏，余奉簡命分守瀧商，到任以後，即以振興教育，培植士風為急務。立學規，添堂課，捐膏火，延請名師，自潼川書院始，復令各州縣辦理。」

19 支：領款。廉俸：清代官吏除正俸外，另給養廉銀，合稱廉俸或俸廉。養廉銀，清朝特有的官員薪給制度，借高薪培養廉潔之風，杜絕貪汙。

《卷四》❖ 浪遊記快 ❖

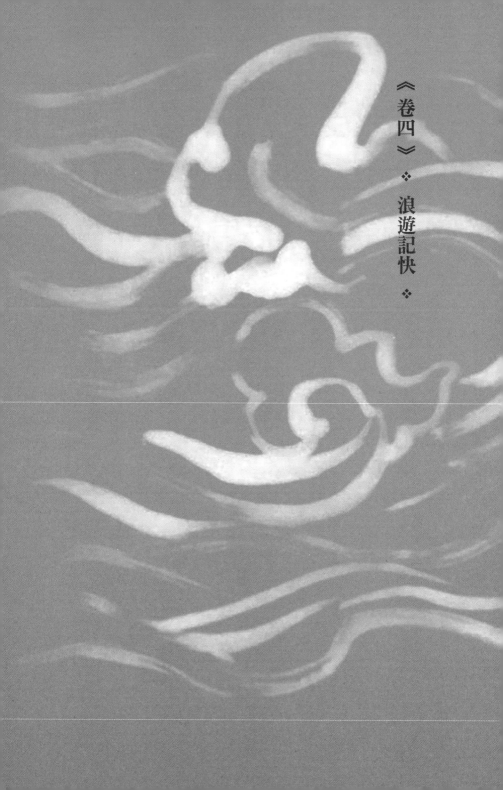

❖遊歷❖

我在各地做幕僚三十年來，天下所未曾到過的地方，只有四川、貴州與雲南。可惜車馬奔波，處處跟隨他人，縱然山水賞心悅目，卻只是過眼雲煙，不過領略大概，而不能去尋幽探秘。我凡事喜歡獨出己見，不屑跟從別人的是非見解，就算是論詩品畫，也莫不存有「人珍我棄、人棄我取」之心，故而遊覽各地名勝，貴在心得，有所謂的名勝，可是我不覺得它美在哪裡，有的不是名勝，可是我自認為妙不可言。姑且把我平生所遊歷的地方記述下來。

原文

余遊幕三十年來[1]，天下所未到者，蜀中、黔中與滇南耳[2]。惜乎輪蹄徵逐[3]，處處隨人，山水怡情，雲煙過眼，不過領略其大概，不能探僻尋幽也。余凡事喜獨出己見，不屑隨人是非，即論詩品畫，莫不存人珍我棄、人棄我取之意，故名勝所在，貴乎心得，有名勝而不覺其佳者，有非名勝而自以為妙者。聊以平生所歷者記之。

注釋

1 遊幕：離鄉到外地做幕僚。給地方軍政長官做文書一類的工作。

2 蜀中、黔中與滇南：泛指四川、貴州、雲南三地。

3 輪蹄征逐：跟隨車馬來來往往。輪蹄，指車輪與馬蹄，或拉車的牲口。征逐，指朋友頻繁交往、相互宴請。

❖水園❖

我十五歲時，父親稼夫公在山陰趙縣令府中做幕僚。有位趙省齋先生，名傳，是杭州的飽學之士，趙縣令聘請他來教自己的兒子，父親讓我也拜投在他的門下。

閒暇之日，我出外遊玩，來到吼山。那地方離城中大概有十來里，走陸路不通。臨近吼山看見一個石洞，上面有塊石片，橫裂開來，似乎就要墜落，便從它下面划船而入。洞中豁然空曠，四面都是峭壁，俗稱為「水園」。臨水建了五間石閣，對面石壁上有「觀魚躍」三個字。水深不可測，相傳有大魚潛伏其中，我投了魚餌試探，僅見有些不滿一尺的魚遊出來吞食。石閣後面有路通往旱園，裡面假山碎石散亂矗立，有的橫闊如手掌，有的柱石頂端削平，其上又堆疊大石頭，斧鑿的痕跡還在，不值一看。遊覽之後，我們就在水閣宴飲，吩咐隨從放炮仗，轟然一聲，群山齊回應，彷彿聽到雷聲轟隆。這是我年少時暢懷遊玩的開始。

可惜蘭亭、禹陵這些地方未能一遊，至今引以為憾。

原文

余年十五時，吾父稼夫公館於山陰趙明府幕中[1]。有趙省齋先生名傳者，杭之宿儒也[2]，趙明府延教其子，吾父命余亦拜投門下。

暇日出遊，得至吼山[3]，離城約十餘里，不通陸路。近山見一石洞，上有片石，橫裂欲墮，即從其下蕩舟入。豁然空其中，四面皆峭壁，俗名之曰「水園」。臨流建石閣五椽，對面石壁有「觀魚躍」三字。水深不測，相傳有巨鱗潛伏[4]，余投餌試之，僅見不盈尺者出而唼食焉[5]。閣後有道通旱園，拳石亂矗[6]，有橫闊如掌者，有柱石平其頂而上加大石者，鑿痕猶在，一無可取。遊覽既畢，宴於水閣，命從者放爆竹[7]，轟然一響，萬山齊應，如聞霹靂聲。此幼時快遊之始[8]。

惜乎蘭亭、禹陵未能一到[9]，至今以為憾。

注釋

1 山陰：縣名，今浙江紹興市，因在會稽山北而得名。山的北面、水的南岸為陰，反之為陽。明府：漢代對郡守或太守的尊稱，自唐代以後，多用來稱呼縣令。

2 杭：杭州的簡稱。宿儒：素有聲望的博學之士，也稱「夙儒」。宿，年老的，久於從事。儒，指讀書人或學者。

3 吼山：在今浙江紹興越城區，原名犬亭山，又名狗山，後取諧音改為吼山。

4 巨鱗：大魚。鱗，魚的代稱。

5 唼（音同煞）食：咬，吞食。唼，水鳥或魚吃東西的聲音。

6 拳石：園林假山，小石塊。

7 爆竹：用紙筒等裹火藥做成的鞭炮，又稱炮竹、炮仗。據《通俗編排優》：「古時爆竹，皆以真竹著火爆之……後人卷紙為之，稱曰『爆竹』。」

8 快遊：盡情暢快地遊覽或遊歷。

9 蘭亭：地名，今紹興西南蘭亭鎮的蘭渚山下，東晉著名書法家王羲之曾在此居住留下園林，並寫下著名書法作品〈蘭亭集序〉，被譽為「千古第一行書」。禹陵：即大禹陵，古稱禹穴，是大禹的埋葬地，在紹興東南會稽山下。

❖ 西湖 ❖

到山陰的第二年，趙省齋先生由於雙親年老，不便遠遊在外，就在家中開設學堂。我於是跟著他來到杭州，因此得以暢遊西湖的名勝。西湖諸景，若論佈局的巧妙，在我看來以龍井為最，依次是小有天園。石景中最可稱道的，要數天竺山的飛來峰、城隍山的瑞石古洞。水則是玉泉最佳，因為此泉水清魚多，有活潑的生趣。大概最不值得一去的地方，就是葛嶺的瑪瑙寺。其餘如湖心亭、六一泉等景致，各有妙處，難以盡述，然而都不能擺脫脂粉氣，反倒不如小靜室的清幽僻靜，雅致近於天然。

蘇小小墓在西泠橋的旁邊。當地人指給我看，原先只是半堆黃土而已，乾隆四十五年，天子南巡，曾專門詢問過此墓。到了乾隆四十九年春天，天子又舉行南巡盛典，這時蘇小小墓已經用石頭砌成墳，呈八角形，上面立了一塊碑，大書著「錢塘蘇小小之墓」。從此，那些憑弔懷古的騷人墨客無須四處尋訪了！我暗想，古往今來湮沒無聞的忠魂烈魄，本來不計其數，即使流傳下來而轉瞬即逝的，也不算少；蘇小小只不過是一個名妓，竟然從南齊流傳至今，盡人皆知，這莫非是靈氣所鍾，為湖山點綴嗎？

西泠橋北不遠處有座崇文書院，我曾與同學趙緝之到這裡投考。當時正值炎夏，我們起身很早，出了錢塘門，經過昭慶寺，走上斷橋，坐在石欄杆上。只見旭日將升起，朝霞映照在垂柳樹外，極盡妍麗之態。白蓮花香裡，清風徐徐吹來，令人身心清透。我們步行到了書院，考題還沒有出來。

午後交了試卷，我和趙緝之去紫雲洞納涼，洞大約可以容納數十人，石洞上有孔，透進來日光。有人擺著低矮桌凳，在此賣酒。我們解開衣衫，小酌一番，品嘗鹿肉乾，味道妙極，再配上鮮嫩的菱角、雪白的蓮藕，直到微微酣醉時，才從洞中出來。

趙緝之說：「山上有個朝陽臺，極其高而開闊，何不去遊玩一下？」我也興致大發，奮勇登上山頂，頓覺得西湖如明鏡，杭州城小如彈丸，錢塘江宛如玉帶，極目遠眺可達數百里，這是我生平所見的第一大景觀。在朝陽臺坐了許久，太陽快要落下，我們才攜手下山，此時南屏山傍晚的鐘聲也敲響了。

韜光、雲棲兩處，由於路遠未去。而紅門局的梅花、姑姑廟的鐵樹，看來不過如此。紫陽洞，我以為必值得一觀，因而才尋訪到此，只見洞口僅能容下一根指頭，涓涓流水從中流出來。相傳裡面別有洞天，恨不能掘開一道門進去。

原文

至山陰之明年，先生以親老不遠遊[1]，設帳於家[2]。余遂從至杭，西湖之勝因得暢遊。結構之妙，予以龍井為最[3]，小有天園次之[4]。石取天竺之飛來峰[5]，城隍山之瑞石古洞[6]。水取玉泉[7]，以水清多魚，有活潑趣也。大約至不堪者，葛嶺之瑪瑙寺[8]。其餘湖心亭、六一泉諸景[9]，各有妙處，不能盡述，然皆不脫脂粉氣，反不如小靜室之幽僻，雅近天然。

蘇小墓在西泠橋側[10]。土人指示，初僅半丘黃土而已。乾隆庚子，聖駕南巡，曾一詢及。甲辰春[11]，復舉南巡盛典，則蘇小墓已石築其墳，作八角形，上立一碑，大書曰「錢塘蘇小小之墓」[12]。從此弔古騷人，不須徘徊探訪矣！余思古來烈魄貞魂堙沒不傳者[13]，固不可勝數，即傳而不久者，亦不為少；小小一名妓耳，自南齊至今，盡人而知之，此殆靈氣所鍾，為湖山點綴耶？

橋北數武，有崇文書院[14]，余曾與同學趙緝之投考其中。時值長夏，起極早，出錢塘門[15]，過昭慶寺[16]，上斷橋[17]，坐石欄上。旭日將升，朝霞映於柳外，盡態極妍。白蓮香裡，清風徐來，令人心骨皆清。步至書院，題猶未出也。

午後繳卷，偕緝之納涼於紫雲洞[18]，大可容數十人，石竅上透日光[19]。有人設短几矮凳，賣酒於此。解衣小酌，嘗鹿脯，甚妙，佐以鮮菱、雪藕，微酣出洞。

緝之曰：「上有朝陽臺，頗高曠，盍往一遊？」余亦興發，奮勇登其巔，覺西湖如鏡，杭城如丸，錢塘江如帶[20]，極目可數百里，此生平第一大觀也[21]。坐良久，陽烏將落，相攜下山，南屏晚鐘動矣[22]。

韜光、雲棲23，路遠未到。其紅門局之梅花24，姑姑廟之鐵樹25，不過爾爾。紫陽洞予以為必可觀26，而訪尋得之，洞口僅容一指，涓涓流水而已。相傳中有洞天27，恨不能抉門而入28。

注釋

1 親老不遠遊：父母健在，且年事已高，子女不宜在外。語出《論語》：「父母在，不遠遊。」錢穆《論語新解》：「遠遊，指遊學、遊宦。遠方從師，或向遠方謀職，皆須長時期從事。顧念父母之孝養，故不汲汲也。」汲汲，急切求取名利的樣子。

2 設帳：設館教學。典出《後漢書．馬融列傳》：「（融）常坐高堂，施絳紗帳，前授生徒，後列女樂，弟子以次相傳，鮮有入其室者。」東漢經學家馬融設絳帳講學，後世即以「設帳」指設館授徒。

3 龍井：地名，在西湖之西的風篁嶺，是一個圓形泉池，泉從山岩層石之間流入池裡，奔入風篁嶺下溪流之中，遇到大旱也不乾涸，古人以為此泉與海相通，其中有龍，故稱龍井。此地以產茶出名。

4 小有天園：在杭州南屏山的山腰之上，泉入池中，遊人稱為賽西湖，乾隆南巡時賜名「小有天園」，登上山巔，能盡覽西湖風光，為清乾隆時杭州二十四景之一。

5 天竺：即浙江杭州天竺山，在西湖之西。古時統稱靈隱至琅嶺一帶山嶺，今指西湖群山主峰。山上有寺廟，每年春季香客雲集成市。飛來峰：又名靈鷲峰，在面朝靈隱寺的山坡上。東晉時西印度僧人慧理稱：「此乃中天竺國靈鷲山之小嶺，不知何以飛來？」從而得名，後此峰遍佈五代以來的佛教石窟造像，石景堪稱一絕。

6 城隍山：又稱吳山，位於錢塘江北岸，西湖南岸，為成片山嶺連成，山上怪石嶙峋，洞泉遍佈，建有城隍廟，遊人如織。瑞石古洞：又稱紫陽洞、雪風洞，在吳山東南端的紫陽山，石景集中，形態豐富，洞穴玲瓏剔透，吳山上的摩崖石刻群在此，清乾隆時杭州二十四景之一。

7 玉泉：位於杭州西湖的仙姑山北的清漣寺，有一口長方形水池，稱為玉泉池，自宋以來池內放養活魚，玉泉觀魚也被列為西湖美景之一。玉泉與虎跑泉、龍井泉，合稱西湖三大名泉。

8 葛嶺：在今杭州西湖北，為道教名山勝地。相傳東晉道士葛洪曾在此修煉，故得名。瑪瑙寺：因建在「質若瑪瑙」的山坡上而得名，登上院內最高處，能一睹西湖美景。

9 湖心亭：在西湖中心的小島上，舊有湖心寺，四面環水，花柳相繞，為中國四大名亭之一，能平眺西湖美景。據傳乾隆在此題字「風月無邊」，因而聲名鵲起，卻不免入俗。今有「虫二」字跡仍在。六一泉：在杭州西湖旁孤山之南，又名勤公講堂，有泉出講堂之後，著名詩僧惠勤在此隱修，曾與歐陽脩、蘇軾交好。蘇軾為紀念已故恩師歐陽脩，因歐陽脩自號「六一居士」，就用「六一」給該泉命名。

10 蘇小：即蘇小小，六朝時南齊歌妓，錢塘（今杭州）人，貌美有才，號稱錢塘第一名妓，據傳與宰相之子阮鬱在西泠橋相遇，一見鍾情，後被其父拆散，死後就葬在西泠畔。古樂府〈蘇小小歌〉：「妾乘油壁車，郎跨青驄馬。何處結同心，西陵松柏下。」西泠橋：又名西林橋，西湖邊上的一座環洞石拱橋，與長橋、斷橋並稱為西湖三大情人橋。

11 甲辰：清乾隆四十九年（一七八四）。時沈復虛歲二十二歲。

12 錢塘：浙江杭州的舊稱。

13 堙（音同因）沒：埋沒，泯滅。指時間的流逝。

14 崇文書院：位於杭州西湖蘇堤跨虹橋西，始建於明萬曆二十七年（一五九九），清康熙帝南巡時題為「崇文」，即更名為「崇文書院」。著名學者王國維曾就讀並任教於此。書院是古代私人或官方講學之所，多選址於山林或名勝之地。杭州的書院自唐代始，至清代到達極盛，其中以崇文書院、敷文書院（今萬松書院）、紫陽書院、詁經精舍四大書院最為著名。清代書院多為科舉考試培養人才，承擔著科舉的教學和考試的功能。

15 錢塘門：南宋以後，錢塘門為杭州古城西城門之一。現存遺址。

16 昭慶寺：原址在杭州寶石山東，南臨西湖。現存遺址。

17 斷橋：在杭州西湖白堤東端，面臨西湖，白堤到此而斷，故名斷橋，是西湖觀賞雪景的最佳去處。斷橋殘雪是西湖十景之一。

18 紫雲洞：在杭州西湖西北棲霞嶺上，溶洞冬暖夏涼，到了冬天，有暖氣從洞中噴出，狀如紫色雲霧。

19 石竅：石洞。

20 錢塘江：古稱「浙江」，即今浙江省名稱的來源，意思是折江，流入杭州（古錢塘縣）這一段，才改叫錢塘江，之後匯入東海。

21 大觀：盛大壯觀的景象。

22 南屏晚鐘：南屏山在西湖南，上有淨慈寺，寺中傍晚的鐘聲，是西湖十景之一。

23 韜光：即韜光寺，在杭州北高峰的半山腰，山下為靈隱寺，對面為飛來峰，唐代高僧韜光曾結庵於此。雲棲：即杭州五雲山西的雲棲寺，建在雲棲塢，相傳有五色雲飛集塢中，沿塢竹林茂密，明代僧人雲棲大師曾結庵於此。與靈隱、淨慈、虎跑、昭慶並稱為杭州五大叢林名剎。「雲棲梵徑」為清乾隆時杭州二十四景之一。

24 紅門局：原稱北局，建有紅色大門一座，氣派非凡，故民間俗稱紅門局，是明清時專設的織造局，精製各種綾羅綢緞，以供應朝廷為主，乾嘉時極盛。該處採用園林式佈局，廣種梅花。

25 鐵樹：別名「鳳尾蕉」，生於暖地，樹幹高丈餘，羽狀葉，有許多針形子葉，細長而尖硬，有的終生不開花，有的夏天開花，結紅色果實。

26 紫陽洞：即瑞石古洞，因瑞石古洞在紫陽山，舊名瑞石山。

27 洞天：指道教神仙居住的名山勝地，原意是地面的山中有洞府可以通達上天，後借指引人入勝的境地。
28 抉（音同絕）門：開門。抉，挖出，撬開。

❖ 清明 ❖

清明節那天，趙省齋先生去春祭掃墓，帶我同遊。墓地在東嶽，當地盛產竹子，守墓人挖了一些尚未出土的毛筍，形似梨而略尖，做成羹湯供客人品嘗。我覺得這筍羹甘甜可口，就一連喝了兩碗。先生說：「唉！筍羹雖然味美，但是剋心血，可多吃肉來化解。」

我向來不貪吃肉，到這裡飯量也因吃筍大減，回去的途中只覺得煩躁，幾乎唇舌乾裂。路過石屋洞，不過沒有什麼可看的。水樂洞的峭壁上遍佈藤蘿，進入洞內，裡面大小如斗室，泉水流得很急，水聲琅琅。水池只有三尺寬，深五寸多，泉水不漫出也不枯竭。我俯身就近喝泉水，煩躁頓時消解。洞外有兩座小亭子，坐在其中，可以聆聽泉水聲。

僧人請我們去觀看萬年缸。缸在佛寺的香積廚裡，形體極大，用竹子引泉水灌入缸內，聽任缸滿水溢。日子久了，此缸結了一尺多厚的青苔，冬天也不結冰，所以不曾損壞。

原文

清明日，先生春祭掃墓1，挈余同遊。墓在東嶽2，是鄉多竹，墳丁掘未出土之毛筍3，形如梨而尖，作羹供客。余甘之，盡其兩碗。先生曰：「噫！是雖味美而剋心血4，宜多食肉以解之。」

余素不貪屠門之嚼5，至是飯量且因筍而減，歸途覺煩躁，唇舌幾裂。過石屋洞6，不甚可觀。水樂洞峭壁多藤蘿，入洞如斗室7，有泉流甚急，其聲琅琅8。池廣僅三尺，深五寸許，不溢亦不竭。余俯流就飲，煩躁頓解。洞外二小亭，坐其中，可聽泉聲。

衲子請觀萬年缸9。缸在香積廚10，形甚巨，以竹引泉灌其內，聽其滿溢。年久結苔厚尺許，冬日不冰，故不損也。

注釋

1 春祭：春天的祭祀，四時祭之一，祭祖掃墓，緬懷先人。春祭即春季宗廟、宗祠之祭，常在清明節，也泛指整個春季，秋祭常在農曆九月九日重陽節。

2 東嶽：位於杭州北高峰北面，因建有東嶽廟而得名。

3 墳丁：守墓人。丁，從事某種勞動的人。毛筍：春天幼竹還沒有完全從地底下長出來時，或剛出土長成木前的部分可供食用。

4 剋心血：古人認為食用筍會敗血。現代醫學認為缺乏科學依據。

5 屠門之嚼：對著肉鋪大嚼，比喻內心欣羡，而憑想像自我安慰。這裡借指吃肉。屠門，指肉店。典出漢桓譚《新論》：「人聞長安樂，則出門西向而笑，肉味美，對屠門而嚼。」

6 石屋洞：在杭州西湖的煙霞嶺上，與這裡的水樂洞、煙霞洞合稱為「煙霞三洞」，洞府寬敞，狀似石屋，據傳洞內有五百羅漢雕像。

7 斗室：小得像斗一樣的房子，形容屋子極小。斗，古代計算容量的單位，比喻小。

8 琅（音同郎）琅：象聲詞，形容金石撞擊的聲音等。這裡指清朗、響亮的聲音。

9 衲（音同納）子：出家人，和尚。衲，僧衣，同「納」，指衣服很多縫補，古代僧人衣服有許多碎布補綴。萬年缸：水樂洞旁原有一座點石庵，今已不存。庵中有一巨缸，鑲嵌在石頭中，與石頭融為一體。

10 香積廚：寺廟的廚房。源自《維摩詰．香積佛品》：「上方界佛土有國名眾香，佛號香積，其界一切皆以香作樓閣，經行香地苑園皆香，其食香氣周流十方無量世界。」維摩詰居士以香積國說法，經文稱「食此香飯，身安歡樂」，眾人聞香而悟道。因此佛國也叫香國，僧人的廚房叫香積廚。

❖ 棄學 ❖

乾隆四十六年秋天八月間，我父親身患瘧疾，回鄉養病，身子發冷就用火烘暖，發熱又用冰敷涼。他不聽我勸諫，結果竟轉為傷寒，病勢日漸加重。我端湯侍藥，幾乎一個月晝夜沒闔眼。我媳婦芸娘也身患重病，病懨懨地躺在床上。那時我心境惡劣，難以形容。

父親叫我過去叮囑說：「我這病恐怕好不了，你守著家裡幾本書，終究不是糊口的辦法。我把你託付給我的結拜兄弟蔣思齋，你仍可繼承我的事業。」

第二天，蔣思齋來了，父親就在病床前讓我拜他為師。不久，幸得名醫徐觀蓮先生診治，父親的病逐漸痊癒。芸也得虧徐先生出力，才能起床。而我則從此學做幕僚。

這並非人生快意之事，為什麼要記載於此？可以說：這是我拋下讀書求學、到各地漫遊的開始，所以記下來。

原文

辛丑秋八月[1]，吾父病瘧返里[2]，寒索火，熱索冰。余諫不聽，竟轉傷寒，病勢日重。余侍奉湯藥，晝夜不交睫者幾一月[3]。吾婦芸娘亦大病，懨懨在床。心境惡劣，莫可名狀。吾父呼余囑之曰：「我病恐不起，汝守數本書，終非糊口計。我託汝於盟弟蔣思齋，仍繼吾業可耳。」越日思齋來，即於榻前命拜為師。未幾，得名醫徐觀蓮先生診治，父病漸痊。芸亦得徐力起床。而余則從此習幕矣[4]。

此非快事，何記於此？曰：此拋書浪遊之始，故記之。

注釋

1 辛丑：清乾隆四十六年（一七八一）。時沈復虛歲十九歲。

2 病瘧：得了瘧疾。瘧疾，俗稱打擺子，得病後週期性冷熱發作。里：家鄉故里，居住的地方。

3 交睫：上下睫毛合在一塊，代指睡覺。

4 習幕：學習充當幕僚所必需的知識。清代州縣的幕僚又稱師爺、幕賓，以刑名（刑律）及錢穀（賦稅）兩席為最重要，必須經過專業培訓，稱為學幕、習幕。通常並無正式的學幕場所，大都是師徒傳授形式，或者是父子相傳。

❖ 重陽 ❖

蔣思齋先生名襄，那年冬天，我就跟隨他到奉賢縣衙學做幕僚。有個和我一起學做幕僚的人，姓顧，名金鑑，字鴻干，號紫霞，也是蘇州人，為人慷慨剛毅，正直不阿，比我年長一歲，我敬稱他為兄長。顧鴻干就毅然稱我為小弟，彼此傾心交往。這是我平生第一個知己之交，可惜他才二十二歲就去世了。從此我就落落寡合，知交很少，今年已有四十六歲，茫茫滄海，不知此生能否再遇到像顧鴻干這樣的知己？

回想與顧鴻干結交之時，我們都心懷高遠，不時興起隱居山間的念頭。重陽節那天，我與顧鴻干都在蘇州。有位前輩王小俠與我父親稼夫公請女伶演戲，在我家設宴請客。我怕喧擾，就在前一天約顧鴻干去寒山登高，順道尋訪將來隱居的地方。芸為我們準備好盛放酒水的小酒具。

第二天，天快亮時，鴻干已登門邀我上路。於是我們攜帶著酒具出了胥門，進入麵館，各自吃飽。然後渡過胥江，步行到橫塘棗市橋，雇了一隻小船，抵達寒山時，還沒到中午。船夫頗為本分善良，便讓他買米煮飯。

我們兩人上了岸，先來到中峰寺。那座寺廟在支硎古剎的南邊，我們沿著山路上去。寺院藏在深山樹林裡，廟門寂靜，地方偏僻，僧人也閒散，看見我們兩人衣冠不整的樣子，不大情願接待，我們志不在此，就沒有深入寺院中。返回船上，飯已熟了。

飯後，船夫攜著酒具跟隨我們，叮囑他的兒子看守小船。我們從寒山一路來到高義園的白雲精舍。那軒舍臨近峭壁，下面鑿有小水池，周圍遍佈山石樹叢，池中一泓清泉。懸崖上攀緣著薜荔藤蘿，崖壁積滿青苔。我們坐在軒下，只聽見落葉蕭蕭，四處悄無人跡。出門有個亭子，於是吩咐船夫坐在這裡等候。我們兩人從石縫中進入，此處名為「一線天」。沿著石階盤旋而上，一直登上山頂，名叫「上白雲」。山上有座庵，已牆倒屋塌，只殘存一座危樓，僅能登上遠眺。

歇息片刻，我們就相互扶著下來。船夫說：「你們去登高，忘了帶酒具。」鴻干說：「我們來遊玩，想要尋覓一起隱居的地方，並非專門為了登高。」船夫說：「離此地向南走二、三里，有個上沙村，那裡有許多人家，還有些空地。我有個表親姓范，就住在這個村子，你們何不前去遊玩一下？」我驚喜道：「那裡是明末徐俟齋先生隱居的地方。聽說有座園子極其清幽古雅，只可惜從未一遊。」於是船夫為我們帶路。

上沙村在兩山之間的夾道中，那座園林依山而建，但裡面並無山石堆砌，老樹多呈蜿蜒盤曲之勢，亭榭窗欄也盡求樸素，竹籬茅舍點綴其間，不愧為隱士的居所。園內有個皂莢亭，那株皂莢樹有兩人合抱之粗。我所見過的園亭，此亭堪稱第一。園子左邊有座山，俗稱雞籠山，山峰直立，上面堆疊著大石頭，有如杭州的瑞石古洞，可是不及瑞石古洞玲瓏精巧。旁邊有一塊青石，好像床榻，鴻干臥在石上說：「在這裡可以仰觀群山峻嶺，俯視園亭秀色，既開闊又清幽，可以開懷暢飲了。」我們就拉著船夫一起飲酒，或吟唱，或長嘯，胸中大為暢快。

當地人得知我們為了尋地而來，誤以為我們是看風水的，於是以某處有好風水相告。鴻干說：「我們尋覓的地方只求合乎心意，不在乎風水。」（豈料竟然一語成讖！）喝到酒瓶成空，我們各自才採摘野菊花，插滿兩鬢。

回到船中，天已近黃昏。一更時分，我們才到家，客人還沒散去。芸私下裡告訴我說：「女伶中有個叫蘭官的，相貌端莊可人。」我假傳母親的命令，叫蘭官進入房內，握著她的手腕細看，果然臉頰豐潤，白皙細膩。我看著芸說：「蘭官美則美矣，終究有些名不副實。」芸說：「胖人有福相。」我說：「可是不知馬嵬坡之禍時，楊玉環的福氣在哪裡？」芸找了藉口將蘭官送出去後，對我說：「今日你又喝得大醉吧？」我於是盡述所遊歷的地方，芸也神往了很久。

原文

思齋先生名襄。是年冬，即相隨習幕於奉賢官舍[1]。有同習幕者，顧姓名金鑑，字鴻干，號紫霞，亦蘇州人也。為人慷慨剛毅，直諒不阿[2]，長余一歲，呼之為兄。鴻干即毅然呼余為弟，傾心相交。此余第一知己交也，惜以二十二歲卒。余即落落寡交[3]，今年且四十有六矣，茫茫滄海，不知此生再遇知己如鴻干者否？

憶與鴻干訂交，襟懷高曠，時興山居之想。重九日，余與鴻干俱在蘇。有前輩王小俠與吾父稼夫公喚女伶演劇，宴客吾家。余患其擾，先一日約鴻干赴寒山登高[4]，借訪他日結廬之地[5]。芸為整理小酒榼[6]。

越日，天將曉，鴻干已登門相邀。遂攜榼出胥門[7]，入麵肆[8]，各飽食。渡胥江，步至橫塘棗市橋[9]，雇一葉扁舟，到山，日猶未午。舟子頗循良[10]，令其糴米煮飯[11]。

余兩人上岸，先至中峰寺[12]。寺在支硎古剎之南[13]，循道而上。寺藏深樹，山門寂靜[14]，地僻僧閒，見余兩人不衫不履[15]，不甚接待。余等志不在此，未深入。歸舟，飯已熟。

飯畢，舟子攜榼相隨，囑其子守船。由寒山至高義園之白雲精舍[16]。軒臨峭壁，下鑿小池，圍以石樹，一泓秋水。崖懸薜荔[17]，牆積莓苔[18]。坐軒下，惟聞落葉蕭蕭，悄無人跡。出門有一亭，囑舟子坐此相候。余兩人從石罅中入[19]，名「一線天」[20]。循級盤旋，直造其巔[21]，曰「上白雲」。有庵已坍頹，存一危樓，僅可遠眺。

小憩片刻[22]，即相扶而下。舟子曰：「登高忘攜酒榼矣。」鴻干曰：「我等之遊，欲覓偕隱地耳，非專為登高也。」舟子曰：「離此南行二、三里，有上沙村[23]，多人家，有隙地[24]。我有表戚范姓居是村，盍往一遊？」余喜曰：「此明末徐俟齋先生隱居處也[25]。有園聞極幽雅，從未一遊。」於是舟子導往。

村在兩山夾道中，園依山而無石，老樹多極紆回盤鬱之勢，亭榭窗欄，盡從樸素，竹籬茆舍[26]，不愧隱者之居。中有皂莢亭[27]，樹大可兩抱。余所歷園亭，此為第一。園左有山，俗呼雞籠山[28]，山峰直豎，上加大石，如杭城之瑞石古洞，而不及其玲瓏。旁一青石如榻，鴻干臥其上曰：「此處仰觀峰嶺，俯視園亭，既曠且幽，可以開樽矣29。」因拉舟子同飲，或歌或嘯，大暢胸懷。

土人知余等覓地而來，誤以為堪輿30，以某處有好風水相告。鴻干曰：「但期合意，不論風水。」（豈意竟成讖語31！）酒瓶既罄，各採野菊插滿兩鬢32。

歸舟，日已將沒。更許抵家，客猶未散。芸私告余曰：「女伶中有蘭官者，端莊可取。」余假傳母命呼之入內，握其腕而睨之，果豐頤白膩33。余顧芸曰：「美則美矣，終嫌名不稱實。」芸曰：「肥者有福相。」余曰：「馬嵬之禍34，玉環之福安在35？」芸以他辭遣之出，謂余曰：「今日君又大醉耶？」余乃歷述所遊，芸亦神往者久之。

注釋

1 奉賢：縣名，今上海市奉賢區，地處上海市南部，離海岸較近，南臨杭州灣，黃浦江流經於此。

2 直諒不阿：正直誠信，不阿諛奉承。典出《論語．季氏》：「子曰：『益者三友，損者三友。友直，友諒，友多聞，益矣；友便辟，友善柔，友便佞，損矣。』」直，正直。諒，誠實。阿，阿諛奉承。

3 落落寡交：孤獨不合群，少有知交。落落，形容跟人合不來。西晉左思〈詠史〉詩：「落落窮巷士，抱影守空廬。」

4 寒山：此處指寒山嶺，在蘇州城西天平山的西北，因宋太宗後裔、吳中高士趙宧光偕妻隱居在此而出名。另有寒山寺在蘇州城西閶門外的楓橋鎮，因唐代僧人寒山和拾得在此主持而得名。登高：農曆九月九日重陽節，又稱重九日、踏秋，歷來有出遊賞秋、爬山登高、賞菊飲酒、頭戴菊花等習俗。

5 結廬：建造房舍，引申為隱居。廬，指草屋，陋居。

6 榼（音同客）：古代盛酒或貯水的器具，可用手提著。

7 胥門：在蘇州城西萬年橋南，因遙對姑胥山（姑蘇山）而得名。
8 肆：作坊，店鋪，市集。
9 橫塘：為蘇州城西南的一條貫通南北的大塘，京杭大運河與胥江在此交會，上有橫塘橋，橋上建亭，舊時有「橫塘古渡、風景特勝」之稱。棗市橋：跨胥江的一座三孔石拱橋，位於胥江北岸的棗市橋西端。明清時期這一帶曾是棗子市場，因此街巷叫作棗市街，橋稱為棗市橋。
10 循良：循規蹈矩，善良老實。
11 糴（音同迪）：買進糧食。
12 中峰寺：在蘇州楓橋鎮的觀音山上，是距今一千六百多年的古寺，為東晉高僧支遁創建，地處危壁竦立，石門夾道，清淨虛寂。
13 支硎（音同形）古剎：支硎即支硎山，位於蘇州西郊，因東晉著名僧人支遁（字道林，別稱支硎）曾居此而得名。山上有觀音寺、報恩寺，也稱觀音山、報恩山。觀音寺即支硎古剎，報恩寺即中峰寺之古稱。
14 山門：因佛寺一般建在山上，所以外門也叫山門。
15 不衫不履：不穿長衫，不穿鞋子，形容不修邊幅的樣子。
16 高義園：在蘇州古城西南的天平山南，原為宋代文學家范仲淹祠堂，清乾隆曾賜字「高義園」，表彰范仲淹的高義節操。白雲精舍：即白雲古剎、白雲禪寺，在高義園西。精舍，原指儒家講學的學社，後世也指出家人修煉或居住的場所。因為天平山古稱「白雲山」，所以山上禪寺叫白雲禪寺，山上泉水叫白雲泉，有亭叫白雲亭，上山頂叫「上白雲」，從山下至「一線天」叫「下白雲」。
17 薜（音同必）荔：又名木蓮，一種常綠的攀爬於牆面、岩壁或樹幹上的灌木藤本植物，生長於曠野樹上或山岩上。
18 莓苔：青苔。

19 罅（音同下）：縫隙，裂縫。

20 一線天：在天平山西南的山腰，俗稱龍門，是登頂的必經之處，中間盤道有很多級，兩邊石壁夾道，僅能從狹長的縫隙仰望青天，是常見的石景。

21 造：到，至。

22 憩（音同氣）：休息，歇息。

23 上沙村：在蘇州古城西天平山西南，現已拆遷，左有雞籠山。

24 隙地：空著的地方。

25 徐俟齋：原名徐枋（一六二二～一六九四），字昭法，號俟齋、秦餘山人，吳縣（今江蘇蘇州）人。明末清初畫家，隱居於天平山的「澗上草堂」，善山水畫。明朝遺民，入清不仕，被稱為「吳中三高士」之一。

26 茆舍：茅屋。茆，同「茅」，茅草。

27 皂莢：樹名，又名皂角樹，生長旺盛，果實扁長，雌雄異株，雌樹結莢叫作皂角，皂角子有很高藥用價值。

28 雞籠山：在今蘇州虎丘區通安鎮境內，蘇州西北靈巖山和天平山之間，因形似雞籠而得名。

29 開樽：舉杯，開始飲酒。樽，盛酒器，泛指酒杯。

30 堪輿：風水的舊稱。堪，地面凸起處；輿，地面低凹處。《淮南子》：「堪，天道也；輿，地道也。」堪輿合稱，有仰觀天象、俯察地理之意，後世用來指風水。古代造宅相地，常須察看風水。

31 讖（音同趁）語：泛指預言，將來會應驗的話。讖，預言吉凶的隱語、預兆。

32 重陽節舊稱菊花節，興插菊花。唐杜牧〈九日齊山登高〉詩：「江涵秋影雁初飛，與客攜壺上翠微。塵世難逢開口笑，菊花須插滿頭歸。」

33 豐頤：豐滿的下巴，舊時視為有威容，形容豐滿、富態。

34 馬嵬（音同維）之禍：指唐代安史之亂時，唐玄宗西逃，經過馬嵬坡，隨軍將士不前，玄宗寵妃楊玉環被迫縊死以安軍心。記載於《舊唐書．楊貴妃傳》：「安祿山叛，潼關失守，從幸至馬嵬。禁軍大將陳玄禮密啟太子誅國忠父子，既而四軍不散，曰『賊本尚在』。指貴妃也。帝不獲已，與貴妃訣，遂縊死於佛室，時年三十八。」馬嵬，今陝西興平市西馬嵬鎮，在長安西面百余里處，也叫馬嵬驛或馬嵬坡。

35 唐代楊玉環相傳為胖美人，有北宋蘇軾〈孫莘老求墨妙言詩〉為證：「杜陵評書貴瘦硬，此論未公吾不憑，短長肥瘦各有態，玉環飛燕誰敢憎？」即指楊玉環體態豐腴。

❖ 揚州 ❖

乾隆四十八年春天，我跟隨蔣思齋先生去揚州赴任，才見到金山、焦山的面目。金山適宜遠觀，焦山適宜近觀，可惜我往來其間，卻從不曾登臨遠眺。渡江向北而行，王士禎詩中所說的「綠楊城郭是揚州」，已活生生顯現在眼前了。

平山堂離揚州城大約有三、四里，走路過去卻有八、九里遠，途中雖全是人工景觀，可是奇思妙想，點綴自然，縱然是神仙所居的閬苑瑤池、瓊樓玉宇，想必也不過如此。其妙處就在於十多家園亭合而為一，連綿到山邊，氣勢貫通。最難佈局之處，便是出了城，進入景觀中，有一里左右的景致緊沿著城牆。大凡把城牆點綴在遼闊高遠的重山之間，才能風景如畫，如果園林也像這樣佈局，簡直是蠢笨至極。而景觀不論亭子樓臺、牆壁山石、竹林茂樹，都要在半隱半露之間，使遊人不覺得過於顯眼，若非胸有成竹的能工巧匠，斷然難以下手。

至城牆盡頭，再以虹園為起點，轉而向北，有一座石橋名為「虹橋」。不知是園子因橋而得名？還是橋因園子而得名呢？蕩舟而過，那一處名叫「長堤春柳」，此景不點綴在城牆腳下，而點綴在這裡，更可見佈局的巧妙。再轉而向西，壘起的土丘之上建立了一座廟，名為「小金山」。有這廟一擋，便覺得氣勢緊湊，這個佈局也不是俗筆。聽說此地本來是沙土，屢次築廟都不成功，於是用若干木排，與土層疊相加，共花費了數萬兩銀子才築成。若非富商之家，哪能建造起來。

過了此處，有座勝概樓，人們年年在此觀看賽龍舟。河面較寬，南北橫跨著一座蓮花橋，橋門通往八方，橋面上建有五座亭子，揚州人稱之為「四盤一暖鍋」，這是思窮力竭的做法，並不是很可取。橋南有座蓮心寺，寺中矗立著喇嘛白塔，金色的塔頂垂著瓔珞，高聳入雲霄，遙看殿角紅牆，有松柏掩映其間，寺廟裡不時傳來鐘聲，這是天下園亭所沒有的。

經過蓮花橋，抬頭看見三層高的樓閣，雕梁畫棟，飛簷翹角，五彩絢爛，用太湖石堆疊而成，以白石欄杆圍繞，這裡名為「五雲多處」，如同寫文章中間的大佈局。過了此處，名叫「蜀岡朝陽」，土崗平坦無奇，而且純屬穿鑿附會。將近山時，河面逐漸收窄，岸邊堆土種著竹林樹叢，轉過四、五個彎，似乎已山窮水盡，卻忽然之間豁然開朗，平山的萬松林已呈現在眼前。

「平山堂」三個字，是歐陽脩親筆題寫。所謂的「淮東第五泉」，真的泉在假山石洞中，不過是一口井罷了，味道與雨水相同。而荷花亭中的六孔鐵井欄，只是虛設，井水不可飲用。

九峰園另外在南門的幽靜處，別具天然妙趣，我以為它稱得上是諸園之冠。至於康山，我沒有去過，不知究竟如何。

這些都只是說了個大概，揚州風景的工巧之處、精美之處，我不能一一盡述，大約可把它看成濃妝豔抹的美人，而不是西施那樣的天然美人。我恰好恭逢天子的南巡盛典，各處工程都已經竣工，演練迎接聖駕的場景點綴其中，因此得以暢覽盛況，這也是人生難得的際遇。

原文

癸卯春1，余從思齋先生就維揚之聘2，始見金、焦面目3。金山宜遠觀，焦山宜近視，惜余往來其間，未嘗登眺。渡江而北，漁洋所謂「綠楊城郭是揚州」一語4，已活現矣。

平山堂離城約三、四里，行其途有八、九里，雖全是人工，而奇思幻想，點綴天然，即閬苑瑤池5，瓊樓玉宇，諒不過此。其妙處在十餘家之園亭合而為一，聯絡至山，氣勢俱貫。其最難位置處，出城入景，有一里許緊沿城郭。夫城綴於曠遠重山間，方可入畫，園林有此，蠢笨絕倫。而觀其或亭或臺，或牆或石，或竹或樹，半隱半露間，使遊人不覺其觸目，此非胸有丘壑者斷難下手。

城盡，以虹園為首6，折而向北，有石梁曰「虹橋」7。不知園以橋名乎？橋以園名乎？蕩舟過，曰「長堤春柳」8，此景不綴城腳而綴於此，更見佈置之妙。再折而西，壘土立廟，曰「小金山」9。有此一擋，便覺氣勢緊湊，亦非俗筆。聞此地本沙土，屢築不成，用木排若干，層疊加土，費數萬金乃成。若非商家，烏能如是。

過此有勝概樓[10]，年年觀競渡於此[11]。河面較寬，南北跨一蓮花橋[12]，橋門通八面，橋面設五亭，揚人呼為「四盤一暖鍋」[13]，此思窮力竭之為，不甚可取。橋南有蓮心寺[14]，寺中突起喇嘛白塔[15]，金頂纓絡[16]，高矗雲霄，殿角紅牆，松柏掩映，鐘磬時聞[17]，此天下園亭所未有者。

過橋見三層高閣，畫棟飛檐[18]，五彩絢爛，疊以太湖石[19]，圍以白石欄，名曰「五雲多處」[20]，如作文中間之大結構也。過此名「蜀岡朝陽」[21]，平坦無奇，且屬附會。將及山，河面漸束，堆土植竹樹，作四、五曲，似已山窮水盡，而忽豁然開朗，平山之萬松林已列於前矣。

「平山堂」為歐陽文忠公所書[22]。所謂淮東第五泉[23]，真者在假山石洞中，不過一井耳，味與天泉同。其荷亭中之六孔鐵井欄者[24]，乃係假設，水不堪飲。

九峰園另在南門幽靜處[25]，別饒天趣，余以為諸園之冠。康山未到[26]，不識如何。

此皆言其大概，其工巧處、精美處，不能盡述，大約宜以豔妝美人目之，不可作浣紗溪上觀也[27]。余適恭逢南巡盛典，各工告竣，敬演接駕點綴，因得暢其大觀，亦人生難遇者也。

注釋

1 癸卯：清乾隆四十八年（一七八三）。時沈復虛歲二十一歲。

2 維揚：揚州的別稱，語出《尚書．禹貢》：「淮海維揚州。」意思是從淮水到東海（一說南海）之間是揚州的地域，後世就用維揚代指揚州。

3 金：即金山，在今江蘇鎮江市西北，長江南岸。山上有金山寺，在清代與普陀寺、文殊寺、大明寺並列為中國四大名廟。焦：即焦山，又名樵山，在鎮江市東北的長江之中，因東漢隱士焦光隱居於此而得名。位於江蘇鎮江市的金山、焦山、北固山三山沿長江而立，世稱京口三山，其中金山綺麗、焦山雄秀、北固山險峻，各具風光，有「京口三山甲東南」之稱。

4 漁洋：即王士禎（一六三四～一七一一），字子真，號漁洋山人，清代文學家，順治年間曾任揚州府推官，常與名士遊紅橋，詩詞善於詠柳，尤其是秋柳。「綠楊」句：出自王士禎〈浣溪沙〉詞：「北部清溪一帶流，紅橋風物眼中秋，綠楊城郭是揚州。西望雷塘何處是？香魂零落使人愁，淡煙芳草舊迷樓。」紅橋，後稱虹橋，因王士禎詩詞成為揚州名勝。綠楊，指柳樹；城郭，古代內城的牆叫城，外城的牆叫郭。由此「綠楊城郭」也成了揚州的代名詞。

5 閬（音同郎）苑瑤池：傳說中神仙居住的地方。閬苑，崑崙山上的仙苑，常指神仙所住的宮苑，或帝王宮苑；瑤池，天山上西王母居住的神池。均泛指仙家園林。

6 虹園：清代揚州名園之一，在虹橋東南，清乾隆賜名「倚虹園」，該園在嘉慶以後逐漸荒廢。

7 虹橋：橫跨於揚州瘦西湖上，因橋欄杆為紅色而得名「紅橋」，重建後因似虹臥於波上而更名。

8 長堤春柳：從揚州北門至蜀崗平山堂的一條長堤，堤旁遍栽綠柳紅桃。「長堤春柳」是清代揚州瘦西湖二十四景之一。

9 小金山：今揚州瘦西湖中的一個小島，建於清代中葉，四周環水，原名長春嶺，似鎮江金山而小，是江南富商為了讓乾隆皇帝坐船直抵平山堂，開挖蓮花埂新河時，挖出的泥土堆積成山，上有亭臺樓閣。

10 勝概樓：在今揚州瘦西湖長春橋西至五亭橋（又名「蓮花橋」）止，仿瓜州的江淮勝概樓而建。

11 競渡：指划船比賽。

12 蓮花橋：即今五亭橋，位於瘦西湖上，始建於乾隆二十二年（一七五七），橋上建有五座橋亭，一座亭子居中，另外四座亭子在它四周，狀如蓮花，橋下有十五個橋洞，洞洞相連，船隻出入其中，到了月圓之夜，橋洞銜月，映照湖中，幻如仙境，因建於蓮花堤上，故稱蓮花橋。

13 四盤一暖鍋：比喻五亭橋構造，看上去像四盤碟子加一個火鍋。暖鍋，也稱火鍋，在宋代民間已普遍。據清劉鶚《老殘遊記》：「端上飯來……四個碟子，一個火鍋，兩壺酒。」四碟一火鍋成了當時普通人吃火鍋時的常見搭配。明清士大夫審美注重寫意神韻，這種被俗化的設計也就成了思窮力竭之所為。

14 蓮心寺：應為蓮性寺，清康熙賜名，在今揚州瘦西湖一個四面環水的島上，原名法海寺，是揚州千年古剎之一，又稱白塔寺，寺內有乾隆年間仿北京北海白塔建造的喇嘛塔。

15 喇嘛白塔：為藏傳佛教喇嘛塔，裡面供奉觀音菩薩的化身之一白衣大士，臺級上造白塔，綴青銅瓔珞，最上面是簇金頂。

16 纓絡：同「瓔珞（音同英洛）」，一種由珠玉串成的裝飾品，多為頸飾，源自印度佛像頸間的一種裝飾，由世間眾寶所成，象徵無量光明。

17 鐘磬（音同慶）：佛寺中召集眾僧的打擊樂器。

18 畫棟：雕花繪彩的梁柱。飛簷：一種漢族傳統建築的簷部形式，簷部向上翹起，若飛舉之勢。

19 太湖石：中國古代四大玩石、奇石之一，又名窟窿石、假山石，因盛產於太湖地區而得名，特點是曲折圓潤，玲瓏剔透，形態萬千，宜作園林石。

20 五雲多處：曾是熙春臺的匾額題字，五雲指五色瑞雲，是吉祥的徵兆，又代指皇帝所在地。熙春臺位於揚州瘦西湖西岸，起始於蓮花橋南岸，是乾隆皇帝的揚州行宮之一，為清代鹽商所建，給皇帝祝壽的地方。「熙春」語出《老子》中的「眾人熙熙，如登春臺」，形容人來人往的熱鬧景象。

21 蜀岡朝陽：又名「蜀岡晚照」，是清代揚州瘦西湖二十四景之一。蜀岡，位於揚州城西北，綿亙四十餘里，土高於城，上有蜀井，相傳地脈通蜀。

22 平山堂：位於揚州市西北郊的蜀岡中峰大明寺內，始建於宋仁宗慶曆八年（一〇四八），是當時任揚州知府的歐陽脩所建，用作遊宴賓客，取「遠山來與此堂平」之意，在此堂可以遠眺，以「淮東第一觀」名聞天下。宋代詞人秦觀〈次子由平山堂韻〉：「遊人若論登臨美，須作淮東第一觀。」

23 淮東：指宋代淮南東路，簡稱淮東路，當時揚州屬淮南東路。後來發展為以揚州為核心的地理文化圈，包括今揚州、淮安等地。第五泉：即所謂「天下第五泉」，記載於唐代狀元張又新《煎茶水記》：「揚子江南零水第一，無錫惠山寺石泉水第二，蘇州虎邱寺水第三，丹陽縣觀音寺水第四，揚州大明寺水第五，吳松江水第六，淮水最下，第七。」因此揚州大明寺泉水被譽為「第五泉」。

24 六孔鐵井欄：位於大明寺荷花池中，呈六邊形，周邊用小青磚鋪底，在井欄上刻有「第五泉」三字。井上建環亭，又有清初著名書法家王澍所書的「天下第五泉」。另外還有一座「第五泉」，建在假山的亭中，亭頂開有孔洞，光透亭中泉井，泉水吸收雨露，水味更佳，因此味道與雨水相同。

25 九峰園：園內有九塊太湖石，據傳是宋朝遺石，清乾隆南巡時賜名，以石命名園，御筆稱讚「揚州名園甲江左」。今為揚州荷花池公園。

26 康山：本是揚州城東南的無名土丘，因明代「前七子」之一的劇作家康海寓居在此而得名。後大理寺卿姚思孝在此修建園林，明代大書法家董其昌題寫過「康山草堂」的橫額，此處便成為揚州名勝。這裡是乾隆南巡時揚州大鹽商江春接駕的場所。

27 浣紗溪：因春秋時期越國美女西施浣紗於若耶溪得名，代指西施那樣天生麗質的美人。浣紗，洗衣服。

❖ 迎駕 ❖

乾隆四十九年春天，我隨身侍奉父親在吳江何縣令府中做幕僚，與山陰的章江、武林的章映牧、苕溪的顧霭泉等諸位先生一起共事。因奉命承辦南斗圩行宮，我有幸第二次瞻仰天子的聖顏。

一日，天色將晚，我忽然動了回家的興致。有辦差事的小快船，划動著雙櫓兩槳，在太湖中飛蕩疾馳，吳地俗稱為「出水轡頭」，我乘坐這種船，轉瞬之間，已到了吳門橋。即便騎鶴騰空飛行，也沒有這樣的神清氣爽。到家的時候，晚餐還沒有熟。

我家鄉蘇州向來崇尚繁華，到了迎接聖駕的日子，爭奇鬥豔，較之以往尤其顯得奢華。彩燈眩目，笙歌鬧耳，比起古人所謂的「畫棟雕甍」、「珠簾繡幕」、「玉欄杆」、「錦步障」，我以為有過之無不及。我被朋友東拉西扯，幫他們插花結彩，閒時呼朋引伴，豪飲狂歌，縱情遊玩。少年豪興正濃，不知疲倦。倘若生在盛世，卻住在窮鄉僻壤，哪裡能遊覽這樣的盛景呢！

原文

甲辰之春，余隨侍吾父於吳江何明府幕中，與山陰章蘋江、武林章映牧、苕溪顧霭泉諸公同事。恭辦南斗圩行宮1，得第二次瞻仰天顏2。

一日，天將晚矣，忽動歸興。有辦差小快船，雙櫓兩槳，於太湖飛棹疾馳3，吳俗呼為「出水轡頭」4，轉瞬已至吳門橋5。即跨鶴騰空，無此神爽。抵家，晚餐未熟也。

吾鄉素尚繁華，至此日之爭奇奪勝，較昔尤奢。燈彩眩眸，笙歌聒耳[6]，古人所謂「畫棟雕甍」、「珠簾繡幕」、「玉欄杆」、「錦步障」[7]，不啻過之[8]。余為友人東拉西扯，助其插花結彩，閒則呼朋引伴，劇飲狂歌，暢懷遊覽。少年豪興，不倦不疲。苟生於盛世而仍居僻壤，安得此遊觀哉！

注釋

1 南斗圩（音同餘）：在今蘇州吳江區，清乾隆南巡時，曾短暫駐留於此。圩，南方低窪地區周圍的防水堤，也指以圩圍成的地方。行宮：古代京城以外供皇帝出行時臨時寓居的官署或住宅。

2 天顏：天子的容顏。史載乾隆皇帝一生「六巡江南」，時間分別是乾隆十六年（一七五一）、乾隆二十二年（一七五七）、乾隆二十七年（一七六二）、乾隆三十年（一七六五）、乾隆四十五年（一七八〇）、乾隆四十九年（一七八四）。

3 飛棹：飛快地划槳。

4 轡（音同配）頭：馬籠頭，借指快速行駛。轡，駕馭牲口的嚼子和韁繩。

5 吳門橋：位於蘇州城南盤門口，橫跨京杭大運河，始建於宋朝，乾隆時為三孔石拱橋，同治年間重修，現為江蘇最高的單孔石拱橋，俗稱羅鍋橋。盤門是蘇州城西南水陸並聯的古城門。

6 笙歌：泛指奏樂、歌唱及舞蹈。笙，樂器。

7 雕甍（音同蒙）：有雕飾的屋梁。甍，通「蒙」，覆蓋屋上，即屋脊，也指棟梁、飛檐。錦步障：用來遮蔽風塵或視線的錦製屏幕。步障，舊時富貴人家出門用來遮擋在路的兩側的屏幕，尤其為女眷所用。

8 不啻（音同赤）：不只如此。啻，只。

❖觀潮❖

那年，何縣令因出事被議處，於是我父親赴海寧王縣令府中就任。嘉興有個名叫劉蕙階的人，長年吃齋信佛，來拜訪我父親。他家就在煙雨樓旁，有一座臨水閣樓，名為「水月居」，那是他念誦佛經的地方，潔靜如僧人的禪房。煙雨樓在鏡湖之中，四岸都是綠楊樹，可惜竹子不多。樓上有平臺可遠眺，只見漁舟陳列如天上星辰，湖水寂寥，波平浪靜，看似適合月夜觀賞。僧人備了素齋，口味極佳。

到了海寧，我與白門的史心月、山陰的俞午橋共事。史心月有個兒子名叫燭衡，為人澄靜，沉默寡言，彬彬有禮，溫文爾雅，與我成為莫逆之交，他是我生平第二個知心至交。可惜我們只是萍水相逢，相聚之日不多。

我在海寧遊覽了陳氏安瀾園，這座園子占地百畝，層層樓閣重疊往復，夾道走廊曲折迴環。園內有個池塘很寬廣，水面的橋呈六曲形。假山石上佈滿藤蘿，將雕鑿的痕跡全都掩飾了。只見古樹千株，均有參天之勢，四處鳥啼花落，彷彿進入深山一樣。這裡雖是人工建成的，卻近於天然。我所遊歷的平地上假石堆砌的園亭，此處堪為第一。我曾在桂花樓中設宴，席上諸多味道都被桂花的香氣掩蓋，唯有醬薑的味道不變。薑、桂的性子，越老越辣，以此比喻忠貞之臣的節操，誠然不虛。

出了海寧南門就是大海，一日漲潮兩次，潮水猶如萬丈銀堤衝破海天而去。船上有迎潮人，見潮水來了，就掉轉船頭面對潮水。船頭設置了一個木招，形狀宛如長柄大刀，扳動一下木招，潮水立即被分開，船就隨著木招進入潮水裡。過了一會兒，船才在潮水中浮起，迎潮人又撥轉船頭，隨著海潮退去，頃刻之間如行百里。

堤岸上有座塔院，我在中秋夜曾隨父親在此觀海潮。沿著堤岸向東約三十里，有座山名為尖山，孤峰矗立，勢如撲入海中。山頂有座樓閣，匾額上題著「海闊天空」，登臨此樓遠眺，大海一望無際，只見驚濤駭浪與天相接。

原文

是年，何明府因事被議[1]，吾父即就海寧王明府之聘[2]。嘉興有劉蕙階者，長齋佞佛[3]，來拜吾父。其家在煙雨樓側[4]，一閣臨河，曰「水月居」，其誦經處也，潔靜如僧舍[5]。煙雨樓在鏡湖之中[6]，四岸皆綠楊，惜無多竹。有平臺可遠眺，漁舟星列，漠漠平波，似宜月夜。衲子備素齋甚佳。

至海寧，與白門史心月、山陰俞午橋同事[7]。心月一子名燭衡，澄靜緘默，彬彬儒雅，與余莫逆[8]，此生平第二知心交也。惜萍水相逢，聚首無多日耳。

遊陳氏安瀾園[9]，地占百畝，重樓複閣，夾道迴廊。池甚廣，橋作六曲形。石滿藤蘿，鑿痕全掩。古木千章[10]，皆有參天之勢。鳥啼花落，如入深山。此人工而歸於天然者。余所歷平地之假石園亭，此為第一。曾於桂花樓中張宴，諸味盡為花氣所奪，惟醬薑味不變。薑桂之性[11]，老而愈辣，以喻忠節之臣，洵不虛也[12]。

出南門即大海，一日兩潮，如萬丈銀堤破海而過。船有迎潮者，潮至，反棹相向。於船頭設一木招[13]，狀如長柄大刀，招一捺[14]，潮即分破，船即隨招而入。俄頃，始浮起，撥轉船頭，隨潮而去，頃刻百里。

塘上有塔院15，中秋夜曾隨吾父觀潮於此。循塘東約三十里，名尖山16，一峰突起，撲入海中。山頂有閣，匾曰「海闊天空」，一望無際，但見怒濤接天而已。

注釋

1 議：審理，議罪。清代官吏有過失，交吏部擬定處罰辦法，輕的稱「察議」，重的稱「議處」。

2 海寧：今浙江嘉興市下轄海寧市，屬太湖流域，西接杭州，南瀕錢塘江，以「錢塘潮（又稱海寧潮）」最為著名。

3 長齋佞佛：終年吃素念佛。終年吃素食，稱為吃長齋。佞佛，指信佛。佞，沉迷於。

4 煙雨樓：在今浙江嘉興南湖湖心小島上，始建於五代的江南名樓，得名於唐杜牧〈江南春〉中的詩句「南朝四百八十寺，多少樓臺煙雨中」，後又重建，乾隆南巡時曾多次登煙雨樓。

5 僧舍：指僧人的住處，也代指寺廟。

6 鏡湖：今浙江嘉興南湖。

7 白門：舊時南京的別稱，因六朝古都建康城的南門宣陽門又稱白門。

8 莫逆：指兩人意氣相投，交往密切友好，情誼深厚。語出《莊子．內篇．大宗師》：「四人相視而笑，莫逆於心，遂相與為友。」

9 安瀾園：原名遂初園，在今浙江海寧鹽官鎮西北。清康熙年間，歸於文淵閣大學士陳元龍，當地俗稱陳園。乾隆南巡時，賜名為安瀾園。

10 古木千章：千株大樹。章，原指大木材，後成為計量大樹的量詞。

11 薑桂之性：薑，即生薑，民間俗諺「薑是老的辣」；桂，指肉桂，也叫辣桂，有桂皮的芳香和甜辣味，常用作調料。生薑和肉桂愈久愈辣，比喻人年紀越大，性格越耿直剛強。典出《宋史·晏敦復傳》：宋朝宰相、詞人晏殊的曾孫晏敦復，為南宋左司諫，駁斥對金議和，秦檜暗許以高官厚祿勸誘他，晏敦復堅辭說：「吾終不為身計誤國家，況吾薑桂之性，到老愈辣，請勿言。」後世用薑桂之性，比喻忠臣之節。

12 洵（音同巡）：確實，實在。

13 招：古代安裝在船頭用來掌握航向的工具，形似槳、櫓而尺度較大，通常用整根木料製成招身，下部鑲接木板成大刀形招葉，招葉多為長方形，用木板或篾編成，常用於急流航道中順流航行。扳動木招，能使船頭靈活轉向。明宋應星《天工開物》：「船首列一巨招，捩頭使轉。」

14 捺（音同納）：下按，用手按。

15 塘：堤岸，堤壩。

16 尖山：錢塘江大潮的起潮處，在今浙江海寧黃灣鎮西南，是觀潮勝地。

❖ 花會 ❖

我二十五歲時，應徽州績溪克縣令的聘請，從杭州乘「江山船」，過富春山，曾登上嚴子陵釣臺。釣魚臺在半山腰，一座山峰突兀而起，離水面有十多丈。難道漢時的水，竟然與這座山峰齊平嗎？月明之夜，船停泊在界口，那裡有巡檢署，蘇軾所作〈後赤壁賦〉中的「山高月小，水落石出」之景，宛然可見。至於黃山，我僅見到山腳，可惜未能一睹全貌。

續溪城地處群山環繞之中，雖是彈丸小城，倒也民風淳樸。靠近此城有座石鏡山，從山轉彎處進入，曲折前行一里多，只見懸崖下流水湍急，崖壁濕潤，青翠欲滴。漸漸登高至山腰，那裡有座方形石亭，四面都是陡峻的懸崖峭壁。亭子旁邊的石壁像被刀削平一樣，猶如屏風，發出青色光潤，可以照見人的模樣。相傳它能照出人前生的樣子。黃巢來到此處，照出來是個猿猴的模樣，一氣之下將它縱火焚燒，從此這裡就再也不能照見前身。

離續溪城十里，有一處叫火雲洞天的地方，石紋盤繞纏結，山巖凹凸不平，恰似元代畫家王蒙筆下的意趣，但是顯得雜亂無章，洞中的石頭也都是深絳色。洞旁有座小廟，很是幽靜，鹽商程虛谷曾邀請我遊玩，就設宴在此。宴席上有肉饅頭，小和尚在旁邊注視，於是遞給他四個。臨別之時，給番銀二圓作為酬謝，山中僧人不認識番銀，就推辭不受。我們告訴和尚，一枚番銀可以抵七百多文銅錢，和尚說附近沒有兌換錢的地方，仍不接受。我們就湊了六百文銅錢給他，和尚才欣然道謝。

後來，我邀同僚攜帶著酒具再去那裡，老和尚叮囑我們說：「先前小徒不知吃了什麼東西之後腹瀉，今日不要再給他吃了。」由此可知，吃慣了野菜的肚子受不了肉味，真是令人感歎。我對同僚說：「做和尚的人，一定要居住在這樣偏僻的地方，終身對世俗之物不見不聞，或許才能修真養靜。譬如像我家鄉蘇州的虎丘山，整日眼裡所見的是妖男豔妓，耳邊所聽的是絲竹管弦，鼻子所聞的是美酒佳餚，怎麼能做到身如枯木、心如死灰呢！」

離續溪城三十里，又有個地方名叫仁里，那裡有花果會，每十二年舉行一次，每次各家推舉出盆花參賽。我在績溪時，適逢盛會，欣然想要前往，卻苦於沒有轎子車馬，就教人用斷竹做抬杠，綁上椅子當成轎子，雇人抬過去。跟我同遊的人，只有同事許策廷。凡是看見的人，無不驚訝發笑。

到了那地方，只見有座廟，不知供奉著何方神靈。廟前空曠處，高高搭起戲臺，彩繪橫梁、方形長柱極其巍峨華麗，走近一看，原來是紙紮彩畫，抹上油漆。鑼聲忽然傳來，只見四人抬著一對蠟燭，蠟燭大如斷柱；又有八人抬著一頭豬，豬肥壯如公牛，原來眾人共同飼養十二年，才宰了祭獻給神。許策廷笑道：「豬固然長壽，神靈也要牙齒鋒利。我如果是神仙，哪能受用得了？」我說：「這也足見眾人實在虔誠。」

進入廟中，殿廊軒院到處擺放著花果盆景，並沒有剪枝裁節，均以蒼老古怪為佳，大半是黃山松。不久之後演戲開場，眾人如潮水般湧來，我和許策廷就避開去。

沒到兩年，我與同事不合，便拂袖而去，回到家鄉。

原文

余年二十有五，應徽州績溪克明府之召1。由武林下「江山船」2，過富春山3，登子陵釣臺4。臺在山腰，一峰突起，離水十餘丈。豈漢時之水竟與峰齊耶？月夜泊界口，有巡檢署5。「山高月小，水落石出」6，此景宛然。黃山僅見其腳，惜未一瞻面目。

績溪城處於萬山之中，彈丸小邑，民情淳樸。近城有石鏡山7，由山彎中曲折一里許，懸崖急湍，濕翠欲滴。漸高，至山腰，有一方石亭，四面皆陡壁。亭左石削如屏，青色光潤，可鑑人形。俗傳能照前生。黃巢至此8，照為猿猴形，縱火焚之，故不復現。

離城十里有火雲洞天，石紋盤結，凹凸巉巖，如黃鶴山樵筆意9，而雜亂無章。洞石皆深絳色。旁有一庵甚幽靜，鹽商程虛谷曾招遊10，設宴於此。席中有肉饅頭11，小沙彌眈眈旁視，授以四枚。臨行以番銀二圓為酬，山僧不識，推不受。告以一枚可易青錢七百餘文12，僧以近無易處，仍不受。乃攢湊青蚨六百文付之，始欣然作謝。

他日，余邀同人攜榼再往。老僧囑曰：「曩者小徒不知食何物而腹瀉，今勿再與。」可知藜藿之腹不受肉味13，良可歎也。余謂同人曰：「作和尚者，必居此等僻地，終身不見不聞，或可修真養靜。若吾鄉之虎丘山，終日目所見者妖童豔妓14，耳所聽者弦索笙歌，鼻所聞者佳肴美酒，安得身如枯木、心如死灰哉！」

又去城三十里，名曰仁里15，有花果會16，十二年一舉，每舉各出盆花為賽。余在績溪，適逢其會，欣然欲往，苦無轎馬，乃教以斷竹為杠，縛椅為轎，雇人肩之而去。同遊者惟同事許策廷，見者無不訝笑。

至其地，有廟，不知供何神。廟前曠處高搭戲臺，畫梁方柱極其巍煥17，近視則紙紮彩畫，抹以油漆者。鑼聲忽至，四人抬對燭，大如斷柱；八人抬一豬，大若牯牛18，蓋公養十二年，始宰以獻神。策廷笑曰：「豬固壽長，神亦齒利。我若為神，烏能享此！」余曰：「亦足見其愚誠也19。」

入廟，殿廊軒院所設花果盆玩，并不剪枝拗節，盡以蒼老古怪為佳，大半皆黃山松。既而開場演劇，人如潮湧而至，余與策廷遂避去。

未兩載，余與同事不合，拂衣歸里20。

注釋

1 徽州：即徽州府，清康熙年間起屬安徽省，轄今安徽黃山、休甯、祁門、績溪等地。

2 江山船：浙江一帶有船艙的船，多有妓女陪客，航行於錢塘江上，只在江內來往。

3 富春山：在今浙江杭州桐廬縣，也稱嚴陵山，前臨富春江，山下有灘稱嚴陵瀨，相傳是東漢隱士嚴光（字子陵）垂釣處。山腰有二磐石，稱東西二釣臺，各高百餘米，東即嚴子陵釣臺。

4 子陵釣臺：即嚴子陵釣臺，在浙江桐廬城南的富春江上，嚴子陵和漢光武帝劉秀曾是同學，後拒絕劉秀召他做官，來此隱居垂釣，成為高士的典範。

5 巡檢署：巡檢分防守禦的衙門。官署名巡檢司，始於五代，從宋代始於沿邊、沿江、沿海置巡檢司，用於鎮壓地方叛亂，明清為縣級衙門下的組織，設於關口、要道、分界處等地，主要用來盤查過往行人，緝捕盜賊，官名巡檢使，為正九品。

6 「山高」二句：出自北宋蘇軾〈後赤壁賦〉：「江流有聲，斷岸千尺。山高月小，水落石出。曾日月之幾何，而江山不可復識矣。」一道出景致的清冷孤寂，感歎江山面貌的變遷。

7 石鏡山：又稱石照山，在安徽績溪縣華陽鎮東。山中有一塊巨石，平整光滑可照物體，人稱石鏡。

8 黃巢：唐末曹州冤句（今山東曹縣西北）人，號稱「沖天大將軍」，圖王霸事業，南征北戰，兵進長安，自封皇帝，國號齊。由於是反叛者，在古代常被醜化，故有猿猴轉世之說。

9 黃鶴山樵：指元代畫家王蒙，字叔明，號香光居士，曾隱居在黃鶴山三十年，過著山野漁樵的生活，自號黃鶴山樵，精於山水畫，善為山水傳神寫照，筆下山水層次豐富，景物繁密，變化多端。筆意：即筆墨情趣，後指書畫詩文中所表現出來的作者的風格、意趣。

10 程虛谷：本名程光國，字虛谷，別署「五雲齋」，清乾隆時浙江的鹽商，參加了乾隆兩巡江南時（一七八〇年和一七八四年）迎鑾之事。

11 肉饅頭：蘇南一帶對肉包子的稱呼。

12 青錢：即青銅錢，是用青銅鑄造的錢幣。

13 藜藿（音同黎霍）之腹：指吃慣了野菜的肚子。藜藿，即藜草和豆葉，泛指粗劣的食物。古代常以藿食代指平民，以肉食代指貴族。這裡暗指自己做慣了平民，不適合富貴官場。

14 妖童：美少年，多指男色。古代一些不滿二十歲的年輕男子，陪酒唱曲，扮演類似妓女的角色，被稱為孌童、優童、歌童等。唐盧照鄰〈長安古意〉詩：「妖童寶馬鐵連錢，娼婦盤龍金屈膝。」即把妖童和妓女並提。當時蘇州妓女主要集中在虎丘山塘，前文溫冷香、憨園都在此。

15 仁里：在今安徽績溪縣瀛洲鎮西南，是徽杭古道上的千年古村落。

16 花果會：又稱花朝會、安苗節，舊時民俗以農曆二月十五日為花神誕辰，是百花的生日，這天稱花朝節，士人多出去遊玩。績溪登源一帶的花朝節更加熱鬧，為慶賀唐代在徽州保境安民的越國公汪華的誕辰，登源十二社輪流張燈演劇，聚集祭筵，叫「賽花朝」。

17 巍煥：也作巍奐，盛大光明，高大輝煌。巍，高大。煥，光明。

18 牯（音同古）牛：俗稱閹割過的公牛，泛指牛。

19 愚誠：愚拙的虔誠之心。多為表達自己誠意的謙辭。

20 拂衣：拂袖，表示因不悅而離去。

❖渡江❖

自從我到績溪遊歷，見識過官場中卑鄙的情狀不堪入目，就從文人儒士轉為經商。我有個姑父袁萬九，在盤溪的仙人塘做釀酒的生意，我與施心耕也出資和他合夥。袁萬九的酒本是走海路販運，不到一年，遇上臺灣林爽文叛亂，致使海道阻隔，貨物積壓，本錢虧損。我不得已，仍舊重操舊業，去江北做了四年幕僚，其間毫無快意的遊歷可記述。

等我住在蕭爽樓，正過著俗世神仙的日子，有個表妹夫徐秀峰從廣東回來，看見我賦閒在家，就慨歎說：「你這樣靠天吃飯，以筆墨為生，終究不是長久之計，何不隨我去嶺南走一趟？應該不只是獲得蠅頭小利。」芸也勸我說：「趁父母健在，你還在壯年，與其盤算著柴米油鹽，勉強糊口尋歡，倒不如一勞永逸。」

於是我和諸位朋友商量，籌集資金作本錢。芸也親自置辦了一些刺繡品，以及嶺南所缺的蘇酒、醉蟹等貨物。我稟告父母後，就在小陽春十月十日，與徐秀峰一起由東壩出蕪湖口南下。

我初次遊歷長江，胸中大為暢快。每晚船停泊後，就會在船頭喝小酒。只見捕魚人的漁網覆蓋不滿三尺，孔眼約有四寸大小，用鐵環箍住四角，看似容易下沉。我笑道：「儘管聖人教導我們，『網不用細密』，可是像這樣孔大網小，怎麼能捕獲魚呢？」秀峰說：「這是專為捕鯿魚所設的漁網。」又見捕魚人用長繩繫著漁網，忽起忽落，彷彿試探有沒有魚。不一會兒，捕魚人急忙把漁網拉出水面，已經有鯿魚卡在網孔上了。我這才感歎說：「由此可知一己之見，難以窺測其中的奧妙！」

一天，望見江心中有座山峰矗立，四面孤立無依。徐秀峰說：「這就是小孤山。」霜染叢林間，殿臺樓閣參差掩映。船乘風而行，徑直路過那裡，可惜未能一遊。

到了滕王閣，彷彿是我們蘇州府學的尊經閣移到胥門的大馬頭，看來王勃的〈滕王閣序〉中所稱道的壯麗景象不足為信。我們就在滕王閣下，換了名叫「三板子」的高尾昂首船，由贛關抵達南安登陸。恰逢我三十歲的生日，徐秀峰備了長壽麵，為我祝壽。

第二天，途經大庾嶺，抬頭望見山頂有個亭子，匾額上寫著「舉頭日近」，說的是這山很高。山頭一分為二，兩邊都是峭壁，中間留出一條夾道，如同石頭巷子。路口豎立了兩塊碑，一個寫著「急流勇退」，另一個寫著「得意不可再往」。山頂有個梅將軍祠，尚未考證梅將軍是哪一朝的人。據說嶺上有梅花，卻並沒有看見一株梅樹，難道是因為梅將軍的緣故，這裡才得名叫梅嶺嗎？我帶去送禮的盆栽梅花，到此將近臘月，梅花已凋謝，葉子也枯黃。

過了大庾嶺，出了關口，便覺得山川風物不一樣了。嶺西有座山，山上的石洞小巧玲瓏，我已忘了它的名字。車夫說：「洞中有仙人的床。」我們竟匆匆經過，遺憾沒能遊覽。來到南雄，雇了老龍船，經過佛山鎮，看見那裡人家的牆頂上多擺放著盆花，葉子像冬青，花如牡丹，有大紅、粉白、粉紅三種，原來是山茶花。

臘月十五日，我們才抵達省城廣州，寓居在靖海門內，租了姓王的三間臨街樓房。徐秀峰的貨物都賣給地方官商，我也隨著他開單訪客，很快就有配禮的人絡繹不絕地過來取貨，不到十日，我的貨物就已經賣完。

到了除夕，這裡依然蚊聲如雷。新年伊始，有穿著棉袍、紗套的人往來賀年。當地不只是氣候與我家鄉迥然有別，即便是本地土著人，就算五官和我們相同，神情也迥異。

原文

余自績溪之遊，見熱鬧場中卑鄙之狀不堪入目1，因易儒為賈2。余有姑丈袁萬九，在盤溪之仙人塘作釀酒生涯3，余與施心耕附資合夥。袁酒本海販，不一載，值臺灣林爽文之亂4，海道阻隔，貨積本折，不得已，仍為馮婦5。館江北四年，一無快遊可記。

迨居蕭爽樓，正作煙火神仙，有表妹倩徐秀峰自粵東歸，見余閒居，慨然曰：「足下待露而爨6，筆耕而炊，終非久計，盍偕我作嶺南遊？當不僅獲蠅頭利也。」芸亦勸余曰：「乘此老親尚健，子尚壯年，與其商柴計米而尋歡，不如一勞而永逸。」

余乃商諸交遊者，集資作本。芸亦自辦繡貨，及嶺南所無之蘇酒、醉蟹等物7。稟知堂上，於小春十日8，偕秀峰由東壩出蕪湖口9。

長江初歷，大暢襟懷。每晚舟泊後，必小酌船頭。見捕魚者罾冪不滿三尺10，孔大約有四寸，鐵箍四角，似取易沉。余笑曰：「聖人之教，雖曰『罟不用數』11，而如此之大孔小罾，焉能有獲？」秀峰曰：「此專為網鯿魚設也12。」見其繫以長綆13，忽起忽落，似探魚之有無。未幾，急挽出水，已有鯿魚枷罾孔而起矣14。余始喟然曰15：「可知一己之見，未可測其奧妙！」

一日，見江心中一峰突起，四無依倚。秀峰曰：「此小孤山也16。」霜林中，殿閣參差。乘風徑過，惜未一遊。

至滕王閣[17]，猶吾蘇府學之尊經閣移於胥門之大馬頭[18]，王子安序中所云不足信也[19]。即於閣下換高尾昂首船，名「三板子」，由贛關至南安登陸[20]。值余三十誕辰，秀峰備麵為壽。

越日，過大庾嶺[21]，山巔一亭，匾曰「舉頭日近」，言其高也。山頭分為二，兩邊峭壁，中留一道如石巷。口列兩碑，一曰「急流勇退」，一曰「得意不可再往」。山頂有梅將軍祠[22]，未考為何朝人。所謂嶺上梅花，並無一樹，意者以梅將軍得名梅嶺耶？余所帶送禮盆梅，至此將交臘月，已花落而葉黃矣。

過嶺出口，山川風物便覺頓殊[23]。嶺西一山，石竅玲瓏，已忘其名，輿夫曰[24]：「中有仙人床榻。」匆匆竟過，以未得遊為悵。至南雄[25]，雇老龍船，過佛山鎮[26]，見人家牆頂多列盆花，葉如冬青，花如牡丹，有大紅、粉白、粉紅三種，蓋山茶花也。

臘月望，始抵省城，寓靖海門內[27]，賃王姓臨街樓屋三椽。秀峰貨物皆銷與當道，余亦隨其開單拜客，即有配禮者，絡繹取貨，不旬日而余物已盡。除夕蚊聲如雷。歲朝賀節[28]，有棉袍紗套者。不惟氣候迥別，即土著人物，同一五官而神情迥異。

注釋

1 熱鬧場：熱鬧的場所，借指官場。

2 賈（音同古）：古代特指設店售貨的坐賈，故稱「坐賈行商」。後泛指經商的買賣人。

3 盤溪：在浙江中南部縉雲縣舒洪鎮。

4 林爽文：福建省漳州平和縣人，一七八六年至一七八八年率臺灣民眾起義，對抗清政府，僅一年多就被渡海作戰的清軍擊敗，史稱林爽文事件。

5 馮婦：借指重操舊業。典出《孟子．盡心下》：「晉人有馮婦者，善搏虎，卒為善士；則之野，有眾逐虎，虎負嵎，莫之敢攖；望見馮婦，趨而迎之，馮婦攘臂下車，眾皆悅之，其為士者笑之。」大意是：戰國時期晉國人馮婦善打虎，後成善士，不再打虎，有次到野外，遇到眾人追虎，想再次出手，卻被士人嘲笑回到老路。

6 待露而爨：比喻靠天吃飯。露，露水。

7 蘇酒：即酥酒，產於江蘇泗縣一帶的古代名酒。醉蟹：江蘇興化的一種傳統名菜，廣泛流傳於江南地區，以螃蟹為原料，加米酒、香料、精鹽等醉製而成。

8 小春：又稱小陽春，指農曆十月。秦代曾以農曆十月為歲首。參照唐《初學記》：「冬月之陽，萬物歸之。以其溫暖如春，故謂之小春，亦云小陽。」

9 東壩：今江蘇南京市高淳區東壩鎮，是南京的南大門，古代車馬驛站，商賈雲集，水陸交通之地，其境內的下壩船閘是水上運輸西進長江、東達太湖的必經之路。

10 罾（音同增）：古代一種用木棍或竹竿做支架的方形漁網。冪：覆蓋，遮蓋。

11 罟（音同古）不用數（音同促）：網不用細密。罟，漁網；數，細密，稠密。意思是說平民不用細密的網捕魚。語出《孟子．梁惠王上》：「數罟不入洿池，魚鱉不可勝食也。」意思是孟子說，細密的網不入水塘，魚鱉就吃不完。

12 鯾（音同邊）魚：即鯿魚、魴魚，一種淡水魚，身體側扁，頭小而尖，鱗較細小，味道鮮美。

13 綆（音同耿）：繩索，汲水用的繩子。

14 枷（音同家）：舊時戴在罪犯脖子上的枷鎖，這裡作動詞，指枷住、套上。
15 喟（音同愧）然：形容歎氣的樣子。
16 小孤山：又稱髻山，位於今安徽宿松縣東南的長江中的一座獨立山峰，以奇、險、獨、孤著稱，有「海門第一關」、「長江天柱」、「江上蓬萊」的美稱。
17 滕王閣：在江西南昌市西北贛江東岸，因唐太宗李世民之弟、滕王李元嬰始建而得名。與黃鶴樓、岳陽樓並稱江南三大名樓。
18 府學：古代官府所辦的教育機構。蘇州府學由北宋范仲淹創辦，開後世地方學府的先河。尊經閣：位於蘇州府學之中，為藏書的處所，貯藏儒學經典及諸子百家、史學等書籍，供學府的生員博覽研讀。大馬頭：蘇州大運河線上的貨運碼頭，被譽為「水上城坊」。
19 王子安序：指唐王勃的名篇〈滕王閣序〉。王勃，字子安，絳州龍門（今山西河津）人，「初唐四傑」之一。
20 贛關：在今江西贛縣區，清代戶部所設的徵收關稅的機構。南安：今江西大餘縣南安鎮。
21 大庾嶺：嶺南五嶺之一，位於江西、廣東交界處，相傳漢武帝時，西漢將軍庾勝統軍戍守於此，征戰南越，為紀念他而改名為大庾嶺，今建有庾將軍祠。唐代韶關人張九齡在此開鑿大庾嶺關隘，道旁多植梅樹，古稱梅關。
22 梅將軍祠：指秦漢時名將梅鋗，本是越王勾踐的後裔，其族人南遷後改姓梅，秦末梅鋗助劉邦殲滅項羽，以軍功被封為十萬戶候，食臺嶺以南諸邑，於漢高祖六年奉命征討南越國而卒，為紀念梅鋗，越民在臺嶺建「梅將軍」祠，並把臺嶺改稱為梅嶺。據清屈大均《廣東新語．木語》：「庾嶺梅花，南枝已落，北枝未開……崇禎初年，博羅張郎中萱植三百株，知府趙孟守題曰梅花國，書額於紅梅驛以旌之。是皆於梅鋗將軍有功。」
23 風物：指風光景物，風景。
24 輿夫：車夫或轎夫。

25 南雄：今廣東南雄市，地處廣東省東北部，大庾嶺以南，毗鄰江西，居五嶺之首，是嶺南通向中原的咽喉。

26 佛山鎮：今廣東佛山市，明清時與湖北漢口鎮、江西景德鎮、河南朱仙鎮並稱中國的「四大名鎮」。

27 靖海門：清代廣州城門，在今廣州市越秀區靖海路。

28 歲朝：即歲旦，一年的第一天，舊指農曆正月初一。歲，年；朝，旦，農曆的初一日。漢《尚書大傳》：「正月一日為歲之朝，月之朝，日之朝，故曰：『三朝』，亦曰：『三始』。」意思是：正月初一日是一年的開始，一月的開始，一日的開始（即第一日）。

❖花艇❖

正月十六日，有三位官署的同鄉好友拉著我乘船到河上遊玩，觀看妓女，俗稱「打水圍」，妓女叫「老舉」。於是我們一起出了靖海門，乘坐小艇，那小艇好像剖分開的半個蛋，上面加個篷子。

先來到沙面，妓女的船名為「花艇」，都是船頭相對，分排而列，中間留了一條水巷，便於小艇往來。每幫妓女大約有一、二十條船，用橫木綁在一起固定，以防海風。兩條船之間，釘上木樁，套著藤圈，以便隨著潮水漲落。鴇兒被稱為「梳頭婆」，頭髮用銀絲做支架，高約四寸多，支架中間空，將頭髮盤繞在外，用長耳挖簪插一朵花在鬢邊，身披玄青色短襖，穿著玄青色長褲，褲管拖到腳背，腰間繫著汗巾，或紅或綠，赤腳穿著拖鞋，打扮得像梨園的旦角。

登上花艇，鴇兒就躬身笑臉相迎，撩起簾子，請客人進入船艙。艙內兩旁擺著桌椅凳子，中間安放大炕，有一扇門通向船尾。鴇兒喊了一聲「有客」，就聽見腳步聲紛至沓來，妓女們有綰著髮髻的，有盤著辮子的，敷粉白如粉牆，搽胭脂紅似石榴花，有的紅襖綠褲，有的綠襖紅褲，有的穿短襪而趿著繡花蝴蝶履，有的赤腳戴著銀腳鐲，或蹲在炕邊，或倚在門旁，雙目閃閃，一言不發。我看著秀峰問：「這是做什麼？」秀峰說：「看中之後，招她才過來呢。」我試著招某個人，她果然就笑容滿面來到我面前，從衣袖裡拿出檳榔給我，聊表敬意。我把檳榔放入口中咀嚼，只覺得澀不可耐，急忙吐出來，用紙擦嘴唇，吐出的像是血。整個花艇上的人都大笑。

我們又到了軍工廠，妓女的裝束也一模一樣，只是無論長幼都能彈琵琶。和她們說話，她們往往回答「謎」。「謎」就是「什麼」的意思。我說：「俗諺說『少不入廣』，因為此地的風月令人銷魂，像這樣野蠻的妝容語音，誰會為之動心？」有個朋友說：「潮幫妓女的裝束就像仙女，可以前去看看。」

到了潮幫，船的排列也一如沙面。有個著名的鴇兒素娘，打扮得像唱花鼓戲的旦角。她手下的妓女都穿著長領衣服，脖子上佩戴項鎖，額前頭髮齊眉，後面的頭髮垂肩，中間綰著一個　，貌似丫頭的髮髻，裹腳的穿著裙子，沒裹腳的穿著短襪。她們也穿著蝴蝶履，拖著長褲管，口音能聽清。但我終究嫌她們身穿奇裝異服，興趣索然。

秀峰說：「靖海門對岸的渡口有個揚幫，都是吳地的裝束，你去那裡，必有合意的。」有個朋友說：「所謂揚幫，只有一個鴇兒，稱為邵寡婦，帶著一個名叫大姑的兒媳婦，這兩人來自揚州，其餘都是湖廣人、江西人。」於是來到揚幫，妓船相對排列成兩排，僅有十來隻小艇，船中的妓女都是雲鬟霧鬢，薄施脂粉，長裙寬袖，口音清晰。人稱「邵寡婦」的鴇母，很是殷勤接待。

有個朋友另又召來酒船，大的叫「恒艛」，小的叫「沙姑艇」。他做東道主相邀，請我挑選妓女。我挑了一個雛妓，身材相貌類似我媳婦芸娘，小腳很尖細，名叫喜兒。秀峰招來一個妓女，名叫翠姑。其餘都各有舊相好。船划到河中央，眾人才開懷暢飲。到了一更時分，我恐怕難以自持，執意要回寓所，可是城門早已關閉。原來海邊之城，日落就關城門，我卻不知情。

散席之後，有的躺著吃鴉片煙，有的摟著妓女調笑，僕人給各人送來被子枕頭，準備連床鋪開。我悄悄問喜兒：「妳原來的船可睡下嗎？」喜兒答道：「船上有寮可住，但不知現在有沒有客人。」所謂寮，就是船頂上的閣樓。我說：「姑且去看看。」於是招來小艇，把我們送到邵寡婦的船上，只見整個揚幫燈火相對，猶如長廊，閣樓上恰好沒有客人。鴇兒笑著迎接說：「我就知道今日有貴客過來，所以留下閣樓專候。」我笑道：「姥姥真是『荷葉下仙人』哪！」

於是有僕人端著燈燭引路，我們從船艙後的梯子登上閣樓。船樓宛如斗室大小，旁邊有個長榻，桌案都齊備。我掀開簾子再進去看，這裡就在頭艙的頂上，旁邊也安放床，中間方窗嵌著玻璃，沒有點燈但滿室光亮，原來是對面船上的燈光映照進來。只見燈光下的床被簾帳、梳妝鏡臺，無不華美之極。

喜兒說：「從平臺上可以望月。」隨即在樓梯門之上，疊開了一扇窗，我們就如蛇一樣爬出去，來到船尾的頂上。船頂三面都設有短欄杆，抬頭望見一輪明月，令人覺得水闊天空。河中縱橫交錯，宛如亂葉漂浮在水面的，就是酒船；閃爍如天上繁星陳列的，則是酒船上的燈火。更有小艇往來穿梭交織，船上傳來絲竹管弦之聲，夾雜著漲潮時的潮湧聲，令人為之動情。我說：「所謂『少不入廣』，應當是此情此景。」可惜我媳婦芸娘不能隨我到此同遊，回頭看看喜兒，月下和芸娘依稀相似，就挽著她下了平臺，滅燭而眠。

天快亮時，徐秀峰等人已一鬨而來，我披衣起身相迎，眾人都責怪我昨晚逃走。我說：「並無其他緣故，只是怕你們掀開被子、揭起簾帳而已。」之後和他們一起回到寓所。

原文

正月既望[1]，有署中同鄉三友拉余遊河觀妓，名曰「打水圍」[2]，妓名「老舉」[3]。於是同出靖海門，下小艇，如剖分之半蛋而加篷焉。

先至沙面[4]，妓船名「花艇」[5]，皆對頭分排，中留水巷以通小艇往來。每幫約一、二十號，橫木綁定，以防海風。兩船之間，釘以木樁，套以藤圈，以便隨潮長落。鴇兒呼為「梳頭婆」，頭用銀絲為架，高約四寸許，空其中而蟠髮於外[6]，以長耳挖插一朵花於鬢[7]，身披元青短襖[8]，著元青長褲，管拖腳背，腰束汗巾，或紅或綠，赤足撒鞋，式如梨園旦腳。

登其艇，即躬身笑迎，搴幃入艙[9]。旁列椅杌[10]，中設大炕，一門通艄後。婦呼「有客」，即聞履聲雜沓而出，有挽髻者，有盤辮者，傅粉如粉牆[11]，搽脂如榴火，或紅襖綠褲，或綠襖紅褲，有著短襪而撮繡花蝴蝶履者，有赤足而套銀腳鐲者，或蹲於炕，或倚於門，雙瞳閃閃，一言不發。余顧秀峰曰：「此何為者也？」秀峰曰：「目成之後，招之始相就耳。」余試招之，果即歡容至前，袖出檳榔為敬[12]。入口大嚼，澀不可耐，急吐之，以紙擦唇，其吐如血。合艇皆大笑。

又到軍工廠，妝束亦相等[13]，惟長幼皆能琵琶而已。與之言，對曰：「咪？」「咪」者，「何」也。余曰：「少不入廣者，以其銷魂耳，若此野妝蠻語，誰為動心哉？」一友哇曰：「潮幫妝束如仙，可往一遊。」

至其幫，排舟亦如沙面。有著名鴇兒素娘者，妝束如花鼓婦[14]。其粉頭衣皆長領[15]，頸套項鎖[16]，前髮齊眉，後髮垂肩，中挽一鬏似丫髻[17]，裹足者著裙[18]，不裹足者短襪，亦著蝴蝶履，長拖褲管，語音可辨。而余終嫌為異服，興趣索然。

秀峰曰：「靖海門對渡有揚幫，皆吳妝。君往，必有合意者。」一友曰：「所謂揚幫者，僅一鴇兒，呼曰『邵寡婦』，攜一媳曰大姑，係來自揚州，餘皆湖廣、江西人也。」因至揚幫，對面兩排僅十餘艇。其中人物皆雲鬟霧鬢，脂粉薄施，闊袖長裙，語音了了，所謂邵寡婦者，殷勤相接。

遂有一友另喚酒船，大者曰「恒艛」[19]，小者曰「沙姑艇」，作東道相邀[20]，請余擇妓。余擇一雛年者，身材狀貌有類余婦芸娘，而足極尖細，名喜兒。秀峰喚一妓，名翠姑。餘皆各有舊交。放艇中流，開懷暢飲。至更許，余恐不能自持，堅欲回寓，而城已下鑰久矣[21]。蓋海疆之城，日落即閉，余不知也。

及終席，有臥而吃鴉片煙者，有擁妓而調笑者。伻頭各送衾枕至[22]，行將連床開鋪。余暗詢喜兒：「汝本艇可臥否？」對曰：「有寮可居[23]，未知有客否也。」（寮者，船頂之樓。）余曰：「姑往探之。」招小艇渡至邵船，但見合幫燈火相對如長廊，寮適無客。鴇兒笑迎曰：「我知今日貴客來，故留寮以相待也。」余笑曰：「姥真荷葉下仙人哉[24]！」

遂有伻頭移燭相引，由艙後梯而登。宛如斗室，旁一長榻，几案俱備。揭簾再進，即在頭艙之頂，床亦旁設，中間方窗嵌以玻璃，不火而光滿一室，蓋對船之燈光也。衾帳鏡奩，頗極華美。

喜兒曰：「從臺可以望月。」即在梯門之上疊開一窗，蛇行而出，即後梢之頂也。三面皆設短欄，一輪明月，水闊天空。縱橫如亂葉浮水者，酒船也；閃爍如繁星列天者，酒船之燈也。更有小艇梳織往來，笙歌弦索之聲，雜以長潮之沸，令人情為之移。余曰：「少不入廣，當在斯矣！」惜余婦芸娘不能偕遊至此，回顧喜兒，月下依稀相似，因挽之下臺，息燭而臥。

天將曉，秀峰等已哄然至，余披衣起迎，皆責以昨晚之逃。余曰：「無他，恐公等掀衾揭帳耳。」遂同歸寓。

注釋

1 既望：指農曆十六日。既，在……之後。

2 打水圍：廣東俚語，指熟客與妓女茶敘小談。

3 老舉：舊時廣東對妓女的稱呼，一說是因為老舉和老妓粵音相近。

4 沙面：又稱拾翠洲，在今廣州市荔灣區人民橋西，為珠江沖積而成的一塊沙洲，後人工填造為橢圓形小島，自宋以來是廣州重要商埠和遊覽地。

5 花艇：一種以藝妓攬客的船艇，船上較為寬敞，可供歌舞敘談、飲酒品粥，以娛樂賓客，是廣州荔灣一帶的特色。在清朝，娼妓之風至乾隆最盛，但是法律禁止狎妓，嘉慶時甚至到了斬決株連的程度，故後文帶船妓回寓所被訛詐。清趙翼《簷曝雜記》卷四：「廣州珠江蜑船不下七、八千，皆以脂粉為生計，猝難禁也。」

6 蟠髮：盤髮。蟠，盤曲，盤結。

7 長耳挖：明清婦女常用首飾，為細長簪子，一端可挖耳，一端可綰髮髻，也叫一丈青。

8 元青：即玄青，指帶有青紅的深黑色。清代為避康熙帝玄燁的諱，改玄為元。玄，黑中帶紅；青，近乎黑的藍色。

9 搴（音同千）幃：撩起簾帳。搴，撩起、拉開。幃，簾幕，帳子。

10 杌（音同物）：小凳子。

11 傅（音同敷）：通「敷」，塗，搽。

12 檳榔：俗名橄欖子，果實橢圓形，可食用，也可入藥，是南方主要的咀嚼食品。因古代敬稱貴客為「賓」為「郎」而得名。據嶺外舊俗，「客至敬檳榔」，逢年過節，家家戶戶用檳榔果為禮，以敬拜年的貴客親朋，檳榔也是男女相悅的信物，為婚事必備物品之一。

13 妝束：打扮，裝飾，服飾，也指打扮的式樣。

14 花鼓：即花鼓戲，由民間歌舞花鼓燈發展而成的戲曲劇種，流行於湖北、湖南、安徽、陝西、廣東等省，大多形成於清末，也分為生、旦、淨、丑等角色。旦角嬌俏妖媚，開朗潑辣，多為年輕女子或半老徐娘。

15 粉頭：舊時指妓女。

16 項鎖：一種金銀首飾，多為女性或未成年人佩戴在脖子上的掛件，既為了裝飾，也有辟邪納福之意。

17 鬏（音同糾）：頭髮盤成的結。丫髻：古代未嫁女子頭上兩側編結的兩個髮髻。

18 裹足：舊指婦女以布帛纏足，再穿上尖而小的弓鞋。裹腳之風興盛於明清，但不纏足者也不在少數。

19 艛（音同樓）：古代有船樓的大船。

20 東道：春秋時期，晉國聯合秦國進攻鄭國，鄭國遊說秦國放棄攻打計畫，甘願成為東道（鄭國在秦國之東）上的主人。後來多以「東道」、「東道主」稱呼接待或宴客的主人，或指接待、招待的義務。

21 下鑰：下鎖，開鎖，指關門。

22 伻（音同崩）頭：僕人，差人。伻，令使，使者。衾：被子。

23 寮：小屋、小室的通稱，這裡指船上的閣樓。

24 荷葉下仙人：相傳是春秋時期魯班的弟子，教人製瓦起造房屋，被泥水匠奉為守護神，是土木建築業的祖師爺，因為小腿有痂瘡，終日以荷葉、芋葉裹腿，因此被稱為「荷葉仙師」或「芋葉仙師」。這裡比喻善於和泥添瓦的仙才。

❖ 招妓 ❖

過了幾天，我和徐秀峰一起去海珠寺遊玩。那座寺廟建在水中，圍牆固若城池，四周離水有五尺左右，牆上有洞，安設大炮，以防海寇，潮漲潮落，隨水浮沉，令人不禁覺得炮門也隨之或高或下，這也是事物之理難以測度的緣故。

十三洋行在幽蘭門的西邊，房屋結構與西洋畫上的相同。對岸的渡口名叫花地，花木種類繁多，是廣州賣花的地方。我自以為無花不識，到了那裡卻只認識十之六、七，詢問了一些花的名字，有的是《群芳譜》中沒有記載的，或許是因地方口音不同吧？

海幢寺規模極為宏大，廟門之內種植著榕樹，大的有十來人合抱那麼粗，綠蔭濃密，形如傘蓋，秋冬之季也不凋零。寺廟的杜檻窗欄，都是用鐵梨木製成。寺裡有菩提樹，葉子類似柿子葉，以水浸漬，除去皮肉，留下的葉脈纖細，薄如蟬翼紗，可以裝裱小冊頁，用來抄寫經文。

歸途中我又去花艇看望喜兒，恰好翠姑、喜兒都沒有客人。我們喝過茶就要回去，被再三挽留。我屬意的是船樓，然而鴇母的兒媳大姑已在船樓上陪酒客，於是對邵鴇兒說：「如果能把她們一起帶回寓所，就不妨再敘一敘。」邵寡婦說：「可以。」秀峰先回去，預囑僕從準備酒菜。我帶著翠姑、喜兒，隨後回到寓所。

正談笑間，恰巧地方衙門的王懋老先生不期而來，便挽留他一起喝酒。酒剛到唇邊，忽然聽見樓下人聲嘈雜，似乎有鬧上樓來的架勢，原來房東有個侄子平日是無賴，聽說我在寓所招妓，就故意帶人來趁機詐取錢財。秀峰埋怨我說：「這都怪三白一時高興，我不該依從他。」我說：「事已至此，應當快想出退兵之計，不是鬥嘴的時候。」懋老說：「我可先下樓去勸解一番。」

我隨即吩咐僕人快雇兩頂轎子，先讓兩個妓女脫身，再謀劃出城的辦法。只聽懋老勸解時，那些鬧事的人既不退去，也不上樓來。兩頂轎子已經預備好了，我的僕人手腳很敏捷，就讓他在前面開路，秀峰挽著翠姑跟隨，我挽著喜兒在後，從樓上一鬨而下。秀峰和翠姑幸虧僕人出力，已逃出門去。喜兒被橫阻的手抓住，我急忙抬起腿，踢中那人的手臂，那人手一鬆，喜兒就逃脫，我也乘勢脫身出來。我的僕人仍守在門口，以防他們追搶。我急忙問他：「有見到喜兒嗎？」僕人說：「翠姑已乘坐轎子回去，至於喜兒姑娘，只見她出來，沒見到她乘坐轎子。」我急忙點燃火把，見空轎子仍在路旁。

我趕緊追到靖海門，看見秀峰站在翠姑的轎子旁，又打聽喜兒的下落，他回答道：「或許本應該往東走，她反而往西去了。」我急忙轉身，路過我寓所旁的十來戶人家，只聽見黑暗處有人呼喊我，用火把一照，正是喜兒，於是讓她坐進轎子，抬轎而行。秀峰也趕來，說：「幽蘭門有個水道，可以出城，已託人行賄開了鎖，翠姑去那裡了，喜兒也快去。」我說：「你快回寓所讓那些人離開，翠姑、喜兒就交給我了。」

到了水道邊，果然已開鎖，翠姑先到了那裡。我於是左手扶著喜兒，右手挽著翠姑，彎腰跨步，踉蹌地走出水洞。天正下著微雨，路滑如油，到了河岸，沙面那邊奏樂歡歌正熱鬧。小艇中有人認識翠姑，就招呼我們登船。我這才看見喜兒秀髮蓬亂，頭上戴的金釵耳環都不見了。我忙問：「首飾被搶去了？」喜兒笑道：「聽說這些首飾都是純金的，是鴇母的財物。我在下樓時已取下來，藏在口袋中。假如被人搶去了，豈不是連累你賠償嗎！」我聽了這話，心裡很是感激，就讓她重新戴上金釵耳環，叮囑她不要告訴鴇母，藉口寓所人多雜亂，所以仍回船上。翠姑依照我所說的告訴鴇母，並說：「酒菜已經吃飽，給我們備上些粥便可。」

這時，船樓上的酒客已離去，鴇兒邵寡婦就讓翠姑也陪我登上閣樓。只見喜兒和翠姑的兩對繡鞋，已被淤泥濕透。我們三人一起吃粥，聊以充饑。剪燭閒談，我才知道翠姑原籍湖南，而喜兒是河南人，本姓歐陽，父親去世，母親改嫁，她被惡叔叔賣來做妓女。翠姑向我傾訴妓女迎新送舊之苦：心中不悅也要強顏歡笑，酒力不勝也要強撐飲酒，身體不適也要強行作陪，喉嚨不爽也要勉強唱歌。尤其是那些性情乖張的人，稍不合意，就摔酒杯，掀翻桌子，大聲辱罵，如果鴇母不明察，反倒說是她們接待不周，還有些粗暴的客人徹夜蹂躪，真是不堪其擾。喜兒仍年輕，初來乍到，阿母尚且憐惜她。翠姑說著，不禁落下淚來。喜兒也默默抽泣。我於是把喜兒攬入懷中，撫慰她，又叮囑翠姑睡在外間床上，只因她是秀峰的相好。

自此以後，每隔十天或五天，揚幫就派人來邀請。喜兒有時單獨乘小艇，親自到河岸邊迎接。我每次去，就會和徐秀峰同行，不邀請其他客人，也不去別的花艇。一夜貪歡，不過是番銀四圓。秀峰今日倚翠，明日偎紅，俗稱為跳槽，有時甚至一次招兩個妓女。我則只找喜兒一人，偶爾獨自前往，或在平臺上飲酒，或在閣樓內閒談，不命令她唱歌，也不強迫她多飲酒，對她溫存體恤，一船人其樂融融，周圍的妓女都羨慕喜兒。那些有空閒、沒客人的妓女，知道我在船樓，就會來拜訪。整個揚幫的妓女，我無不認識，每次我登上揚幫的花艇，和我打招呼的聲音不絕於耳，我也左顧右盼，應接不暇，這就算是揮霍萬金也得不到的。

我在那裡待了四個月，共花費一百多兩銀子，嘗到了荔枝鮮果，這也是生平快事。後來，鴇兒想索要五百兩銀子，強行讓我納喜兒為妾，我不堪其擾，就盤算著回家。秀峰迷戀在此，於是勸他買了一個妾，我們仍從原路返回吳地。

第二年，秀峰又去廣東，父親不准我同行，於是我接受了青浦楊縣令的聘請。秀峰回來後，說起喜兒因為我不再去，幾乎要尋短見。唉！真是「半年一覺揚幫夢，贏得花船薄倖名」啊！

原文

越數日，偕秀峰遊海珠寺1。寺在水中，圍牆若城，四周離水五尺許，有洞，設大炮以防海寇，潮長潮落，隨水浮沉，不覺炮門之或高或下，亦物理之不可測者2。

十三洋行在幽蘭門之西3，結構與洋畫同。對渡名花地4，花木甚繁，廣州賣花處也。余自以為無花不識，至此僅識十之六七，詢其名，有《群芳譜》所未載者5，或土音之不同歟6？

海幢寺規模極大7。山門內植榕樹，大可十餘抱，陰濃如蓋，秋冬不凋。柱檻窗欄，皆以鐵梨木為之8。有菩提樹9，其葉似柿，浸水去皮肉，筋細如蟬翼紗10，可裱小冊寫經。

歸途訪喜兒於花艇，適翠、喜二妓俱無客。茶罷欲行，挽留再三。余所屬意在寮11，而其媳大姑已有酒客在上，因謂邵鴇兒曰：「若可同往寓中，則不妨一敘。」邵曰：「可。」秀峰先歸，囑從者整理酒肴。余攜翠、喜至寓。

正談笑間，適郡署王懋老不期而來，挽之同飲。酒將沾唇，忽聞樓下人聲嘈雜，似有上樓之勢。蓋房東一侄素無賴，知余招妓，故引人圖詐耳。秀峰怨曰：「此皆三白一時高興，不合我亦從之。」余曰：「事已至此，應速思退兵之計，非鬥口時也。」懋老曰：「我當先下說之。」

余即喚僕速雇兩轎，先脫兩妓，再圖出城之策。聞懋老說之不退，亦不上樓。兩轎已備，余僕手足頗捷，令其向前開路。秀峰挽翠姑繼之，余挽喜兒於後，一鬨而下。秀峰、翠姑得僕力，已出門去。喜兒為橫手所拿，余急起腿，中其臂，手一鬆而喜兒脫去，余亦乘勢脫身出。余僕猶守於門，以防追搶。急問之曰：「見喜兒否？」僕曰：「翠姑已乘轎去，喜娘但見其出，未見其乘轎也。」余急燃炬，見空轎猶在路旁。

急追至靖海門，見秀峰侍翠轎而立，又問之，對曰：「或應投東，而反奔西矣。」急反身，過寓十餘家，聞暗處有喚余者，燭之12，喜兒也，遂納之轎，肩而行。秀峰亦奔至，曰：「幽蘭門有水竇可出13，已託人賄之啟鑰。翠姑去矣，喜兒速往！」余曰：「君速回寓退兵，翠、喜交我。」

至水竇邊，果已啟鑰，翠先在。余遂左掖喜，右挽翠，折腰鶴步，踉蹌出竇。天適微雨，路滑如油，至河干14，沙面笙歌正盛。小艇有識翠姑者，招呼登舟。始見喜兒首如飛蓬15，釵環俱無有。余曰：「被搶去耶？」喜兒笑曰：「聞此皆赤金，阿母物也。妾於下樓時已除去，藏於囊中。若被搶去，累君賠償耶。」余聞言，心甚德之，令其重整釵環，勿告阿母，託言寓所人雜，故仍歸舟耳。翠姑如言告母，並曰：「酒菜已飽，備粥可也。」

時寮上酒客已去，邵鴇兒命翠亦陪余登寮。見兩對繡鞋，泥汙已透。三人共粥，聊以充饑。剪燭絮談16，始悉翠籍湖南，喜亦豫產，本姓歐陽，父亡母醮17，為惡叔所賣。翠姑告以迎新送舊之苦：心不歡必強笑，酒不勝必強飲，身不快必強陪，喉不爽必強歌；更有乖張其性者，稍不合意，即擲酒翻案，大聲辱罵，假母不察18，反言接待不周；又有惡客徹夜蹂躪，不堪其擾。喜兒年輕初到，母猶惜之。不覺淚隨言落。喜兒亦嘿然涕泣。余乃挽喜入懷，撫慰之，囑翠姑臥於外榻，蓋因秀峰交也。

自此或十日或五日，必遣人來招，喜或自放小艇，親至河干迎接。余每去必偕秀峰，不邀他客，不另放艇。一夕之歡，番銀四圓而已。秀峰今翠明紅，俗謂之跳槽，甚至一招兩妓。余則惟喜兒一人，偶獨往，或小酌於平臺，或清談於寮內，不令唱歌，不強多飲，溫存體恤，一艇怡然，鄰妓皆羨之。有空閒無客者，知余在寮，必來相訪。合幫之妓，無一不識，每上其艇，呼余聲不絕，余亦左顧右盼，應接不暇，此雖揮霍萬金所不能致者。

余四月在彼處，共費百餘金，得嘗荔枝鮮果，亦生平快事。後鴇兒欲索五百金，強余納喜，余患其擾，遂圖歸計。秀峰迷戀於此，因勸其購一妾，仍由原路返吳。

明年，秀峰再往，吾父不准偕遊，遂就青浦楊明府之聘。及秀峰歸，述及喜兒因余不往，幾尋短見。噫！「半年一覺揚幫夢，贏得花船薄倖名」矣[19]！

注釋

1 海珠寺：又名興聖寺、慈度寺，在今廣州市海珠區的海珠島上，清代在島上修築炮臺。明萬曆年以後，廣州每年夏、冬兩季均舉行定期的市集貿易，其地點就在海珠島一帶。

2 物理：事物的道理、規律。

3 十三洋行：清政府特許經營對外貿易的商行，也稱洋行、洋貨行。號稱「十三行」，但並非十三家，都集中在廣州珠江口的一個街區，稱為十三行街。這裡除了洋商，也包括官辦的商行，是著名的外貿商埠。幽蘭門：應為油欄門，在今廣州海珠路，面向珠江，宋代至明清時的廣州城門之一。批發銷售日用貨物商品的地方，舊稱為欄。

4 對渡：彼此相對的渡頭口岸。花地：今廣東城西南花地灣，原是河灘草地，明代居民在此開荒植花，初名「花埭」，後諧音為花地。

5 《群芳譜》：明代王象晉編撰的介紹栽培植物的著作，全稱《二如亭群芳譜》，記載植物多達四百餘種。原書三十卷，清代康熙命汪灝等改編成《廣群芳譜》一百卷。

6 土音：地方口音。

7 海幢寺：在廣州海珠區西北，舊稱千秋寺，明末清初依據佛經中「海幢比丘潛心修習《般若波羅蜜多心經》成佛」

而改名，屢次擴建後，規模宏大，殿堂林立，是廣州四大佛教叢林之冠。

8 鐵梨木：又稱愈瘡木、鐵木、鐵力木，常綠大喬木，樹幹通直，木質堅硬，產自兩廣和雲南地區的珍貴闊葉樹種，多用於造船建屋。

9 菩提樹：一種常綠的榕樹，樹冠巨大，相傳佛祖在菩提樹下證悟得道，故而它被佛教視為「智慧之樹」，菩提即智慧的意思，常種植在寺廟及道旁，廣東、廣西、雲南等華南地區多栽培。葉呈三角卵形，菩提葉脈可用於繪畫佛像或抄寫佛經。

10 筋：植物的脈絡。蟬翼紗：紗的一種，質地輕軟，薄如蟬翼。

11 屬（音同主）意：傾心，留意。

12 燭：這裡作動詞，照亮，照見。

13 水竇：水洞，水道。指出水口，水出入的孔道。

14 河干：河邊，河岸。干，岸，水邊。

15 首如飛蓬：形容頭髮亂糟糟的，像飛散的蓬草。語出《詩經．衛風．伯兮》：「自伯之東，首如飛蓬，豈無膏沐，誰適為容。」

16 剪燭絮談：指促膝夜談，典出唐李商隱〈夜雨寄北〉詩：「何當共剪西窗燭，卻話巴山夜雨時。」

17 醮（音同較）：古代婚娶時用酒祭神的禮，後指女子嫁人。再醮，指寡婦再嫁。

18 假母：指繼母、義母。這裡指鴇母。唐孫棨《北里志》：「妓之母，多假母也，亦妓之衰退者為之。」

19 「半年」二句：化用自唐杜牧〈遣懷〉詩：「落魄江南載酒行，楚腰纖細掌中輕。十年一覺揚州夢，贏得青樓薄倖名。」

❖賞月❖

我從廣東歸來後，在青浦任職兩年，其間並無快意的遊歷可記述。不久，芸和憨園相遇，眾人的非議沸沸揚揚。芸由於激憤，重病復發。我與程墨安在家門旁開了一間書畫鋪，聊以貼補湯藥的費用。

中秋節後兩天，吳雲客和毛憶香、王星燦邀請我一起去西山小靜室遊玩，我恰好手中有事，不得空閒，就叮囑他們先去。吳雲客說：「如果你能出城，明日中午我們在山前水踏橋的來鶴庵恭候。」我答應了。

第二天，留程墨安看守店鋪，我獨自步行，出了閶門，走到山前，經過水踏橋，沿著田埂向西而行。只見一座小廟朝南，門前繞著清波。我敲門詢問，廟裡有人回應道：「客人從哪裡來？」我以實相告。對方笑道：「這是『得雲庵』，客人沒看見廟門上的匾額麼？『來鶴庵』已經走過了。」我說：「我從水踏橋一路到此，不曾看見有什麼庵堂。」那人往回指，說：「客人沒看見土牆中有很多茂盛的竹子，那裡就是。」

我於是往回走到土牆下，看見有扇小門緊閉，從門縫中窺視，只見矮籬笆牆，曲折小路，綠竹秀美茂盛，寂靜不聞人聲。叩了一下門，裡面也無人回應。有個人路過這裡，說：「牆洞內有塊石頭，那是敲門的工具。」我試著用石頭連敲了幾下，果然有個小和尚開門出來回應。我就順著小路進入，過了小石橋，往西一轉，才看見廟門，上面懸掛著黑漆的匾額，書寫著白色的「來鶴」二字，後面有長跋一篇，但我沒空細看。

進門後經過韋馱殿，只見殿堂上下明亮潔淨，一塵不染，才知這就是小靜室。忽然看見左側走廊上，又有個小和尚捧著茶壺出來，我大聲喊他問話，隨後就聽見室內王星燦笑道：「怎麼樣？我就說三白決不會失信。」旋即看見吳雲客出來迎接，問我：「我們等你吃早飯，怎麼來得這麼遲？」有個僧人跟在他身後，向我稽首，問過後得知是竹逸和尚。我進入室內，裡面只有三間小屋，匾額上寫著「桂軒」，庭中兩株桂花樹正盛開。王星燦、毛憶香均站起身嚷道：「來遲了，罰酒三杯！」只見宴席上，葷素菜肴都精緻潔淨，酒則黃酒、白酒都齊備。我問道：「你們遊玩了哪幾處？」吳雲客說：「昨日來到這裡，天色已晚，今日一早只到了得雲、河亭。」大家歡聚一堂，暢飲多時。

飯後，我們仍從得雲、河亭啟程，共遊歷了八、九處，直到華山才止步。一路各處都有美景，難以盡述。華山頂上有座蓮花峰，由於天色漸晚，大家相約以後再來遊玩。桂花的繁盛，以這裡為最，我們就在桂花樹下品了一甌清茶，然後乘坐山上的轎子，徑直回到來鶴庵。

桂軒的東面，另有一間臨潔小閣，已擺放酒菜。竹逸和尚在裡面靜坐，雖然沉默寡言，但是好客且頗有酒量。宴席開始後，我們折桂花枝玩擊鼓催花的遊戲，接著每人行一個酒令，二更時分才散。我說：「今夜月色極好，就這樣酣睡，未免有負明月的清光，哪裡有高而開闊的地方，我們去賞玩一下月色，但願不虛度良夜！」竹逸和尚說：「可以登上放鶴亭賞月。」吳雲客說：「星燦抱琴而來，我們還未曾聽過他所彈的絕妙曲調，不妨到那裡撫琴一曲，怎麼樣？」於是眾人一起前往。

只見桂花香裡，一路都是霜染的秋林，月照長空，萬籟俱寂。王星燦彈起了琴曲〈梅花三弄〉，令人飄飄欲仙。毛憶香也興致大發，從袖子裡取出鐵笛，嗚嗚地吹奏起來。吳雲客說：「今日夜間在石湖賞月的人，誰能像我們這樣樂在其中呢？」原來八月十八日，在我家鄉蘇州的石湖行春橋下，有觀賞串月的盛會，遊船擁擠，徹夜歡歌，雖然名為看月，實則不過是攜妓聚眾飲酒罷了。

不久，月落霜寒，大家興盡而歸。

原文

余自粵東歸來，館青浦兩載[1]，無快遊可述。未幾，芸、憨相遇，物議沸騰。芸以憤激致病。余與程墨安設一書畫鋪於家門之側，聊佐湯藥之需。

中秋後二日，有吳雲客偕毛憶香、王星燦邀余遊西山小靜室[2]，余適腕底無閒，囑其先往。吳曰：「子能出城，明午當在山前水踏橋之來鶴庵相候[3]。」余諾之。

越日，留程守鋪，余獨步出閶門[4]，至山前，過水踏橋，循田塍而西[5]。見一庵南向，門帶清流。剝啄問之[6]，應曰：「客何來？」余告之。笑曰：「此『得雲』也，客不見匾額乎？『來鶴』已過矣！」余曰：「自橋至此，未見有庵。」其人回指曰：「客不見土牆中森森多竹者[7]，即是也。」

余乃返至牆下，小門深閉。門隙窺之，短籬曲徑，綠竹猗猗[8]，寂不聞人語聲。叩之，亦無應者。一人過，曰：「牆穴有石，敲門具也。」余試連擊，果有小沙彌出應。余即循徑入，過小石橋，向西一折，始見山門，懸黑漆額[9]，粉書「來鶴」二字，後有長跋[10]，不暇細觀。

入門經韋馱殿[11]，上下光潔，纖塵不染，知為小靜室。忽見左廊又一小沙彌奉壺出，余大聲呼問，即聞室內星燦笑曰：「何如？我謂三白決不失信也！」旋見雲客出迎，曰：「候君早膳，何來之遲？」

一僧繼其後，向余稽首12，問知為竹逸和尚。入其室，僅小屋三椽，額曰「桂軒」，庭中雙桂盛開。星燦、憶香群起嚷曰：「來遲罰三杯13！」席上葷素精潔，酒則黃白俱備14。余問曰：「公等遊幾處矣？」雲客曰：「昨來已晚，今晨僅到得雲、河亭耳15。」歡飲良久。

飯畢，仍自得雲、河亭共遊八、九處，至華山而止16，各有佳處，不能盡述。華山之頂有蓮花峰17，以時欲暮，期以後遊。桂花之盛，至此為最，就花下飲清茗一甌，即乘山輿18，徑回來鶴。

桂軒之東，另有臨潔小閣，已杯盤羅列。竹逸寡言靜坐，而好客善飲。始則折桂催花19，繼則每人一令，二鼓始罷。余曰：「今夜月色甚佳，即此酣臥，未免有負清光，何處得高曠地，一玩月色，庶不虛此良夜也？」竹逸曰：「放鶴亭可登也20。」雲客曰：「星燦抱得琴來，未聞絕調，到彼一彈何如？」乃偕往。

但見木犀香裡，一路霜林，月下長空，萬籟俱寂。星燦彈〈梅花三弄〉21，飄飄欲仙。憶香亦興發，袖出鐵笛，嗚嗚而吹之。雲客曰：「今夜石湖看月者，誰能如吾輩之樂哉？」蓋吾蘇八月十八日石湖行春橋下22，有看串月勝會23，遊船排擠，徹夜笙歌，名雖看月，實則挾妓鬨飲而已。

未幾，月落霜寒，興闌歸臥。

注釋

1 青浦：縣名，今上海市青浦區，地處太湖下遊，黃浦江上遊，西與蘇州市吳江區相連。

2 西山：又名洞庭西山，位於蘇州城西南的太湖之中，是中國淡水湖泊中最大島嶼，島上古跡眾多，山峰林立，為太湖旅遊勝地。

3 來鶴庵：在今蘇州市西郊支硎山東。

4 閶（音同昌）門：古蘇州城的西門，通往虎丘方向，曾為繁華商業區，故稱「金閶門，銀胥門」。

5 塍（音同城）：田間的土埂、小堤，以蓄水養禾。

6 剝啄：象聲詞，形容敲門或下棋的聲音。

7 森森：形容繁密。

8 綠竹猗（音同依）猗：形容竹子美好茂盛。猗猗，美盛的樣子。語出《詩經．衛風．淇奧》：「瞻彼淇奧，綠竹猗猗。有匪君子，如切如磋，如琢如磨。」以綠竹猗猗比喻君子美德。

9 額：匾額。

10 跋（音同拔）：寫在書籍、字畫等後面的短文，大多是評介、鑑定、記述性內容。

11 韋馱：又名韋馱天，佛教護法神，是「四大天王」中南方增長天王屬下八神將之一，在中國佛寺中常身穿武將服，執金剛杵，威武雄壯，在佛教中是降魔護法、護持眾僧的天神，常立於天王殿彌勒佛之後，稱韋馱菩薩。

12 稽（音同起）首：出家人的一種行禮方式，先把一隻手豎舉到胸前，再俯首到指尖。

13 罰三杯：典出晉石崇〈金谷詩序〉：「遂各賦詩，以敘中懷，或不能者，罰酒三斗。」後世以「金谷酒數」泛指宴會上罰酒三杯的常例。

14 酒則黃白俱備：席上的酒有黃酒、白酒。黃酒指釀造時間長、顏色較深的水酒，在明代以前也稱為白酒、濁酒、老酒；白酒指釀造時間短、顏色較淺的水酒，用白麴或米麴發酵而成，也稱米酒，明清以後逐漸流行，透明無色的燒酒也稱白酒。

15 得雲、河亭：均位於蘇州天池山西北部。

16 華山：在今蘇州市西郊支硎山西，別稱「天池花山」，位於太湖西岸，被譽為「吳中第一名山」、「西山第一佳境」，自古為文人名士雅聚的遊覽勝地。

17 蓮花峰：位於蘇州天池山西南部，號稱「吳中第一峰」。山頂有巨石矗立，狀若蓮花盛開。

18 山輿：即山轎，在山中行時乘坐的轎子。

19 折桂催花：古代的一種酒令遊戲。折桂花一枝，旁邊設鼓，命人擊鼓，宴席中人傳花，花落在誰手中，誰罰酒作詩行令，適於人多的遊戲，場面熱鬧。

20 放鶴亭：在蘇州支硎山西南峰寺中，寺廢而亭存，是東晉僧人支遁的別庵。

21 〈梅花三弄〉：又名〈梅花落〉，原是笛曲，相傳為東晉將軍桓伊所作，唐代時就是名曲，後被改編成古琴曲，以同一主題在低、中、高不同徽位上彈奏三次，故稱三弄。清釋空塵《枯木禪琴譜》稱此曲：「曲音清幽，音節舒暢，一種孤高現於指下，似有寒香沁人肺腑。」弄，奏樂或樂曲的一段、一章。

22 行春橋：位於蘇州西南郊上方山的石湖東面，始建於宋代，是一座九孔連拱長橋，有九個橋洞，俗稱九環洞橋。

23 串月勝會：即賞月盛會，舊時蘇州有農曆八月十八日遊石湖、看行春橋下串月的習俗。相傳農曆八月十七日子時，石橋上的洞倒映在水中，每個橋洞裡各有一個月亮映在水中，九月串接相連，故稱串月。農曆八月十八日上方山廟會，是舊時蘇州最熱鬧的廟會，這天人山人海，揮汗如雨，有錢人喝酒賞月遊石湖，觀看串月反而不是出遊最重要的事。

❖ 尋廟 ❖

次日一早，吳雲客對眾人說：「此地有個無隱庵，極為幽靜偏僻，你們有誰到過嗎？」大家都答說：「別說沒去過，甚至都沒聽過。」竹逸和尚說：「無隱庵四面都是山，地方很偏僻，就算是僧人也不能久住。往年我曾去過一次，那時無隱庵已經坍塌荒廢了，自從尺木彭居士重修之後，我還不曾去過，至今仍依稀認識路。如果你們想去那裡遊玩，我願為嚮導。」毛憶香說：「空腹去嗎？」竹逸和尚笑道：「已準備了素麵，稍後再讓小僧攜帶酒盒相隨。」大家吃過素麵，步行前去。

過了高義園，吳雲客想去白雲精舍。我們到了那裡，進門後就坐下。一位僧人緩步走出來，向雲客拱手施禮說：「已有兩個月不曾請教，城中有什麼新聞？巡撫大人在官署嗎？」憶香忽然站起身，說：「禿——」說罷，拂袖徑直出門而去。我與王星燦忍著笑隨後離開，吳雲客、竹逸和尚與他寒暄了幾句，也告辭出來。

高義園是范仲淹的墓地，白雲精舍就在它的旁邊。有一間軒室面對峭壁，石壁上攀緣著藤蘿，下面鑿有一個水潭，約一丈見方，泉水清澈碧綠，有魚在水中游動，名叫「缽盂泉」。軒室內擺著煮茶的竹爐小灶，地方極其清幽僻靜。在軒室後的萬綠叢中，可以俯瞰范仲淹墓園的概貌。只可惜僧人太俗氣，不堪久坐。這時，從上沙村過雞籠山，就是我與顧鴻干曾經登高的地方。風景依舊，然而鴻干已去世了，令人不禁有物是人非之感。

正惆悵時，忽然湍急的泉水擋住去路，不能前行。附近有三、五個村野孩童在亂草叢中挖菌子，探出頭笑，似乎驚訝這麼多人來到這裡。我們詢問無隱庵的去路，他們回答：「前面水勢很大，不能過去，請往回走幾步，沿著南邊的小路，越過山嶺就到了。」於是依照他們所說，我們翻越山嶺，往南走了一里多路，漸漸覺得竹林雜樹叢生，四周群山環繞，路上滿是綠茵，已經沒有人的蹤跡。竹逸和尚徘徊四顧，說：「無隱庵好像就在這裡，可是路不可辨認了，怎麼辦？」我於是蹲下身仔細看，在千竿竹林之中，隱隱約約看見亂石屋牆，徑直撥開叢竹，橫穿竹林尋覓，這才找到了一扇門，上寫「無隱禪院，某年月日南園老人彭某重修」。眾人驚喜，說：「若不是你，這裡就成了世外桃源。」

廟門緊閉，我們敲了很久，也無人回應。忽然旁邊開了一扇門，呀的一聲，一個破衣爛衫的少年走出來，面有饑色，穿著破鞋，問道：「客人來做什麼？」竹逸和尚打個稽首，說：「我們仰慕此處幽靜，特地前來瞻仰。」少年說：「如此深山野嶺，僧人都散了，無人接待，請各位去別處遊玩。」說罷，就要關門進去。吳雲客急忙攔住他，請他開門放行，許諾務必酬謝。少年笑道：「這裡連茶葉都沒有，恐怕會怠慢了客人，豈敢奢望你們酬謝呢！」

廟門一開，就看見佛像，金光與綠蔭交相輝映，庭院的臺階和石基上積滿青苔，宛如織繡，殿後的臺階如牆壁，有石欄杆圍繞。沿著臺階向西，有塊大石頭，形如饅頭，高二丈多，底下有細竹環繞。再由西往北轉，從斜廊踏著臺階而上，只見三間客堂緊對著大石頭。石下鑿有一個小月池，池中一脈清泉流動，水草浮藻交錯。客堂的東邊就是正殿，殿左向西是僧房、廚房，殿後臨近峭壁，樹雜蔭濃，抬頭看不見天。王星燦已精疲力竭，靠近池邊休息，我也隨他歇下來。

我們正要打開酒盒小飲一番，忽然聽到毛憶香的聲音從樹梢間傳來，呼喊道：「三白快來，此地有美景！」我抬頭望去，不見人影，就與王星燦循著聲音去尋找。從東廂房的一扇小門出去，往北轉，有石階像梯子，大約有幾十級，在竹林茂密的山塢中瞥見一座樓閣。我們又沿著梯子上去，只見樓閣中八扇窗大開，匾額上寫著「飛雲閣」。四周群山環繞，閣樓如處城池之中，唯獨缺了西南一角，遙望那邊水天相接，風中船帆隱約可見，正是太湖。我倚靠窗前俯視，風拂動竹梢，宛如麥浪翻滾。憶香說：「怎麼樣？」我說：「果然是美景！」

忽然又聽到吳雲客在樓西呼喊道：「憶香快來，此地風景更美！」於是我們又下樓，往西轉，登上十來級臺階，忽然豁然開朗，地勢平坦如平臺。估計這地方已經在正殿後面的峭壁之上，殘缺的磚體石基尚存，大概是昔日的殿基。登臨此處環視周圍群山，比飛雲閣更為暢快。毛憶香對著太湖大喊一聲，群山一齊回應。

於是大家席地而坐，舉杯飲酒，忽為腹中空空發愁。少年本想煮鍋巴代茶招待客人，我們就讓他改茶為粥，又邀請他一起吃。眾人詢問他，無隱庵怎麼冷落到這境地。少年回答：「四周沒人居住，夜裡有很多強盜，趁我們積糧的時候來搶奪，就算種了蔬菜瓜果，一半也被樵夫占為己有。無隱庵是崇寧寺的下屬寺院，上院的廚房每月送來一石飯乾、一罈鹽菜而已。我是姓彭的後人，暫住在此看守，也即將離去，不久這裡就荒無人跡了。」吳雲客給了他番銀一圓作為酬謝。

我們返回來鶴庵之後，就雇船回去。我畫了一幅〈無隱圖〉，贈給竹逸和尚，以紀念這次快意的遊歷。

原文

明晨，雲客謂眾曰：「此地有無隱庵[1]，極幽僻，君等有到過者否？」咸對曰：「無論未到，並未嘗聞也。」竹逸曰：「無隱四面皆山，其地甚僻，僧不能久居。向年曾一至，已坍廢。自尺木彭居士重修後[2]，未嘗往焉，今猶依稀識之。如欲往遊，請為前導。」憶香曰：「枵腹去耶？」竹逸笑曰：「已備素麵矣，再令道人攜酒盒相從也[3]。」麵畢，步行而往。

過高義園，雲客欲往白雲精舍。入門就坐，一僧徐步出，向雲客拱手曰：「違教兩月[4]，城中有何新聞？撫軍在轅否[5]？」憶香忽起曰：「禿[6]！」拂袖徑出。余與星燦忍笑隨之。雲客、竹逸酬答數語，亦辭出。

高義園即范文正公墓[7]，白雲精舍在其旁。一軒面壁，上懸藤蘿，下鑿一潭，廣丈許，一泓清碧，有金鱗游泳其中[8]，名曰「鉢盂泉」[9]。竹爐茶灶，位置極幽。軒後於萬綠叢中，可瞰范園之概[10]。惜衲子俗，不堪久坐耳。是時由上沙村過雞籠山，即余與鴻干登高處也。風物依然，鴻干已死，不勝今昔之感！

正惆悵間，忽流泉阻路，不得進。有三五村童掘菌子於亂草中[11]，探頭而笑，似訝多人之至此者。詢以無隱路，對曰：「前途水大不可行，請返數武，南有小徑，度嶺可達。」從其言。度嶺南行里許，漸覺竹樹叢雜，四山環繞，徑滿綠茵，已無人跡。竹逸徘徊四顧，曰：「似在斯，而徑不可辨，奈何？」余乃蹲身細矚，於千竿竹中隱隱見亂石牆舍，徑撥叢竹間，橫穿入覓之，始得一門，曰「無隱禪院，某年月日南園老人彭某重修」。眾喜，曰：「非君則武陵源矣[12]！」

山門緊閉，敲良久，無應者。忽旁開一門，呀然有聲，一鶉衣少年出13，面有菜色14，足無完履，問曰：「客何為者？」竹逸稽首曰：「慕此幽靜，特來瞻仰。」少年曰：「如此窮山，僧散無人接待，請覓他遊。」言已，閉門欲進。雲客急止之，許以啟門放遊，必當酬謝。少年笑曰：「茶葉俱無，恐慢客耳，豈望酬耶？」

山門一啟，即見佛面，金光與綠陰相映，庭階石礎苔積如繡15。殿後臺級如牆，石欄繞之。循臺而西，有石形如饅頭，高二丈許，細竹環其趾16。再西折北，由斜廊躡級而登17，客堂三楹緊對大石18。石下鑿一小月池19，清泉一派，荇藻交橫20。堂東即正殿，殿左西向為僧房廚灶，殿後臨峭壁，樹雜陰濃，仰不見天。星燦力疲，就池邊小憩，余從之。

將啟盒小酌，忽聞憶香音在樹杪，呼曰：「三白速來，此間有妙境！」仰而視之，不見其人，因與星燦循聲覓之。由東廂出一小門，折北，有石蹬如梯21，約數十級，於竹塢中瞥見一樓。又梯而上，八窗洞然，額曰「飛雲閣」。四山抱列如城，缺西南一角，遙見一水浸天，風帆隱隱，即太湖也22。倚窗俯視，風動竹梢，如翻麥浪。憶香曰：「何如？」余曰：「此妙境也。」

忽又聞雲客於樓西呼曰：「憶香速來，此地更有妙境！」因又下樓，折而西，十餘級，忽豁然開朗，平坦如臺。度其地，已在殿後峭壁之上，殘磚缺礎尚存，蓋亦昔日之殿基也。周望環山，較閣更暢。憶香對太湖長嘯一聲，則群山齊應。

乃席地開樽，忽愁枵腹。少年欲烹焦飯代茶23，隨令改茶為粥，邀與同啖。詢其何以冷落至此，曰：「四無居鄰，夜多暴客24，積糧時來強竊，即植蔬果，亦半為樵子所有。此為崇寧寺下院25，長廚中月送飯乾一石、鹽菜一罈而已[26]。某為彭姓裔，暫居看守，行將歸去，不久當無人跡矣。」雲客謝以番銀一圓。

返至來鶴，買舟而歸。余繪〈無隱圖〉一幅，以贈竹逸，志快遊也[27]。

注釋

1 無隱庵：又名無隱禪院，位於蘇州西郊的天平山西南的雞籠山南，初建於明崇禎年間，後多次復建，出了不少高僧。

2 尺木彭居士：原名彭紹升（一七四〇～一七九六），字允初，號尺木，法名際清，江蘇長洲縣人。為清代著名居士，參禪論佛，辭官不就。

3 道人：道士或佛教僧侶。

4 違教：謙辭，沒有得到指教，是久別未逢的客套話。

5 撫軍：官職名，清代省級地方行政長官巡撫的別稱，也稱撫院、撫臺，取「巡行天下，撫軍按民」之意。轅：舊時指軍營、官署的外門，借指官署。

6 禿：頭無髮。語帶雙關，「禿子」、「禿驢」為謾罵僧人之語。暗諷出家人多管閒事，太俗氣。

7 范文正公：即北宋文學家、政治家范仲淹，字希文，出生後隨家人遷居到江蘇吳縣（今江蘇蘇州），世稱「范文正公」，曾在蘇州近郊買千畝良田照養窮人，因其「高義」，乾隆皇帝為他的祠題匾「高義園」，故范仲淹的墓地就改稱高義園。

8 金鱗：金色的魚鱗，常借指魚。

9 缽盂泉：又名白雲泉，泉水清冽，適於煮茶，相傳被茶聖陸羽譽為「吳中第一水」。據說寺僧用竹管將泉水從石縫中導入池中央缽盂內盛積，故稱缽盂泉。在此可品茶小憩。此泉因白居易的絕句〈白雲泉〉成為風景名勝：「天平山上白雲泉，雲自無心水自閒。何必奔衝山下去，更添波浪向人間。」清泉、怪石、紅楓被稱為天平山的三絕。

10 瞰（音同看）：從高處往下看，俯視。

11 菌子：可作蔬菜食用的菌類植物，如蘑菇等。

12 武陵源：即世外桃源，典出陶淵明〈桃花源記〉，寫武陵人偶入桃花源，再次去卻迷失路徑。借指隱於世外，難尋蹤跡之地。

13 鶉（音同純）衣：指破爛的衣服。因鵪鶉的尾巴短而禿，像打滿補丁的破衣。典出《荀子．大略》：「子夏家貧，衣若縣鶉。」

14 面有菜色：因長期食素或饑餓，饑一餐、飽一餐，顯得營養不良的樣子。菜色，多為綠色、淡黃色，用來指肌膚青黃，面色不好。

15 石礎：房柱下的基石。礎，指柱子下的石墩、基石。

16 趾：腳趾，引申為基部、底部。

17 斜廊：在寺院結構中，主殿較高大，配殿較低矮，兩者通常用廊子連接。由於兩者高低不同，就稱這種走廊為斜廊。躡（音同涅）：踩，踏。

18 楹（音同盈）：古代房屋計量單位，一列或一間屋子為一楹。

19 月池：中國傳統建築，意即映月之池。

20 荇（音同姓）藻：一種水草，葉子浮在水上，略呈圓形，根生於水底，花黃色，多用來點綴水景、綠化水面。

21 石蹬：石級，石臺階。

22 太湖在蘇州古城的西南。蘇州古城地處太湖的下遊，太湖水漲就有灌城之勢，從西南流入閶門和盤門，與城內的河道分流交貫，經其他門出城而去，最後流入江海。

23 焦飯：鍋巴。

24 暴客：強盜。

25 崇寧寺：江蘇崑山著名的佛寺，始建於南北朝時期，經明代擴建，寺剎恢宏雄偉，香火鼎盛，號稱「十朝古剎」。下院：僧寺的分院。

26 飯乾一石（音同旦）：乾糧一石。飯乾，將米飯晾乾。古代一百二十斤為一石。

27 志：記。古代史傳記事之文，稱為志，通「識（音同志）」，作動詞，記其事。

❖ 登山 ❖

那年冬天，我為朋友做保人，備受連累，致使家庭失和，寄住在錫山華家。第二年春天，我準備去揚州謀職，卻苦於盤纏短缺，有位故人韓春泉在上海做幕僚，就去拜訪他。我衣衫襤褸，鞋子破爛，不便進入官署，於是送上拜帖約他在郡廟園亭中相會。等他出來見面時，得知我處境愁苦，就慷慨地給了十兩銀子相助。郡廟園是洋商捐建而成，極其闊大，可惜園內各處點綴的景觀雜亂無章，後面堆疊的假山石也缺少起伏照應。

歸來途中，忽然想起虞山的勝境，恰好有便船搭乘。那時正當仲春二月，桃李爭奇鬥豔，我在旅途中，苦無伴侶同行，就懷揣著三百文錢，散步來到虞山書院。我從牆外仰頭看，只見裡面樹叢繁花交錯，嬌紅翠綠，依山傍水，饒有幽趣。可惜找不到門進入，我沿途問路，遇見路邊有人搭篷賣茶，就過去，本地烹煮的碧螺春，喝起來口味極佳。我問虞山的風景哪裡最佳，一個遊客說：「從此地出西關，靠近劍門，也就是虞山風景最佳之處，你如果想去，我願為嚮導。」我欣然跟隨他。

我們經西門出去，沿著山腳時高時低，大約走了幾里路，漸漸看見山峰屹立，山石呈現橫紋。到了山前，只見一座山中間分開，兩邊峭壁凹凸不平，高幾十丈，走近之後抬頭看，山勢彷彿將要傾倒。那個遊人說：「相傳山上有神仙洞府，多有仙境，可惜無路攀登。」我興致大發，挽起衣袖，就如猿猴一樣攀登上去，直至頂峰。所謂的神仙洞府，僅有一丈多深，洞頂有石縫，透過石縫可窺見天光。我低頭往下俯視，雙腿發軟，幾乎要墜落下去。於是我將肚腹緊貼崖壁，攀附著藤蔓而下。那人讚歎說：「真有膽量！論遊興的豪邁，沒見過比得上你的人。」

我口渴，於是邀請那人到附近的山野小店，買酒暢飲三杯。直到太陽快要落山，我還沒有遊遍，就拾取了十來塊赭紅石，攜帶回寓所，然後背著行李箱，搭乘夜航船到了蘇州，仍回到錫山。這是我在愁苦生涯中的一次暢快之遊。

原文

是年冬，余為友人作中保所累，家庭失歡，寄居錫山華氏。明年春，將之維揚而短於資，有故人韓春泉在上洋幕府1，因往訪焉。衣敝履穿2，不堪入署，投札約晤於郡廟園亭中。及出見，知余愁苦，慨助十金。園為洋商捐施而成，極為闊大，惜點綴各景雜亂無章，後疊山石亦無起伏照應。

歸途忽思虞山之勝，適有便舟附之。時當春仲3，桃李爭妍，逆旅行蹤4，苦無伴侶，乃懷青銅三百5，信步至虞山書院6。牆外仰矚，見叢樹交花，嬌紅稚綠，傍水依山，極饒幽趣，惜不得其門而入。問途以往，遇設篷瀹茗者7，就之，烹碧羅春8，飲之極佳。詢虞山何處最勝，一遊者曰：「從此出西關，近劍門9，亦虞山最佳處也，君欲往，請為前導。」余欣然從之。

出西門，循山腳，高低約數里，漸見山峰屹立，石作橫紋。至則一山中分，兩壁凹凸，高數十仞10，近而仰視，勢將傾墮。其人曰：「相傳上有洞府11，多仙景，惜無徑可登。」余興發，挽袖卷衣，猿攀而上，直造其巔。所謂洞府者，深僅丈許，上有石罅，洞然見天。俯首下視，腿軟欲墮。乃以腹面壁，依藤附蔓而下。其人歎曰：「壯哉！遊興之豪，未見有如君者。」

余口渴思飲，邀其人就野店沽飲三杯。陽烏將落，未得遍遊，拾赭石十餘塊12，懷之歸寓，負笈搭夜航至蘇13，仍返錫山。此余愁苦中之快遊也。

注釋

1 上洋：即上海，北宋年間，因上海最初興起於上海浦岸上，故以「地居海之上洋」而得名。

2 衣敝履穿：衣服破爛，鞋子穿孔。形容貧寒窮酸的樣子。敝，指衣服破舊。

3 春仲：即仲春，農曆二月。

4 逆旅：客舍，旅館。逆，意思是迎，迎止賓客之處。這裡逆旅指旅居，客居，常用來比喻人生匆促。

5 青銅：銅、錫、鉛的合金，借指銅錢。

6 虞山書院：在今江蘇常熟市西北的虞山腳下，初建於元至順二年（一三三一），原名「文學書院」，建造頗為恢宏，明萬曆三十四年（一六〇六），於虞山重修，改名為「虞山書院」，聚眾講學，與明代著名的東林書院（在今江蘇無錫）相呼應。

7 瀹（音同月）：煮。

8 碧羅春：即碧螺春，產於蘇州太湖的洞庭山，故又稱洞庭碧螺春，因翠碧誘人、捲曲成螺、產於春季而得名，是清代向皇帝進貢的貢茶。

9 劍門：位於虞山中部最高峰錦峰，以奇石險峻著稱。相傳吳國鑄劍師干將受命為吳王闔閭鑄劍，煉成陰陽二劍，將陰劍「莫邪」獻給吳王覆命，而將陽劍「干將」藏起來，因此被闔閭所殺。後來其子夫差尋陽劍到此，只聽到陰陽二劍彼此應和，卻找不到陽劍的下落，一怒之下，用「莫邪」劍斬向絕壁，劈出一道，留下遺跡，故稱劍門。

10 仞：古代長度單位，以七尺或八尺為一仞。

11 洞府：神話中神仙居住的地方。

12 赭（音同者）石：一種紅褐色的石頭，常用作顏料。

13 負笈（音同吉）：背著書箱。笈，多用竹、藤編織，用來放置書籍、衣藥等物，古人到外地求學常背著書箱，後世就用負笈代指出外求學。這裡指出外遠遊。蒲松齡《聊齋志異．嶗山道士》：「少慕道，聞嶗山多仙人，負笈往遊。」

❖觀海❖

嘉慶九年春天，我痛遭父親去世的變故，本想離家出走去隱居，朋友夏揖山挽留我住在他家。那年秋天八月，他邀請我一同親赴東海永泰沙查收田租利息。永泰沙隸屬崇明，我們從劉河口出發，船在海上行了一百多里才到達。那裡是漲潮時新開闢的地方，還沒有街道集市，滿眼茫茫蘆葦叢，極少人煙。只有同行業的丁氏建著數十間倉庫，倉庫四面都挖溝開河，又築堤栽柳圍繞在外。

丁氏字實初，家住在崇明，是永泰沙的首富人家，管家會計姓王。這兩個人都豪爽好客，不拘禮節，與我一見如故。他們宰了豬來款待客人，傾倒酒甕供我們暢飲。酒令就是划拳，不懂吟詩對句；唱歌就是號叫，也不講求音律。酒興濃時，就指揮工人耍拳摔跤取樂。他家蓄養了一百多頭公牛，都露宿在堤岸上，還養鵝，用鵝群的叫聲作警報，以防海盜。他們白天就驅趕著獵鷹和獵犬在蘆葦叢、沙洲上打獵，所捕獲的多是飛禽。我也跟隨在後追逐獵物，累了就隨地而臥。又引著我到田園中莊稼成熟的地方，每一個字號都圍築高堤，以防潮汛。堤壩中通有水道，用閘門開關，田地乾旱，就趁漲潮時開閘灌溉；積水太多，就趁落潮時開閘泄水。

租戶都散居各處，星羅棋佈，一招呼就能都聚集，稱業主為「產主」，唯唯諾諾聽命，樸實忠誠可愛，然而只要被不義的事激怒，就比虎狼更為野蠻兇暴；幸得所言公平時，他們又都會拜服。

這裡風雨晦明之際，恍然如同遠古。我躺在床上朝外看，就能目睹洪濤滾滾，枕邊潮聲傳來，彷彿金鼓鳴響。某一天夜晚，忽然看見幾十里外，有紅燈大如斗筐，漂浮在海中，又看見紅光照天，情勢如同失火。丁實初說：「此地出現了神燈神火，不久又將漲出新的沙田。」夏揖山向來興致頗豪，到這裡愈發放浪形骸。我也更加肆無忌憚，騎在牛背上狂歌，在沙灘邊醉舞，隨興所至，真是生平無所拘束的暢快之遊！

事畢後，我們到了十月才回家。

原文

嘉慶甲子春，痛遭先君之變，行將棄家遠遁，友人夏揖山挽留其家。秋八月，邀余同往東海永泰沙勘收花息[1]。沙隸崇明，出劉河口[2]，航海百餘里。新漲初辟，尚無街市，茫茫蘆荻[3]，絕少人煙。僅有同業丁氏倉房數十椽，四面掘溝河，築堤栽柳繞於外。

丁字實初，家於崇，為一沙之首戶。司會計者姓王，俱豪爽好客，不拘禮節，與余乍見即同故交。宰豬為餉[4]，傾甕為飲。令則拇戰，不知詩文；歌則號呶[5]，不講音律。酒酣，揮工人舞拳相撲為戲[6]。蓄牯牛百餘頭，皆露宿堤上。養鵝為號，以防海賊。日則驅鷹犬獵於蘆叢沙渚間，所獲多飛禽。余亦從之馳逐，倦則臥。引至園田成熟處，每一字號圈築高堤，以防潮汛。堤中通有水竇，用閘啟閉，旱則漲潮時啟閘灌之，潦則落潮時開閘泄之[7]。

佃人皆散處如列星[8]，一呼俱集，稱業戶曰「產主」，唯唯聽命，樸誠可愛；而激之非義[9]，則野橫過於狼虎，幸一言公平，率然拜服[10]。

風雨晦明，恍同太古。臥床外矚，即睹洪濤，枕畔潮聲，如鳴金鼓[11]。一夜，忽見數十里外有紅燈大如栲栳[12]，浮於海中，又見紅光燭天，勢同失火。實初曰：「此處起現神燈神火，不久又將漲出沙田矣。」一揖山興致素豪，至此益放。余更肆無忌憚，牛背狂歌，沙頭醉舞，隨其興之所至，真生平無拘之快遊也！

事竣，十月始歸。

注釋

1 花息：利息。

2 劉河口：即瀏河口，位於今江蘇太倉市東瀏河鎮劉家港，鄭和七下西洋的首發地。劉河，即瀏河，今婁江的太倉以下流域。

3 蘆荻（音同迪）：一種高大的草，生在水邊，葉子長形，形似蘆葦，在風中搖擺，常於秋季開紫花。

4 餉：同「饗」，進餐，招待。

5 號呶（音同撓）：號叫，叫喊。呶，喧鬧，喧嘩。

6 相撲：一種互相角力的摔跤形式的活動，在秦漢時叫角抵，南北朝以後叫相撲。

7 潦（音同烙）：通「澇」，積水，雨水過多。

8 佃（音同店）：租種土地。

9 非義：不合乎道義，或不合乎道義的事情。

10 率然：不加思索。

11 金鼓：古代行軍作戰時，用金鉦和戰鼓指揮士兵，擊鼓表示進軍，鳴金表示收兵。金鼓代表行軍與戰鬥的信號，常用來形容戰鬥氣氛激烈。《周禮．地官司徒．鼓人》：「掌教六鼓、四金之音聲，和軍旅，正田役。」

12 栲栳（音同考老）：一種用竹或柳條編織的裝東西的筐子式的器具，形狀像斗，也稱笆斗。

❖賞梅❖

我家鄉蘇州虎丘的風景勝地，我首選後山的千頃雲一處，其次則是劍池，其餘一半借助人工，而且被脂粉玷汙，早已失去了山林的本來面目。即便新建的白公祠、塔影橋，也不過是徒留雅名罷了。至於冶坊濱，我戲改稱為「野芳濱」，更不過是庸脂俗粉，徒具妖豔的外形而已。而在蘇州城中最著名的獅子林，雖說是大畫家倪雲林的手筆，況且山石玲瓏，古木眾多，然而從總體上看，竟如同胡亂堆砌的煤渣，積滿苔蘚，鑿穿了一些蟻穴，全然沒有山林的氣勢。以我管窺所見，不知它妙在何處。

靈巖山是吳王館娃宮的故址所在，山上有西施洞、響屧廊、采香徑等眾多名勝，反而氣勢散漫，空闊卻沒有收攏約束，不及天平山、支硎山別有幽靜雅致的趣味。

鄧尉山又名元墓，西面背靠太湖，東面對著錦峰，丹崖環抱翠閣，望過去風景如畫。當地居民以種梅花為生，梅花開時連綿數十里，一眼望去白如積雪，故名「香雪海」。山的左邊有四株古柏樹，名叫「清奇古怪」：名為「清」的，整株軀幹挺直，枝葉繁茂如翠綠的傘蓋；名為「奇」的，臥在地上折了三個彎，形同「之」字；名為「古」的，樹頂已無枝葉，軀幹扁闊，一半已老朽，形如手掌；名為「怪」的，形體像是陀螺，枝幹也都是如此。相傳它們是漢代以前所種下的。

嘉慶十年正月，夏揖山的父親蓴鄉先生偕同他的弟弟介石一起率領子侄四人，前往幞山的夏家祠堂去春祭，拜掃祖墓，邀請我同行。我們順道先到了靈巖山，再出虎山橋，然後由費家河進入香雪海觀賞梅花。他家在幞山的祠堂就掩藏在香雪海中，當時正值梅花盛開，呼吸之間連談吐都是香的。我曾為夏介石畫了《幞山風木圖》十二冊。

原文

吾蘇虎丘之勝，余取後山之千頃雲一處，次則劍池而已[1]，余皆半藉人工，且為脂粉所汙，已失山林本相。即新起之白公祠、塔影橋[2]，不過留雅名耳。其治坊濱，余戲改為「野芳濱」，更不過脂鄉粉隊，徒形其妖冶而已。其在城中最著名之獅子林[3]，雖曰雲林手筆，且石質玲瓏，中多古木，然以大勢觀之，竟同亂堆煤渣，積以苔蘚，穿以蟻穴，全無山林氣勢。以余管窺所及[4]，不知其妙。

靈巖山為吳王館娃宮故址[5]，上有西施洞、響屧廊、採香徑諸勝[6]，而其勢散漫，曠無收束，不及天平、支硎之別饒幽趣。

鄧尉山一名元墓[7]，西背太湖，東對錦峰，丹崖翠閣，望如圖畫。居人種梅為業，花開數十里，一望如積雪，故名「香雪海」。山之左有古柏四樹，名之曰「清奇古怪」：清者，一株挺直，茂如翠蓋；奇者，臥地三曲，形同「之」字；古者，禿頂扁闊，半朽如掌；怪者，體似旋螺，枝幹皆然。相傳漢以前物也。

乙丑孟春，揖山尊人蓴薌先生偕其弟介石率子侄四人，往幞山家祠春祭[8]，兼掃祖墓，招余同往。順道先至靈巖山，出虎山橋[9]，由費家河進香雪海觀梅。幞山祠宇即藏於香雪海中，時花正盛，咳吐俱香[10]。余曾為介石畫《幞山風木圖》十二冊。

注釋

1 劍池：虎丘名勝之最，相傳吳王闔閭墓葬在這裡，其生前喜愛的扁諸（一說是「扁渚」）、魚腸等三千把寶劍也成殉葬品，故稱劍池。

2 白公祠：位於蘇州市山塘街，原為塔影園。唐代詩人白居易在任蘇州刺史時修建山塘街，使該地交通便利，市井繁榮。清嘉慶年間，蘇州百姓建白公祠紀念他。塔影橋：建於清嘉慶年間，橋北是虎丘山雲岩寺塔，故名塔影橋。

3 獅子林：始建於元代的寺廟園林，在今蘇州城東北園林路，與滄浪亭、拙政園、留園同列為蘇州四大名園。元代天如禪師的弟子為奉其師所造，初名「獅子林寺」，取佛經中獅子座之意，以喻師徒衣缽相傳，因佛教中稱佛為人中獅子，所坐之地皆名獅子座。明洪武六年（一三七三），著名畫家倪瓚（號雲林子）途經蘇州，曾參與造園，並繪有《獅子林圖》，故稱此園有雲林手筆。

4 管窺：謙辭，從管中窺物，比喻見識不廣。語出《莊子．秋水》：「是直用管窺天，用錐指地也，不亦小乎？」

5 館娃宮：在蘇州靈巖山上，吳王夫差為了寵幸西施而建的富麗堂皇的宮殿，後在此建秀峰寺，唐朝稱靈巖寺。娃，吳語中指美女。

6 西施洞：在靈巖山落紅亭西。相傳越王勾踐與范蠡獻西施給吳王夫差，曾於此等候。響屧（音同謝）廊：也稱鳴屧廊。相傳吳王夫差為西施修築此廊，因底部中空，西施穿著木屧行走，會發出響聲。屧，古代鞋的木底。採香徑：位於靈巖山南，專為西施去香山採種香草之用。相傳依據吳王箭所射的方向開鑿而成，所以又叫一箭河。

7 鄧尉山：俗名光福山，在今蘇州吳中區光福鎮西南，因東漢太尉鄧禹輔佐劉秀建立帝業後隱居於此而得名，是江南賞梅勝地。《光福志》：「鄧尉山裡植梅為業者，十中有七。」清康熙時江蘇巡撫宋犖將此地梅景命名為「香雪海」。賞梅最好時節是每年春季二月，大約在農曆正月。

8 家祠：舊時家家有家祠，家祠是家人為祭祀祖先而修建的祠堂，宗祠則是族人祭祀祖先的場所。祠，為供奉祖宗、鬼神或名士的房屋。

9 虎山橋：又名虎山擅勝橋，在今蘇州吳中區光福鎮西北的一座拱橋，狀若長虹。明代畫家徐枋〈虎山橋〉：「凡遊鄧尉者，必遊虎山橋。虎山，固鄧尉諸山之始也。」

10 咳吐：談吐，言論。典出宋《清波雜誌》卷三：「蔡卞之妻七夫人，頗知書，能詩詞。蔡每有國事，先謀之於床第，然後宣之於廟堂。時執政相語曰：『吾輩每日奉行者，皆其咳唾之餘也。』」

❖ 登樓 ❖

那年九月，我跟隨狀元公石琢堂赴四川重慶府就任，沿長江逆流而上，船抵達皖城。皖山腳下，有元末忠臣余闕的墓地，墓旁有三間廳堂，名為「大觀亭」，面對南湖，背靠潛山。亭在山脊之上，登臨遠眺頗為暢快。亭子旁有個幽深的長廊，北面的窗戶大開，時逢楓葉初紅，豔若桃李。和我同遊的人有蔣壽朋、蔡子琴。

南城外又有一座王氏園林，那園子東西長，南北短，大概是因為北面緊挨城牆、南面臨近湖水的緣故。既然受限於地形，很難佈局，觀察園子的結構，於是採用了重臺疊館之法。所謂重臺，是在屋頂上建造月臺作為庭院，然後在月臺上疊石栽花，使遊人彷彿不知道腳下有屋子。上面疊石的地方，下面就填實；上面是庭院的地方，下面就留空，所以花木仍可順著地氣生長。所謂疊館，就是在樓上修建軒閣，軒閣上再建造平臺。上下迴環曲折，重疊四層，而且建有小池子，水不會漏洩出去，令人竟難以揣測哪裡是虛，哪裡是實。其根基全用磚石建成，承重之處仿照西洋的立柱法。幸而面對南湖，眼前無所阻隔，可以盡情遊覽，勝過平地上的園子。這真是奇絕的人工園林。

武昌黃鶴樓在黃鵠磯之上，後面連著黃鵠山，俗稱為蛇山。黃鶴樓共有三層，雕梁畫棟，飛檐翹角，背倚武昌城高聳而立，面朝漢水，瀕臨長江，與漢陽晴川閣遙遙相對。我與石琢堂冒雪登上樓，仰望長空，雪花隨風飛舞，遙向銀裝素裹的山巒樹木，令人恍如身處瑤臺仙境。江中小船往來，起伏縱橫翻騰，好似浪捲殘葉，名利之心到此一冷。牆壁上的題詠很多，不能都記憶起來，只記得有一副楹聯寫著：

何時黃鶴重來，且共倒金樽，澆洲渚千年芳草。
但見白雲飛去，更誰吹玉笛，落江城五月梅花。

黃州的赤壁在府城的漢川門外，屹立在江邊，山崖陡直如峭壁，石頭都是絳紅色，因此得名。《水經》中稱之為赤鼻山，蘇東坡遊玩到此，前後作了兩篇〈赤壁賦〉，指認這裡為吳魏交兵之處，其實不然。

赤壁下面已成為陸地，其上建有二賦亭。

原文

是年九月，余從石琢堂殿撰赴四川重慶府之任，溯長江而上，舟抵皖城[1]。皖山之麓[2]，有元季忠臣余公之墓[3]。墓側有堂三楹，名曰「大觀亭」[4]，面臨南湖[5]，背倚潛山[6]。亭在山脊，眺遠頗暢。旁有深廊，北窗洞開，時值霜葉初紅，爛如桃李。同遊者為蔣壽朋、蔡子琴。

南城外又有王氏園，其地長於東西，短於南北，蓋北緊背城、南則臨湖故也。既限於地，頗難位置，而觀其結構，作重臺疊館之法。重臺者，屋上作月臺為庭院，疊石栽花於上，使遊人不知腳下有屋。蓋上疊石者則下實，上庭院者則下虛，故花木仍得地氣而生也。疊館者，樓上作軒，軒上再作平臺。上下盤折，重疊四層，且有小池，水不漏洩，竟莫測其何虛何實。其立腳全用磚石為之，承重處仿照西洋立柱法。幸面對南湖，目無所阻，騁懷遊覽，勝於平園。真人工之奇絕者也。

武昌黃鶴樓在黃鵠磯上[7]，後拖黃鵠山，俗呼為蛇山。樓有三層，畫棟飛檐，倚城屹峙，面臨漢江，與漢陽晴川閣相對[8]。余與琢堂冒雪登焉，仰視長空，瓊花風舞[9]，遙指銀山玉樹，恍如身在瑤臺。江中往來小艇，縱橫掀播[10]，如浪卷殘葉，名利之心至此一冷。壁間題詠甚多，不能記憶，但記楹對有云[11]：

何時黃鶴重來，且共倒金樽，澆洲渚千年芳草。

但見白雲飛去，更誰吹玉笛，落江城五月梅花。12

黃州赤壁在府城漢川門外13，屹立江濱，截然如壁，石皆絳色，故名焉。《水經》謂之赤鼻山14，東坡遊此，作二賦15，指為吳魏交兵處，則非也。壁下已成陸地，上有二賦亭。

注釋

1 皖城：今安徽安慶市，位於長江下遊北岸，皖河入江處，有「萬里長江此封喉，吳楚分疆第一州」之稱。

2 皖山：又名天柱山、潛山，安徽正是因為境內有皖山、皖水，古皖發源於此，故被稱為皖。麓（音同路）：山腳下。

3 余公：即元末安慶都元帥余闕，字廷心、天心，因反元紅巾軍領袖陳友諒率軍圍城，於一三五八年城池失守而自刎。與北宋包拯、明代周璽並稱為「廬陽三賢」。

4 大觀亭：也稱大觀樓、大觀臺，位於安徽安慶市大觀亭街，因余闕葬於此處，明嘉靖年間，安慶知府為紀念這位忠臣，在他的墓旁修建了大觀亭。明清時期，與黃鶴樓、庾樓並稱為「長江三樓」，號稱「皖省第一名勝」。

5 南湖：今石門湖，在今安徽安慶大觀區西北部。

6 潛山：今天柱山，在今安徽安慶市潛山縣北，位於長江北岸，瀕臨長江重要水道，有主峰「一柱擎天」的勝景。

7 黃鶴樓：建在湖北武昌長江邊的蛇山上，有「天下江山第一樓」之稱。據唐〈黃鶴樓記〉載：「費禕登仙，嘗駕黃鶴返憩於此，遂以名樓。」黃鵠磯：蛇山西端突入江中的磯石。相傳該石磯因常有一種叫黃鵠的鳥飛來而得名。

8 晴川閣：又名晴川樓，建於今湖北武漢市漢陽區，在長江北岸和黃鵠磯相對的禹功磯上，取名自唐崔顥的詩句「晴川歷歷漢陽樹」。

9 瓊花：又名蝴蝶花、聚八仙，四、五月開花，為潔白小花，宛如美玉，晶瑩剔透，常比喻雪花。

10 掀播：翻騰，顛簸。

11 楹對：古代常在宮廷、府宅、廟宇、園林的楹柱壁石上刻製對聯，統稱楹對或楹聯。楹，柱子。

12 對聯上下兩句化用崔顥〈黃鶴樓〉詩：「昔人已乘黃鶴去，此地空餘黃鶴樓。黃鶴一去不復返，白雲千載空悠悠。晴川歷歷漢陽樹，芳草萋萋鸚鵡洲。日暮鄉關何處是？煙波江上使人愁。」又李白〈與史郎中欽聽黃鶴樓上吹笛〉詩：「黃鶴樓中吹玉笛，江城五月落梅花。」

13 黃州赤壁：實為黃州赤鼻磯，並不是三國時期赤壁之戰的舊址，疑因諧音而被誤作赤壁，因東坡留名又被稱為東坡赤壁、文赤壁。黃州，今湖北黃岡。漢川門：建於明代，是黃州城的西北城門。

14 《水經》：中國第一部記述河道水系的專著，南北朝時北魏酈道元為其作注，即地理名著《水經注》，該書記載：「赤鼻山，側臨江川。」赤鼻山：又稱赤壁山、赤鼻磯，在今湖北黃州西北，因在江中突出，赭紅色，狀似鼻梁而得名。

15 二賦：即蘇東坡膾炙人口的散文名篇〈赤壁賦〉和〈後赤壁賦〉，為北宋時期蘇軾被貶謫到黃州後，元豐五年（一〇八二）分別於農曆七月十六日、十月十五日先後兩次遊歷黃州附近的赤壁所寫。

❖ 荊州 ❖

那年十一月仲冬時節，我們才抵達荊州。石琢堂得知他升任潼關道臺的消息，留我暫住荊州，我為沒能見到蜀中山水而遺憾。當時琢堂入川，他的兒子石敦夫等家眷，及蔡子琴、席芝堂，也都留在荊州，寓居在劉氏廢園。我記得，園內廳堂的匾額上題寫著「紫藤紅樹山房」。庭院裡的臺階圍著石欄杆，還鑿有一個一畝見方的方池。池塘中建了一座亭子，有石橋通向那裡。亭子後面，堆土疊石，雜樹叢生。其餘大多是空地，樓閣都已經傾塌廢棄了。

我們客居在此，無事可做，或吟詠，或長嘯，時而出遊，時而聚談。到了年底，儘管盤纏不夠，然而上下和睦，就算典當衣服去買酒，也會安排鑼鼓助興。每夜大家必然會聚飲，每次飲酒就行酒令。窘迫之時，即便只有四兩燒酒，眾人也必定大行酒令。

在荊州遇到姓蔡的同鄉，蔡子琴與他敘談宗族譜系，才知他是同族之子，於是請他做嚮導帶著我們遊覽當地名勝。到了府學前的曲江樓，昔日張九齡為荊州長史時，曾在樓上賦詩，朱熹也有詩詠贊：「相思欲回首，但上曲江樓。」城上又有一座雄楚樓，此樓是五代時高季興所建，規模宏偉高峻，極目遠眺可至數百里遠。只見岸堤繞城傍水，都種植垂柳，小船蕩槳往來於其間，頗有畫意。

荊州府的官署是當年關羽的帥府，儀門之內還有青石斷馬槽，相傳這就是赤兔馬的食槽。我們在城西的小湖上尋訪羅含的故居，但沒有找到。我們又去城北尋訪宋玉的故居。昔日庾信遭遇侯景叛亂時，避居江陵，就住在宋玉故居，後來那裡改為酒家，如今已認不出來了。

原文

是年仲冬，抵荊州。琢堂得升潼關觀察之信，留余住荊州。余以未得見蜀中山水為悵。時琢堂入川，而哲嗣敦夫眷屬[1]，及蔡子琴、席芝堂俱留於荊州，居劉氏廢園。余記其廳額曰「紫藤紅樹山房」。庭階圍以石欄，鑿方池一畝[2]。池中建一亭，有石橋通焉。亭後築土壘石，雜樹叢生。餘多曠地，樓閣俱傾頹矣。

客中無事，或吟或嘯，或出遊，或聚談。歲暮雖資斧不繼[3]，而上下雍雍，典衣沽酒，且置鑼鼓敲之。每夜必酌，每酌必令。窘則四兩燒刀[4]，亦必大施觴政。

遇同鄉蔡姓者，蔡子琴與敘宗系，乃其族子也，倩其導遊名勝。至府學前之曲江樓[5]，昔張九齡為長史時[6]，賦詩其上。朱子亦有詩曰[7]：「相思欲回首，但上曲江樓。」[8]城上又有雄楚樓[9]，五代時高氏所建[10]，規模雄峻，極目可數百里。繞城傍水，盡植垂楊，小舟蕩槳往來，頗有畫意。

荊州府署即關壯繆帥府[11]，儀門內有青石斷馬槽[12]，相傳即赤兔馬食槽也。訪羅含宅於城西小湖上[13]，不遇。又訪宋玉故宅於城北[14]。昔庾信遇侯景之亂[15]，遁歸江陵[16]，居宋玉故宅，繼改為酒家，今則不可復識矣。

注釋

1 哲嗣：對他人之子的敬稱，如同令嗣。

2 方池：即水塘。古代方形的水池稱為塘。

3 資斧：本指貨財、器物，後用來代稱旅費、盤纏。

4 燒刀：即燒酒，因其喝下去似火燒、似刀攪而得名，俗稱燒刀子。

5 曲江樓：荊州古城南門城樓，唐開元盛世名相張九齡曾貶官至荊州，常登此樓，作〈登郡城南樓詩〉。張九齡族人、南宋學者張栻，為紀念張九齡而將此樓改名為曲江樓。

6 張九齡：唐代詩人，字子壽，廣東曲江（今廣東韶關）人，故稱曲江公，唐玄宗開元年間官居宰相，是一代賢相，為權臣李林甫所譖，於西元七三七年被貶為荊州長史。

7 朱子：即南宋理學家朱熹，字元晦，號晦庵，別稱紫陽，世稱朱子，著有《四書章句集注》等，明清時被奉為儒學正宗，是科舉考試必須遵循的規範。朱熹曾受南宋學者張栻之託，作〈曲江樓記〉並賦詩，自稱並未來此樓。

8 「相思」句：出自朱熹詩〈奉迎荊南幕府〉其二：「弔古寧忘恨，開尊且破愁。相思欲回首，但上曲江樓。」

9 雄楚樓：荊州最大禦敵的城樓，在北城上，取名自唐杜甫〈又作此奉衛王〉詩：「西北樓成雄楚都，遠開山嶽散江湖。」

10 高氏：即五代時南平王高季興，字貽孫，唐末曾任荊南節度使，以荊州為基業稱王，建南平國，是五代十國之一。

11 關壯繆：指三國時蜀漢名將關羽，字雲長，死後被封壯繆侯，赤壁之戰後曾鎮守荊州。晉代史官陳壽《三國志．蜀書》載：「追諡羽曰壯繆侯。」

12 儀門：明清官署、邸宅大門之內的第二重正門，取威儀、禮儀之意，有裝飾點綴的作用。

13 羅含：字君章，號富和，湖南耒陽市人。東晉文學家，曾在荊州隱居，開創山水散文，被譽為「湘中琳琅、江左之秀」。唐李商隱〈菊花〉詩：「陶令籬邊色，羅含宅裡香。」把羅含的宅和陶淵明的東籬並提。

14 宋玉：楚國辭賦家，戰國時鄢（今湖北宜城）人，相傳為屈原的學生，著有〈九辯〉、〈高唐賦〉、〈登徒子好色賦〉、〈悲秋賦〉等，後世多以「屈宋」並稱。杜甫有詩說：「曾聞宋玉宅，每欲到荊州。」可見荊州的宋玉宅在唐朝就是士子仰慕的名勝古跡。

15 侯景之亂：也稱太清之難，指南朝梁武帝時，降將侯景於西元五四八年至五五二年發動的叛亂事件，歷時五年，縱兵搶掠攻城，使長江中下遊地區千里絕煙，人跡罕見。都城金陵（南京）失守後，庾信逃往江陵，之後創作了千古名篇〈哀江南賦序〉，抒發身世悲感，後滯留北朝，被尊為文壇宗師。杜甫有詩〈戲為六絕句〉贊說：「庾信文章老更成，淩雲健筆意縱橫。」

16 江陵：湖北荊州城的古稱，春秋時是楚國的政治中心，也是南方重要交通重鎮，南臨長江，北依漢水，西控巴蜀，南通湘粵，號稱「七省通衢」。

❖潼關❖

那年除夕，大雪後天氣嚴寒。新年迎春，沒有賀歲拜年的煩擾，每天只是燃鞭炮、放風箏、紮紙燈來取樂。轉眼，春風報信百花開，春雨洗塵，萬物一新，石琢堂的諸位妻妾攜帶年幼兒女順著江流而下，敦夫也重新整理行李，大家合夥上了路。我們由樊城登陸，直奔潼關而去。

從河南閿鄉縣往西，出了函谷關，只見一處有「紫氣東來」四個字，那裡是老子乘青牛所經過的地方。道路夾在兩座山之間，僅可容兩匹馬並排而行。往前走了約十里，就是潼關，那裡左靠峭壁，右臨黃河，關口建在山河之間的咽喉要道，城樓牆垛重重疊疊，極其雄偉高峻。然而車馬寂寥，人煙也稀少。韓愈有詩說：「日照潼關四扇開。」大概也是說這裡冷清吧？

城中道臺以下的官員，只有一個副官。道臺衙門緊靠北城，後面有個園圃，大約三畝見方。東西鑿了兩個池子，水從西南牆外流入，然後向東流到兩個水池間，水流分為三支：一支向南，流進大廚房，以供日常所用；一支向東，流入東池；一支向北，再轉向西，由石螭的口中噴入西池，池水繞到西北，那裡設有閘門可以泄水，再由城牆腳轉向北，穿過水道而出，直接流入黃河。流水日夜環繞，令人耳邊十分清爽。竹林樹蔭濃密，抬頭望不見天。西池中有座亭子，荷花環繞左右。園子的東邊有三間朝南的書房，庭院裡有個葡萄架，藤架下擺放著方形石桌，可以下棋，也可以飲酒，除此以外都是種菊花的田地。西邊有三間朝東的軒屋，靜坐其中可以聆聽流水之聲。軒屋南面有扇小門，可以通往內室。軒屋北窗下，另外鑿有小池，池塘的北邊有座小廟，廟裡供奉著花神。園子正中間，建有一座三層樓，緊靠北城，與城牆一樣高，從樓上俯視城外，就是黃河。黃河以北，山峰如同屏障陳列，那裡已屬於山西地界了，真是蔚為壯觀！

我居住在園子南邊，屋形如船，庭院裡有土山，上面有座小亭子，登臨此亭可一覽園中的概貌，四周遮滿綠蔭，夏日沒有暑氣。琢堂為我的屋子題匾：「不繫之舟」。這是我遊歷各地做幕僚以來最好的居室。土山之間，栽種了數十種菊花，可惜沒等到開花，石琢堂又調任山東按察使。他的家屬親眷都移居到潼川書院，我也跟著去書院中居住。

琢堂先去山東赴任，我與蔡子琴、席芝堂等閒來無事，就出外遊玩。我們騎馬到了華陰廟，路過華封里，這裡相傳就是堯帝受當地人三祝之處。廟內有很多秦漢之時的槐樹和柏樹，均有三、四人合抱之粗，有的是槐樹環抱柏樹而生，有的是柏樹環抱槐樹而生。殿庭裡古碑很多，其中有陳希夷親筆題寫的「福」字、「壽」字。

華山腳下有座玉泉院，就是希夷先生羽化成仙之處。有個石洞大小如斗室，石床上塑著陳希夷先生的臥像。這地方水淨沙明，草多是絳紅色，泉水流得很急，秀竹環繞。石洞外有座方亭，匾額上寫著「無憂亭」。亭子旁有三株古樹，樹紋猶如裂開的木炭，葉子像槐樹葉，但顏色更深，不知叫什麼名字，當地人就稱為「無憂樹」。華山之高，不知有幾千仞，可惜沒能攜帶乾糧去攀登。

回來路上，遇見林中柿子正黃，我就騎在馬上摘柿子吃。當地人大叫阻止，可是我不聽，吃在嘴裡只覺得很澀，急忙吐了出去，下馬找到泉水漱口，這才能開口說話，當地人見狀哈哈大笑。原來柿子摘下來，須放在水裡煮沸一下，才能去其澀味，這是我有所不知的。

原文

是年大除1，雪後極寒。獻歲發春2，無賀年之擾。日惟燃紙炮、放紙鳶、紮紙燈以為樂。既而風傳花信3，雨濯春塵4。琢堂諸姬攜其少女幼子順川流而下，敦夫乃重整行裝，合幫而走。由樊城登陸，直赴潼關。

由河南閿鄉縣西出函谷關5，有「紫氣東來」四字，即老子乘青牛所過之地6。兩山夾道，僅容二馬並行。約十里即潼關，左背峭壁，右臨黃河，關在山河之間扼喉而起7，重樓壘垛，極其雄峻。而車馬寂然，人煙亦稀。昌黎詩曰：「日照潼關四扇開。」8殆亦言其冷落耶？

城中觀察之下，僅一別駕9。道署緊靠北城，後有園圃，橫長約三畝。東西鑿兩池，水從西南牆外而入，東流至兩池間，支分三道：一向南，至大廚房，以供日用；一向東，入東池；一向北折西，由石螭口中噴入西池[10]，繞至西北，設閘泄瀉，由城腳轉北，穿竇而出，直下黃河。日夜環流，殊清人耳。竹樹陰濃，仰不見天。西池中有亭，藕花繞左右。東有面南書室三間，庭有葡萄架，下設方石，可弈可飲，以外皆菊畦[11]。西有面東軒屋三間，坐其中可聽流水聲。軒南有小門可通內室。軒北窗下，另鑿小池，池之北有小廟，祀花神。園正中築三層樓一座，緊靠北城，高與城齊，俯視城外，即黃河也。河之北，山如屏列，已屬山西界，真洋洋大觀也！

余居園南，屋如舟式，庭有土山，上有小亭，登之可覽園中之概。綠陰四合，夏無暑氣。琢堂為余顏其齋曰「不繫之舟」[12]。此余幕遊以來第一好居室也。土山之間，藝菊數十種[13]，惜未及含葩，而琢堂調山左廉訪矣。眷屬移寓潼川書院，余亦隨往院中居焉。

琢堂先赴任，余與子琴、芝堂等無事輒出遊。乘騎至華陰廟[14]。過華封里，即堯時三祝處[15]。廟內多秦槐漢柏，大皆三、四抱，有槐中抱柏而生者，柏中抱槐而生者。殿廷古碑甚多，內有陳希夷書「福」、「壽」二字[16]。

華山之腳有玉泉院[17]，即希夷先生化形骨蛻處。有石洞如斗室，塑先生臥像於石床。其地水淨沙明，草多絳色，泉流甚急，修竹繞之。洞外一方亭，額曰「無憂亭」[18]。旁有古樹三株，紋如裂炭，葉似槐而色深，不知其名，土人即呼曰「無憂樹」。太華之高[19]，不知幾千仞，惜未能裹糧往登焉。

歸途見林柿正黃，就馬上摘食之。土人呼止，弗聽，嚼之澀甚，急吐去。下騎覓泉漱口，始能言，土人大笑。蓋柿須摘下煮一沸[20]，始去其澀，余不知也。

注釋

1 大除：即除夕。周秦時期，一年將盡之時，皇宮裡要舉行儀式，擊鼓驅逐疫鬼，稱為「逐除」，後來稱除夕的前一天為「小除」，稱除夕為「大除」。

2 獻歲發春：新年伊始，春天萬物生長。獻歲，指進入新的一年，歲首正月。發春，指春氣發動，萬物感春氣而生。語出《楚辭．招魂》：「獻歲發春兮，汨吾南征。」

3 風傳花信：春風傳報百花盛開的訊息。古人把應花期而來的風叫花信風，即能帶來開花的音訊。此處可引申為春風。南朝梁元帝《纂要》：「一月二番花信風，陰陽寒暖，冬隨其時，但先期一日，有風雨微寒者即是。」

4 雨濯春塵：春雨清洗街道上的塵土，空氣清新，萬象更新。

5 閿（音同紋）鄉縣：位於今河南靈寶市西北，秦漢以來的古縣城，南依秦嶺，東靠函谷關，西連潼關，是古代商貿集中地。函谷關：位於河南靈寶市東北，緊靠黃河岸邊，因關在谷中，深險如函，故稱函谷關。相傳老子騎青牛出函谷關歸隱，關令尹喜見紫氣東來，認為是聖人經過，就懇請老子著書，老子在此關寫出《道德經》。其事記載於《史記．老子韓非列傳》：「老子修道德，其學以自隱無名為務。居周久之，見周之衰，乃遂去。至關（函谷關），關令尹喜曰：『子將隱矣，強為我著書。』於是老子乃著書上下篇，言道德之意五千餘言而去，莫知其所終。」

6 老子乘青牛：這一傳說記載於漢劉向《列仙傳》：「老子西遊，關令尹喜望見有紫氣浮關，而老子果乘青牛而過也。」

7 山河之間：指位於華山和黃河之間。潼關背倚華山，面臨黃河，有「山河表裡」之稱。

8 「日照」句：出自韓愈〈次潼關先寄張十二閣老使君〉：「荊山已去華山來，日出潼關四扇開。」作於唐憲宗元和十二年（八一七），詩為韓愈隨軍在淮西大捷凱旋途中所見的壯麗景象。四扇開，指潼關的四扇關門大開，闢門東西各兩扇，彷彿迎接得勝之師。這裡指人煙稀少。

9 別駕：官職名，漢代為州刺史的佐官，因地位較高，不與刺史同車，別乘一車而得名。後世為通判的習稱，相當於副官，為正六品，輔佐州府長官，掌管糧運、家田、水利和訴訟等事項。

10 螭（音同痴）：傳說中一種無角的龍，嘴大肚大，能容水鎮水，螭首常用作古代建築或器物的排水口的裝飾。

11 菊畦（音同西）：園子裡種菊的地方。《說文解字》：「田五十畝曰畦。」畦，古代稱五十畝田為一畦，後指田間劃分的小區，即用土埂、溝或走道分隔成的作物種植小區。

12 不繫之舟：沒有束縛和纜繩捆綁的船，比喻無拘無束之身，及漂泊不定的生涯。典出《莊子．列禦寇》：「巧者勞而智者憂，無能者無所求，飽食而遨遊，泛若不繫之舟，虛而遨遊者也。」這裡照應前文「屋如舟式」。

13 藝：種植，作動詞。《說文解字》：「藝，種也。」

14 華陰廟：在今陝西華陰市，也稱西嶽廟、華嶽廟，用於祭祀華山之神。

15 堯時三祝：相傳堯帝巡視華封一帶，當地人祝堯聖人富有、長壽、多子多孫，合稱三祝。典出《莊子．天地篇》：「堯觀乎華。華封人曰：請祝聖人，使聖人富，使聖人壽，使聖人多男子。」後世以「華封三祝」或「三祝」為祝頌人多富多壽多子孫之辭。以佛手、桃和石榴比喻福、壽、子多的三多圖，在清代最為盛行。

16 陳希夷：北宋著名道教隱士陳摶（音同團），字圖南，自號扶搖子，安徽亳州人，拒官不仕，以山水為樂，曾隱居華山得道，逝世於此。宋太宗賜號「希夷先生」。相傳他尊奉老子之學，創作了太極圖、無極圖等圖式。後世常被尊稱為「陳摶老祖」、「希夷祖師」。

17 玉泉院：道教聖地，在今陝西華陰市玉泉路最南端，是登臨華山的門戶。又名希夷祠，建於宋仁宗皇祐年間，有石洞名希夷睡洞，皆是宋代道士賈得升為祭祀其師陳摶所建。

18 無憂亭：位於玉泉院內西北角，為正方形挑檐式建築，登此觀覽風景之美，有樂而忘憂之感，故名無憂亭。

19 太華：即西嶽華山，在今陝西華陰市南，其西有小華山，與華山峰勢相連，但低於華山，故稱少華山，為與之相對應，西嶽華山又稱為太華。

20 一沸：水煮到初沸。據唐代茶聖陸羽所撰《茶經》載，泡茶煮水有三沸：「其沸如魚目，微有聲，為一沸；緣邊如湧泉連珠，為二沸；騰波鼓浪，為三沸。」

❖ 山東 ❖

十月初，石琢堂從山東專門派人來接家屬親眷，我們就離開潼關，經河南進入山東。

山東濟南府城內，城西有大明湖，其中有歷下亭、水香亭等諸多風景勝地。夏天，柳樹蔭濃密，荷花香浮動，在湖中載酒泛舟，極有幽情雅趣。我到冬天去看，只見柳樹凋落，湖面寒煙嫋嫋，水茫茫一片而已。

趵突泉是濟南七十二泉之首。此泉分為三個泉眼，水從地底噴湧而出，勢如沸騰。但凡泉水都是從上往下流，獨有此泉從下往上，也是一大奇觀。池上有座樓，供奉著呂洞賓的畫像，遊人大多到此品茶。

次年二月，我在萊陽任職。到了嘉慶十二年秋天，石琢堂降官為翰林，我也跟著入京。傳聞中的登州的海市蜃樓，竟無緣一見。

原文

十月初，琢堂自山東專人來接眷屬，遂出潼關，由河南入魯。

山東濟南府城內，西有大明湖1，其中有歷下亭、水香亭諸勝2。夏月，柳陰濃處，菡萏香來3，載酒泛舟，極有幽趣。余冬日往視，但見衰柳寒煙，一水茫茫而已。

趵突泉為濟南七十二泉之冠4。泉分三眼，從地底怒湧突起，勢如騰沸。凡泉皆從上而下，此獨從下而上，亦一奇也。池上有樓，供呂祖像5，遊者多於此品茶焉。

明年二月，余就館萊陽6。至丁卯秋7，琢堂降官翰林8，余亦入都。所謂登州海市9，竟無從一見。

注釋

1 大明湖：曾稱歷下波、蓮子湖，在今山東濟南市中心大明湖公園，湖闊水碧，植荷栽柳，被譽為「中國第一泉水湖」，與趵突泉、千佛山並稱為濟南三大名勝，是消暑遊憩的去處。清乾隆時期才子劉鳳誥（一七六〇～一八三〇）有名聯詠大明湖：「四面荷花三面柳，一城山色半城湖。」

2 歷下亭：在大明湖中的湖心島上，因在曆山（即千佛山）之下而得名，四面臨水，綠柳環繞。水香亭：在大明湖東畔的一座水上亭子，始建於宋代，亭水相依，荷香襲人。

3 菡萏（音同漢旦）：古人稱未開的荷花為菡萏，後代指荷花。

4 趵突泉：在今山東濟南歷下區，南靠千佛山，北望大明湖。位居濟南七十二名泉之首，被譽為「天下第一泉」。據稱泉水向上噴湧可至數尺。石琢堂曾題對聯於濟南趵突泉觀瀾亭：「畫閣鏡中看幻作神仙福地，飛泉雲外聽寫成山水清音。」

5 呂祖：即八仙之一的呂洞賓，名巖，字洞賓，道號純陽子，世稱呂祖，在民間信仰中與觀音菩薩、關公合稱「三大神明」。因常出現於酒樓、茶館、飯鋪等地方吃吃喝喝，所以酒館茶樓裡供奉他。

6 萊陽：明清時屬登州府，今屬山東煙臺市，有「翰墨之鄉」的美譽。

7 丁卯：清嘉慶十二年（一八〇七）。時沈復虛歲四十五歲。

8 翰林：官名，清代翰林院屬官。唐代始設翰林院，翰林作為皇帝的文學侍從官，憑學問才能充任，唐玄宗時正式稱為翰林學士。清代從進士中選拔人才任翰林，主管編修國史，草擬典禮檔等。石琢堂在山東期間，因為官清廉，令僚屬不得納賄而被人怨恨，受濟南府張鵬升命案誤判致人死的牽連，被彈劾而遭革職，於清嘉慶十二年（一八〇七）降官為翰林院編修職位，為正七品，這年十一月又辭官回鄉退隱，後為杭州紫陽書院院長，致力推動江南學風，一生堪為明清正統知識份子的縮影。

9 登州：山東蓬萊一帶的古稱。海市：指海市蜃樓，是一種自然界的幻景。宋沈括《夢溪筆談》：「登州海中，時有雲氣，如宮室、臺觀、城堞、人物、車馬、冠蓋，歷歷可見，謂之『海市』。」以幻景終篇，隱喻浮世夢幻，飄渺不定，切近主旨。

《卷五》❖ 中山記歷 ❖

❖ 出使 ❖

原文

嘉慶四年，歲在己未，琉球國中山王尚穆薨[1]。世子尚哲先七年卒，世孫尚溫表請襲封。中朝懷柔遠藩，錫以恩命[2]，臨軒召對[3]，特簡儒臣[4]。於是，趙介山先生[5]，名文楷，太湖人，官翰林院修撰，充正使。李和叔先生[6]，名鼎元，綿州人，官內閣中書，副焉。介山馳書，約余偕行。

余以高堂垂老，憚於遠遊，繼思遊幕二十年，遍窺兩戒[7]，然而尚囿方隅之見[8]，未觀域外，更歷瀴溟之勝[9]，庶廣異聞。稟商吾父，允以隨往。從客凡五人：王君文誥，秦君元鈞，繆君頌，楊君華才，其一即余也。

五年五月朔日，隨澞節以行[10]，祥飈送風，神魚扶舳[11]，計六晝夜，徑達所屆。凡所目擊，咸登掌錄。志山水之麗崎，記物產之瑰怪，載官司之典章，嘉士女之風節。文不矜奇，事皆記實。自慚譾陋[12]，甘貽測海之嗤[13]；要堪傳言，或勝鑿空之說云爾[14]。

注釋

1 琉球國：古國名，在今琉球群島，為明、清的藩屬國，清光緒五年（一八七九）為日本吞併，改稱沖繩縣。中山王：中山是琉球島上的三個小國之一，於一四二九年滅中南、中北兩個小國，統一琉球王國，明以後國王奉中國為宗主國，自稱「琉球國中山王」，明遣使賜封，並賜姓尚。薨：古代對諸侯去世的稱呼。藩屬國的國王相對宗主國，相當於諸侯。

2 錫以恩命：天子特賜恩命。錫，通「賜」，賜給、賞賜。按慣例，琉球國王即位必須經大清皇帝冊封。

3 臨軒召對：當面接受皇帝親試。臨軒，指皇帝駕臨殿前。

4 特簡：皇帝對官吏的破格選用。

5 趙介山：趙文楷（一七六〇～一八〇八），字逸書，號介山，安徽太湖（今太湖縣西）人，清嘉慶元年（一七九六）狀元，官授翰林院修撰。嘉慶五年，被選派為出使琉球的正使，著有《石柏山房詩存》、《中山見聞錄》。

6 李和叔：李鼎元（一七四九～一八一二），字和叔，號墨莊，綿州（今四川綿陽東）人。清代官吏、學者，時任內閣中書，被選派為出使琉球的副使，著有《使琉球記》。

7 兩戒：舊時以黃河、長江為南北兩界，泛指國家的南北界限。

8 方隅（音同於）：四方和四隅，借指國家大陸的邊疆。

9 瀴（音同英）溟：水茫茫遙遠的樣子。

10 簜（音同盪）節：即竹節，古代使節所持的信物。這裡代指使節。

11 舳（音同竹）：船尾扶舵的地方，代指船。

12 譾（音同檢）陋：謙辭，淺薄、簡單。

13 測海：以蠡（音同離）測海的省稱，比喻觀察和見識片面。蠡，盛水的瓢。

14 鑿空：指穿鑿附會、毫無根據的言論。

❖ 海路 ❖

原文

五月朔日，恰逢夏至，襆被登舟。向來封中山王，去以夏至，乘西南風；歸以冬至，乘東北風，風有信也。舟二，正使與副使共乘其一。舟身長七丈，首尾虛艄三丈，深一丈三尺，寬二丈二尺，較歷來封舟[1]，幾小一半。前後各一桅，長六丈有奇[2]，圍三尺。中艙前一桅，長十丈有奇，圍六尺，以番木為之。通計二十四艙，艙底貯石，載貨十一萬斤有奇。龍口置大炮一[3]，左右各置大炮二，兵器貯艙內。大桅下，橫大木為轆轤，移炮升篷皆仗之，輦以數十人[4]。艙面為戰臺，尾樓為將臺，立幟列藤牌[5]，為使臣廳事[6]。下即舵樓，舵前有小艙，實以沙布針盤。中艙梯而下，高可六尺，為使臣會食地。前艙貯火藥、貯米，後以居兵。稍後為水艙，凡四井。二號船稱是。每船約二百六十餘人，船小人多，無立錐處。風信已屆，如欲易舟，恐延時日也。

初二日午刻，移泊鰲門[7]。申刻，慶雲見於西方[8]，五色輪囷[9]，適與樓船旗幟上下輝映，觀者莫不歎為奇瑞。或如玄圭，或如白珂，或如靈芝，或如玉禾，或如絳綃，或如紫紽[10]，或如文杏之葉，或如含桃之顆，或如秋原之草，或如春湘之波。向讀屠長卿賦[11]，今始知其形容之妙也。畫士施生，為〈航海行樂圖〉，甚工。余見茲圖，遂乃擱筆。香厓雖善畫，亦不能辨此。

初四日亥刻，起碇[12]。乘潮至羅星塔[13]，海闊天空，一望無際。余婦芸娘，昔遊太湖，謂得見天地之寬，不虛此生。使觀於海，其愉快又當何如？

初九日卯刻，見彭家山[14]，列三峰，東高而西下。申刻，見釣魚臺[15]，三峰離立，如筆架，皆石骨。惟時水天一色，舟平而駛。有白鳥無數，繞船而送，不知所自來。入夜，星影橫斜，月光破碎，海面盡作火焰，浮沉出沒，木華〈海賦〉所謂「陰火潛然」者也[16]。

初十日辰正，見赤尾嶼。嶼方而赤，東西凸而中凹，凹中又有小峰二。船從山北過，有大魚二，夾舟行，不見首尾，脊黑而微綠，如十圍枯木，附於舟側。舟人以為風暴將起，魚先來護。午刻，大雷雨以震，風轉東北，舵無主。舟轉側甚危，幸而大魚附舟，尚未去。忽聞霹靂一聲，風雨頓止。申刻，風轉西南且大。合舟之人，舉手加額，咸以為有神助。得二詩以志之。詩云：

平生浪跡遍齊州[17]，又附星槎作遠遊[18]。魚解扶危風轉順，海雲紅處是琉球。

白浪滔滔撼大荒，海天東望正茫茫。此行足壯書生膽，手挾風雷意激昂。

自謂頗能寫出爾時光景。

十一日午刻，見姑米山[19]。山共八嶺，嶺各一二峰，或斷或續。未刻，大風暴雨如注，然雨雖暴而風順。酉刻，舟已近山。琉球人以姑米多礁，黑夜不敢進，待明而行，亦不下碇，但將篷收回，順風而立，則舟蕩漾而不能進退。戌刻，舟中舉號火，姑米山有火應之。詢之為球人暗令：日則放炮，夜則舉火。《儀》注所謂「得信」者[20]，此也。

十二日辰刻，過馬齒山[21]。山如犬羊相錯，四峰離立，若馬行空。計又行七更[22]，船再用甲寅針[23]，取那霸港[24]。回望見迎封船在後，共相慶幸。

歷來針路所見，尚有小琉球、雞籠山、黃麻嶼[25]，此行俱未見。問知琉球伙長[26]，年已六十，往來海面八次，每度細審，得其準的。以為不出辰卯二位，而乙卯位單，乙針尤多，故此次最為簡捷，而所見亦僅三山，即至姑米。針則開洋用單辰，行七更後，用乙辰，自後盡用乙。過姑米，乃用乙卯。惟記更以香，殊難憑準。念五虎門至官塘[27]，里有定數，因就時辰表按時計里，每時約行百有十里。自初八日未時開洋[28]，訖十二日辰時，計共五十八時。初十日，暴風停兩時。十一日夜，畏觸礁，停三時，實行五十三時，計程應得五千八百三十里。計到那霸港，實洋面六千里有奇。

據琉球伙長云，海上行舟，風小固不能駛，風過大，亦不能駛。風大則浪大，浪大力能壅船[29]，進尺仍退二寸。惟風七分，浪五分，最宜駕駛，此次是也。從來渡海，未有平穩而駛如此者。

注釋

1 封舟：派往琉球冊封琉球王的船隻，用來顯示國威。

2 有奇（音同機）：還有零頭，有餘。

3 龍口：明清時期戰艦有的會在艦首設龍頭，口中設有火炮。

4 輦：原指用人拉或推的車，這裡指推、拉等動作。
5 藤牌：藤條編製而成的盾牌。
6 廳事：古代官員視事問案的廳堂，這裡指議事廳。
7 鼇門：位於福建漳州薌城區石亭鎮。
8 慶雲：五色雲。古人以它為祥瑞之氣。
9 輪囷（音同君）：屈曲盤繞的樣子。
10 紽（音同駝）：原為古代量詞，五絲為一紽，這裡指絲線或絲織品。
11 屠長卿：明代文學家、戲曲家屠隆，字長卿，別號蓬萊仙客，浙江鄞縣人（今寧波鄞州區），博學多才，晚年潛心於禪理道術。
12 起碇（音同定）：拔錨起航。碇，繫船的石墩。
13 羅星塔：又稱中國塔，位於福建福州市馬尾港，是閩江門戶。
14 彭家山：今印尼西邦加島。
15 釣魚臺：即釣魚島，距臺灣的基隆港東北約二〇〇公里的島嶼。
16 木華：字玄虛，廣川（今河北景縣）人。西晉辭賦家，所作〈海賦〉負有盛名。陰火：這裡指夜色下海中生物所發之光。
17 齊州：即中州，古時指中國。
18 星槎（音同查）：傳說往來於天河的木筏。泛指舟船。槎，木筏。
19 姑米山：也稱古米島，即日本沖繩的久米島，位於琉球國西端。
20 《儀》：即儒家經典《儀禮》，儒家十三經之一，周代禮制彙編。

21 馬齒山：位於今沖繩的慶良間諸島。
22 更：古代計算水路路程的單位。
23 甲寅針：傳統航海羅盤以十二地支（子丑寅卯辰巳午未申酉戌亥）、八天干（甲乙丙丁庚辛壬癸，不加戊己）和四八卦（乾艮巽坤）共二十四個字按次序排列成一圈，表示二十四個方位。每個字的中心線表示一個方位，形成二十四路單針，如「單甲針」。相鄰兩個字之間的中分線也各表示一個方位，形成二十四路縫針，以兩個相鄰的方位字來表述，如「甲寅針」，可指向四十八方位的羅盤。
24 那霸港：今日本沖繩縣首府那霸市的港口，是重要的貿易港口，位於沖繩島南部西海岸，瀕臨東海。那霸，古琉球國首都首里所在地。
25 小琉球：即琉球嶼，是臺灣屏東縣西南外海上的小島嶼。雞籠山：位於澎湖嶼東北，也稱北港、東番。黃麻嶼：即黃尾嶼，釣魚島附屬島嶼之一。
26 夥長：又稱伙長、舟師，古代航海技術人員，掌管羅盤。
27 五虎門：今福建長樂市潭頭鎮。官塘：今廣東潮州市官塘鎮。
28 開洋：海運船起航。
29 壅（音同庸）：堵塞。

❖ 使館 ❖

原文

於時，球人駕獨木船數十，以縴挽舟而行，迎封三接如儀。辰刻，進那霸港。先是，二號船於初十日望不見，至是乃先至。迎封船亦隨後至，齊泊臨海寺前。伙長云，從未有三舟齊到者。

午刻登岸，傾國人士，聚觀於路，世孫率百官迎詔如儀。世孫年十七，白皙而豐頤，儀度雍容，善書，頗得松雪筆意1。

按《中山世鑑》2，隋使羽騎尉朱寬至國3，於萬濤間，見地形如虬龍浮水，始曰「流虬」。而《隋書》又作「流求」，《新唐書》作「流鬼」，《元史》又作「璃求」，明復作「琉球」。《世鑑》又載，元延祐元年，國分為三大里，凡十八國，或稱山南王，或稱山北王。余於中山、南山，遊歷幾遍，大村不及二里，而即謂之國，得勿誇大乎？

球人每言大風，必曰颱颶。按韓昌黎詩：「雷霆逼颶䬘4。」是與颶同稱者為䬘。《玉篇》：「䬘，大風也，于筆切。」《唐書．百官志》：「有䬘海道，或係球人誤書。」《隋書》稱琉球有虎狼熊羆，今實無之。又云無牛羊驢馬。驢誠無，而六畜無不備。乃知書不可盡信也。

天使館西向，仿中華廨署，有旗杆二，上懸冊封黃旗。有照牆5，有東西轅門，左右有鼓亭，有班房。大門署曰「天使館」，門內廊房各四楹。儀門署曰「天澤門」，萬曆中使臣夏子陽題，年久失去，前使徐葆光補出[6]。

門內左右各十一間，中有甬道，道西榕樹一株，大可十圍，徐公手植。最西者為廚房。大堂五楹，署曰「敷命堂」，前使汪楫題[7]。稍北，葆光額曰「皇綸三錫」。堂後有穿堂，直達二堂。堂五楹，中為正副使會食之地，前使周公署曰「聲教東漸」[8]。左右即寢室。堂後南北各一樓，南樓為正使所居，汪楫額曰「長風閣」。北樓為副使所居，前使林麟焻額曰「停雲樓」[9]。額北有詩牌，乃海山先生所題也。周礪礁石為垣，望同百雉[10]。垣上悉植火鳳，千方，無花有刺，似霸王鞭，葉似慎火草[11]，俗謂能避火，名「吉姑羅」。南院有水井。

樓皆上覆瓴[12]，下砌方磚，院中平似沙，桌椅床帳悉仿中國式。寄塵得詩四首，有句云：「相看樓閣雲中出，即是蓬萊島上居。」又有句云：「一舟翦徑憑風信，五日飛帆駐月楂。」皆真情真境也。

注釋

1 松雪：即宋末元初畫家趙孟頫，字子昂，號松雪道人。

2 《中山世鑑》：全稱《琉球國中山世鑑》，琉球王國「三大國史」之首。

3 羽騎尉：隋代武散官名。隋文帝所置八尉之一，隋煬帝時廢。朱寬：隋煬帝大業三年（六〇七）奉命赴琉球，是第一個被派往琉球的朝廷官員。

4 雷霆逼颶颵：語出韓愈詩〈山南鄭相公、樊員外酬答為詩，其末咸有見及語，樊封以示愈，依賦十四韻以獻〉。颶，即颶風，海洋上的強烈風暴。颵，大風。

5 照牆：即照壁，中國古代的傳統建築中，設在大門內的遮罩物。

6 徐葆光：字亮直，號澄齋，江蘇長洲（今蘇州地區）人。康熙五十七年（一七一八），任冊封琉球國王的副使，著有《中山傳信錄》。

7 汪楫：字次舟（或舟次），號悔齋，安徽休寧人。康熙二十一年（一六八二），任冊封琉球正使，著有《使琉球雜錄》（後文稱「汪《錄》」）。

8 周公：周煌，字景桓，號緒楚、海山或海珊（即下文所稱「海山先生」），四川涪州（今重慶市涪陵區）人。乾隆二十一年（一七五六），以副使身份出使琉球，著有《琉球國志略》。

9 林麟焻（音同暢）：字石來，號玉岩，永積倉（今福建莆田市城廂區東山巷）人。康熙二十一年，任冊封琉球國王副使。

10 雉（音同志）：古代城牆面積的計算單位，長三丈、高一丈為一雉。

11 慎火草：即景天，又名戒火、辟火、救火等，全草可入藥。傳說是火災的剋星，古代多在春分當日種在屋上。

12 瓵（音同童）：圓筒形的覆瓦，多用於宮殿、廟宇。

❖孔廟❖

原文

孔子廟在久米村1。堂三楹，中為神座，如王者垂旒搢圭2，而署其主曰：「至聖先師孔子神位」。左右兩龕，龕二人立侍，各手一經，標曰《易》、《書》、《詩》、《春秋》，即所謂四配也3。堂外為臺，臺東西拾級以登，柵如欞星門4，中仿戟門5，半樹塞以止行者。其外臨水為屏牆。堂之東，為明倫堂，堂北祀啟聖6。

久米士之秀者，皆肄業其中7。擇文理精通者為之師，歲有廩給8，丁祭一如中國儀9。敬題一詩云：

洋溢聲名四海馳，島邦也解拜先師。廟堂肅穆垂旒貴，聖教如今洽九夷。

用伸仰止之忱。

注釋

1 久米村：位於今沖繩那霸市松山公園與久米公園一帶。為方便琉球貢使往來，明洪武帝派遣福建舟工三十六戶赴琉球定居，這些移民被稱為「閩人三十六姓」，在那霸港附近的浮島上建立了一個獨立的村落，原稱「唐營」、「唐榮」，後更名為久米村。

2 垂旒（音同流）：古代帝王頭上戴著的冠冕前後懸垂的玉串。搢（音同進）圭：腰帶上插著圭。搢，插。圭，一種象徵身份的貴重玉器，上銳下方。

3 四配：即孔子的四大弟子，復聖公顏淵、述聖公子思、宗聖公曾參、亞聖公孟軻，又稱四聖。

4 欞星門：舊時孔廟（也稱夫子廟、文廟）的外門，為牌樓式木質或石質建築。欞星，傳說為天上文曲星。

5 戟門：又稱啟聖門、儀門，俗稱小殿。古代帝王外出時，在止宿處插戟為門，稱為戟門，後為宮門的別稱。

6 啟聖：即孔子之父叔梁紇。元代被封為啟聖王。

7 肄（音同意）業：指在校學習，進修學業。肄，學習。

8 廩（音同凜）給：俸祿，薪水，膳食津貼，泛指衣食等生活物資。

9 丁祭：古代祭孔禮儀。在每年農曆二月、八月上旬的丁日祭祀。

❖ 佛寺 ❖

原文

國中諸寺，以圓覺為大1。渡觀蓮塘橋，亭供辨才天女2，云即斗姥3。將入門，有池曰「圓鑑」，荇藻交橫，芰荷半倒4。門高敞，有樓翼然5。左右金剛四，規格略仿中國。佛殿七楹。更進，大殿亦七楹，名「龍淵殿」。中為佛堂，左右奉木主，亦祀先王神位，兼祀祧主6。左序為方丈7，右序為客座，皆設席，周緣以布，下襯極平而淨，名曰「踏腳綿」。方丈前為蓬萊庭。左為香積廚，側有井，名「不冷泉」。客座右為古松嶺，異石錯舛8，列於松間。左廂為僧寮，右廂為獅子窟。僧寮南有樂樓。樓南為園，繞花木。此圓覺寺之勝概也。

又有護國寺9，為國王禱雨之所。龕內有神，黑而裸，手劍立，狀甚猙獰。有鐘，為前明景泰七年鑄。寺後多鳳尾蕉，一名鐵樹。又有天王寺，有鐘，亦為景泰七年鑄。又有定海寺，有鐘，為前明天順三年鑄。至於龍渡寺、善興寺、和光寺，荒廢無可述者。

注釋

1 圓覺：即圓覺寺，位於古琉球國的都城首里。圓覺，語出佛經，指佛教最高的圓滿覺悟之道。

2 辨才天女：印度神話中大神梵天的妻子或女兒，因多智善辯，被視為語言、知識和智慧的女神。佛教中她的形象為菩薩，生有四臂、持琴的女性，供奉她能增長智慧，增長福德。

3 斗姥（音同母）：道教信奉的女神，又稱斗母或斗姆。斗，北斗，因此斗母指北斗眾星之母，長有三目、四頭、六臂。

4 芰（音同濟）荷：菱葉與荷葉。芰，菱角。

5 翼然：形容亭臺樓閣等建築物四角翹起，高聳張開之貌。

6 祧（音同挑）主：遠祖廟的神主。

7 方丈：佛寺或道觀中住持的居處，這裡指茶堂等招待客人的地方。

8 舛（音同喘）：參差不齊，交錯。

9 護國寺：位於那霸市政廳西北，是沖繩現存歷史最久遠的寺院。

❖ 海味 ❖

原文

此邦海味，頗多特產，為中國之所罕見。一石鮔[1]，似墨魚而大，腹圓如蜘蛛，雙鬚八手，攢生兩肩，有刺，類海參，無足無鱗介，如鮑魚。登萊有所謂八帶魚者[2]，以形考之，殆是石鮔，或即烏鰂之別種歟[3]？

一海蛇，長三尺，僵直如朽索，色黑，狀猙獰。土人云：「能殺蟲，療痼[4]，已癘[5]。」殆永州異蛇類。土俗甚重之，以為貴品。

一海膽，如蝟，剝皮去肉，搗成泥，盛以小瓶，可供饌。一寄生螺，大小不一，長圓各異，皆負殼而行。螺中有蟹，兩螯八跪[6]，跪四大四小，以大跪行；螯一大一小，小者常隱，大者以取食。觸之則大跪盡縮，以一大螯拒戶。蟹也，而有螺性。〈海賦〉所云「璅蛣腹蟹」[7]，豈其類歟？《太平廣記》謂「蟹入螺中」[8]，似先有蟹。然取置碗中，以觀其求脫之勢，力猛殼脫，頃刻死，則又與殼相依為命。造物不測，難以臆度也。

一沙蟹，闊而薄，兩螯大於身。甲小而缺其前，縮兩螯以補之，若無縫。八跪特短，臍無甲，尖團莫辨[9]。見人則凹雙睛，噀水高寸許[10]，似善怒。養以沙水，經十餘日，不食亦不死。

一蚶[11]，徑二尺以上，圍五尺許，古人所謂「屋瓦子」，以殼形凹凸，像屋瓦也。

一海馬肉，薄片回屈如刨花12，色如片茯苓13。品之最貴者，不易得，得則先以獻王。其狀魚身馬首，無毛而有足，皮如江豚。此皆海味之特產也。

注釋

1 石鮔（音同聚）：一種小章魚，軟體動物。章魚因頭上生有八條腕，又稱八帯魚或八爪魚。

2 登萊：古代登州和萊州地區，轄今煙臺、青島、威海和濰坊等地。

3 烏鰂（音同賊）：即烏賊，能噴墨，故又稱墨魚、墨斗魚。

4 痼（音同故）：長久難以治癒的病。

5 已癘（音同立）：治癒疫病。已，治癒。癘，指瘟疫，惡瘡。

6 跪：足，腳。

7 瑣蛣（音同索節）腹蟹：瑣蛣腹中有小蟹寄居。語出郭璞〈江賦〉：「瑣蛣腹蟹，水母目蝦。」瑣蛣，也稱瑣蛣，又名海鏡，今稱寄居蟹。〈海賦〉也收入在《文選》中，但無此詞句，此處應為〈江賦〉，疑似作者記憶之誤。

8 《太平廣記》：成書於北宋太平興國（宋太宗年號）年間，中國古代第一部文言紀實小說總集。全書五百卷，取材於漢代至宋初的紀實故事及道經、釋藏等為主的雜著。

9 尖團莫辨：難以看出雌雄。雌蟹腹甲呈圓形，稱團臍。雄蟹腹甲呈尖形，稱尖臍。

10 噀（音同訊）：噴水，含在口中而噴出。

11 蚶（音同憨）：一種軟體動物，生活在淺海泥沙中，殼厚而堅實，蚶肉可食用，俗稱瓦壟子、瓦楞子。

12 刨（音同報）花：刨木料時刨下來的薄片，多呈卷狀。

13 茯苓：一種寄生在松樹根上的塊狀菌，可全株入藥，外皮黑褐色，裡面白色或粉紅色。

❖ 布料 ❖

原文

此邦果實，亦有與中國不同者。蕉實狀如手指，色黃，味甘，瓣如柚，亦名甘露。初熟色青，以糖覆之則黃。其花紅，一穗數尺。瓤鬚五六出，歲實為常，實如其鬚之數。中國亦有蕉，不聞歲結實，亦無有抽其絲作布者，或其性殊歟？

布之原料，與製布之法，亦有與中國異者。一曰蕉布[1]，米色，寬一尺，乃芭蕉漚抽其絲織成[2]，輕密如羅。

一曰苧布[3]，白而細，寬尺二寸，可敵棉布。

一曰絲布，白而棉軟，苧經而絲緯，品之最尚者。《漢書》所謂蕉、筒、荃、葛，即此類也。

一曰麻布，米色而粗，品最下矣。

國人善印花，花樣不一，皆剪紙為範。加範於布，塗灰焉。灰乾去範，乃著色。乾而浣之，灰去而花出，愈浣而愈鮮，衣敝而色不退。此必別有製法，秘不語人。故東洋花布，特重於閩也。

注釋

1 蕉布：用芭蕉纖維製成的布。清李調元《南越筆記．葛布》載：「蕉類不一，其可為布者曰蕉麻，山生或田種。」

蕉麻產於熱帶或亞熱帶，可用於織布、製繩、造紙等。

2 漚（音同嘔）：指在水中長時間地浸泡。

3 苧（音同住）布：用苧麻織成的布，吸濕透氣性好，比棉布輕盈，適合做夏衣，又稱夏布。

❖ 草木 ❖

原文

此邦草木，多與中國異稱，惜未攜《群芳譜》來，一一辨證之耳。羅漢松謂之「樫木」，冬青謂之「福木」，萬壽菊謂之「禪菊」，鐵樹謂之「鳳尾蕉」，以葉對出形似也，亦謂之「海棕櫚」，以葉蓋頭形似也。有攜至中華以為盆玩者，則謂之「萬年棕」云。鳳梨，開花者謂之「男木」，白瓣若蓮，頗香烈，不實；無花者謂之「女木」，而實大，如瓜可食。或云即波羅蜜別種，球人又謂之「阿旦呢」。月橘，謂之「十里香」，葉如棗，小白花，甚芳烈，實如天竹子1，稍大。聞二月中，紅累累滿樹，若火齊然。惜余未及見也。

球陽地氣多暖2，時屆深秋，花草不殺，蚊雷不收，荻花盛開。野牡丹，二、三月花，至八月復花，累累如鈴鐸3，素瓣，紫暈，檀心，圓而大，頗芳烈。佛桑四季皆花4，有白色，有深紅、粉紅二色。

因得一詩，詩云：

偶隨使節泛仙槎，日日春遊玩物華。天氣常如二三月，山林不斷四時花。

亦真情真景也。

球人嗜蘭，謂之「孔子花」。陳宅尤多異產。有風蘭，葉較蘭稍長，篾竹為盆，掛風前，即蕃衍5。有名護蘭，葉類桂而厚，稍長如指，花一箭八九出，以四月開，香勝於蘭。出名護嶽岩石間，不假水土，或寄樹椏，或裹以棕而懸之，無不茂。有粟蘭，一名芷蘭，葉如鳳尾花，作珍珠狀。有棒蘭，綠色，莖如珊瑚，無葉，花出椏間，如蘭而小，亦寄樹活。又有西表松蘭、竹蘭之目，或致自外島，或取之巖間，香皆不減蘭也。因得一詩，詩云：

移根絕島最堪誇，道是森森闕里花。不比尋常凡草木，春風一到即繁華。

題詩既畢，并為寫生，愧無黃筌之妙筆耳6。

注釋

1 天竹子：又名天竺子或南竹子，結出的果實類似豌豆大小。

2 球陽：對琉球的美稱。琉球國史《球陽》用漢文寫成，編纂於清乾隆八年至光緒二年（一七四三～一八七六），全稱《球陽記事》，是琉球國三部官修編年史之一。

3 鐸（音同奪）：大鈴，內有舌，古代樂器。

4 佛桑：即扶桑，一種常綠大灌木。原產於中國南部諸省。

5 蕃（音同凡）衍：同「繁衍」，滋生繁殖。

6 黃筌：五代時西蜀宮廷畫家，字要叔，四川成都人，擅長畫花鳥、松石、山水、墨竹等，有《寫生珍禽圖》等傳世。

❖ 弈棋 ❖

原文

沿海多浮石，嵌空玲瓏，水擊之，聲作鐘磬，此與中國彭蠡之口石鐘山相似[1]。閒居無可消遣，與施生弈，用琉球棋子。白者磨螺之封口石為之。內地小螺拒戶有圓殼，海螻大者，其拒戶之殼，厚五、六分，徑二寸許，圓白如硨磲[2]，土人名曰「封口石」。黑者磨蒼石為之，子徑六分許，圍二寸許，中凸而四周削，無正背面，不類雲南子式。棋盤以木為之，厚八寸，四足，足高四寸，面刻棋路。

其俗好弈，舉棋無不定之說，頗亦有國手。局終數空眼多少，不數實子，數正同。相傳國中供奉棋神，畫女相如仙子，不令人見，乃國中雅尚也。

注釋

1 彭蠡（音同里）：鄱陽湖的古稱。石鐘山：位於江西九江湖口縣的長江與鄱陽湖交匯處，被譽為「中國千古奇音第一山」。

2 硨磲（音同車渠）：海中最大的雙殼貝類，號稱「貝王」，殼大而厚，內殼潔白光潤，可製成佛珠。

❖ 祭祀 ❖

原文

六月初八日辰刻，正、副使恭奉諭祭文，及祭銀焚帛，安放龍彩亭內。出天使館東行，過久米村、泊村，至安里橋，即真玉橋。世孫跪接如儀，即導引入廟。禮畢，引觀先王廟。正廟七楹，正中向外，通為一龕，安奉諸王神位。左昭自舜馬至尚穆，共十六位；右穆自義本至尚敬，共十五位[1]。

是日，球人觀者，彌山匝地[2]。男子跪於道左，女子聚立遠觀。亦有施帷掛竹簾者，土人云，係貴官眷屬。女皆黥首、指節為飾[3]，甚者全黑，少者間作梅花斑。國俗不穿耳，不施脂粉，無珠翠首飾。人家門戶，多樹「石敢當」碣[4]，牆頭多植吉姑羅或楺樹，剪剔極齊整。國人呼中國為唐山，呼華人為唐人。

球地皆土沙，雨過即可行，無泥濘。奧山有卻金亭[5]，前明冊使陳給事侃歸時卻金，故國人造亭以表之。

辨嶽在王宮東南三里許。過圓覺寺，從山脊行，水分左右，堪輿家謂之過峽，中山來脈也[6]。山大小五峰，最高者謂之辨嶽。灌木密覆，前有石柱二，中置柵二，外板閣二。少左，有小石塔，左右列石案五。折而東，數十級至頂，有石壚二[7]：西祭山，東祭海。嶽之神曰祝，祝謂是天孫氏第二女云[8]。國王受封，必齋戒親祭，正、五、九月，祭山海及護國神，皆在辨嶽也。

注釋

1 左昭、右穆：昭穆是中國古代的宗法制度，指宗廟、墓地或神主的輩次排列。古人以東向為上，因此以始祖居中，東向，二世、四世、六世等位於始祖的左方，朝南，稱昭；三世、五世、七世等位於右方，朝北，稱穆。舜馬，琉球國舜天王朝的二世國王。尚穆，琉球國第二尚氏王朝第十四世國王。義本，琉球國舜天王朝的三世國王。尚敬，琉球國第二尚氏王朝第十三世國王。

2 彌山匝地：滿山遍地，人山人海。匝，遍地，滿地。

3 黥（音同情）首：古代在人的額上刺字或紋路，並塗上顏色。

4 石敢當：古時人們常把刻有「石敢當」或「泰山石敢當」的石碑立於橋道或房屋牆壁上，以鎮壓一切不祥之邪。碣（音同節）：石碑。

5 卻金亭：明嘉靖十三年（一五三四），官居七品吏科左給事中的陳侃出使琉球國。歸國時，琉球王尚清贈送黃金，他堅決不受，琉球王特建「卻金亭」以示紀念。

6 來脈：風水術語，又稱「來龍」，堪輿家將起伏綿亙的山勢稱為龍脈，來龍就是龍脈的來源，泛指源頭。

7 石壚：石臺。

8 天孫氏：琉球開闢之神阿摩美久降臨沖繩島，創立了琉球國。其子孫世代統治琉球，稱為天孫氏。

❖ 中山 ❖

原文

波上、雪崎及龜山，余已遊遍，而要以鶴頭為最勝。隨正副使往遊，陟其巔[1]，避日而坐。草色粘天，松陰匝地。東望辨嶽，秀出天半，王宮歷歷如畫。其南，則近水如湖，遠山如岸，豐見城巍然突出，山南王之舊跡猶有存者。西望馬齒、姑米，出沒隱見，若近若遠，封舟之來路也。北俯那霸、久米，人煙輻輳[2]。舉凡山川靈異，草木陰翳，魚鳥沉浮，雲煙變滅，莫不爭奇獻巧，畢集目前。乃知前日之遊，殊為鹵莽。

梁大夫小具盤樽，席地而飲，余亦趣僕以酒肴至[3]。未申之交，涼風乍生，微雨將灑，乃移樽登舟。時海潮正漲，沙岸彌漫，遂由奧山南麓折而東北。山石嵌空欲落，海燕如鷗，漁舟似織。俄而返照入山，冰輪出水[4]，文鰩無數[5]，飛射潮頭。與介山舉觴弄月，擊楫而歌。樽不空，客皆醉。越渡里村，漏已三下。卻金亭前，列炬如晝，迎者倦矣。乃相與步月而歸，為中山第一遊焉。

泉崎橋橋下，為漫湖滸6。每當晴夜，雙門拱月，萬象澄清，如玻璃世界，為中山八景之一。旺泉味甘，亦為中山八景之一。王城有亭，依城望遠，因小憩亭中，品瑞泉，縱觀中山八景。八景者：泉崎夜月、臨海潮聲、久米村竹籬、龍洞松濤、筍崖夕照、長虹秋霽、城嶽靈泉、中島蕉園也。

亭下多棕櫚、紫竹，竹叢生，高三尺餘，葉如棕，狹而長，即所謂觀音竹也。亭南有蚶殼，長八尺許，貯水以供盥，知大蚶不易得也。國人浣漱不用湯，家豎石樁，置石盂或蚶殼其上，貯水，旁置一柄筒。曉起，以筒盛水，澆而盥漱之。客至亦然。地多草，細軟如毯，有事則取新沙覆之。國人取玳瑁之甲7，以為長簪，傳至中國，率由閩粵商販。球人不知貴，以為賤品。崑山之旁8，以玉抵鵲，地使然也。

注釋

1 陟（音同志）：登高。

2 輻輳（音同湊）：密集、聚集，如同車輻集中於車轂（音同古）一樣。

3 趣（音同促）：通「促」，催促。

4 冰輪：明月。

5 文鰩（音同謠）：傳說中的魚名，像鯉魚，有鳥一樣的翅膀、白色的頭、紅色的嘴，夜間飛行。

6 漫湖：位於那霸市和豐見城市之間，今有漫湖公園。滸：水邊。

7 玳瑁（音同戴帽）：一種主要生活於淺水礁湖和珊瑚礁區的食肉性海龜。甲片可入藥。

8 崑山：指崑崙山，古代以產玉聞名，盛產和闐玉，又稱為崑山玉。

❖ 漢裔 ❖

原文

豐見山頂，有山南王第故城。徐葆光詩有「頹垣宮闕無全瓦，荒草牛羊似破村」之句。王之子孫，今為那姓，猶聚居於此。

辻山，國人讀為「失山」。琉球字皆對音，十、失無別，疑疊之誤也。副使輯《球雅》[1]，謂一字作二三字讀，二三字作一字讀者，皆義而非音，即所謂寄語，國人盡知之。音則合百餘字，或十餘字為一音，與中國音迥異。國中惟讀書通文理者，乃知對音，庶民皆不知也。

久米官之子弟，能言，教以漢語；能書，教以漢文。十歲稱「若秀才」，王給米一石。十五薙髮[2]，先謁孔聖，次謁國王。王籍其名，謂之「秀才」，給米三石。長則選為通事，為國中文物聲名最，即明三十六姓後裔也。那霸人以商為業，多富室。明洪武初，賜閩人三十六姓善操舟者，往來朝貢。國中久米村，梁、蔡、毛、鄭、陳、曾、阮、金等姓，乃三十六姓之裔，至今國人重之。

與寄公談玄理，頗有入悟處，遂與唱和成詩。法司蔡溫[3]，紫金大夫程順則、蔡文溥[4]，三人集詩，有作者氣。順則別著《航海指南》，言渡海事甚悉。蔡溫尤肆力於古文，有《蓑翁語錄》、《至言》等目，語根經學，有道學氣[5]。出入二氏之學[6]，蓋學朱子而未純者。

注釋

1 雅：即雅言，標準語。唐宋時，漢語雅言形成一字一音，對周邊東亞國家影響很大。

2 薙（音同替）：通「剃」，剃去頭髮。

3 法司：也稱三司官，琉球國的最高執政機構，也是其官員的官職名稱。直接聽命於國王，官階為正一品到正二品，高於紫金大夫。

4 紫金大夫：即紫金官，又稱紫巾亞卿，琉球王國的從二品官員，因被賜紫巾冠親侍王宮而得名。

5 道學：指宋明理學，探究天理和天道，繼承了西漢以來奉儒學為正典的經學，朱熹是集大成者。

6 二氏之學：指佛、道兩家的學說。

❖ 穀物 ❖

原文

琉球山多瘠磽[1]，獨宜薯。父老相傳，受封之歲，必有豐年。今歲五月稍旱，幸自後雨不愆期[2]，卒獲大豐，薯可四收。海邦臣民，倍覺歡欣，僉曰[3]：「非受封歲，無此豐年也。」

六月初旬，稻已盡收。球陽地氣溫暖，稻常早熟，種以十一月，收以五、六月。薯則四時皆種，三熟為豐，四熟則為大豐。稻田少，薯田多，國人以薯為命，米則王官始得食。亦有麥豆，所產不多。五月二十日，國中祭稻神。此祭未行，稻雖登場，不敢入家也。

七月初旬，始見燕，不巢人屋。中國燕以八月歸，此燕疑未入中國者。其來以七月，巢必有地。別有所謂海燕，較紫燕稍大[4]，而白其羽，有全白似鷗者。多巢島中，間有至中國，人皆以為瑞。應潮雞，雄純黑，雌純白，皆短足長尾，馴不避人。香　購一小犬，而毛豹斑，性靈警，與飯不食，與薯乃食，知人皆食薯矣。鼠、雀最多，而鼠尤虐。亦有貓，不知捕鼠，邦人以為玩。乃知物性亦隨地而變。鷹、雁、鵝、鴨特少。

注釋

1 瘠磽（音同敲）：土地貧瘠，堅硬，不肥沃。
2 愆（音同千）期：失約，誤期。愆，喪失，失掉。
3 僉（音同千）：全，都。《說文解字》：「僉，皆也。」
4 紫燕：又稱越燕、漢燕，頷下紫色，輕小，多巢於堂室中梁上。

❖ 衣冠 ❖

原文

枕有方如圭者，有圓如輪而連以細軸者，有如文具藏數層者，製特精，皆以木為之。率寬三寸[1]，高五寸，漆其外，或黑或朱。立而枕之，反側則仆。按《禮記．少儀》注：「穎，警枕也。謂之穎者，穎然警悟也。」又司馬文正公[2]，以圓木為警枕[3]，少睡則轉而覺，乃起讀書。此殆警枕之遺。

衣製皆寬博交衽[4]，袖廣二尺，口皆不緝[5]，特短袂，以便作事。襟率無紐帶，總名衾。男束大帶，長丈六尺、寬四寸以為度。腰圍四五轉，而收其垂於兩脇間。煙包、紙袋、小刀、梳、蓖之屬[6]，皆懷之，故胸前襟帶搊起凸然[7]。其脇下不縫者，惟幼童及僧衣為然。僧別有短衣如背心，謂之斷俗，此其概也。

帽以薄木片為骨，疊帕而蒙之，前七層，後十一層。花錦帽，遠望如屋漏痕者，品最貴，惟攝政王叔國相得冠之。次品花紫帽，法司冠之。其次則純紫。大略紫為貴，黃次之，紅又次之，青綠斯下。各色又以綾為貴，絹為次。國王未受封時，戴烏紗帽，雙翅側衝上向，盤金，朱纓垂頷，下束五色絲。至是冠皮弁[8]，狀如中國梨園演王者便帽，前直列花瓣七，衣蟒腰玉。

肩輿如中國餅轎，中置大椅，上施大蓋，無帷幔，轅粗而長，無絆[9]，無橫木，以八人左右肩之而行。

注釋

1 率：大概，大略。

2 司馬文正公：即司馬光，字君實，號迂叟，陝西夏縣人，諡號「文正」，北宋大臣、史學家，著有《資治通鑑》。

3 警枕：古代一種圓木小枕，只要人一翻身，頭從枕上落下來，就會警醒，故又稱醒枕。古代勤奮苦讀的學子常用以自警。

4 衽（音同認）：衣襟。

5 緝（音同企）：一種縫紉方法，衣服下擺密縫的邊。

6 蓖（音同必）：竹製梳頭用具，中間有梁，兩側有密齒。

7 搊（音同抽）：束緊。

8 皮弁（音同變）：古冠名，用白鹿皮製成的帽子。弁，古代一種尊貴的冠，為男子穿禮服時所戴。明代皮弁用黑紗覆於外，不用皮革。

9 絆：繩子。

❖婚喪❖

原文

杜氏《通典》載琉球國俗1，謂「婦人產必食子衣，以火自炙，令汗出」2。余舉以問楊文鳳3：「然乎？」對曰：「火炙誠有之，食衣則否。即今中山已無火炙俗，惟北山猶未盡改。」

嫁娶之禮，固陋已甚。世家亦有以酒肴珠貝為聘者。婚時即用本國轎，結彩鼓樂而迎。不計妝奩，父母送至夫家即返。不宴客，至親具酒賀，不過數人。《隋書》云琉球風俗：「男女相悅，便相匹偶。」蓋其舊俗也。詢之鄭得功4，鄭得功曰：「三十六姓初來時，俗尚未改。後漸知婚禮，此俗遂革。今國中有夫之婦，犯奸即殺。」余始悟琉球所以號守禮之國者，亦由三十六姓教化之力也。

小民有喪，則鄰里聚送，觀者護喪，掩畢即歸。宦家則同官相知者，亦來送柩。出即歸，大都不宴客。題主官率皆用僧，男書「圓寂大禪定」，女書「禪定尼」，無考妣稱5。近日宦家亦有書官爵者。棺制三尺，屈身而殮之。近宦家亦有長五六尺者，民則仍舊。

此邦之人，肘比華人稍短，《朝野僉載》亦謂「人形短小似崑崙」6。余所見士大夫短小者固多，亦有修髯豐頤者、頎而長者、胖而腹腰十圍者，前言似未足信。人體多狐臭，古所謂慍羝也7。

世祿之家皆賜姓。士庶率以田地為姓，更無名，其後裔則云：某氏之子孫幾男。所謂田、米，私姓也。

國中兵刑惟三章：殺人者死，傷人及重罪徒，輕罪罰日中曬之。計罪而定其日，國中數年無斬犯。

間有犯斬罪者，又率引刀自剖腹死。

七月十五夜，開窗見人家門外，皆列火炬二。詢之土人，云：國俗於十五日盆祭，預期迎神，祭後乃去之。盆祭者，中國所謂盂蘭會也8。連日見市上小兒，各手一紙幡，對立招展，作迎神狀。知國俗盆祭祀先，亦大祭矣。

龜山南岸有窯，國人取車螯大蚶之殼以煅9，堊灰壁不及石灰10，而粘過者。再東北有池，為國人煮鹽處。

注釋

1 杜氏：即唐代史學家杜佑，字君卿，著有《通典》。《通典》：一部記述唐天寶以前歷代經濟、政治、禮法、兵刑等典章制度的專著。

2 子衣：人出生時脱掉的胎盤，也稱胎衣或胞衣，中醫稱為紫河車，認為胎盤有滋陰、補腎、養血的功效。

3 楊文鳳：字經齋，首里（今屬那霸市）人，琉球學者、漢詩詩人。

4 鄭得功：琉球國紫金大夫，極通漢語。

5 考妣（音同比）：父母的別稱，多指已死去的父母，常刻在墓碑之上。

6 《朝野僉載》：唐張鷟（音同卓）撰寫的筆記小説集，多記載隋唐兩代的朝野逸文。崑崙：崑崙奴的省稱。唐人稱黑色皮膚的人為崑崙人，亦稱崑崙奴，這裡指東南亞膚色較黑、身形矮小的人。

7 慍羝（音同運低）：俗稱狐臭。

8 盂（音同於）蘭會：也稱盂蘭盆會，即中元節，是祭祀祖先、佛教超度亡靈的日子。盂蘭，梵文「ullambana」

的音譯，意為救倒懸。
9 車螯（音同熬）：又稱車熬，蛤的一種，自古即為海味珍品，肉殼可入藥。煅（音同段）：中藥製法，放在火裡燒。
10 塈（音同濟）：用泥抹塗屋頂。

❖ 冊封 ❖

原文

七月二十五日，正副使行冊封禮，途中觀者益眾。上萬松嶺，迤邐而東。衢道修廣，有坊，榜曰「中山道」[1]。又進一坊，榜曰「守禮之邦」。世孫戴皮弁，服蟒衣，腰玉帶，垂裳結佩，率百官跪迎道左。更進為歡會門，踞山巔，疊礁石為城，削磨如壁，有鳥道，無雉堞[2]，高五尺以上，遠望如聚髑髏[3]。始悟《隋書》所謂「王居多聚髑髏於其下」者，乃遠望誤於形似，實未至城下也。城外石崖，左鐫「龍岡」字，右鐫「虎崒」字[4]。

王宮西向，以中國在海西，表忠順面向之意。後東向為繼世門，左南向為水門，右北向為久慶門。再進，層崖有門西北向，曰瑞泉。左右甬道，有左掖、右掖二門。更進，有漏西向，榜曰「刻漏」，上設銅壺漏水。更進，有門西北向，為奉神門，即王府門也。殿廷方廣十數畝，分砌二道，由甬道進至闕廷[5]，為王聽政之所。壁懸伏羲畫卦象，龍馬負圖立其前[6]，絹色蒼古，微有剝蝕，殆非近代物。

北宮殿屋固樸，屋舉手可接，以處山崗，且阻海颶。面對為南宮。此日，正副使宴於北宮。大禮既成，通國歡忭[7]。聞國王經行處，悉有彩飾。泉崎道旁，列盆花異卉，繞以朱欄，中刻木作麒麟形，題曰：「非龍非彪，非熊非羆，王者之瑞獸。」

天妃宮前，植大松六，疊假山四，作白鶴二，生子母鹿三。池上結棚，覆以松枝，松子垂如葡萄。池中刻木鯉大小五，令浮水面。環池以竹，欄旁有坊，曰「偕樂坊」。柱懸一板，題曰：「鹿濯濯，鳥翯翯，牣魚躍。」[8]歸而述諸副使，副使曰：「此皆《志略》所載，事隔數十年，一字不易，可謂印板文字矣。」從客皆笑。

注釋

1 榜：牌坊上的匾額。

2 雉堞（音同跌）：城上短牆，也泛指城牆。堞，城上如齒狀的矮牆。

3 髑（音同獨）髏：死人的頭蓋骨。

4 崒（音同族）：山峰高聳險峻。

5 闕廷：朝廷。

6 龍馬負圖：也稱龍馬銜圖。相傳伏羲降服了禍害百姓的龍頭馬身怪獸，後以其背上的圖案畫出了先天八卦。

7 歡忭（音同變）：喜悅，歡樂。忭，高興、歡喜。

8 「濯濯」句：出自《詩經．大雅．文王之什．靈臺》：「麀鹿濯濯，白鳥翯翯。王在靈沼，於牣魚躍。」大意是說文王有德，百姓喜樂，連鳥獸魚蟲也如此。濯濯，肥壯的樣子。翯（音同賀）翯，光澤潔白的樣子。牣（音同認），盈滿，充塞。

❖ 孝道 ❖

原文

宜野灣縣有龜壽者，事繼母以孝，國人莫不聞。母愛所生子，而短龜壽於其父伊佐前，且不食以激其怒。伊佐惑之，欲死龜壽，將令深夜汲北宮，要而殺之[1]。僕匿龜壽於家，往諫伊佐，伊佐縛而放之。且謂事已露，不可殺，乃逐龜壽。

龜壽既被放，欲自盡，又恐張母惡。值天雨雹，病不支，僵臥於路。巡官見之，近而撫其體猶溫，知未死，覆以己衣，漸甦。徐詰其故，龜壽不欲揚父母之惡，飾詞告之。

初，巡官聞孝子龜壽被放，意不平。至是見言語支吾，疑即龜壽。賜衣食，令去，密訪得其狀。乃傳集村人，繫伊佐妻至，數其罪而監之。將告於王，龜壽願以身代。巡官不忍傷孝子心，召伊佐夫婦面諭之。婦感悟，卒為母子如初。

副使既為之記，余復為詩以表章之。詩云：

輶軒問俗到球陽2，潛德端須為闡揚。誠孝由來能感格，何殊閔損與王祥3。

以為事繼母而不能盡孝者勸。

注釋

1 要（音同邀）：通「邀」，約請，邀請。

2 輶（音同由）軒：原指古代使臣乘坐的一種輕便的車，代指使臣。

3 閔損、王祥：均是古代孝順「不慈後母」的孝子的典範。「二十四孝」中有閔損「蘆衣順母」、「鞭打蘆花」、王祥「臥冰求鯉」的故事。

❖ 市集 ❖

原文

經疊山墟、方集，因步行集中。觀所市物，薯為多，亦有魚、鹽、酒、菜、陶、木器、蕉苧、土布，粗惡無足觀者。國無肆店，率業於其家。市貨以有易無，不用銀錢。

聞國中率用日本寬永錢1，比來亦不見2。昨香厓攜示串錢，環如鵝眼，無輪廓，貫以繩，積長三寸許，連四貫而合之，封以紙，上有鈐記3。此球人新製錢，每封當大錢十。蓋國中錢少，寬永錢銅質較美，恐或有人買去，故收藏之，特製此錢應用，市中無錢以此。

國中男逸女勞，無有肩擔背負者。趨集、織紉及採薪、運水，皆婦人主之，凡物皆戴之頂。女衣既無鈕無帶，又不束腰，而國俗男女皆無袴4，勢須以手曳襟5。襟較男衣長，疊襟下為兩層，風不得開。因悟髻必偏墮者，以手既曳襟，須空其頂以戴物。童而習之，雖重百斤，登山涉澗，無傾側，是國中第一絕技也。其動作也，常捲兩袖至背，貫繩而束之。髮垢輒洗，洗用泥。脫衣結於腰，赤身低頭，見人亦不避。抱兒惟一手，叉置腰間，即藉以曳襟。

注釋

1 寬永錢：即寬永通寶，日本歷史上鑄量最大、鑄期最長、版別最多的一種錢幣。始鑄於日本後水尾天皇寬永三年（一六二六），至明治初年還在使用。

2 比來：近來，近時。

3 鈐（音同前）記：中國古代的一種官印。鈐，印章。

4 袴（音同庫）：同「褲」。

5 曳（音同業）：拉。

❖ 宮室 ❖

原文

東苑在崎山，出歡會門[1]，折而北。逐瑞泉下流，至龍淵橋，匯而為池，廣可十丈，長可數十丈，捍以堤，曰「龍潭」。水清魚可數，荷葉半倒。再折而東，有小村，篠屏修整[2]，松蓋陰翳，薄雲補林，微風嘯竹，園外已極幽趣。入門，板亭二，南向。更進而南，屋三楹，亭東有阜如覆盂[3]。折而南，有巖西向，上鐫梵字。下蹲石獅一，飾以五彩。再下，有小方池，鑿石為龍首，泉從口出。有金魚池，前竹萬竿，後松百挺。再東，為望仙閣。前有東苑閣，後為能仁堂。東北望海，西南望山。國中形勝，此為第一。

南苑之勝[4]，亦不減於東苑。苑中馬富盛，折而東，循行阡陌間，水田漠漠，番薯油油，絕無秋景。薯有新種者，問知已三收矣。再入山，松陰夾道，茅屋參差，田家之景可畫。計十餘里，始入苑村，名姑埸川，即同樂苑也。苑踞山脊，軒五楹，夾室為復閣，頗曲折。軒前有池新鑿，狹而東西長，疊礁為橋。橋南新阜累累，因阜以為亭，宜遠眺。亭東植奇花異卉。有花絕類蝴蝶，絳紅色，葉如嫩槐，曰「蝴蝶花」。有松葉如白毛，曰「白髮松」。池東舊有亭圮[5]，以布代之。池西有閣，頗軒敞，四面風來，宜納涼。有閣曰「迎暉」，有亭曰「一覽」，即正副使所題也。軒北有松，有鳳蕉，有桃，有柳。黃昏舉煙火，略同中國。

余偕寄塵遊波上。板閣無他神，惟掛銅片幡，上鑿「奉寄御幣」字，後署云「元和二年壬戌」6。或疑為唐時物，非也。按，元和二年為丁亥，非壬戌也。日本馬場信武撰《八卦通變指南》，內列「三元指掌」，云：「上元起永祿七年甲子，止元和三年癸亥；如元起寬永元年甲子，止元和三年癸亥；下元起貞亨元年甲子。今元祿十六年癸未。」國中既行寬永錢，證以元和日本僭號，知琉球舊曾奉日本正朔7，今諱言之歟。

紙鳶製無精巧者，兒童多立屋上放之。按中國多放於清明前，義取張口仰視，宣導陽氣，令兒少疾。今放於九月，以非九月紙鳶不能上，則風力與中國異。即此可驗球陽氣暖，故能十月種稻。

注釋

1 歡會門：首里城的正門，位於城西北部，琉球王迎送中國皇帝使臣之處。東苑、歡會門，均在首里城。

2 篠（音同小）：細竹。

3 阜：土山。

4 南苑：舊稱識名園，位於首里城之南，是琉球國第二尚氏王室接待中國冊封使的地方。

5 圯（音同移）：橋。

6 元和二年壬戌：西元一六一六年，中國農曆丙辰年，明萬曆四十四年，清太祖天命元年。元和，日本後水尾天皇的年號。

7 正（音同爭）朔：古代帝王改朝換代時頒行的新曆法。奉正朔即擁戴新王朝。

❖ 僧妓 ❖

原文

國俗男欲為僧者，聽之。既受戒，有廩給。有犯戒者，飭令還俗，放之別島。女子願為土妓者1，亦聽。接交外客，女之兄弟仍與外客敘親往來，然率皆貧民，故不以為恥。若已嫁夫而復敢犯奸者，許女之父兄自殺之，不以告王。即告王，王亦不赦。此國中良賤之大防2，所以重廉恥也。

此邦有紅衣妓，與之言不解。按拍清歌，皆方言也。然風韻亦正有佳者，殆不減憨園。近忽因事他遷，以扇索詩，因題二詩以贈之。詩云：

芳齡二八最風流，楚楚腰身剪剪眸3。手抱琵琶渾不語，似曾相識在蘇州。

新愁舊恨感千端，再見真如隔世難。可惜今宵好明月，與誰共捲繡簾看？

國人率恭謹，有所受，必高舉為禮。有所敬，則俯身搓手而後膜拜。勸尊者酒，酌而置杯於指尖以為敬，平等則置手心。

注釋

1 土妓：未入官籍的娼妓，俗稱私娼。

2 良賤：良民和賤民。大防：原意為大堤，引申為重要的、原則性的界限，古代常上升到國家禮法、禮義廉恥的層面。

3 剪剪：飄動、閃忽的樣子。

❖ 屋宇 ❖

原文

此邦屋俱不高，瓦必㼐，以避颶也。地板必去地三尺，以避濕也。屋脊四出，如八角亭。四面接修，更無重構復室，以省材也。屋無門戶，上限刻雙溝，設方格，糊以紙，左右推移，更不設暗門，利省便，恃無盜也，臨街則設矣。神龕置青石於爐，實以砂，祀祖神也。國以石為神，無傳真也。瓦上瓦獅，《隋書》所謂「獸頭骨角」也。壁無粉墁1，示樸也。貴家間有糊砑粉花箋2，習華風，漸奢也。

龜山有峰獨出，與眾山絕。前附小峰，離約二丈許。邦人駕石為洞，連二山，高十丈餘，結布幔於洞東。不憩，拾級而登，行洞上，又十餘級，乃陟巔。巔恰容一樓，樓無名，四面軒豁，無戶牖3。副使謂余曰：「茲樓俯中山之全勢，不可無名。」因名之曰「蜀樓」，并為之跋曰：「蜀者何？獨也。樓何以蜀名？以其踞獨山也。」不曰獨而曰蜀者，以副使為蜀人。樓構已百年，而副使乃名之，若有待也。樓左瞰青疇4，右扶蒼石，後臨大海，前揖中山，坐其中以望，若建瓴焉5。余又請於副使曰：「額不可無聊。」副使因書前四語付之。歸路，循海而西，崖洞溪壑皆奇峭，是又一勝遊矣。

越南山，度絲滿村，人家皆面海，奇石林立。遵海而西，有山，翠色攢空，石骨穿海，曰「砂嶽」。時午潮初退，白石粼粼，群馬爭馳，飛濺如雨。再西，度大嶺村，叢棘為籬，漁網數百曬其上。村外水田漠漠，泥淖陷馬[6]，有牛放於岡。汪《錄》謂馬耕無牛，今不盡然也。

本島能中山語者，給黃帽，為酋長。歲遣親雲上監撫之[7]，名奉行官，主其賦訟，各賦其土之宜，以貢於王。間切者，外府之謂。首里、泊、久米、那霸四府為王畿[8]，故不設。此外皆設，職在親民，察其村之利弊，而報於親雲上。間切，略如中國知府。中山屬府十四，間切十，山南省屬府十二，山北省屬府九，間切如其府數。

注釋

1 墁（音同慢）：牆壁上的塗飾。

2 砑（音同訝）粉花箋（音同兼）：有光澤的精緻華美的箋紙。砑，碾磨物體使之結實而發亮。箋，精美的紙張，供寫信、題詩等用。

3 牖（音同有）：窗戶。

4 青疇（音同酬）：綠色的田野。

5 建瓴（音同齡）：原指傾倒的水瓶，後形容居高臨下。建，傾倒。瓴，水瓶。語出西漢史學家司馬遷《史記．高祖本紀》：「地勢便利，其以下兵於諸侯，譬猶居高屋之上建瓴水也。」

6 泥淖（音同鬧）：泥濘的低窪地，泥坑。淖，爛泥、泥沼。

7 親雲上：琉球王國九品十八階官員制度中，三品以下至從七品官員的稱呼。這裡相當於欽差。

8 王畿（音同機）：泛指帝京。畿，古代國都所轄的千里地面。

❖ 節令 ❖

原文

國俗自八月初十至十五日，并蒸米，拌赤小豆，為飯相餉，以祭月，風同中國。是夜，正副使邀從客露飲。月光澄水，天色拖藍，風寂動息，潮聲雜絲肉聲1，自遠而至。恍置身三山，聽子晉吹笙2，麻姑度曲3，萬緣俱靜矣。宇宙之大，同此一月。回憶昔日蕭爽樓中，良宵美景，輕輕放過，今則天各一方，能無對月而興懷乎？

世傳八月十八日，為潮生辰。國俗，於是夜候潮波上。子刻，偕寄塵至波上，草如碧毯，沾露愈滑，扶僕行，憑垣倚石而坐。丑刻，潮始至，若雲峰萬疊，卷海飛來。須臾，腥氣大盛，水怪搏風，金蛇掣電，天柱欲折，地軸暗搖，雪浪濺衣，直高百尺，未敢遽窺鮫宮4，已若有推而起之者。迷離惝恍，千態萬狀。觀此，乃知枚乘〈七發〉猶形容未盡也5。潮既退，始聞噌吰之聲出礁石間6。徐步至護國寺，尚似有雷霆震耳。潮至此，觀止矣。

元旦至六日，賀節。初五日，迎灶。二月，祭麥神。十二日，浚井7，汲新水，俗謂之洗百病。三月三日，作艾糕8。五月五日，競渡。六月六日，國中作六月節，家家蒸糯米，為飯相餉。十二月八日，作糯米糕，層裹棕葉，蒸以相餉，名曰「鬼餅」。二十四日，送灶。正、三、五、九為吉月，婦女率遊海畔，拜水神祈福。逢朔日，群汲新水獻神。此其略也。余獨疑國俗敬佛，而不知四月八日為佛誕辰。臘八鬼餅如角黍9，而不知七寶粥10。

國王送菊二十餘盆，花葉並茂，根際皆以竹籤標名。內三種尤異類：一名「金錦」，朵兼紅、黃、白三色，小而繁，燦如列星；一名「重寶」，瓣如蓮而小，色淡紅；一名「素球」，瓣寬，不類菊，重疊千層，白如雪。皆所未見者，賸之以詩11，詩云：

陶籬韓圃多秋色，未必當年有此花。似汝幽姿真可惜，移根無路到中華。

見獅子舞，布為身，皮為頭，絲為尾，翦彩如毛飾其外，頭尾口眼皆活，鍍睛貼齒。兩人居其中，俯仰跳躍，相馴狎歡騰狀。余曰：「此近古樂矣。」按《舊唐書．音樂志》，後周武帝時，造太平樂，亦謂之五方獅子舞。白樂天〈西涼伎〉云：「假面夷人弄獅子，刻木為頭絲作尾。金鍍眼睛銀貼齒，奮迅毛衣罷雙耳。」即此舞也。

此邦有所謂「踏柁戲」者12，橫木以為梁，高四尺餘，復置板而橫之，長丈有二尺，虛其兩端，均力焉。夷女二，結束衣彩，赤雙足，各手一巾，對立相視而歌。歌未竟，躍立兩端。稍作低昂，勢若水碓之起伏13，漸起漸高。東者陡落而激之，則西飛起三丈餘，翩翩若輕燕之舞於空也。西者落而陡激之，則東者復起，又如鷙鳥之直上青雲也14。疊相起伏，愈激愈疾，幾若山雞舞鏡，不復辨其孰為影，孰為形焉。俄焉，勢漸衰，機漸緩，板末乃安，齊躍而下，整衣而立。終戲，無虛蹈方寸者，技至此絕矣。

接送賓客頗真率，無揖讓之煩。客至不迎，隨意坐。主人即具煙架、火爐、竹筒、木匣各一，橫煙管其上，匣以煙，筒以棄灰也。遇所敬客，乃烹茶。以細末粉少許，雜茶末，入沸水半甌，攪以小竹帚，以沫滿甌面為度。客去，亦不送。貴官勸客，常以箸蘸漿少許，納客唇以為敬。燒酒著黃糖則名福，著白糖則名壽，亦勸客之一貴品也。

重陽具龍舟，競渡於龍潭。琉球亦於五月競渡，重陽之戲，專為宴天使而設。因成三詩以志之，詩云：

故園辜負菊花黃，萬里迢迢在異鄉。舟泛龍潭看競渡，重陽錯認作端陽。

去年秋在洞庭灣，親摘黃花插翠鬟。今日登高來海外，累伊獨上望夫山。

待將風信泛歸槎，猶及初冬好到家。已誤霜前開菊宴，還期雪裡訪梅花。

注釋

1 絲肉：樂聲和歌聲。

2 子晉：即王子喬，字子晉。相傳為周靈王太子，喜吹笙作鳳凰鳴，後升仙。

3 麻姑：又稱壽仙娘娘，道教中美麗女仙，民間傳說海上守護神媽祖就是她轉世所化。

4 鮫（音同交）宮：也稱鮫室，即鮫人在水中的居室。晉張華《博物志》載：「南海中有鮫人，水居如魚。」

5 枚乘：字叔，淮陰（今江蘇淮安）人，西漢辭賦家。〈七發〉：枚乘所作的一篇諷諭性辭賦，是善於鋪敘渲染的漢大賦的發端之作。

6 噌吰（音同撐紅）：聲音壯闊，多形容鐘鼓之聲。

7 浚：疏通，挖深。

8 艾糕：用艾葉或艾草做的傳統糕點。一般農曆三月是採摘艾草的時節。

9 角黍：粽子的古稱。包黍米成牛角之稱謂。

10 七寶粥：臘八粥的前身。最初臘八粥只有七種食材，即胡桃、松子、乳蕈、柿、栗、粟、豆，因有五種味道，稱為七寶五味粥。

11 媵（音同硬）：致送，相送。

12 踏柁（音同舵）戲：類似於「蹺蹺板」，二人站在兩端跳躍。柁，屋架中前後房柱之間的大橫梁。

13 水碓（音同對）：借水力舂米的農用器具，舂米時碓頭一起一落。

14 鷙（音同志）鳥：兇猛的鳥，猛禽，如鷹、雕、梟等。鷙，兇猛。

❖紙墨❖

原文

聞程順則曾於津門購得宋朱文公墨跡十四字，今其後裔猶寶之。借觀不得，因至其家。開卷，見筆勢森嚴，如奇峰怪石，有巖巖不可犯之色[1]，想見當日道學氣象。字徑八寸以上，文曰：「香飛翰苑圍川野，春報南橋疊萃新。」後有名款，無歲月。文公墨跡流傳世間者，莫不寶而藏之。蓋其所就者大，筆墨乃其餘事，而能自成一家言如此。知古人學力，無所不至也。

又遊蔡清派家祠。祠內供蔡君謨畫像[2]，并出君謨墨跡見示，知為君謨的派[3]，由明初至琉球，為三十六姓之一。清派能漢語，人亦倜儻。由祠至其家，花木俱有清致，池圓如月，為額其室曰「月波大屋」。

大抵球人工剪剔樹木，疊砌假山，故士大夫家率有丘壑以供遊覽。庭中樹長竿，上置小木舟，長二尺，桅舵帆櫓皆備。首尾風輪五葉，掛色旗以候風[4]。渡海之家，率預計歸期。南風至，則闔家歡喜，謂行人當歸，歸則撤之，即古五兩旗遺意[5]。

國王有墨長五寸，寬二寸。有老坑端硯[6]，長一尺，寬六寸，有「永樂四年」字。硯背有「七年四月東坡居士留贈潘邠老」字。問知為前明受賜物。國中有東坡詩集，知王不但寶其硯矣。

棉紙、清紙，皆以穀皮為之，惡不中書者。有護書紙，大者佳，高可三尺許，闊二尺，白如玉；小者減其半。亦有印花詩箋，可作札。別有圍屏紙，則糊壁用矣。徐葆光〈球紙〉詩云：

冷金入手白於練[7]，側理海濤凝一片。昆刀截截徑尺方[8]，疊雪千層無冪面。

形容殆盡。

南炮臺間有碑二：一正書[9]，剝蝕甚微，「奉書造」三字；一其國學書[10]，前朝嘉靖二十一年建，惟不能盡識，其筆力正自遒勁飛舞。

注釋

1 巖巖：威嚴、莊嚴。

2 蔡君謨（音同摩）：即蔡襄，字君謨，福建仙遊人。北宋著名書法家、政治家、茶學家，與蘇軾、黃庭堅、米芾並稱「宋四家」。

3 的派：即嫡派、嫡系，家族的正支血脈。

4 候風：觀測風向。

5 五兩旗：一種古代的測風器。將雞毛五兩或八兩繫在高竿頂上，藉以觀測風向、風力。

6 老坑：年代很久，且以產量大、品質精著稱的石材坑口。端硯：產於端州（今廣東肇慶），與甘肅洮（音同陶）硯、安徽歙（音同設）硯、山西澄泥硯並稱為「中國四大名硯」。

7 冷金：即冷金紙，一種帶白色的泥金或灑金的紙。

8 昆刀：即昆吾刀，古代用於刻玉的名刀。這裡代指裁紙刀。

9 正書：即楷書，也稱真書。
10 國學書：中山國字體。

❖ 飲宴 ❖

原文

有木曰「山米」，又名「野麻姑」，葉可染，子如女貞[1]，味酸，土人榨以為醋。球醋純白，不甚酸，供者以為米醋，味不類，或即此果所榨歟？

席地坐，以東為上，設氈。食皆小盤，方盈尺，著兩板為腳，高八寸許。肴凡四進，各盤貯而不相共。三進皆附以飯，至四肴乃進酒二，不過三巡。每進肴止一盤，必撤前肴而後進其次肴。飯用油煎麵果，次肴飯用炒米花，三肴用飯。每供肴酒，主人必親手高舉置客前，俯身搓手而退。終席，主人不陪，以為至敬。此球人宴會尊客之禮，平等乃對飲。大要球俗[2]，席皆坐地，無椅桌之用，食具如古俎豆[3]，肴盡乾製，無所用勺。雖貴官家食，不過一肴、一飯、一箸，箸多削新柳為之。即妻子不同食，猶有古人之遺風焉。

注釋

1 女貞：一種常綠喬木，因樹葉經冬不凋又稱冬青。其果實紫紅色，略呈豆形。

2 大要：大致，大約。

3 俎（音同阻）豆：俎和豆，古代祭祀、宴會時盛食物用的兩種禮器。

❖ 使者 ❖

原文

使院敷命堂後，舊有二榜。一書前明冊使姓名：洪武五年，封中山王察度，使行人湯載[1]；永樂二年，封武寧，使行人時中；洪熙元年，封巴志，使中官柴山；正統七年，封尚忠，使給事中俞忭、行人劉遜；十三年，封尚思達，使給事中陳傳、行人萬祥；景泰二年，封尚景福，使給事中喬毅、行人童守宏；六年，封尚泰久，使給事中嚴誠、行人劉儉；天順六年，封尚德，使吏科給事中潘榮、行人蔡哲；成化六年，封尚圓，使兵科給事中官榮、行人韓文；十三年，封尚真，使兵科給事中董旻、行人司司副張祥；嘉靖七年，封尚清，使吏科給事中陳侃、行人高澄；四十一年，封尚元，使吏科左給事中郭汝霖、行人李際春；萬曆四年，封尚永，使戶科左給事中蕭崇業、行人謝傑；二十九年，封尚寧，使兵科右給事中夏子陽、行人王士正；崇禎元年，封尚豐，使戶科左給事中杜三策、行人司司正楊倫。凡十五次，二十七人。柴山以前，無副也。

一書本朝冊使姓名：康熙二年，封尚質，使兵科副理官張學禮、行人王垓2；二十一年，封尚貞，使翰林院檢討汪楫、內閣中書舍人林麟焻；五十八年，封尚敬，使翰林院檢討海寶、翰林院編修徐葆光；乾隆二十一年，封尚穆，使翰林院侍講全魁、翰林院編修周煌。凡四次，共八人。

注釋

1 使：派遣某人出使。行人：古代官職名，使者的通稱。

2 張學禮：字立庵，遼寧遼陽人，自稱「三韓人」，清朝第一位代表朝廷冊封琉球中山王的使臣。

❖ 風訊 ❖

原文

清明後，南風為常。霜降後，南北風為常，反是颶颶將作。正、二、三月多颶，五、六、七、八月多颶。颶驟發而倏止，漸作而多日。九月，北風或連月，俗稱「九降風」，間有颶起，亦驟如颶。遇颶猶可，遇颶難當。十月後多北風，颱颶無定期，舟人視風隙以來往。凡颶將至，天色有黑點，急收帆，嚴舵以待，遲則不及，或至傾覆。颶將至，天邊斷虹若片帆，曰「破帆」，稍及半天如鱟尾[1]，曰「屈鱟」，若見北方尤虐。又海面驟變，多穢如米糠，及海蛇浮游，或紅蜻蜓飛繞，皆颶風徵。

自來球陽，忽已半年，東風不來，欲歸無計。十月二十五日，乃始揚帆返國。至二十九日，見溫州南杞山。少頃，見北杞山，有船數十隻泊焉。舟人皆喜，以為此必迎護船也。守備登後艄以望，驚報曰：「泊者賊船也！」又報：「賊船皆揚帆矣！」未幾，賊船十六隻吆喝而來。我船從舵門放子母炮[2]，立斃四人，擊喝者墮海，賊退。槍并發，又斃六人；復以炮擊之，斃五人。稍進，又擊之，復斃四人，乃退去。其時，賊船已占上風，暗移子母炮至舵右舷邊，連斃賊十二人，焚其頭篷，皆轉舵而退。中有二船較大，復鼓噪，由上風飛至。大炮准對賊船，即施放，一發中其賊首，煙迷里許。既散，則賊船已盡退。是役也，槍炮俱無虛發，倖免於危。

不一時，北風又至，浪飛過船。夢中聞舟人譁曰：「到官塘矣。」驚起。從客皆一夜不眠，語余曰：「險至此，汝尚能睡耶？」余問其狀，曰：「每側則篷皆臥水。一浪蓋船，則船身入水，惟聞瀑布聲垂流不息。其不覆者，幸耶！」余笑應之曰：「設覆，君等能免乎？余入黑甜鄉[3]，未曾目擊其險，豈非幸乎？」盥後，登戰臺視之，前後十餘灶皆沒，船面無一物，爨火斷矣。舟人指曰：「前即定海[4]，可無慮矣。」申刻乃得泊。船戶登岸購米薪，乃得食。

是夜修家書，以慰芸之懸繫，而歸心益切。猶憶昔年，芸嘗謂余：「布衣菜飯，可樂終身，不必作遠遊。」此番航海，雖奇而險，瀕危倖免，始有味乎芸之言也。

注釋

1 鱟（音同後）：節肢動物，深褐色，有大背殼，形似蟹或龜，棲居於海中，尾堅硬，形狀像寶劍。

2 子母炮：清代一種輕型火炮，由一門母炮和若干子炮組成。

3 黑甜鄉：古人稱酣睡為黑甜，後因此稱夢鄉為黑甜鄉。

4 定海：今浙江舟山定海區，位於東海海域，地處長江、錢塘江入海處，自古為海運要道。

《卷六》❖ 養生記道 ❖

❖ 養生 ❖

原文

自芸娘之逝，戚戚無歡。春朝秋夕，登山臨水，極目傷心，非悲則恨。讀〈坎坷記愁〉，而余所遭之拂逆可知也[1]。

靜念解脫之法，行將辭家遠出，求赤松子於世外。嗣以淡安、揖山兩昆季之勸，遂乃棲身苦庵，惟以《南華經》自遣。乃知蒙莊鼓盆而歌[2]，豈真忘情哉？無可奈何，而翻作達耳[3]。余讀其書，漸有所悟。讀〈養生主〉而悟達觀之士[4]，無時而不安，無順而不處，冥然與造化為一。將何得而何失，孰死而孰生耶？故任其所受，而哀樂無所錯其間矣[5]。又讀〈逍遙遊〉[6]，而悟養生之要，惟在閒放不拘，怡適自得而已。

始悔前此之一段痴情，得勿作繭自縛矣乎！此〈養生記道〉之所為作也。亦或採前賢之說以自廣，掃除種種煩惱，惟以有益身心為主，即蒙莊之旨也。庶幾可以全生，可以盡年。

注釋

1 拂逆：坎坷，不順。

2 蒙莊：即莊子。莊子是戰國時期蒙（今河南商丘東北）人，所以稱蒙莊。鼓盆而歌：敲打著盆子唱歌。典出《莊子．外篇．至樂》：「莊子妻死，惠子弔之，莊子則方箕踞鼓盆而歌。」以示對生死的達觀態度。

3 達：豁達，通達。

4〈養生主〉：出自《莊子．內篇》，借庖丁解牛闡明養生的要領，重在順應自然，不為外物所滯。

5 錯：通「措」，放置。

6〈逍遙遊〉：《莊子》的首篇，借大鵬無所依憑而遊於無窮，比喻追求不受拘束、自由自在、閒適自得的人生觀。

❖ 調息 ❖

原文

余年纔四十，漸呈衰象，蓋以百憂摧撼，歷年鬱抑，不無悶損。淡安勸余每日靜坐數息，仿子瞻〈養生頌〉之法1，余將遵而行之。

調息之法，不拘時候，兀身端坐，子瞻所謂攝身使如木偶也。解衣緩帶，務令適然。口中舌攪數次，微微吐出濁氣，不令有聲，鼻中微微納之。或三五遍，二七遍，有津咽下，叩齒數通。舌抵上齶，唇齒相著，兩目垂簾，令朧朧然[2]，漸次調息，不喘不粗。或數息出，或數息入，從一至十，從十至百，攝心在數，勿令散亂。子瞻所謂「寂然，兀然，與虛空等」也[3]。如心息相依，雜念不生，則止勿數，任其自然。子瞻所謂「隨」也。坐久愈妙，若欲起身，須徐徐舒放手足，勿得遽起。能勤行之，靜中光景，種種奇特，子瞻所謂「定能生慧，自然明悟」，譬如盲人忽然有眼也，直可明心見性，不但養身全生而已。出入綿綿，若存若亡，神氣相依，是為真息。

息息歸根，自能奪天地之造化，長生不死之妙道也。

注釋

1 子瞻：即北宋文學家蘇軾，字子瞻，號東坡居士。

2 朧朧：昏暗、微明的樣子。

3 「寂然」句：出自蘇軾〈養生頌〉：「視鼻端白，數出入息，綿綿若存，用之不勤。數至數百，此心寂然，此身兀然，與虛空等，不煩禁制，自然不動。數至數千，或不能數，則有一法，其名曰『隨』。」

❖ 無憂 ❖

原文

人大言，我小語。人多煩，我少計。人悸怖1，我不怒。澹然無為2，神氣自滿。此長生之藥。〈秋聲賦〉云：「奈何思其力之所不及，憂其智之所不能。宜其渥然丹者為槁木，黟然黑者為星星。」3此士大夫通患也。又曰：「百憂感其心，萬事勞其形。有動乎中，必搖其精。」4人常有多憂多思之患，方壯遽老，方老遽衰。反此亦長生之法。舞衫歌扇，轉眼皆非；紅粉青樓，當場即幻。秉靈燭以照迷情，持慧劍以割愛欲，殆非大勇不能也。

然情必有所寄，不如寄其情於卉木，不如寄其情於書畫。與對豔妝美人何異？可省卻許多煩惱。

范文正有云：「千古聖賢，不能免生死，不能管後事。一身從無中來，卻歸無中去。誰是親疏？誰能主宰？既無奈何，即放心逍遙，任委來往。如此斷了，既心氣漸順，五臟亦和，藥方有效，食方有味也。只如安樂人，勿有憂事。便吃食不下，何況久病，更憂身死，更憂身後，乃在大怖中，飲食安可得下？請寬心將息」云云5。乃勸其中舍三哥之帖6。余近日多憂多慮，正宜讀此一段。

放翁胸次廣大7，蓋與淵明、樂天、堯夫、子瞻等同其曠逸8。其於養生之道，千言萬語，真可謂有道之士。此後當玩索陸詩，正可療余之病。

浴極有益9。余近製一大盆，盛水極多。浴後，至為暢適。東坡詩所謂「淤槽漆斛江河傾，本來無垢洗更輕」10，頗領略得一二。

注釋

1 悸怖：恐懼。

2 澹然：恬淡、安定、安靜的樣子。

3 〈秋聲賦〉：北宋文學家歐陽脩所作的詞賦，以悲秋為題，抒發人生苦悶。渥然，色澤紅潤的樣子。黟（音同依），黑色。星星，白髮。

4 「百憂」句：意為無數憂慮使他心緒不寧，無數煩心事使他身體操勞疲憊。只要內心被外物觸動，就一定會動搖他的精神。

5 「千古」幾句：出自北宋文學家、政治家范仲淹〈與中舍書〉。任委，任隨。

6 中舍（音同社）：即中書舍人，也稱中舍人，太子的屬官。范仲淹的胞兄范仲溫曾任太子中舍人。

7 放翁：即南宋詩人陸游，字務觀，號放翁，越州山陰（今浙江紹興）人。胸次：胸懷。

8 淵明：即東晉文學家陶淵明，又名潛，字元亮，私諡「靖節」，世稱靖節先生，潯陽柴桑（今江西九江）人（即下文所稱「柴桑翁」）。堯夫：即北宋哲學家、易學家邵雍，字堯夫，諡號「康節」（即下文所稱「邵康節」），自號安樂先生，河北涿縣（今涿州市）人。

9 淴（音同呼）浴：沐浴，洗澡。

10 「淤槽」二句：出自蘇軾〈宿海會寺〉，「淤槽」通常作「杉槽」，杉槽漆斛指浴盆。

❖ 安心 ❖

原文

治有病，不若治於無病。療身，不若療心。使人療，尤不若先自療也。林鑑堂詩曰：「自家心病自家知，起念還當把念醫。只是心生心作病，心安那有病來時。」此之謂自療之藥。遊心於虛靜，結志於微妙，委慮於無欲，指歸於無為，故能達生延命，與道為久。

仙經以精、氣、神為內三寶[1]，耳、目、口為外三寶，常令內三寶不逐物而流，外三寶不誘中而擾。重陽祖師於十二時中[2]，行住坐臥，一切動中，要把心似泰山，不搖不動。謹守四門，眼、耳、鼻、口，不令內入外出，此名養壽緊要。外無勞形之事，內無思想之患，以恬愉為務，以自得為功，形體不敝，精神不散。

益州老人嘗言：「凡欲身之無病，必須先正其心。使其心不亂求，心不狂思，不貪嗜欲，不著迷惑，則心君泰然矣[3]。心君泰然，則百骸四體，雖有病，不難治療。獨此心一動，百患為招，即扁鵲、華佗在旁，亦無所措手矣。」[4]

林鑑堂先生有〈安心詩〉六首，真長生之要訣也。詩云：

我有靈丹一小錠，能醫四海群迷病。些兒吞下體安然，管取延年兼接命。

安心心法有誰知，卻把無形妙藥醫。醫得此心能不病，翻身跳入太虛時。

念雜由來業障多，憧憧擾擾竟如何？驅魔自有玄微訣，引入堯夫安樂窩。

人有二心方顯念，念無二心始為人。人心無二渾無念，念絕悠然見太清。

這也了時那也了，紛紛擾擾皆分曉。雲開萬里見清光，明月一輪圓皎皎。

四海遨遊養浩然，心連碧水水連天。津頭自有漁郎問，洞裡桃花日日鮮。

注釋

1 仙經：指道教經典，多為求仙問道。

2 重陽祖師：即王重陽（一一一二～一一七〇），原名中孚，字允卿、知明、德威，號重陽子，陝西咸陽人，宋金道士，全真道創始人。

3 心君：古人以心為一身之主，故稱。

4 「益州老人」一段：出自清程鵬程編纂的中醫書籍《急救廣生集》卷一收錄的《益州老人書》。

❖ 養心 ❖

原文

禪師與余談養心之法[1]，謂：「心如明鏡，不可以塵之也。又如止水，不可以波之也。」此與晦庵所言：「學者，常要提醒此心，惺惺不寐，如日中天，群邪自息。」其旨正同。又言：「目毋妄視，耳毋妄聽，口毋妄言，心毋妄動，貪嗔痴愛，是非人我，一切放下。未事不可先迎，遇事不宜過擾，既事不可留住。聽其自來，應以自然，信其自去。忿懥恐懼[2]，好樂憂患，皆得其正。」此養心之要也。

《玉華子》曰[3]：「齋者，齊也。齊其心而潔其體也，豈僅茹素而已。」所謂齊其心者，澹志寡營，輕得失，勤內省，遠葷酒。潔其體者，不履邪徑，不視惡色，不聽淫聲，不為物誘。入室閉戶，燒香靜坐，方可謂之齋也。誠能如是，則身中之神明自安，升降不礙，可以卻病，可以長生。

余所居室，四邊皆窗戶。遇風即闔，風息即開。余所居室，前簾後屏，太明即下簾，以和其內映；太暗則捲簾，以通其外耀。內以安心，外以安目，心目俱安，則身安矣。

禪師稱二語告我曰：「未死先學死，有生即殺生。」有生，謂妄念初生。殺生，謂立予剷除也。此與孟子「勿忘勿助」之功相通[4]。

孫真人〈衛生歌〉云[5]：

衛生切要知三戒，大怒大欲并大醉。三者若還有一焉，須防損失真元氣。

又云：

世人欲知衛生道，喜樂有常嗔怒少。心誠意正思慮除，理順修身去煩惱。

又云：

醉後強飲飽強食，未有此生不成疾。人資飲食以養身，去其甚者自安適。

又蔡西山〈衛生歌〉云6：

何必餐霞餌大藥，妄意延齡等龜鶴。但於飲食嗜欲間，去其甚者將安樂。

食後徐行百步多，兩手摩脇并胸腹。

又云：

醉眠飽臥俱無益，渴飲饑餐尤戒多。食不欲粗并欲速，寧可少餐相接續。

若教一頓飽充腸，損氣傷脾非爾福。

又云：

飲酒莫教令大醉，大醉傷神損心志。酒渴飲水并啜茶，腰腳自茲成重墜。

又云：

視聽行坐不可久，五勞七傷從此有。四肢亦欲得小勞，譬如戶樞終不朽。

又云：

道家更有頤生旨，第一戒人少嗔恚。

凡此數言，果能遵行，功臻旦夕7，勿謂老生常談也。

潔一室，開南牖，八窗通明。勿多陳列玩器，引亂心目。設廣榻、長几各一，筆硯楚楚[8]，旁設小几一。掛字畫一幅，頻換。几上置得意書一二部，古帖一本，古琴一張。心目間，常要一塵不染。晨入園林，種植蔬果，芟草[9]，灌花，蒔藥[10]。歸來入室，閉目定神。時讀快書，怡悅神氣。時吟好詩，暢發幽情。臨古帖，撫古琴，倦即止。知己聚談，勿及時事，勿及權勢，勿臧否人物[11]，勿爭辯是非。或約閒行，不衫不履，勿以勞苦徇禮節。小飲勿醉，陶然而已。誠然如是，亦堪樂志。以視夫躄足入絆[12]，伸脰就羈[13]，遊卿相之門，有簪佩之累，豈不天壤之懸哉[14]！

太極拳非他種拳術可及。「太極」二字，已完全包括此種拳術之意義。太極，乃一圓圈。太極拳即由無數圓圈聯貫而成之一種拳術。無論一舉手，一投足，皆不能離此圓圈。離此圓圈，便違太極拳之原理。四肢百骸不動則已，動則皆不能離此圓圈，處處成圓，隨虛隨實。練習以前，先須存神納氣，靜坐數刻。並非道家之守竅也，只須摒絕思慮，務使萬緣俱靜。以緩慢為原則，以毫不使力為要義，自首至尾，聯綿不斷。相傳為遼陽張通[15]，於洪武初奉召入都，路阻武當，夜夢異人，授以此種拳術。余近年從事練習，果覺身體較健，寒暑不侵。用以衛生，誠有益而無損者也。

省多言，省筆札，省交遊，省妄想，所一息不可省者，居敬養心耳。

楊廉夫有〈路逢三叟〉詞云[16]：

上叟前致詞，大道抱天全。中叟前致詞，寒暑每節宣。下叟前致詞，百歲半單眠。

嘗見後山詩中一詞[17]，亦此意。蓋出應璩[18]，璩詩曰：

昔有行道人，陌上見三叟。年各百歲餘，相與鋤禾麥。往前問三叟，何以得此壽？上叟前致詞，室內姬粗醜。二叟前致詞，量腹節所受。下叟前致詞，夜臥不覆首。要哉三叟言，所以能長久。

古人云：「比上不足，比下有餘。」此最是尋樂妙法也。將啼饑者比，則得飽自樂；將號寒者比，則得暖自樂；將勞役者比，則悠閒自樂；將疾病者比，則康健自樂；將禍患者比，則平安自樂；將死亡者比，則生存自樂。

白樂天詩有云：

蝸牛角內爭何事，石火光中寄此身。隨富隨貧且歡喜，不開口笑是痴人。

近人詩有云：

人生世間一大夢，夢裡胡為苦認真？夢短夢長俱是夢，忽然一覺夢何存。

與樂天同一曠達也。

「世事茫茫，光陰有限，算來何必奔忙？人生碌碌，競短論長，卻不道榮枯有數，得失難量。看那秋風金谷，夜月烏江，阿房宮冷，銅雀臺荒19。榮華花上露，富貴草頭霜。機關參透，萬慮皆忘，誇什麼龍樓鳳閣，說什麼利鎖名韁。閒來靜處，且將詩酒猖狂，唱一曲歸來未晚，歌一調湖海茫茫。逢時遇景，拾翠尋芳。約幾個知心密友，到野外溪旁，或琴棋適性，或曲水流觴20；或說些善因果報，或論些今古興亡。看花枝堆錦繡，聽鳥語弄笙簧。一任他人情反覆，世態炎涼，優游閒歲月，瀟灑度時光。」此不知為誰氏所作，讀之而若大夢之得醒，熱火世界一貼清涼散也。

注釋

1 養心：傳統的養心追求心靈的虛靜恬適、豁達率真、活潑生趣，保持內心的清靜，不爭得失，心神安適，一團歡喜。

2 懥（音同志）：憤恨，憤怒。

3《玉華子》：為明代官吏、醫生盛端明所著。盛端明，字希道，自號「玉華子」，謚號「榮簡」，廣東大埔人。明嘉靖年間退職還鄉後潛心研究醫學。

4 勿忘勿助：出自《孟子．公孫丑上》：「必有事焉，而勿正，心勿忘，勿助長也。」意即要不斷地培養義，心中不要忘記，也不要揠苗助長。

5 孫真人：即唐代著名醫藥學家孫思邈，京兆華原（今陝西銅川耀州）人，別號妙應真人，著有《千金要方》，後人尊稱為「藥王」。

6 蔡西山〈衛生歌〉：此處有誤。〈衛生歌〉並非「蔡西山」所作，而是「真西山」所作，全稱〈真西山先生衛生歌〉，是養生歌訣。蔡西山，即蔡元定（一一三五～一一九八），字季通，朱熹的弟子，福建南平建陽人。南宋著名理學家，有「朱門領袖」之稱，曾在西山講學解難，因此被學者稱為西山先生。真西山，即真德秀（一一七八～一二三五），字景元，後改為希元，世稱西山先生，福建浦城人，南宋理學家，是朱熹理學的傳人。

7 臻（音同真）：達到。

8 楚楚：這裡指排列整齊。

9 芟（音同山）草：除草。芟，割草，引申為除去。

10 蒔（音同時）藥：種植藥草。蒔，栽種。

11 臧否（音同髒痞）：褒貶，評論。

12 蹙（音同促）足：收腿。蹙，收縮。

13 脰（音同豆）：脖子，脖頸。

14 天壤之懸：即天壤之別，形容差別很大。

15 張通：即張三丰，名君寶，字元元，道號三丰，遼東懿州人，元末明初儒者，後修道，相傳為太極拳創始人，武當派祖師。

16 楊廉夫：即楊維楨（一二九六～一三七〇），字廉夫，號鐵冠道人等，諸暨人。元末明初著名詩人，與陸居仁、錢惟善合稱為「元末三高士」。

17 後山：即北宋詩人陳師道，字履常，號後山，著有《後山詞》。

18 應璩（音同渠）：字休璉（音同臉），河南汝南人，三國時魏國文學家，善於作詩諷諫當朝，著有〈三叟歌〉，廣為流傳，是教導人延年益壽的養生詩。

19 金谷：即金谷園，西晉石崇所建，極為奢華，遺址位於今河南洛陽老城東北。烏江：指項羽自刎於烏江一事。阿房宮：為秦始皇所建，被譽為「天下第一宮」，遺址位於今陝西咸陽東南。銅雀：即銅雀臺，為曹操所築，位於河北邯鄲臨漳西南。

20 曲水流觴：源於古代民間習俗，後成為文人雅士取樂的遊戲。人們臨水宴飲，在上游放置酒杯，使之順流而下，停在誰面前，誰就取杯飲酒。

❖ 養壽 ❖

原文

程明道先生曰1：「吾受氣甚薄，因厚為保生。至三十而浸盛，四十、五十而後完。今生七十二年矣，較其筋骨，於盛年無損也。若人待老而保生，是猶貧而後蓄積，雖勤亦無補矣。」

口中言少，心頭事少，肚裡食少。有此三少，神仙可到。

酒宜節飲，忿宜速懲，欲宜力制。依此三宜，疾病自稀。

病有十可卻：靜坐觀空，覺四大原從假合2，一也；煩惱現前，以死譬之，二也；常將不如我者，巧自寬解，三也；造物勞我以生，遇病少閒，反生慶幸，四也；宿孽現逢，不可逃避，歡喜領受，五也；家室和睦，無交謫之言3，六也；眾生各有病根，常自觀察克治，七也；風寒謹防，嗜欲淡薄，八也；飲食寧節毋多，起居務適毋強，九也；覓高朋親友，講開懷出世之談，十也。

邵康節居安樂窩中，自吟曰：

老年肢體索溫存，安樂窩中別有春。萬事去心閒偃仰，四肢由我任舒伸。

炎天傍竹涼鋪簟，寒雪圍爐軟布裀。晝數落花聆鳥語，夜邀明月操琴音。

食防難化常思節，衣必宜溫莫懶增。誰道山翁拙於用，也能康濟自家身。

養生之道，只「清淨明了」四字。內覺身心空，外覺萬物空，破諸妄想，一無執著，是曰「清淨明了」。

萬病之毒，皆生於濃。濃於聲色，生虛怯病；濃於貨利，生貪饕病[4]；濃於功業，生造作病；濃於名譽，生矯激病。噫！濃之為毒甚矣。樊尚默先生以一味藥解之，曰「淡」。雲白山青，川行石立，花迎鳥笑，谷答樵謳[5]，萬境自閒，人心自鬧。

歲暮訪淡安，見其凝塵滿室，泊然處之。歎曰：「所居，必灑掃涓潔，虛室以居，塵囂不雜。齋前雜樹花木，時觀萬物生意。深夜獨坐，或啟扉以漏月光，至昧爽，但覺天地萬物，清氣自遠而屆，此心與相流通，更無窒礙。今室中蕪穢不治，弗以累心，但恐於神爽未必有助也。」

余年來靜坐枯庵，迅掃夙習。或浩歌長林，或孤嘯幽谷，或弄艇投竿於溪涯湖曲，捐耳目，去心智，久之似有所得。陳白沙曰[6]：「不累於外物，不累於耳目，不累於造次顛沛。鳶飛魚躍，其機在我。」[7]知此者謂之善學，抑亦養壽之真訣也。

注釋

1 程明道：即程顥，字伯淳，世稱明道先生，河南洛陽人，與其弟程頤並稱為「二程」，均為北宋理學的奠基人。

2 四大：指地、水、火、風四種物質，佛教認為這四種物質是構成宇宙的基本元素，世間一切相法都是這四大元素假合而成。

3 交謫（音同哲）：互相埋怨。謫，指譴責、責備。

4 貪饕（音同滔）：貪得無厭。饕，一種傳說中的兇惡貪食的野獸。

5 謳：歌唱。

6 陳白沙：即陳獻章，字公甫，號石齋、碧玉老人等，廣東新會人，因曾住在白沙村，人稱白沙先生、陳白沙。明代儒學家、詩人。

7 「不累」句：出自明末清初史學家黃宗羲《明儒學案．白沙學案》。

❖自樂❖

原文

聖賢皆無不樂之理。孔子曰：「樂在其中。」1顏子曰：「不改其樂。」2孟子以「不愧，不怍」為樂3。《論語》開首說樂，《中庸》言「無入而不自得」。程、朱教尋孔、顏樂趣，皆是此意。聖賢之樂，余何敢望，竊欲仿白傅之「有叟在中，白鬚飄然」、「妻孥熙熙，雞犬閒閒」之樂云耳4。

冬夏皆當以日出而起，於夏尤宜。天地清旭之氣，最為爽神，失之甚為可惜。余居山寺之中，暑月日出則起，收水草清香之味。蓮方斂而未開，竹含露而猶滴，可謂至快。日長漏永，午睡數刻，焚香垂幕，淨展桃笙5，睡足而起，神清氣爽，真不啻天際真人也6。

樂即是苦，苦即是樂。帶些不足，安知非福？舉家事事如意，一身件件自在，熱光景即是冷消息。聖賢不能免厄，仙佛不能免劫，厄以鑄聖賢，劫以煉仙佛也。

牛喘月[7]，雁隨陽[8]，總成忙世界；蜂採香，蠅逐臭，同是苦生涯。勞生擾擾，惟利惟名。牿旦晝[9]，蹶寒暑[10]，促生死，皆此兩字誤之。以名為炭而灼心，心之液涸矣；以利為蠆而螫心[11]，心之神損矣。今欲安心而卻病，非將名利兩字，滌除淨盡不可。

余讀柴桑翁〈閒情賦〉[12]，而歎其鍾情；讀〈歸去來辭〉[13]，而歎其忘情；讀〈五柳先生傳〉[14]，而歎其非有情、非無情，鍾之忘之，而妙焉者也。余友淡公最慕柴桑翁，書不求解而能解，酒不期醉而能醉。且語余曰：「詩何必五言？官何必五斗[15]？子何必五男？宅何必五柳？」可謂逸矣！余夢中有句云：「五百年謫在紅塵，略成遊戲；三千里擊開滄海，便是逍遙。」醒而述諸琢堂，琢堂以為飄逸可誦，然而誰能會此意乎？

真定梁公每語人：「每晚家居，必尋可喜笑之事，與客縱談，掀髯大笑，以發舒一日勞頓鬱結之氣。」此真得養生要訣也[16]。

曾有鄉人過百歲，余扣其術[17]，答曰：「余鄉村人，無所知。但一生只是喜歡，從不知憂惱。」此豈名利中人所能哉？

昔王右軍云[18]：「吾篤嗜種果，此中有至樂存焉。我種之樹，開一花，結一實，玩之偏愛，食之益甘。」右軍可謂自得其樂矣。

放翁夢至仙館，得詩云：「長廊下瞰碧蓮沼，小閣正對青蘿峰。」便以為極勝之景。余居禪房，頗擅此勝，可傲放翁矣。

余昔在球陽，日則步履於空潭、碧澗、長松、茂竹之側，夕則挑燈讀白香山、陸放翁之詩。焚香煮茶，延兩君子於座，與之相對，如見其襟懷之澹宕，幾欲棄萬事而從之遊，亦愉悅身心之一助也。

余自四十五歲以後，講求安心之法。方寸之地，空空洞洞，朗朗惺惺，凡喜怒哀樂、勞苦恐懼之事，決不令之入。譬如製為一城，將城門緊閉，時加防守，惟恐此數者闌入[19]。近來漸覺闌入之時少，主人居其中，乃有安適之象矣。

養身之道，一在慎嗜欲，一在慎飲食，一在慎忿怒，一在慎寒暑，一在慎思索，一在慎煩勞。有一於此，足以致病。安得不時時謹慎耶！

張敦復先生嘗言[20]：「古之讀《文選》而悟養生之理[21]，得力於兩句，曰：『石蘊玉而山輝，水含珠而川媚。』」[22]此真是至言。嘗見蘭蕙、芍藥之蒂間，必有露珠一點，若此一點為蟻蟲所食，則花萎矣。又見筍初出，當曉則必有露珠數顆在其末，日出則露復斂而歸根，夕則復上。田閒有詩云：「夕看露顆上梢行」是也。若侵曉入園，筍上無露珠，則不成竹，遂取而食之。稻上亦有露，夕現而朝斂，人之元氣全在乎此。故《文選》二語，不可不時時體察，得訣固不在多也。

余之所居，僅可容膝，寒則溫室擁雜花，暑則垂簾對高槐。所自適於天壤間者，止此耳。然退一步想，我所得於天者已多，因此心平氣和，無歆羡[23]，亦無怨尤。此余晚年自得之樂也。

注釋

1 樂在其中：出自《論語．述而》：「飯疏食飲水，曲肱而枕之，樂亦在其中矣。」

2 顏子：即顏回，字子淵，也稱顏淵，孔子的得意門生，春秋末魯國人，被尊為「復聖」。不改其樂：出自《論語．

雍也》：「子曰：『賢哉回也，一簞食，一瓢飲，在陋巷，人不堪其憂，回也不改其樂。』」

3 不愧，不怍（音同坐）：出自《孟子．盡心上》：「仰不愧於天，俯不怍於人。」怍，慚愧。

4 白傅：即白居易，晚年曾任太子少傅。「有叟」四句：出自白居易〈池上篇〉。妻孥（音同奴），妻子和兒女。熙熙，歡樂熱鬧的樣子。

5 桃笙：桃枝竹編織的席子。桃枝竹，竹子的一種，可以織席作杖。

6 天際真人：天上的仙人。真人，道教修真得道成仙的人。

7 牛喘月：即吳牛喘月。據說江淮吳地的水牛見到月亮，懷疑是太陽，因懼怕酷熱而不斷喘氣，多比喻因疑心而害怕。

8 雁隨陽：古人認為大雁隨太陽而處，是隨陽的候鳥，多比喻賢才。

9 牿（音同顧）旦晝：像牛馬一樣整天受拘禁。牿，通「梏」，桎梏，束縛。

10 蹶寒暑：不分寒暑的奔忙勞累。蹶，竭盡。

11 蠆（音同釵，去聲）：指如同蠍子一類的毒蟲。螫（音同是）：有毒腺的蟲子刺人或動物。

12 〈閒情賦〉：陶淵明作，以美人不可求比喻平生不得志。

13 〈歸去來辭〉：陶淵明作，表達辭官歸隱的閒適之情。

14 〈五柳先生傳〉：陶淵明的自傳散文，文中自述：「先生不知何許人也，亦不詳其姓字，宅邊有五柳樹，因以為號焉。」故自號「五柳先生」。

15 五斗：即五斗米，代指微薄的俸祿。漢晉官吏的俸祿發糧。

16 「真定梁公」一段：出自清代名相張英的家訓《聰訓齋語》。真定梁公，指清初名臣、收藏家梁清標，直隸真定（今河北正定縣）人。

17 扣：求教，探問。

18 王右軍：東晉書法家王羲之，字逸少，山東臨沂人，官至右軍將軍，故稱「王右軍」，世稱「書聖」。

19 闌入：擅自闖入。闌，通「攔」。

20 張敦復：即張英，字敦復，號樂圃（即下文所稱「圃翁」），安徽桐城人，和其子張廷玉均為清代名相。

21 《文選》：中國最早的一部古詩文總集，由南朝梁武帝的長子蕭統聚集文人共同編選。因蕭統死後諡號「昭明」，又稱《昭明文選》。

22 「石蘊」二句：出自西晉陸機〈文賦〉，意為石中藏玉，使山嶺增輝；水中藏著珍珠，使江河秀媚。比喻心懷美好，人格自然光輝。

23 歆（音同心）羨：愛慕，羨慕。歆，喜愛，羨慕。

❖ 讀書 ❖

原文

圃翁曰：「人心至靈至動，不可過勞，亦不可過逸，惟讀書可以養之。閒適無事之人，鎮日不觀書1，則起居出入，身心無所棲泊，耳目無所安頓，勢必心意顛倒，妄想生嗔，處逆境不樂，處順境亦不樂也。古人有言：『掃地焚香，清福已具。其有福者，佐以讀書；其無福者，便生他想。』旨哉斯言[2]！且從來拂意之事，自不讀書者見之，似為我所獨遭，極其難堪。不知古人拂意之事，有百倍於此者，特不細心體驗耳。即如東坡先生，歿後遭逢高孝[3]，文字始出，而當時之憂讒畏譏，困頓轉徙潮惠之間[4]，且遇跣足涉水[5]，居近牛欄，是何如境界？又如白香山之無嗣[6]，陸放翁之忍饑[7]，皆載在書卷。彼獨非千載文人？而所遇皆如此。誠一平心靜觀，則人間拂意之事，可以渙然冰釋。若不讀書，則但見我所遭甚苦，而無窮怨尤嗔忿之心，燒灼不靜，其苦為何如耶！故讀書為頤養第一事也。」[8]

注釋

1 鎮日：從早到晚，整天。

2 旨哉斯言：這番話多麼美好。旨，美好。《說文解字》：「旨，美也。」

3 高孝：即宋高宗和宋孝宗。宋高宗追贈蘇軾為太師，賜謚號「文忠」。宋孝宗曾為蘇軾的文集作序。

4 潮惠：即廣東潮州和惠州。北宋蘇軾被貶惠州，據傳曾到潮州訪韓愈故地。兩人雖同被貶，卻並不懷憂喪志。

5 跣（音同顯）足：光著腳，不穿鞋襪。

6 白香山之無嗣：古代以「無後」為大，白居易有兩女，一女夭折，一女視若寶貝，晚年得一子，卻也不幸夭折。好友元稹也無子，寫詩給白居易：「天譴兩家無嗣子，欲將文字付誰人？」白居易寫詩安慰他：「各有文姬才稚齒，俱無通子繼余塵。琴書何必求王粲，與女猶勝與外人。」

7 陸放翁之忍饑：陸游晚年寫詩說：「陸子七十猶窮人，食不足以活妻子。忍饑讀書忽白首，行歌拾穗將終身。」詩書相伴，壽至八十五歲。

8 「人心」一段：出自清代名相張英的家訓《聰訓齋語》。

❖養神❖

原文

吳下有石琢堂先生之城南老屋。屋有五柳園，頗具泉石之勝。城市之中而有郊野之觀，誠養神之勝地也[1]。有天然之聲籟，抑揚頓挫，蕩漾余之耳邊。群鳥嚶鳴林間時，所發之斷斷續續聲；微風振動樹葉時，所發之沙沙簌簌聲，和清溪細流流出時，所發之潺潺淙淙聲。余泰然仰臥於青蔥可愛之草地上，眼望蔚藍澄澈之穹蒼，真是一幅絕妙畫圖也。以視拙政園[2]，一喧一靜，真遠勝之。

吾人須於不快樂之中，尋一快樂之方法。先須認清快樂與不快樂之造成，固由於處境之如何，但其主要根苗，還從己心發長耳。同是一人，同處一樣之境，甲卻能戰勝劣境，乙反為劣境所征服。能戰勝劣境之人，視劣境所征服之人，較為快樂。所以不必歆羡他人之福，怨恨自己之命。是何異雪上加霜，愈以毀滅人生之一切也。無論如何處境之中，可以不必鬱鬱，須從鬱鬱之中，生出希望和快樂之精神。偶與琢堂道及，琢堂亦以為然。

家如殘秋，身如昃晚[3]，情如剩煙，才如遺電，余不得已而遊於畫，而狎於詩，豎筆橫墨，以自鳴其所喜。亦猶小草無聊，自矜其花；小鳥無奈，自矜其舌。小春之月，一霞始晴，一峰始明，一禽始清，一梅始生，而一詩一畫始成。與梅相悅，與禽相得，與峰相立，與霞相揖，畫雖拙而或以為工，詩雖苦而自以為甘。四壁已傾，一瓢已敝，無以損其愉悅之胸襟也。

圃翁擬一聯，將懸之草堂中：「富貴貧賤，總難稱意，知足即為稱意；山水花竹，無恆主人，得閒便是主人。」其語雖俚，卻有至理。天下佳山勝水、名花美竹無限。大約富貴人役於名利，貧賤人役於饑寒，總鮮領略及此者。能知足，能得閒，斯為自得其樂，斯為善於攝生也4。

注釋

1 養神：排除意念紛擾，保持身心平靜，胸懷開闊，讓身體回歸自然，以恢復精神和體力。中醫有「藥養不如食養，食養不如精養，精養不如神養」的說法，把養神作為養生的最高境界。

2 拙政園：在今江蘇蘇州婁門內東北街，始建於明正德年間，蘇州現存最大的古典園林，園名取意「拙者之為政」。

3 昃（音同仄）晚：即夕陽西下時分。昃，太陽偏西。

4 攝生：養生，保養身體。

❖修心❖

原文

心無止息，百憂以感之，眾慮以擾之，若風之吹水，使之時起波瀾，非所以養壽也。大約從事靜坐，初不能妄念盡捐，宜注一念，由一念至於無念，如水之不起波瀾。寂定之餘，覺有無窮恬淡之意味，願與世人共之。

陽明先生曰[1]：「只要良知真切，雖做舉業，不為心累。且如讀書時，知強記之心不是，即克去之；有欲速之心不是，即克去之；有誇多鬬靡之心不是，即克去之。如此，亦只是終日與聖賢印對，是個純乎天理之心。任他讀書，亦只調攝此心而已，何累之有？」[2]錄此以為讀書之法。

湯文正公撫吳時[3]，日給惟韭菜。其公子偶市一雞，公知之，責之曰：「惡有士不嚼菜根，而能作百事者哉？」即遣去。奈何世之肉食者流，竭其脂膏，供其口腹，以為分所應爾。不知甘脆肥膿，乃腐腸之藥也。大概受病之始，必由飲食不節。儉以養廉，澹以寡欲。安貧之道在是，卻疾之方亦在是。余喜食蒜，素不貪屠門之嚼，食物素從省儉。自芸娘之逝，梅花盒亦不復用矣，庶不為湯公所呵乎！

留侯、鄴侯之隱於白雲鄉[4]，劉、阮、陶、李之隱於醉鄉[5]，司馬長卿以溫柔鄉隱，希夷先生以睡鄉隱，殆有所託而逃焉者也。余謂白雲鄉[6]，則近於渺茫；醉鄉、溫柔鄉，抑非所以卻病而延年；而睡鄉為勝矣。妄言息躬，輒造逍遙之境；靜寐成夢，旋臻甜適之鄉。余時時稅駕[7]，咀嚼其味，但不從邯鄲道上，向道人借黃粱枕耳[8]。

注釋

1 陽明先生：即明代哲學家王守仁，字伯安，因在故鄉陽明洞中築室，世稱陽明先生，諡號「文成」，著有《傳習錄》等。

2 「只要」一段：出自《傳習錄》，與原文略有出入。舉業，為應科舉考試而準備學業。誇多鬬靡，寫文章以篇幅多、辭藻華麗誇耀爭勝。

3 湯文正公：即明末清初理學家湯斌，字孔伯，號荊峴（音同現），晚號潛庵，諡號「文正」，清康熙時曾任江寧巡撫。潛心研讀宋明理學，為官清廉，體恤民艱，被尊為「理學名臣」。

4 留侯、鄴（音同頁）侯：留侯，漢初三傑之一的張良，輔佐劉邦，功成後退隱，封地為留城，故稱留侯。鄴侯，唐代宰相李泌，曾封為鄴縣侯，故稱鄴侯，時而入仕，時而為隱士，遊歷名山之間。

5 劉、阮、陶、李：即劉伶、阮籍、陶淵明、李白。四人均以好飲酒著稱。劉伶、阮籍，魏晉名士「竹林七賢」之一。

6 白雲鄉：語出《莊子．外篇．天地》：「乘彼白雲，至於帝鄉。」喻指神仙居所。

7 稅駕：即解駕、脫駕，指解下駕車的馬，喻指休息或歸宿。

8 黃粱枕：典出唐沈既濟的傳奇小說《枕中記》：盧生路宿邯鄲旅店，遇道士借枕後睡下，做了一場榮華富貴的好夢，醒來時黃粱米飯還沒有熟。後世稱黃粱夢，喻功名富貴不足戀。

❖ 眠食 ❖

原文

養生之道，莫大於眠食。菜根粗糲，但食之甘美，即勝於珍饌也。眠亦不在多寢，但實得神凝夢甜，即片刻，亦足攝生也。1

放翁每以美睡為樂，然睡亦有訣。孫真人云：「能息心，自瞑目。」2蔡西山云：「先睡心，後睡眼。」3此真未發之妙。禪師告余，伏氣，有三種眠法4：病龍眠，屈其膝也；寒猿眠，抱其膝也；龜鶴眠，踵其膝也。

余少時，見先君子於午餐之後，小睡片刻，燈後治事，精神煥發。余近日亦思法之，午餐後，於竹床小睡，入夜果覺清爽。益信吾父之所為，一一皆可為法。

余不為僧，而有僧意。自芸之歿，一切世味，皆生厭心；一切世緣，皆生悲想。奈何顛倒不自痛悔耶！近年與老僧共話無生5，而生趣始得。稽首世尊，少懺宿愆6。獻佛以詩，餐僧以畫。畫性宜靜，詩性宜孤，即詩與畫，必悟禪機，始臻超脫也。

注釋

1 「養生」一段：此處出自《曾國藩日記》：「養生之道，當於食眠二字悉心體驗。食即平日飯菜，但食之甘美，即勝於珍藥也。眠亦不在多寢，但實得神凝夢甜，即片刻亦足攝生矣。」珍錯，也作「珍饌（音同賺）」，是山珍海錯的省稱。

2 能息心，自瞑目：出自「藥王」孫思邈的中醫學名著《千金方》。

3 先睡心，後睡眼：出自蔡西山的二十二字〈睡訣銘〉：「睡側而屈，覺正而伸，勿想雜念。早晚以時，先睡心，後睡眼。」

4 三種眠法：出自清馬齊所著的《陸地仙經》：「病龍眠，拳屈其膝也；寒猿眠，抱其膝也；龜息眠，踵其膝也，手足曲則心自定。」

5 無生：佛教語，即無生無滅，不生不滅，指破除生死煩惱的境界。

6 少懺宿諐（音同謙）：稍稍懺悔從前的過失。諐，過失、罪過。

慢讀・浮生六記

浮生若夢，只因一生情痴，遭此顛沛

作　　者　(清)沈復 著／夢窗 譯注
裝幀設計　陳玟秀
內頁排版　藍天圖物宣字社、江麗姿（二版調整）
行銷企劃　黃羿潔
業務發行　王綬晨、邱紹溢、劉文雅
編輯企劃　劉文雅
資深主編　曾曉玲
特約總編輯　趙啟麟
發 行 人　蘇拾平

出　　版　啟動文化
Email：onbooks@andbooks.com.tw

發　　行　大雁出版基地
新北市新店區北新路三段207-3號5樓
電話：(02)8913-1005　傳真：(02)8913-1056
Email：andbooks@andbooks.com.tw
劃撥帳號：19983379
戶名：大雁文化事業股份有限公司

二版一刷　2024年4月
定　　價　520元
I S B N　978-986-493-174-3
E I S B N　978-986-493-177-4 (EPUB)

國家圖書館出版品預行編目（CIP）資料

慢讀 . 浮生六記 : 浮生若夢 , 只因一生情痴 , 遭此顛沛 /(清) 沈復著 ; 夢窗譯注 . -- 二版 . -- 新北市 : 啟動文化出版 : 大雁出版基地發行 , 2024.04
面 ;　公分
ISBN 978-986-493-174-3(平裝)

1. 浮生六記 2. 研究考訂

855　　113002073

圖書許可發行核准字號：文化部部版臺陸字第 109004 號
出版說明：本書係由簡體版圖書《浮生六記》以正體字在臺灣重製發行，期能藉引進華文好書以饗台灣讀者。